U0008818

伊坂幸太郎
Kotaro Isaka
1
OH!
オー！
ファーザー
FATHER
伊坂幸太郎
Kotaro Isaka
阿夜 譯

目錄

導讀

奇想・天才・傳說

張筱森

雖然是篇談論伊坂幸太郎的文章，不過請先讓我稍微離題談一下二〇〇六年的第一百三十四屆直木獎。這屆的大事當然是東野圭吾在五度鎩羽而歸之後，終於以《嫌疑犯X的獻身》獲獎；可說是了卻他一樁心願，也替其出道二十年錦上添花一番。東野連續五度提名五度落選的事蹟，讓日本大眾文壇和讀者之間開始悄悄地流傳著一個聽來有點辛酸的名詞「東野圭吾路線」，意指不斷被提名、不斷落選，然後過了該得直木獎年紀的作家。而東野總算在第六次的提名擺脫了這個看似不太名譽，不過差一步就會變成傳說的不幸陰影。但是在東野終於獲獎的這樣可喜可賀的事實背後，其實也存在著一名極為有力的「東野圭吾路線」候選人，那就是本文主角——伊坂幸太郎。

伊坂幸太郎，一九七一年出生於千葉，畢業於位在仙台的東北大學法學部。小學時和一般小孩一樣閱讀各式各樣的兒童讀物，年紀稍長之後開始看當時流行的國產娛樂小說，如：都築道夫、夢枕獏、平井正和等人的作品，高中時因為看了島田莊司的《北方夕鶴2／3殺人》後，成了島田書迷。而在高中時，因為一本名為《何謂繪畫》的美術評論集，啟發伊坂認為能使用想像力生存是件非常幸福的事情，而小說恰好可以一人獨立從頭開始，自己應該也辦得到；因此他決定在進入大學之後開始創作，再加上喜愛島田的作品，便選擇了寫推理小說。進入大學之後則開始閱讀純文學，尤其喜愛諾貝爾文學獎得主大江健三郎的作品。

也因為他將對運用想像力的憧憬著力於小說創作上，於是各項具有想像力的元素都漂浮在其作品中，如法國藝術電影、音樂、繪畫、建築設計等等，使得讀者在閱讀推理小說的同時，也彷佛看了一場交織著奇異幻境寓言、生命哲思與青春況味的文藝表演。

巧妙地融合脫離現實生活的特殊經歷以及不可思議的冒險活動，一向是伊坂作品的創作主軸，這種奇妙組合，正是伊坂風靡了無數熱愛文學藝術的青年讀者的重要原因。

這樣的他，在一九九六年曾經以《礙眼的壞蛋們》獲得山多利推理小說大獎佳作，不過一直要到二〇〇〇年以《奧杜邦的祈禱》獲得第五屆新潮推理小說俱樂部獎後，才正式踏上文壇。奇特的故事風格、明朗輕快的筆觸，讓他迅速獲得評論家和讀者的熱烈歡迎，不光是在年度推理小說排行榜上大有斬獲。二〇〇三年以《家鴨與野鴨的投幣式置物櫃》拿下吉川英治文學新人獎，二〇〇四年則以《死神的精確度》獲得日本推理作家協會短篇部門獎，更在二〇〇三到二〇〇六年間以《重力小丑》、《孩子們》、《死神的精確度》、《沙漠》四度獲得直木獎提名，可以看出日本文壇對他的期待和重視。

伊坂到二〇〇六年為止總共發表了八部長篇、四部短篇連作集和一篇短篇愛情小說。因為喜歡島田，而決定創作推理小說的伊坂，打從一出道就以推理小說新人獎得獎作《奧杜邦的祈禱》獲得各方注意；然而《奧杜邦的祈禱》卻長得一點都不像讀者們所熟悉的推理小說模樣。伊坂曾經說過，「寫作的時候，我並不喜歡描寫真實的現實生活，而是想寫十分荒唐無稽的故事。」《奧杜邦的祈禱》正是這樣特殊，有著前所未有的奇特設定的一部作品。一個因為一時無聊跑去搶便利商店的年輕人伊藤，意外來到一座和日本本土隔絕一百五十年的孤島，孤島上有個會說話、會預言未來的稻草人優午。優午告訴伊藤，自己已經等了他一百五十年，而伊藤這個外來者將會帶來島上的人所欠缺的東西。留下這般謎樣話語之後，優午就死了，而且還是身首異處、死得相當悽慘。這短短幾句描寫，就能夠看出伊坂作品最顯而易見的特殊之處：「嶄新的發想」，我想很難有讀者在看了這樣奇異至極的開頭，而不繼續往下翻去，畢竟「會講話的稻草人謀殺案」實在太過特殊。而這種異想天開、奇特的發想，就成了伊坂作品中一個非常重要而且難以模仿的特色，在他往後的作品當中都可以看到這樣的特色，以死神為主角的《死神的精確度》便是個好例子。

然而空有奇特的發想，沒有優秀的寫作能力也無法讓伊坂獲得現在的地位。第二作

《LUSH LIFE》便是讓讀者更認識伊坂深厚筆力的作品，畫家、小偷、失業者、學生、神、心理諮商師等等眾多人物各自在五個故事線中登場、彼此的人生互相交錯。如何將這五條線各自寫得精采絕倫，而在彼此交錯時又不落入混亂龐雜的境地，最後將所有故事線收束於一個點上。伊坂在敘事文脈構成上展現了高超的操控能力，就像不斷地在此作出現的艾雪的畫一般地令人目眩神迷。複雜的敘事方式中包含著精巧縝密的伏線，並且前後呼應，而此極為高明的寫作方式，在第四作《重力小丑》、第五作《家鴨與野鴨的投幣式置物櫃》中也明顯可見。

筆者和大部分的台灣讀者一樣對伊坂最早的認識來自於《重力小丑》一作，對於本作中那幾乎只能以毫無章法來形容、或者可說是某種文字遊戲的章節名稱印象深刻。但在閱讀了伊坂的其他作品之後，便能夠理解日本文藝評論家吉野仁所指出的伊坂作品的一種極為另類的魅力來源——「將毫無關聯的事物組合在一起」，像是「鴨子」和「投幣式置物櫃」明明是毫無關聯的東西，卻成了小說。或是書名為《蚱蜢》內容卻是殺手的故事，這樣的奇妙組合讓伊坂的作品乍看書名就能吸引讀者的目光一探究竟。而更引人注意的是，這樣看似胡鬧的作法，也散見於每部作品的內容和登場人物的言行之中。在《家鴨與野鴨的投幣式置物櫃》中，主角的鄰居甫一登場就邀他一起去搶書店，而目標僅僅是一本《廣辭苑》!?在《重力小丑》中，春劈頭就叫哥哥泉水一起去揍人。然而在這些登場人物的異常行動，或是令人不由得笑出聲來的詞句背後，其實隱藏著各種人性的黑暗面。《奧杜邦的祈禱》中，仙台的惡劣警察城山毫無理由的殘虐行徑、《重力小丑》中的強暴事件、《魔王》中甚至讓這樣的黑暗面以法西斯主義的樣貌出現。伊坂總以十分明朗、輕快並且淡薄的筆觸，描寫人生很多時候總會碰上的毫無來由的暴力。如此高度的反差，點出了一個伊坂作品世界中的重要價值觀——在面對突如其來的暴力時，該如何自處？該怎麼找出最不會令自己後悔的生存方式？

如果將毫無理由的暴力推到最極致，莫過於「死亡」了，只要是人，難免一死，那麼人類該怎麼和終將來臨的死亡相處？從《奧杜邦的祈禱》中的稻草人謀殺案起，這個問題意識就一直在伊坂作品的底層流動，筆者想隨著此次伊坂作品集出版，讀者在全部讀過一遍之後，應該也都能得出屬於自己的答案。

而在熟讀伊坂作品之後，讀者便會發現伊坂習慣讓他筆下所有人物產生關聯，先出現的人物一定會在之後的作品登場。像是深受台灣讀者喜愛的《重力小丑》兩兄弟，也會在之後的某部作品中出現，這樣的驚喜也十足地展現了伊坂旺盛的服務精神。

在文章開頭提到伊坂是極有力「東野圭吾路線」候選人，如實地反應出日本讀者和評論家對於伊坂遲遲不能獲獎的難以理解。但是筆者忍不住想，就這樣成為直木獎史上的傳說，似乎無損於伊坂的成就。畢竟就像日本推理天后宮部美幸說的：「伊坂幸太郎是天才，他將會改變日本文學的面貌。」做為一名讀者，能夠和一位不斷替我們帶來全新小說的天才作家相遇，就是一種十足的幸福。

張筱森，推理小說愛好者，推理文學研究會（MLR）成員。結束了日本囤積推理小說的留學生涯後，回到台灣繼續囤積。

走在由紀夫身旁的多惠子，叨絮著對於父親的不信任與怒意，從剛剛就說個不停，「我爸啊，昨天擅自跑進我房間翻東西耶，你不覺得很誇張嗎？」

時間是傍晚五點左右。平常這個時段，由紀夫都待在體育館裡練籃球，但原則上期中考前一週會暫停社團活動，於是此時的他正走在回家路上。五月中旬的傍晚時分，太陽還沒下山，陽光穿透薄雲淡淡地照耀著街道。

多惠子的現身完全是意料之外，她很突然地從岔路冒了出來，與由紀夫並肩走著，而且劈頭便數落父親的不是，「噯，你聽我說嘛。」

「並不想聽。」

「我爸啊……」

市街那一側，宣傳車的廣播聲傳了過來。下下週就是縣知事（註）選舉了，拜票者的言詞明快清晰且堅定，但不知怎的總有種假扮清新氣質力圖推銷自己的味道。由紀夫心想，或許等自己有了投票權之後，那些政見聽在耳裡，又會有不同的感受吧。

「我說我家那個老爸，偷偷摸摸跑進人家房間裡，很低級耶！」

「多惠子的父親是上班族吧？」

「是啊，在有線電視當業務。」

「所以妳家是妳父親四處跑業務，含著淚、忍氣吞聲、拚死拚活地掙錢才買下來的房子吧。」

「是沒錯，可是幹嘛突然講這個？」

「妳不必付一毛錢就能住在裡面，就別太奢求了。」

「你要我原諒我老爸的行徑？」

「我想他一定是擔心妳吧。」由紀夫有一搭沒一搭地解釋著：「不知道多惠子會不會跑去參加什麼奇怪的活動呢？是不是交了男朋友呢？之類的。當父親的一定會擔心呀。或者是，不知道多惠子會不會在放學回家路上強拉住同學，逼同學聽不想聽的抱怨呢？妳父親應該是出於關心吧。」

「就算是這樣，也不會因為擅自闖進高二女兒的房間就放心了啊。」有張圓臉蛋的多惠子皮膚白皙，一頭短髮，給人的感覺既像是活潑的運動選手，也像是喜歡窩在房間裡看書的文學少女。「再說，什麼叫做跑去參加奇怪的活動？有什麼活動是奇怪的嗎？」

「很多啊，到處都有奇怪的活動吧。」

「譬如老鼠會？」多惠子問。由紀夫看向多惠子的側臉，她顯然是認真地問出這句，所以他也應了話：「是啊，那就是了。」

「我才沒加入老鼠會咧，而且我現在也沒有男朋友啊。」

由紀夫不覺得自己有必要接口，所以只是默默地走著，一邊思量是該繼續找話題聊呢？還是

註：知事，日本一級地方行政區都道府縣的首長。

該撇下多惠子找條岔路彎進去各走各的呢？

多惠子噘起嘴，「由紀夫，你為什麼不吭聲？我都說我沒有男朋友了，這種時候你應該接一點話吧？」

「接話？接什麼話？」

「『多惠子怎麼可能沒有男朋友？』或是，『太好了，我的機會來了！』」

「多惠子怎麼可能沒有男朋友？」由紀夫顯然是照本宣科打算敷衍了事，多惠子卻一臉滿足地笑著說：「上個月剛分手嘍。」

由紀夫並不特別在意對方是誰，不，應該說他根本沒興趣知道，但他曉得要是不做出反應，多惠子一定不會放過他。「和誰分了？」

「熊本學長。」

「哦？熊本學長啊。」這是出自真心的訝異。熊本是由紀夫所屬籃球社的主將，前陣子剛卸任。身為縣選拔代表選手的他，身高一百八十五公分，球技高人一等，長相俊秀，一頭柔軟飄逸的頭髮，所到之處無不虜獲女高中生的視線。沒想到這樣的熊本學長，竟然是多惠子的前男友。

「分手了啊？」

「因為那個人說穿了只是看上我的肉體嘛。」

高中男生不都是這樣嗎？但由紀夫沒說出這句蠢話，只應道：「總比看上妳的財產而和妳交往要好得多吧。」

由紀夫就讀的高中位於市街南方的郊區，校舍突兀地矗立在一群辦公大樓當中。兩人穿過人聲鼎沸的鬧區，一走進拱頂商店街，往來車輛頓時變少。出了街道，眼前是一條東西向的河川。由紀夫他們從小就管這條河叫恐龍川，命名原因沒什麼大不了，只是因為整條河川蜿蜒的曲線很像恐龍背部的線條，如此而已。而恐龍川上頭有一道彎著和緩弧度的拱橋，也就順勢被稱做恐龍橋了，當然橋體本身並不是恐龍的形狀，橋兩側有著寬闊的人行步道，五個成人並肩步行也不成問題。

前方是一群剛放學的小學生，將書包卸下肩頭，或拎或掛在手上，一邊踢著地面一邊往前走。越過恐龍橋之後，由紀夫驚覺多惠子還在身旁，「妳家不在這邊吧？」

「沒關係啦、沒關係啦。」多惠子爽快地回道。由紀夫心中湧上不好的預感，「妳要幹嘛？」

「我從來沒去過你家吧？熊本學長說過，你好像都不讓別人去你家啊？」

「看上妳的肉體而和妳交往的熊本學長說的話能信嗎？」

「你是不是有什麼苦衷，不能讓別人知道你家在哪裡？」

「沒有。」由紀夫曉得要是回答說「是啊，有苦衷」，接下來肯定會被問「什麼苦衷？」

「既然如此，那我去你家玩也無所謂吧。」

「我有所謂啊。」

「沒關係沒關係，我是無所謂啦。」

「我不想讓同學來我家。」由紀夫揮了揮手，要多惠子快點回自己家去，但她依舊無動於衷，「我不是說了嗎？我昨天才和我爸吵架，所以我今天要晚點回家，讓他擔心一下。」

妳爸爸應該愈擔心就愈想去翻妳的房間吧。——但由紀夫連說出這句話的力氣都沒有。

「我去你家門口晃一下就好了啦，還是你家有什麼隱情不能讓外人知道？」

「你要是得知我家的隱情，應該會對我尊敬得不得了，從此稱我一聲由紀夫大人了。」

「你在講什麼蠢話？」多惠子毫不理會，兀自嘟囔著：「真是的，你不覺得當父親的都很煩人嗎？」

妳家那還算小意思吧，我家可是有四個父親在。妳不覺得很誇張嗎？——由紀夫差點沒脫口而出。

一過了這個紅綠燈，家就在不遠的前方了，於是由紀夫神情認真地對多惠子說：「我是說真的，麻煩妳回妳家去好嗎？」

為什麼硬要跑去別人家打擾呢？何況人家都說不歡迎了耶？面對由紀夫的堅決反對，多惠子卻頑固地不肯讓步，還搬出狗屁不通的歪理，說什麼日本憲法明定人民有移動的自由。

「喲，由紀夫！」突然有人喊他，由紀夫抬頭一看，在十字路口的另一側，一名騎著腳踏車的男人正無視於紅燈——正確來說，是無視於「紅燈的意義」——迎面騎來。

「呃，」由紀夫這下更沮喪了，一臉苦澀地向對方打了招呼：「鷹。是你啊。」

或許是車煞得太急，腳踏車後輪整個騰空，車子彷彿將重心往前使勁一甩之後才停下來。鷹似乎很中意自己這麼帥氣的停車方式，露出在現下高中生臉上都很少見到的得意笑容。明明是四十歲的人了。——由紀夫不禁苦笑。

「你現在才回來呀？可是我剛好要出門呢，又錯過了。」不知是否名字也有影響，總覺得鷹

稱。

一件紅襯衫或是圖樣花俏的運動外套便出門，都是些沒什麼品味的輕便服裝，卻和他的氣質頗相的長相很像猛禽類，鼻子又大又挺，銳利的眼神似乎時時刻刻都盯著獵物；至於穿著，他總是套

「小鋼珠嗎？」由紀夫問道。

「去看賽狗。」鷹睇細了眼。

由紀夫這才想起今天是星期三，晚上有夜間比賽。「還沒學乖嗎？」

「別這麼講嘛，什麼學乖不學乖的。我這個人要是沒了賭博，還剩什麼呢？」

「也對，應該什麼都不剩吧。」由紀夫坦率地點頭，反倒是鷹皺起了眉頭說：「不不不，一定還會剩點什麼。肯定有的。」接著說：「由紀夫，你也一起來看賽狗吧？」

或許是因為規定放寬，也或許是本地被劃歸為經濟特區，又或許只是單純地修法通過，由紀夫不太清楚原因何在，總之三年前，縣內引進了合法賽狗，簡言之就是賽馬的翻版，只是動物換成了狗。今年一月起，賽狗場每週營業三天，星期三、五、六，雖然下注金額有上限規定，只要年滿十六歲便可下注，而且即使是高中生也可進場觀賽。一開始，縣內有不少反對聲浪，像是賭博會養成人們的僥倖心理、對青少年的教育會帶來許多影響等等，最後還是「賽狗能讓小孩子從小就學習到天底下沒有不勞而獲的金錢」的主張獲勝了。

「你去玩吧，我就免了。」

「真的假的？很可惜耶，當夜間照明照亮整座太陽下山之後的賽場，在燦爛的光線中瀟灑奔馳的格雷伊獵犬，有多美你知道嗎？」鷹睇起眼望向遠方市街與天空的交界線，彷彿陶醉地眺望

著海市蜃樓。

「我也很想去觀摩一下賽狗呢。」多惠子這時插嘴了。

「賽狗很棒哦！看著狗兒以時速七十公里的速度狂奔，一定馬上就愛上牠們了。」鷹說到這，才突然看向多惠子說：「呃，請問妳是……？」由紀夫稍稍偏過身子，想以肉身當拒馬擋在鷹的視線和多惠子之間，卻失敗了。鷹繼續問：「妳是由紀夫的同班同學嗎？」

「對呀對呀，我叫多惠子。」多惠子旋即自我介紹了起來。

「莫非是……女朋友？」看到鷹的眼中閃著光芒，由紀夫立刻吐了一句：「別傻了。」但多惠子卻順水推舟，衝著鷹笑咪咪地說：「搞不好是哦——」

「真的假的！」鷹這個反應，要說是開心又不太像，由紀夫卻有股似曾相識的感覺，他回溯著記憶，終於想起來了。去年年底的有馬紀念賽，鷹簽中了連勝複式（註），還是因為畫錯簽注單才中獎的，而現在他臉上的喜悅，就很像當時的表情。「太強了！終於讓我等到這一天了啊！」鷹誇張地說了這句感言，而且是和有馬紀念賽那次一模一樣的話語，然後衝上前握住了多惠子的手。

「這種事啊，由紀夫死都不肯透露半句。搞什麼，明明就有女朋友嘛。」

「對呀，這一天終於來了呢。」多惠子也跟著瞎起鬨，然後直到這時，她才突然想起似地問道：「呃，請問您是……？」

「我是由紀夫的老爸啦，老爸。」鷹得意洋洋地回道。而不知是否因為他那尖尖的犬齒太醒目，讓他的笑容顯得別有意涵。

「啊啊，您好。原來您是由紀夫的父親呀。」多惠子一臉恍然大悟地用力點頭，接著似乎是禮貌性地接了一句：「難怪和由紀夫長得這麼像。」

由紀夫慌忙想制止她別隨口說出這種話，卻遲了一步，只見鷹一臉心滿意足的幸福模樣，緊緊握住多惠子的手說：「對吧？我們長得很像吧？」

「是啊……」多惠子好像也有點被鷹的反應嚇到，稍稍退了一步。

「我就知道由紀夫像我啦。」鷹開心地頻頻點頭，接著坐上腳踏車，「我趕時間，那就先這樣了。別帶多惠子去見其他傢伙哦。」說著抬起前輪，丟了一句：「今天要是贏了，我們就去吃燒肉！」說完便如旋風般離去了。

「真巧耶，沒想到會在路上遇見你父親。」多惠子說：「不過，你父親剛剛說的其他傢伙是誰啊？」

「其他的父親吧。」

「其他的父親？誰的父親？」

由紀夫你太奸詐了啦！很詐耶！——多惠子的語氣裡帶有責難與驚歎，這是她來到由紀夫家的庭院前，望著主屋開口的第一句話。頭一遭有人當面對他說這種話，聽在耳裡感覺頗新鮮。

但他還是皺著眉回道，這跟奸詐有什麼關係？

註：賽狗的簽注方式之一，猜冠亞軍的稱爲「連勝複式」，只猜冠軍的稱爲「單勝式」。

「由紀夫，原來你是有錢人家的小孩呀！」多惠子噘起嘴。由紀夫不知道該如何反應，姑且問道：「請教兩個問題。第一，妳從何判定我家很有錢？第二，為什麼有錢人就很奸詐？」

「哎喲，你看嘛，你家是豪宅耶，這是有幾百坪啊？嚇死人了，比我家大了好幾倍耶。」

由紀夫再次望向自家屋子。籬笆圍著的庭院裡，草皮與樹木整理得漂漂亮亮，一道長長的石板小徑從庭院入口直達玄關，獨門獨院的橫長形建築，由紀夫平日看慣了，從不以為意，但的確，與這個住宅區的其他住家相較起來，他家要大了許多。「確實是間大房子。」這一點由紀夫也承認，「可是我家裡人多，住起來還嫌小吧。人口密度不一樣啦。」

「由紀夫你不是獨生子嗎？媽媽和爸爸和你，不就三個人住？」

「媽媽和爸爸和我，六個人住。」

「你怎麼算的啊！」多惠子說著探出身子一看，「咦？那是怎麼回事？」她盯著的是大門門柱上頭的名牌，「啊，寫著好多人的名字。」

由紀夫無力解釋，推開大門走進自家庭院，而多惠子一副理所當然的態度跟在後頭，踏進了由紀夫家的大門，不知是抱著一不做二不休的心態，還是打定主意非探個水落石出不可。

「等一下看過我家之後，麻煩妳馬上回妳家去哦。」

「我知道啦、我知道啦。」多惠子邊應聲，邊張望著四下，「哇！這麼大的庭院，真是太奸詐了！」

兩人沿著石板小徑前進，由紀夫看見某人正站在院子裡，便開口打了招呼：「悟。」水管落在這位眼鏡男士的腳邊，他似乎正在幫花木澆水，卻被手上文庫本（註）的內容深深吸引而暫停澆花。男士回了聲：「由紀夫，回來啦。」接著眼神閃過一絲訝異，似乎察覺到由紀夫身後的多惠子，沉思的神情立刻轉為笑容，打了聲招呼：「妳好。」

「那是誰？」多惠子湊近由紀夫耳邊低聲問道。

「我爸。」

「你爸？」多惠子猛地回頭，指向方才鷹離去的方向喃喃說道：「可是……剛剛那位……」

「那也是我爸，這也是我爸。」由紀夫說著，鼻子深深吸了一口氣，再緩緩從嘴巴呼出。

「我聽不太懂耶……」

「如果想喊我一聲由紀夫大人就快喊吧，趁妳還沒嚇到想賜爵給我的時候。」

入夜，母親來了聯絡說今晚要加班，於是由紀夫與父親們先用晚餐，拿出冰箱裡剩的咖哩熱來吃。由於家裡人多——嚴格說應該是，由於家裡父親多——不止廚房的瓦斯爐，連同爐上的燉鍋、平底鍋都是大尺寸，而咖哩就裝在大鍋裡，每個人分盛來吃。

父子們邊吃晚餐邊看電視，這時段正在播放由地方電視臺製作的縣知事選舉特輯。候選人共四名，但其實這次選舉等於是現任知事白石與前任知事赤羽兩人的一對一選戰。四年前的縣知事選舉時，兩人就對戰過一次了，雙方陣營各自擁有人數不相上下的狂熱支持者，始終憎惡著彼此。要說此次選戰是兩位大將的捉對廝殺，其實更像是兩支騎兵隊的大會戰。

註：文庫本，日本一種書籍出版形式，為A6尺寸，攜帶方便且價格低廉。

由於兩位候選人分別姓白石與赤羽，媒體開心地為此次選舉冠上了「紅白縣知事大選」的稱號。外表清爽整潔、有著學者氣質的白石，卻給人不太有擔當的印象；相對地，乍看長相蠻橫、豪氣可靠的赤羽卻似乎有其行事輕率之處，兩人形成相當有趣的對比。

「外面在傳啊，聽說赤羽背後有奇怪的團體撐腰哦。」鷹一面將咖哩送進口中一面說道。

「奇怪的團體是什麼團體？」葵笑著說：「鷹你平常身邊那群不是忙著賭博就是四處找人打賭的朋友才奇怪吧。」

「我們只是好賭罷了，願賭服輸，自有我們的樂趣在，才不像那些想靠選舉在政壇竄起的傢伙咧。他們根本輸不起，所以不管使出多骯髒的手段都要贏。只許贏不許輸的傢伙，一點品格也沒有。」

「如果無論哪一方當選都會引起騷動，這樣的知事選舉還不如不要辦吧。」悟笑了，「你們知道菲律賓民答那峨島的事件嗎？現任省長的勁敵才打算參選，他的一票親戚朋友馬上被綁架殺掉了。」

「只是因為選舉？」由紀夫訝異不已。

「或許這就是身為現任官員的優勢吧。那起事件死了五十多人哦，很誇張吧。」

「我們縣的選舉，火藥味也頗重呢。」鷹似乎很樂。

「選舉還真恐怖。」由紀夫打從心底這麼認為。

用完餐，一家人旋即移至和室房準備打麻將。本來由紀夫以期中考在即為由拒絕了，鷹卻邀他說：「可是今天動不在，三缺一，你就來湊一腳嘛，功課晚點讓悟教你就好了吧。」

由紀夫雖然嫌麻煩，還是應道：「那我只打一個小時哦。」因為他其實不討厭打麻將。

「動還在學校嗎？」

「都四十多歲了還在跟中學生攪和，動這人就是愛管閒事。」

「啊。」這時，坐在由紀夫正對面的葵突然出聲，像是猛地想起什麼重要的事，「對了，動的同事，那個很可愛的數學老師，我居然忘了她的名字。」說著偏起了頭，「是叫什麼來著？」

「誰記得啊，拜託。」鷹哼了一聲。

年近四十的葵，天生一張娃娃臉，一根白髮也沒有，髮際線也絲毫沒有後退的跡象，光看外表猜測他的年紀，通常會比實際年齡少個十歲。由紀夫與葵走在街頭，也常被誤認為是兄弟。葵的鼻梁高挺，五官深邃，雙眼皮的眼睛總是透出堅毅的眼神。偶爾露出一臉沉思，旁人多半以為他是在思考什麼意義重大的事情，即使他只是在思考晚餐要吃什麼，或是想起電視上某位偶像女星穿泳裝的身影，他那副神情映在女性眼中，只會覺得他是在憂國憂民憂天下，女性因此感動得眼眶含淚，心想天啊，他究竟是在思考多麼深遠的世事呢？但那種時候，葵的腦袋裡通常想的只有女人，豈止不深遠，根本是膚淺到知情的人都會錯愕得幾乎站不穩的地步。

由紀夫面向麻將牌，全神貫注地看著手牌牌面。早在他懂事時，家裡就有張麻將桌在。不曉得是真實回憶，還是後來自己捏造添加的記憶，他甚至有模糊的印象，記得自己還是幼兒時便在和室房裡東爬西爬，望著四位父親神情認真地打麻將。

中學二年級時，由紀夫曾經問母親。

「所以，媽，是愛打麻將的男人特別吸引妳嗎？」

由紀夫的四位父親，無論是外表、職業、個性、興趣，都有著天壤之別，因此當他終於發現四個父親唯一的共通點時，內心浮上一絲安心。然而見母親知代不慌不忙地回道：「跟麻將無關啊，只是湊巧。湊巧啦。」由紀夫再度陷入更深的困惑。

「那妳為什麼會同時和他們四個人交往？」由紀夫也曾大膽拋出這個問題。不過冷靜想想，要是四人都是同一類型的，也就沒必要和四個人交往了吧。所以母親之所以同時和四人交往，一定是因為他們各有各的特色。雖然以道德倫理觀來看很難接受，由紀夫倒不是無法理解母親的出發點。

在由紀夫的家裡，麻將是隨手可得的娛樂之一，因此他過了很久才曉得自己家和朋友家有個很大的差異，並不是每個人家裡都有電動麻將桌，更別說每隔一段時間就會汰舊桌換新桌了。

麻將開戰沒多久，坐在由紀夫左手邊，也就是上家的悟開口了：「對喔，說起來，由紀夫還是第一次帶女朋友來家裡呢。」邊說邊撫著下巴的悟，嘴角的皺紋顯得更深了。

悟，別多嘴啦！——由紀夫還來不及堵住悟的嘴，葵那紅潤的雙脣已經吐出了話語：「什麼？女朋友來家裡？怎麼回事？」

「今天由紀夫的女朋友出現嘍。」挺起胸膛得意地應聲的是鷹。

「騙人的吧！」葵睜圓了眼。

「真遺憾吶，葵沒能見到她。」鷹的語氣裡聽不出半點遺憾，「嗯，不過這種事也是要看運氣啦。」說著將麻將牌「喀噔」一聲扣在桌面上。

「這怎麼行呢？我還沒鑑定過那女孩兒適不適合由紀夫耶。」葵邊說邊伸出修長的手臂，從成排的麻將牌中摸牌。

「我已經講很多次了，多惠子並不是我的女朋友，只是班上同學。」

「她叫多惠子呀？是怎樣的女孩子？」葵毫不掩飾好奇心，望著由紀夫問道。

「多惠子長得很可愛哦。」鷹一副深得我心的語氣。

「很有禮貌，看起來個性開朗，像是藏不住話的女孩子。」悟望著牌面低聲說道。

「對了，人家多惠子可是說了哦，她說我和由紀夫長得很像呢！」鷹沾沾自喜地說道。雖然他一副不經意說出口的模樣，想也知道他一直在伺機說出這件事。

四位父親當中，只有一位是由紀夫的生父，因此這四人總是試圖在由紀夫身上找到與自己相似的點以求安心。每次提到由紀夫的考試成績優秀，就有人點著頭說嗯嗯很像我；五十公尺短跑測驗跑出全班第一的紀錄，就有人抬頭挺胸地說沒錯這孩子體內流著我的血液；二月時收到女同學送的巧克力，就有人笑咪咪地說真不愧是我的孩子；而年末抽獎活動中抽到了米，就有人一臉得意地說看吧這孩子和我一樣賭運超強。這些在由紀夫看來，不免覺得他們正是因為擔心搞不好孩子並不是自己的種，才會有這樣強烈的反應。

「多惠子真的這麼說嗎？」葵睜大他那雙原本就很大的眼睛。

「千真萬確。真的真的，對吧？」鷹看向由紀夫尋求應和。

「不好意思喔，多惠子看到悟之後，又改口說我和悟長得很像。」

「喂喂喂，真的假的……」這回換鷹的臉頰微顫了。

由紀夫摸了張牌，說了聲：「自摸。」將手牌攤到桌面上，一一念出役（註）的名稱，驕傲地屈指一算報出點數：「滿貫，八千點。」三位父親同時沮喪地垂下肩頭。

望著父親的模樣，幾段陳年回憶又浮上腦海。

好比說，小學的母姊會，通常教室後方都會站著一整排盛裝打扮的母親。但有一次，由紀夫的母親不巧那天抽不開身，便事前交代了父親代為出席。由紀夫也沒想太多，心想反正會是四個父親當中的一人來參加吧，再怎麼說，四個人一起出現也太醒目了。由紀夫單純地相信，他的父親應該還具有這種程度的常識判斷能力。然而謎底揭曉，當天四個人肩並肩出現在教室後方。

「那四人組是怎麼回事啊？」同學們的一片訝異聲中，由紀夫只覺得丟臉死了，始終低著頭咬牙忍耐，硬是裝作沒聽見四人「由紀夫！由紀夫！」的連聲呼喚，隔天即使朋友問他那些人是誰，由紀夫也裝傻回道：「對呀，那些人不知道是誰呢，很奇怪喔，一定是學校的怪談之一吧。」

關於父親節，也有難忘的回憶。不用說，當然是學校作業要交「我的父親」肖像畫時發生的事。由紀夫放學回到家，提起了父親節的作業。「喔，是嗎。」父親們一開始都表現出毫不在意的態度，但事實上他們每個人都興致十足……不，應該說是戰戰兢兢地揣想著由紀夫究竟會畫下誰的面孔。他們輪流來到面對著空白圖畫紙的由紀夫身旁關切道：「如何？畫得出來嗎？」「還順利嗎？」

第二天，由紀夫正想悄悄地將完成的畫帶去學校，母親知代竟天真無邪地問了他：「由紀夫，你畫了什麼？」這下子不得不當場攤開來讓家人看了，四位父親旋即湊上來一看，由紀夫狼狽不已，沒想到父親們竟然心滿意足地說道：「哦，原來如此。」意思似乎是「哦，原來如此，果然跟我很像。」看樣子，這四人心中顯然各有一套自我解釋，好比眼睛和我很像、看那嘴角不正是我嗎、那是我的眉毛形狀、髮形髮際線都和我一模一樣呢，然後開心地相信這張父親肖像畫畫的正是自己。

「畫得真好呢。」知代只說了這句，露出燦爛的笑容。

怎麼會這樣？當時的由紀夫畢竟年僅十歲，心中困惑不已，因為昨晚他遲遲無法決定畫下哪一位父親的面容，最後只好攤開國語課本，照著上頭大文豪的照片描摹了起來，如此而已。然而，父親們那一廂情願的自我解釋究竟是怎麼回事？

後來上了中學，由紀夫在悟的書房找到關於基因的書，讀完之後，他提議：「去檢查一下不就知道了？」說出這句話的當時，也是在麻將桌旁。

「你說什麼？」四位父親當場睜圓了眼。

「最近有一種DNA鑑定，你們曉得吧？」

四人同時皺起眉，不甚情願地承認：「曉得啊。」

「所以啊，只要去鑑定一下，不就知道我的生父到底是誰了？」

父親們一臉「不用你講我也知道」的表情，望著由紀夫說：「關於究竟誰才是你的親生父親，這部分的分析，我們應該算得上是專家了。」父親們講得很像一回事之後，又說：「但是，

註：役，日本麻將的胡牌牌型。

我們不會去做那種鑑定。」

即使是好賭成性、最愛以一賭決勝負的鷹，也面露怯意說：「要是做了那種鑑定，結果出來說我不是生父怎麼辦……」看來他們真的是千百個不願意知道真相。

看到四人如此寂寥的深刻神情，由紀夫從此再也沒提起「ＤＮＡ」的話題了。

球離手，穿過籃框，發出「咻啪」的好聽聲響。籃框網搖擺著，籃球在地面「咚、咚」地彈跳，宛如野獸輕快的腳步聲。清晨的體育館內空無一人，只有由紀夫獨自追逐著球。球一回到手上，他緩緩屈膝，稍微沉下身子，同時將球舉至額頭高度，接著身子抽高一躍，膝蓋倏地打直，手臂順勢一揮投出了球。球在空中畫出大大的弧線，宛如被籃框吸進去似地，再次發出「咻啪」的聲響，然後是「咚、咚」的野獸腳步聲。即使在考試期間，由紀夫每天一到學校便直奔體育館，上籃球場練習投籃。或許是因為從小就聽父親勳耳提面命：「只要一天沒練習，投籃的準度就會變差。」由紀夫要是一天沒投個幾球，內心就會揣揣不安，所以他總會先練習三十分鐘左右，再換回制服進教室。

一坐到位子上，擔心的事還是發生了，只見多惠子湊了過來。由紀夫心想，真麻煩，她一定是來聊昨天登門拜訪的事。沒想到她在由紀夫的前面位子一坐下便低聲說道：「噯，今天放學，我再去你家玩好嗎？」

「那是小宮山的座位，讓開啦。」

「咦？小宮山君今天會來嗎？」多惠子慌忙起身。

「不知道，我只是覺得他差不多要來上課了吧。」

「嗯，已經快半個月了，不知道他都在幹什麼呢？」

小宮山沒來上學，剛開始大家都以為他只是得了最近已經不流行的流行性感冒，由紀夫也是這麼想，導師後藤田似乎也覺得小宮山應該只是生了小病。雖然也是有人提起「不知道小宮山怎麼了呢？怎麼請這麼長的假呢？」甚至傳出謠言說「會不會是因為三年級的二壘手學長不想一直坐冷板凳，所以對小宮山做了什麼事？」至於那個「什麼事」，有人說是釘小人，有人說是暗殺，而當然，大家都沒認真看待這類傳聞。

後藤田是直到四天前才突然覺得情況不太對，打了電話聯絡小宮山的家人。

接著他回到全班同學面前說有話要問大家，一副像是自己一直都很擔心小宮山的態度說：「關於小宮山缺席的事，他母親說，他只說他不想來學校。你們有沒有想到什麼可能的原因呢？」

由紀夫與班上同學異口同聲地回道：「沒有。」因為他們真的毫無頭緒，後藤田也只能偏起頭嘟囔著：「這樣啊。是個謎呢……」由紀夫不由得心想，身為教師，面對學生不肯上學時，怎麼會以一句「是個謎」帶過呢？

「我知道了，是由紀夫你們一直在霸凌小宮山君吧？」多惠子說道。

「怎麼可能，妳說說看那個像岩石一樣的大個兒是要怎麼個霸凌法？真要講起來，我只聽過小宮山欺負他們棒球社的學弟吧。」

「那就是小宮山君突然良心發現，關在家裡苛責自己為什麼會做出霸凌學弟這種行為。」

「小宮山不但個頭像岩石一樣壯碩，神經也像樹幹一樣粗耶。」

「好，那我們今天放學去他家看看吧。」

「為什麼要去？」

「你不是也很擔心他嗎？」

「不是那個意思，我是問妳，為什麼我也要去？」

「由紀夫，你不是小宮山君的朋友嗎？」

「我想，他應該還有其他更要好的朋友吧。」

「可是啊，要是小宮山君聽說世界上居然有個高中生家裡有四個父親，一定會嚇一大跳而想來上學了吧。」

「喂！」由紀夫厲聲叫住多惠子後，旋即壓低聲音說：「那件事，妳沒跟其他人講吧？」

「放心吧。」多惠子神情認真地用力點了個頭，由紀夫登時鬆了口氣，但幾乎於此同時，多惠子補了一句：「只有我老爸知道。」由紀夫錯愕得口水都噴了出來：「等一下！妳跟妳爸和好了啊!?」

上課鐘終於響起，多惠子回去自己的座位。由紀夫嘆著氣，將筆記本拿到課桌上，鄰座戴著眼鏡的男同學湊近來說：「嗳，由紀夫君。」

男同學的制服立領散發出炫目的白色塑膠質光芒，宛如健康的牙齒。

「什麼事？殿下。」由紀夫應道。當然，一所普通縣立高中裡，不會有殿下存在，而且從外表來看，這位男同學怎麼看都只是個小個頭的高中男生，劉海全垂在眼睛上方，圓圓的臉蛋，搭配那穩重的說話方式，在在散發出認真的氣質與良好的教養。至於為什麼大家會開始喊他「殿下」，原因已不可考，或許是因為他總是給人優雅從容、不食人間煙火的印象吧。

「由紀夫君，我說，剛剛啊……」殿下不疾不徐地說道：「我聽到你們在說什麼父親、什麼四個的，到底是什麼事呀？」

殿下的耳朵還真尖。由紀夫苦笑著敷衍道：「沒什麼啦，亂聊而已。」

「聊什麼嘛？」殿下追問。

「我和多惠子說，我們結婚以後來生四個小孩吧。就聊這些啊。」由紀夫胡扯一通，殿下聽了，有氣無力地回了一聲「是喔」，神情中已看不出絲毫的好奇心。

放學回家路上，多惠子又不請自來地出現在由紀夫身旁，語氣開朗地威脅道：「走嘍走嘍！要是不想讓你爸的事曝光，就一起去小宮山君家吧！」

由紀夫的腦海掠過父親葵的教誨，這段話真的是由紀夫從小學時代聽葵念到大的，那就是：「當女生有求於你，只要狀況還不至於無法接受，絕對不能拒絕人家哦。」這根本只是讓男生更加不知所措的指示嘛。

只不過，父母給予的教誨總會在不知不覺間滲入孩子的行動基準或思考邏輯中，成長後即使面臨了狀況，心下懷疑是否該聽話照做，似乎還是揮不去幼年時期受到的影響。由紀夫也一樣，回過神來，才發現自己已經答應了多惠子的邀約，「知道了啦，走吧。」

「喂喂喂，小宮山也很奸詐嘛！」由紀夫站在公寓大樓前對多惠子說：「妳看，居然住在這麼高檔的大樓裡，一定是有錢人吶。」

「一個人住的房子高級與否，跟他奸不奸詐沒關係吧。」

由紀夫之前就曉得小宮山家位在他們這一區的某棟公寓大樓裡，但實際站到大樓前方眺望他家，這還是頭一遭。整棟大概有二十層樓高吧，外觀設計走低調風格，簡約而堅固地矗立在社區一隅，更顯其高級感。仔細觀察發現，隔著二線道馬路的正對面，也有一棟類似的高級公寓大樓，卻是另一家建設公司的建案。兩棟高檔樓房各霸一方，宛如兩個巨人隔著道路互相瞪視。

「乍看覺得很樸素，不過看久了就發現，其實這種設計看起來更有氣勢呢。」多惠子指著公寓大樓說道。

方才來到大樓前方時，就大概猜得到了——這棟樓的大門果然是中央管理的自動鎖，即使只是進入一樓大廳，也需要鑰匙或通行證。大門旁設有對講機，多惠子毫不猶豫地按下小宮山家的房門號碼，按了之後才問由紀夫：「噯，要說什麼好？」

「拜託妳先想好再摁門鈴好嗎？」

對方遲遲沒有回音，由紀夫和多惠子一逕望著鴉雀無聲的對講機。在這鴉雀無聲的住宅區的高格調公寓大樓前等待著住戶的回應，感覺實在很不自在。過了一會兒，對講機終於傳出女性的聲音，對方語帶遲疑地問道：「請問是哪位？」

「我們是小宮山君的同學。」多惠子大剌剌地報上自己的姓名。

「同學啊……」對方幽幽地囁嚅著，語氣中聽得出有所警戒，「請稍等一下。」說著掛斷了通話。

多惠子得意地看向由紀夫，一副就是想說「你看，我就說他在家吧」的神情，於是由紀夫蹙起眉頭問：「妳打算幹嘛？」

「帶小宮山君去學校呀。」

「妳太一廂情願了吧。」由紀夫的語氣一點也不委婉，「拉人去學校是不對的。又沒辦法保證每個人去了學校就會幸福。」

由紀夫說著再度仰望這棟公寓大樓，暗褐色的外牆宛如礦石。

他想像著，小宮山就是窩在這棟高級大樓裡的某間房內大門不出、二門不邁，換作是我，也不想走出這棟樓啊。從他家看出來外頭的街坊，或許只覺得是死老百姓群聚生活的廣場吧。

「不是啦，我也很討厭去學校啊，所以看到只有小宮山君可以不用來，你不覺得很不公平嗎？大家都是忍耐著、勉強著自己去上學。我想告訴他的是，不可以耍奸詐，快點走出家門一起去學校吧。」

「所以妳打算來硬的？」

「是順路帶他上學。順路順路。」

「妳這人個性還真不可愛。」

入口大門才響起開鎖聲，一名中等身材的婦人已經出現在門口，燙得微鬈的頭髮披散著，眼眶與臉頰顯得暗沉，不知道是剛起床還是太累的關係。她是小宮山的母親，由於這裡離由紀夫家不遠，由紀夫也曾數度在街上與她擦身而過，但印象中的小宮山母親遠比眼前的這位婦人要有霸氣多了。

「您好。」多惠子開朗地迎面打了招呼。

婦人則是滿臉怯懦，不知怎的一時沒吭聲。

「我們來，是想帶小宮山君去學校上課。」

「請問他在棒球社是不是出了什麼事？」由紀夫也不好沉默地杵在一旁，只好把這事情拿出來問。

「他一直把自己關在房間裡不肯出來……」小宮山母親似乎很慌張，不敢和多惠子他們對上視線。由紀夫看在眼裡，心中暗忖，小宮山的媽媽完全沒有做母親的威嚴與氣勢啊。

「讓我來吧，我會把他硬拖出房間的。」多惠子一臉認真地說道，一邊伸直手臂比畫著拔河的動作。

「還是別這麼做吧……」小宮山母親依然垂著臉，靜靜地搖了搖頭。

「小宮山會對您出手嗎？」由紀夫望著她畏怯的模樣，腦中想像了起來。要是被那個有著寬闊肩膀與傲人厚實胸膛的小宮山暴力相向，這位雍容的母親應該撐不到三秒就倒了吧。

但小宮山母親既沒承認也沒否認，只是說：「這是我們的家務事。」婉轉地想打發他們走，雖然語氣中沒有怒意，但很顯然是在責怪他們多管閒事。

由紀夫與多惠子對看一眼之後，說道：「那我們先告辭了。」正打算轉身離開，執拗的多惠子又補了一句：「我們改天再來拜訪。」

「請問……是社團裡出了什麼事嗎？」由紀夫再次問道。

「呃……」小宮山母親眨了好幾次眼，寂寥的神色似乎是出於感嘆自身的無能為力，接著她搖了搖頭說：「謝謝你的關心，不過，請別再管我們家的事了。」

說完她旋即轉身，身影消失在門後。大門穩穩地關上，彷彿對兩人說：「快走吧！」

「看，我就說是白費力氣吧。」

「你沒聽過嗎？人生中有意義的事，乍看之下大多是在做白工。」

「誰的名言？」

「我朋友。那個人好一陣子都在挖掘豐臣秀吉的寶藏。」

「真是深具說服力的至理名言啊。」由紀夫語帶諷刺地緩緩說道。

那一天，到了晚餐時間，母親知代依舊沒回家。「她說要加班吶。」葵說。身材修長高挺的他，手臂也很長，張開雙臂說話的模樣宛如蝴蝶展翅般優雅。

「又在趕交期了吧。真是的，這麼操的公司，不幹也罷。」鷹說道。他將體育報攤在餐桌上，拿簽字筆在上頭寫著什麼，視線緊盯著賽馬馬匹的名字、編號及成串相關的數字，應該是在等待這些活字幫他喚來什麼下注靈感吧。

坐在由紀夫面前的悟則是默默地托著臉頰，視線落在一本厚厚的書上頭，那是之前在二手書店買到的日本作家全集。

坐在右手邊的勳搔著一頭短髮，低聲嘀咕道：「就是有像鷹你這樣的大人，一遇到困難就想躲開，現在的小鬼才會那麼軟弱，除了逃避還是逃避。」一身健壯肌肉的勳一坐到餐桌旁，存在感也接近兩人的分量。

「身為中學教師，不要開口閉口叫人家小鬼好嗎？」鷹頭也不抬地回道，眼睛依舊緊盯著賽馬專欄，「再說小鬼沒用又不是一天兩天的事，八百年前的小鬼就這麼軟弱了啊。誰都想逃離辛苦和麻煩事，不管是大人還是小鬼都一樣的啦。」

「遇到辛苦和麻煩事就逃掉，只有十幾歲的時候還行得通。模仿同學或前輩蹺課、懶散度日、做些無聊事自以為帥氣，如果還是十多歲，愛怎麼做都隨你便。只不過啊，過了那個年紀，遲早會發現現實不是那麼回事，繼續逃避下去不但找不到工作，也沒辦法過像樣的日子。」勳難得這麼多話。說完他將碗裡的飯扒進嘴裡使勁嚼著，然後伸出筷子夾了炸雞塊扔進嘴裡，「如果呢，察覺了這件事而懂得反省，後悔自己當初要是認真念書就好了，這樣的小子還算有救。偏偏大部分的傢伙只是繼續逃避，一心只想著有沒有輕鬆賺錢的方法。」

「原來如此。」悟聲音低沉地簡短應了一聲，視線同樣沒離開他的書本。

「那這些傢伙會變成什麼模樣呢？勳老師。」鷹以開玩笑的語氣問道。

「勳，上回我見過一次的那位數學女老師，你說叫什麼名字來著？」至於葵，則是面不改色地問了毫不相干的問題。

「聽好了，這些小鬼到後來滿腦子只會想著如何敲詐腳踏實地認真過日子的人。」

「原來如此。」悟點頭稱是。

「不然呢，就是想賺天上掉下來的錢財而沉迷於賭博；再不然呢，就是靠一張嘴把到女人，吃軟飯度日。」勳意有所指地提高音量說道，很顯然是在揶揄鷹和葵，但兩名當事人都是一副興趣缺缺的反應。鷹悠哉悠哉地說：「賭博能夠使人成長哦。」葵則是又問了一次：「勳，那位美女老師到底叫什麼名字嘛？」

「你學校是不是出了什麼狀況？」由紀夫瞅著比平日激動許多的勳問道。

「學校裡永遠都有狀況。」勳輕蔑地笑了笑，「一群十三、四歲的小鬼關在教室裡，什麼狀況都沒有才恐怖吧。」

「畢竟是視自尊心為一切、血氣方剛的年紀啊。」鷹說道。

「性慾開始作祟，自己的行為常常無法控制呢。」葵微笑。

「總以為與朋友之間的關係，就是人生的全部。」悟低喃。

「明明還是懵懵懂懂，」勳那眼角有些下垂的雙眼露出怒意，忿忿地說道：「只是輕易地取得了一堆情報資訊，就以為自己無所不知，甚至覺得自己比大人們還要偉大好幾倍。真是夠了，我們可是比那些小鬼多活了三十幾年好嗎？」

「的確是多活了幾年啦，不過，我們也沒有多偉大就是了。」

「中學生呢，只要和女人睡過一次就覺得自己很了不起嘍。」

「他們嘲笑大人、張牙舞爪地要叛逆，其實只是想撒嬌吧。」

「所以呢？勳，這次到底是發生了什麼事？你又揍了學生嗎？」由紀夫這麼一問，勳登時臭著一張臉說：

「什麼叫『又』？講得好像我以前也幹過似的。」

「哎喲，你從前不是常出手嗎？」那是數年前發生的事，當時勳的學生在鬧區街頭被別校的不良學生襲擊，動介入大打出手，而由於他的身手太過矯健，路人還以為現場是在拍電影。總而言之，雖然情有可原，身為教師的動畢竟是動用了暴力。後來好一陣子，家裡都開玩笑稱他為「暴力教師」。當動準備進浴室，鷹就會在一旁說：「暴力教師要去洗澡嘍。」而回到家時，知代也會笑著鬧他說：「暴力教師回來嘍。」

「這次動手的不是我，是隔壁班的導師。」

「是那個可愛的數學老師嗎？」

「不是。」動沉著臉回道。「他們班上有個學生很囂張，不但妨礙老師上課，還一副不可一世的樣子。」

「妨礙老師上課？那就跟坐雲霄飛車是一樣的道理嘛。」鷹揮舞著手上的筷子，在空中畫出雲霄飛車的飛馳軌道，「這些小鬼說穿了就是在萬全的保護中撒野。反正教師再凶也是有極限的，學校老師和爸媽都沒什麼好怕的，對著大人齜牙咧嘴虛張聲勢，簡單講就是幼稚吧。」

「沒錯。」動垂下眉說道：「後來呢，那個幼稚的學生朝著班導吐了口水。」

「還真敢呢。」鷹笑道。

「那位級任老師當然也忍無可忍了。」

「女老師嗎？」葵還不死心。

「男的。」動一臉嫌煩的表情回道：「很年輕，新來沒多久。他一氣之下揪住了那個學生的衣領。」

「然後呢？那個學生一定是這麼說吧：『有種你就揍揍看啊，當老師的要是揍了人，會有什麼下場呢？』」

動嚇了一跳，直直望向鷹：「你怎麼知道？」

「要挑釁就脫不了這幾句話吧，我還是小鬼的時候也常講啊。」

「你果然是萬惡的淵藪。」

「後來呢？那個新來的老師動手了嗎？」由紀夫插嘴道。

「嗯，揍下去了。」

「賞巴掌嗎？」鷹問。「賞巴掌啊。」動答。

「出拳頭才叫揍，賞巴掌只是拍拍他、警告一下而已。還是現在的學生連拍一下也不行？」

「問題有點複雜，那傢伙的爸爸好像來頭不小，媽媽也是個愛碎嘴、講話快、手腳也快的人。」

「也就是說？」悟問。

「家長馬上跑來學校了。」

「那個新來的老師怎麼不順便拍拍那對爸媽嘛。」鷹隨口說出不負責任的建議。

「後來那位年輕老師怎麼了？」悟無論何時都是一副冷靜眺望事物的觀察者態度。

「校方強制他在家閉關檢討一星期。而那名學生一點兒事也沒有，班上同學還把他當英雄看待。」動說完，大大地嘆了口氣，接著將筷子往餐桌中央伸去。

一直凝望著動的舉止的另外三位父親，毫無預警地，突然異口同聲地開玩笑道：「暴力教師要吃炸雞塊嘍。」

用完餐後，鷹和葵看著募集一般民眾參加的益智問答節目，由紀夫在一旁攤開課本邊聽悟講解邊做習題，動則是翻閱著籃球或格鬥技的專門雜誌，不時像是突然想起似地開口說：「由紀夫，就算社團暫停活動，每天還是要記得做投籃練習哦。」

「有啊，我每天早上都會練。」

「要是對方從外側猛攻過來，第一個要顧好的就是正面防守哦。」

「我說啊，」由紀夫頓了一頓，環視四位父親之後，開口了：「你們不用瞎操心，媽也會平安回來的，沒必要聚在這裡等門吧。」

由紀夫察覺到，這四人都沒打算回自己房間去，一直待在客廳裡又一副坐立不安的樣子，原因再明顯不過，因為他們四人都很擔心知代這麼晚還沒回來。

「誰擔心她來著，你想太多了。」鷹語氣粗魯地回道。

「最近治安不太好，去接她吧？」動轉過頭看向時鐘。

「搞不好她又搭計程車回來呢？」悟怕兩人不巧錯過。

「她會不會是去參加聯誼了啊？」葵語帶苦澀地笑道。

最後葵說的那句聯誼什麼的，當然只是開玩笑，由紀夫卻想起一件事，「對了，媽上次說，她陪公司同事去參加聯誼了哦。」四道銳利的視線登時射向由紀夫。

「不會吧？」四人同聲問道。

由紀夫嫌解釋細節太麻煩，話只說到這。他比較好奇的是，母親都年過四十了，就算跑去參加年輕人的聯誼活動，父親們有什麼好擔心的？該擔心的應該是那些與會男生會不會因此驚慌失措吧？要不也應該把精神花在指責母親「拜託妳想想自己幾歲了」才對呀？由紀夫說出心中的疑惑，四位父親則是一樣的反應，同時搖著頭鄭重地反駁：「你不懂。你不明白她的魅力何在，才會這麼說。」

由紀夫闔上課本，決定今晚的考前複習就此收工，接著將視線移向電視看了起來，只見畫面中的答題者額頭冒汗，偏起頭死命思索著。翻著體育雜誌的勳也不知不覺伸長脖子湊到葵和鷹身邊望向電視螢幕。

「這個人也太激動了吧？」由紀夫指著畫面上戴著眼鏡的中年男人，「好像緊張得不得了呢。」他很訝異益智問答節目為什麼會氣氛如此緊繃。

「因為攸關一千萬圓啊。」

「題目是什麼？」悟問道。

「中島敦晚年由於工作關係定居海外，請問是下列哪一個國家呢？」葵故意模仿說英語的語氣，怪腔怪調地念了一長串。

「這種問題，鬼才知道啊。」勳搖著頭。

「那個叫中島的是誰啊？」鷹皺起眉頭，「腳踏車賽的選手嗎？」

「帛琉。」悟淡淡地說道：「帛琉的南洋廳內務部地方課。」

葵當場回過頭盯著悟，接著是勳和由紀夫同時轉頭，晚了一點回頭的鷹說道：「悟，為什麼你連這種事都知道!?」鷹訝異不已，「求求你，去報名參加吧！贏一千萬回來啊！」

「只是碰巧猜對啦。」悟的臉上毫無笑意，一副百無聊賴的神情摩挲著下巴。

節目中的答題者終究是沒答對，撐到答題時限的最後一秒、狠狠瞪著四個選項、考慮再考慮所選出的答案，還是猜錯了。觀眾席上他的妻子失望地垂著頭，即使對著鏡頭坦蕩蕩地說：「嗯，這也是沒辦法的事。」語氣中卻難掩懊悔，「不過真的好可惜，唉，一千萬圓耶……」

隔天早上，由紀夫一到學校，先去體育館練習投籃之後再進教室，前座的小宮山依舊沒來上學。前一天看到小宮山母親的態度，想也知道小宮山不大可能來學校，但多惠子卻不死心地一直追問：「為什麼小宮山君還是沒來呢？我們都特地跑去他家找他了耶！」

「麻煩回妳的座位去，可以嗎？」由紀夫指著窗邊。窗外一片晴朗，初夏的陽光照耀著窗簾。

「今天啊，」多惠子將臉湊了過來，壓低聲音說：「可以去你家嗎？」

「快考試了耶。」

「你的意思是，考完試以後就可以去嗎？」

「期中考之後，就是期末考之前，我們無論何時都是處於某個考試之前的狀態，所以妳永遠都不能來我家。」

「滿口歪理。」

「不是講歪理，我是很露骨地表示拒絕。」由紀夫板起臉。

「你嘴上這麼說，其實很希望我去你家玩吧？」

聽到多惠子這句話，由紀夫只覺得無力，腦中不禁聯想到，有些中年男人會不斷對女性做出惹人厭的性暗示舉動，還嘻皮笑臉地和對方說：「女生說討厭啦討厭啦，其實是愛得不得了吧。」由紀夫由衷同情那些受到騷擾的女性。被這種人這樣一句話堵回來，到底該怎麼做才能讓對方明白自己的抗拒呢？

「噯，由紀夫君，不好意思哦，你們聊得正開心。」這時左鄰的殿下靠了過來。由紀夫心想，是救星來了嗎？不管如何，能夠幫他轉移話題就是最大的助力。

「殿下，我和由紀夫正在講話耶。」多惠子嘛起嘴。由紀夫立刻回了一句：「殿下的命令是不可違抗的。」

「這個題目，你會解嗎？」殿下攤開手上的題庫，擺到由紀夫面前，「這是補習班給的題目，可是我解不出來，又沒有附解答。」

「咦？這不是大學入學考的題目嗎？殿下，恕我愚昧，可是我們現在才高二耶，下週三要舉行的只是期中考啊？」多惠子嚷嚷著，而殿下只是頂著那張圓嘟嘟的臉，眉頭也沒皺一下便回道：「我說啊，敝人和大家的目標是不同的。我在乎的不是眼前的考試，而是未來的大考。比起期中考，對我來說，更重要的是大學入學考試吧。嗯。」

「真不愧是殿下，早早就展望未來了。」由紀夫故意有些誇張地表達內心的欽佩。

接著他看向那本題庫。「我也要看、我也要看。」多惠子也湊了過來。她的短髮微微飄散出說不出是香皂還是香水還是水果的香味，由紀夫一時之間閉上眼，沉浸在那奇妙的香氣裡。

「整數$A = 19^n + (-1)^{n-1}2^{4n-3}$　($n = 1, 2, 3...$)，求能夠整除所有A的質數。」

「這是什麼嘛！」多惠子一臉像是見到惹人厭的蟲子似的表情，「完全看不懂。這東西我們學過嗎？根本看不懂在講什麼嘛。殿下，你傻了不成？」

「沒辦法，問題就長這樣啊，好像是國立大學入學考的考古題。由紀夫君，你解得出來嗎？」

由紀夫偏起頭直盯著問題，思考了一會兒之後，拿出自己的鉛筆和計算紙說：

「這個呢……，先用1帶入 n，整數A會等於21。接著用2帶入 n，A會等於329。也就是說，只看 n 等於1和2的狀況，能夠同時整除兩者的質數，就只有7了。」

「由紀夫？你在說什麼啊？」

「喔喔！對耶對耶！」殿下似乎聽懂了，連連拍手。

「所以呢，這個問題就變成：『試證明無論 n 為任何自然數，A都能夠被7整除。』」說著，由紀夫繼續在計算紙上振筆疾書，「啊，這裡應該是要用到那個定理：a^p-a 能夠被 p 整除。」

「天啊，現在是怎樣？由紀夫，你不是在開玩笑吧？真的解出來了？」

「由紀夫君果然很厲害。」

「沒有啦，我只是之前有一次做過類似的題目。」

「哪裡會冒出這種怪題目？」

「家裡。我爸教我的。」

「真的假的？哪個爸爸？不會吧！他教你做這種莫名其妙的題目？」

「悟很擅長解出這一類像是益智問答的試題。」

「騙人的吧——！」多惠子睜圓了眼，裝出快昏倒的模樣，接著慢吞吞地拿起殿下的那本題庫，「我覺得啊，這種問題本身就很有問題。」她說：「不是叫人家『求出 x』，就是『試證明什麼什麼』，姿態也擺得太高了吧，照理講應該更客氣一點啊，像是『請求出 x 的值』，或是『麻煩請證明什麼什麼』，不是嗎？」

「因為是題目嘛。」

「還有，這種題目在『求出 x』之後，還會補上一句『只不過，此處的 n 限制為自然數』，拜託可不可以不要這麼任性？什麼規定都是你們在講。」

「因為這就是題目，沒辦法呀。」

「噯，由紀夫君，『哪個爸爸』是什麼意思？是說你有很多個爸爸嗎？」殿下的耳朵果然很尖。

「殿下您就別拘泥於這種庶民的芝麻蒜皮小事了。」由紀夫回道。

結束一天的課程，由紀夫來到鞋櫃前方取出鞋子穿上，轉身正要朝門口走去，倉促的腳步聲從身後逼近。他抱著看破一切的心情暗忖：「應該是多惠子吧。」回頭一看，果然是她。

「由紀夫，發生什麼事了？怎麼一臉大徹大悟的爽朗表情？」

「大徹大悟了啊。反正再怎麼抗拒，追兵還是會跟到天涯海角。」

「有追兵嗎？在哪？太嚇人了吧？好恐怖哦！」

由紀夫怔怔地盯著她的肢體動作，聲音不帶抑揚頓挫地嘟囔：「很嚇人呀，好恐怖哦。」

一群女學生經過兩人身邊，當中一名開朗地向多惠子打了招呼，「學姊，妳今天不過去車站那邊嗎？」她似乎是多惠子壘球社的學妹。

「車站？今天有什麼活動嗎？」

「妳沒聽說嗎？田村麻呂好像會來呢！」

「咦？真的嗎？」多惠子登時睜大雙眼，但更驚訝的是一旁的由紀夫：「坂上田村麻呂（註）？那位征夷大將軍？」為什麼會來我們鎮上？而且為什麼會出現在現代？由紀夫一頭霧水。

「由紀夫，你傻了不成？我們講的是偶像歌手啦！偶像、田村、麻呂！」

居然幫旗下偶像取了這個藝名，經紀公司現在一定很後悔吧。——由紀夫只是直話直說，多惠子學妹們的視線卻宛如一道道銳利的箭射了過來。

「這是人家的本名啦，請你不要說她的壞話，也不要把她和什麼奇怪的大將軍相提並論！」

由紀夫心想，怪我幹嘛，要怪也是怪田村的爸媽吧；而且坂上田村麻呂也太可憐了，居然被說是「奇怪的大將軍」。再者，說不要「相提並論」的是妳們，可是把坂上田村麻呂的「田村麻呂」四字音調念得和那位偶像的名字一模一樣，不也是妳們在念的嗎？

「那位田村麻呂，很紅嗎？」由紀夫試圖緩和尷尬，但學妹們一聽便大叫：「咦——？真的假的！你沒聽過她？真是不敢相信！」她們那副不敢相信的神情當中甚至帶有輕蔑。

「不過應該是謠言吧？她最近又沒有演唱會，怎麼可能跑來我們這種小地方。」多惠子說。

「可是她的歌迷好像都去車站那邊了哦。我們約在商店街會合，等大家都到齊就過去車站堵人。」

馬上就要期中考了，是在幹嘛呀。——由紀夫悄聲嘀咕了一句。

「啊，多惠子學姊，這位是妳的男朋友嗎？」一位學妹信口問道。

「可能是哦——」多惠子故意說得曖昧。

「喂，麻煩妳斬釘截鐵地否認好嗎？」由紀夫出聲抗議，那群學妹早已走遠了。

「對了，」多惠子只當耳邊風，兀自轉移了話題，「自從知道你有四個父親之後啊，我心中的謎終於解開了，謝啦。」

「啊？」

「由紀夫你啊，十項全能不是嗎？一年級進籃球社就被編入正式球員，腦袋又聰明，雖然我們學校強調以升學為重，競爭激烈，你的成績卻一直是全校前幾名。你看，像剛才殿下拿出那麼難的題目，你也是兩三下就解出來了。而且啊，大家都說你很會照顧女孩子哦。」

「那是什麼小道消息？」

多惠子笑咪咪地說：「哎喲，大家都說由紀夫君很溫柔呢。」

「我不記得曾經對誰溫柔過啊。」

「譬如說呢，在聊天的時候，其他男生大部分都只顧講自己的事，我們女生愈聽愈無聊，男生卻毫不在意，全是一些自我中心的傢伙。可是啊，由紀夫你都會好好地聽我們講話，對吧？不管女生說什麼，你都會認真聽進去。嗯，雖然我講的話你會當作沒聽到就是了。」

註：坂上田村麻呂（七五八～八一一），日本平安時代的武官，因討平東北陸奥蝦夷的功勳，被封爲征夷大將軍，爲傳統日本文化中的「武神」。「坂上」是血系氏名，「田村」是子孫分支家名。

「不能只是因為這樣就判定男生溫不溫柔吧？」由紀夫驚訝得差點沒倒退三步。

——聽著，在女孩子面前，千萬不能一直講自己的事情哦，要好好地聆聽對方的話語，即使對方向你傾吐煩惱，也絕對不能提出建議，要把對方說的話聽到最後，然後說一句：「真是苦了妳了。」這樣就好了。喔，別忘了要邊聽邊點頭應和哦。

這段話，由紀夫從小聽葵諄諄叮嚀到大。「絕對不能聊起自己的輝煌戰績，那是全世界最最無聊的話題了。」

葵還這麼說過：

「舉例來說，現在突然發生了大地震。」

「多大的地震？」

「連地面都會裂開的大地震。」葵舉了個誇張的例子，「而由紀夫你被坍塌的磚牆壓在下面，大腿骨折了。」

「聽起來很痛。」

「這時候呢，和你在一起的女孩子相較之下只受了輕傷，假設只有手臂瘀青好了。ＯＫ，由紀夫，這種時候，你會對女孩子說什麼？」

現在是怎樣？這是益智問答嗎？由紀夫難掩錯愕，還是回道：「就說『還好妳只受了輕傷，可是我好像骨折了。』不是嗎？然後請對方帶我去醫院之類的。」

「完全不及格。」葵緩緩閉上眼，彷彿有一陣伴隨美麗香氣的輕風拂過他的臉龐，然後他搖了搖頭說：「那種時候應該要這麼說：『妳沒受傷吧？不必擔心我。只要妳沒事就好了。』」

「當然要擔心我啊，大腿骨折耶！」
「無所謂呀，總之呢，無論如何都要把對方放在第一位，知道嗎？大腿骨和女孩子，哪一個重要？」
「大腿骨。」由紀夫旋即回答。
「大腿骨遲早會接起來的，可是女孩子要是離你而去，就再也不會回來了哦。」
這段對話發生當時，由紀夫才剛升上中學，而直到現在，對話內容仍深深印在他的腦海。
「總而言之呢，」多惠子還在叨叨絮絮，「我一直覺得很不可思議，為什麼由紀夫會無所不能呢？而我現在終於明白了。因為由紀夫有四個父親，所以遺傳到了各方面的優點。我說的沒錯吧？」
她的言詞彷彿名為臆測的士兵，士兵們步步逼近，勇敢且堅決。前進吧！進攻吧！諸多臆測不斷地朝由紀夫攻去。
「根據遺傳學的理論，我只會遺傳到他們當中一個人的基因而已。」
「啊，對喔。」多惠子二話不說便停下了士兵們的腳步，由於太過乾脆，由紀夫反而有些失落，於是承認道：「不過，每個父親的確是各別教了我很多事情，或許多少有影響吧。」
「看！我說的沒錯吧！」
「喂，你是由紀夫嗎？」身後有人叫住了他。這時由紀夫和多惠子已步出校門，彎進右邊巷子前進了十公尺左右。回頭一看，眼前是一名沒見過的高個兒男子，穿著T恤與黑長褲，那T恤的袖子，說是短袖又太長，說是長袖又太短，看樣子也不可能拿來當束袖或束腰。明明只是初夏，男子已曬成一身古銅色。露出袖口的前臂肌膚上，以接近深綠或黑色的顏料畫了幾何圖樣，是刺青，而且圖案似乎是從肩膀一帶一路延伸到手腕部位。

男子的髮形，側頭部整個剃高，只剩頂部抓立起來的頭髮宛如沒整理好的雜亂草皮。而眉毛淡得只剩隱約形影，齒列很不整齊。不知是否膚色深的關係，由紀夫覺得男子長得像一根牛蒡。

這個人怎麼看都不是個腳踏實地勤勉度日的人，但年紀似乎與由紀夫不相上下，差不多是十八、九歲吧。

「請問您是？」由紀夫客氣地詢問對方，腦子同時快速地轉動著。

眼前這名男子顯然不是來找他握手說「很榮幸終於有機會親眼見到你」，當然也不像是會遞出繫著緞帶的禮物盒說「請收下我的心意」。

所以，來者不善。——由紀夫得出了結論。

幾名走在兩側人行道上的高中生看到由紀夫與牛蒡男面對面，露出懷疑的眼神。

「跟我來一下好嗎？」牛蒡男一個轉身便踏出步子，走沒兩步又回過頭來說：「喔，你們的長相我已經記住了，就算逃走，我還是會找上門的。」說完撇起嘴角邪邪地笑了，可能他覺得自己這句話威嚇力十足吧，但由紀夫卻聽出他說話方式中隱含的青澀，甚至覺得那我就恭敬不如從命，當場逃走好了。

「噯，別跟去比較好吧。」多惠子扯著由紀夫制服的手肘部位。

「請問找我有什麼事呢？」由紀夫問前方的男子。

「少囉嗦。」男子一臉不耐煩地停下腳步，慢吞吞地回過頭來瞪向由紀夫。由紀夫望著牛蒡男，腦中瞬間閃過一個念頭：「啊，就是現在。這個時間點出拳應該會命中。」

由於受到父親勳的耳濡目染，由紀夫也養成了一個習慣，只要有人一站到他面前，他便會忍不住開始分析對方此刻重心放在哪裡、手臂怎麼擺、下巴抬得多高。

運動方面十項全能，在籃球方面更是堪稱明星球員的勳，在由紀夫還是小孩子的時候便扔籃球給他一起玩，在格鬥技方面也教給了他許多的克敵技巧。

「不要教由紀夫那些野蠻的東西啦。」母親知代曾向勳抗議，勳的辯解是：「無論是籃球的運球衝出敵軍重圍，或是格鬥技的出拳攻向對手，都是要教他明白『攻其無備，出其不意』的道理呀。」但勳說是這麼說，其實只是因為他自己喜歡格鬥技。由紀夫還有印象，勳只要一有空，就會抓著他來一場模擬對打。

所以，眼前回過頭的牛蒡男在由紀夫看來，顯然毫無防備，自己隨時出手都有把握穩贏不輸。由紀夫知道此刻可以攻男子的下巴，但他也很清楚，揍了對方只會讓狀況變得棘手。

「你要我跟你去哪裡呢？」

「跟我走就是了，有個傢伙要讓你見一下。」

由紀夫聽到這話，便決定邁出步子跟在他後頭，而落後一步的後方，面有難色的多惠子也跟了上來。

由紀夫想像得到的可能性有四個，他決定問問看：「該不會是，我新的父親說要見我吧？」

「新的父親？你沒爸爸嗎？」牛蒡男蹙起眉頭。

「不，我不是那個意思。」由紀夫堆起笑臉搖搖頭，同時暗自鬆了口氣。要是再多一個父親，由紀夫大人就要升格為由紀夫卿大夫了。

「那，找我的是那個嗎？愛上我父親的女人。」由紀夫指的父親當然是葵，他身邊偶爾會冒出糾纏不清的女人，雖然頻率不高，大概兩年一次吧。

「你到底在講些什麼啊？」

彎過轉角，走沒多久便來到一條窄巷。這兒是舊住宅區，現在還住在這裡的可能都是老人家吧，路上幾乎不見行人，只見幾棟廉價汽車旅館孤伶伶地矗立。

「請問……應該和富田林先生扯不上關係吧？」

牛蒡男一聽，登時繃起臉，「喂，你認識富田林先生？」

「富田林？誰啊？」多惠子追了上來問道。不知怎的，她一副悠然自得的態度，方才的驚慌早已不見蹤影，彷彿接下來只是要和由紀夫去逛街買東西似的。

「有位富田林先生，專管賭場大小事情。」由紀夫向多惠子說明道。

「類似黑道老大嗎？」

「應該算是賭場頭子吧。」由紀夫想起關於富田林的種種恐怖傳聞，背脊不禁竄過一陣寒氣。

「喂，你和富田林先生有交情嗎？」牛蒡男似乎很在意這一點，語氣中帶著不安。

「沒有，只是聽過他的名字。」

「呿，別嚇人好不好！」

事實上，由紀夫與富田林有過數面之緣，但他研判此刻要是說出來，只會讓事情變得更複雜。

「那麼，還是……」由紀夫說出最後一個可能性，「我父親他們學校的學生，想抓我去洩憤？」

「你到底有幾個爸爸啊！」牛蒡男這句話只是想挖苦由紀夫，但對由紀夫而言，卻是被戳到痛處，口中頓時充滿苦澀。

「四個哦，他有四個爸爸。」一旁的多惠子插了嘴。

由紀夫不禁傻眼，妳不是答應我不會說出去的嗎？

牛蒡男一臉厭煩至極的神情，「四個爸爸是要幹什麼啊？少騙人了！」

路旁林立的破舊賓館之間，夾著一家老舊的眼科診所，帶有裂痕的窗玻璃、被陽光曬得褪色的窗簾、幽暗的院內，顯然已經沒在看診了。牛蒡男領頭穿過賓館與診所之間的小巷，前方出現一處停車場，四面大樓環繞。

「死胡同……」由紀夫不由得低喃出聲，這兒正是一條不折不扣的死巷，唯一的出路，就是他們方才踏進來、僅容兩輛車錯車的狹小路口。

這塊停車場似乎是月租型的，東側與西側各畫出四個停車格，但此時一輛車也沒有，空蕩蕩的停車場裡，只見鋪地的碎石與冒出石縫的雜草。

「喂，我把人帶來了。」牛蒡男仍背對著由紀夫，朝前方舉起手打招呼。由紀夫見他如此毫無防備，實在很想嘆氣，還是忍住了。

一看前方，等著他們的是牛蒡男的三名同伙。難道真的是物以類聚？牛蒡男的三個同伴全都長得像牛蒡，穿著袖子半長不短的T恤搭長褲，側邊頭髮剃得高高的。雖然衣褲的顏色與種類各有不同，有人穿垮褲，髮色也是深淺不一，但差異並不大，乍看之下會覺得都是一樣的打扮。四人當中，三人的手臂上有刺青，而且每個人都身形瘦長、曬成古銅色的皮膚，怎麼看都會聯想到牛蒡。

此外還有個被三名牛蒡男包圍的男孩子，端正跪坐在地。男孩子一看到由紀夫，倏地皺起眉頭，神情滿是困窘與羞愧。他的脣動了，雖然沒出聲，但看嘴形就知道他在說：「抱歉。」

「鱒二。」由紀夫喊了他的名字。

「哦？你真的是他朋友啊？那很好。臭小子，人都叫來了，你要是再給我裝傻，當心又要吃拳頭！」四名牛蒡男的其中一名戳了戳鱒二的頭。

「喂，你是這小子的朋友吧？那就麻煩你替他付錢吧！」另一個牛蒡男說道。由紀夫早已放棄找出這四個人各自的特徵了，為了方便辨識，他在心裡暗自將三人分別標記為牛蒡A、牛蒡B、牛蒡C，唯有一開始在校門附近堵他的男子依舊叫做「牛蒡男」。

「付錢？什麼錢？怎麼回事？」由紀夫問牛蒡B，一邊觀察著鱒二。和鱒二將近兩年沒見面了，他那顆三分頭、炯炯有神的雙眼、大而高聳的鼻子，都和中學時一模一樣。但眼前的鱒二，一身私立高中的制服西裝外套上頭沾著土，還磨破了好幾處，應該是被這群牛蒡男又揍又踹弄出來的。

「這小子妨礙我們工作，所以想叫他拿錢來賠償，沒想到他的錢包裡面沒剩幾塊錢。明明是高中生，零用錢竟然少成這樣。沒辦法嘍，我們就問這小子爸媽在哪裡，想叫他們來付錢，他卻死都不招。」

「什麼叫妨礙你們工作？你們是在偷東西耶！不是嗎？」鱒二聲音大了起來。

牛蒡B嘖了一聲，朝鱒二踏出一步，緊接著掄起拳頭。由紀夫立刻察覺，這個人應該只是做做樣子威嚇一下，而事實上，的確只是威嚇，然而鱒二卻嚇得縮起了脖子。牛蒡B見狀，露出一臉得意嘲笑著說：「嘿嘿，怕了吧。」

「偷東西？」

「他們四個一起行動，偷了一大堆漫畫。不過那比偷還誇張，他們大剌剌地把東西放進包包裡，完全不在乎防盜警報器什麼的，超惡劣的。你們偷人家東西是要拿去轉賣吧！」鱒二即使跪在地上，卻絲毫不畏懼，語氣強硬地侃侃發言，這副姿態，也依舊是由紀夫中學時代所認識的那個鱒二。

聽了這群牛蒡男夾雜著訕笑的說明之後，由紀夫弄清楚事情大致的來龍去脈了：這四人跑進大型書店，正開始「工作」沒多久，鱒二看到他們將商品塞進包包裡，於是大聲通知店員說：「店裡有可疑的傢伙！」四人倉皇逃逸，但當然不可能善罷甘休，結果他們堵到了鱒二，威脅他說：「都是你害我們生意做不成，你得拿錢出來賠償！」大概是這麼回事。

「然後呢？為什麼找我過來？」

「這小子錢包裡沒銀兩，又不肯說出爸媽在哪裡，既然如此，只能叫他找朋友啦，所以我們就叫他供出一個朋友來。」

「抱歉，由紀夫。」鱒二對著由紀夫露出苦澀的笑容。性子耿直但有時做事欠思量，而且苦撐到最後還是會忍不住小小依賴別人一下，看來鱒二這脾氣也和他的外表一樣，從中學到現在都沒變。

「所以啦，就是這麼回事了。」牛蒡A嗤嗤笑了起來。

「麻煩你嘍，拿點錢出來吧。」牛蒡B邊說邊伸出手。

「要是不依的話，我們呢……」牛蒡C說著挑起眉毛。

「也會好好地招呼招呼二位。」牛蒡男瞥了瞥多惠子。

「好，我明白了。」由紀夫很快地回了這句話，接著伸手到學生制服的內口袋打算拿出錢包，一邊問：「要多少錢呢？」

「哦？」牛蒡男有些訝異，一邊走向由紀夫，「來了個上道的，你腦袋很聰明嘛。」

「由紀夫，不能掏錢給他們啦。」身後的多惠子伸出手指戳了戳由紀夫。

「這樣事情最快解決。」由紀夫的判斷是，只要花點小錢就能解決的，都是小事。

的確，牛蒡男四人組的穿著打扮並不適合打架，不但褲子鬆垮，褲腳拖地，T恤又是緊身的，所以如果和他們一對一格鬥，由紀夫估計並不難搞定，但是如果是四對一，就是另一回事了。

——當遇到多人合攻你一個的時候，逃吧！再不然就得把對方引進小巷子裡，一對一解決。

這是勳的教誨。勳十多歲時是大受矚目的籃球健兒，據說由於「名噪一時」，常有人三五成群地上門找碴。「那些沒種單打獨鬥、非要仗著人多才敢出手的傢伙，即使你打得他們落花流水，只是讓他們更加懷恨在心，一定會再回來復仇的。梁子一結下，從此沒完沒了。所以啊，還是逃為上策。」

但現在棘手的是，放眼望去，這處停車場並沒有能將對手一一引開的空間；而若選擇拔腿逃跑，因為還有個多惠子在，看來也不大可能成功；而且就算多惠子拿出壘球社女將的魄力，和由紀夫排除萬難逃出生天，牛蒡男先前也警告過，他們極有可能再度跑去學校堵人，換句話說，沒完沒了。既然如此，倒不如爽快地付錢了事，這就是由紀夫所得出的結論。

「你傻了不成？根本跟你無關吧，你付什麼錢啊？」多惠子忿忿地罵道。

「我跟妳不一樣，我是經過重重考慮之後才決定這麼做的。」

「很好，很好。你是個明事理的人，付錢總比挨揍要好太多了。」牛蒡男與三名同伙對看一眼，不懷好意地笑了，接著站到由紀夫面前說：「好，那繳個十萬就好啦。」說著伸出了手。

「十萬？有沒有搞錯！」多惠子以接近慘叫的聲音大喊。

「開什麼玩笑！」鱒二也大吼一聲，乘著一股氣勢正打算站起來，牛蒡B旋即踹了他一腳。鱒二發出短促的哀號，倒在一地的碎石上。

「能不能把我錢包裡現有的錢都給你們就好？」由紀夫問道。

由紀夫心下盤算，牛蒡男說要十萬圓顯然是漫天開價。因偷竊不成而向告發者索賠，原本就是無法無天的要求，當然所謂賠償金額也不可能合乎常理。這種狀況下，要是被對方開口的金額嚇得求饒，反而會讓對方氣焰更高張、更索求無度。由紀夫想了一圈之後，決定沉著地做此回應。

覺得頗心酸。

「你身上有多少？」

「嗯，我看看。」由紀夫心想，記得有五千圓左右吧，一邊打開錢包低頭一看，發現裡面的金額比預期數字要少了許多，「兩千圓大鈔一張。就這些了。」由紀夫把這數字說出口，自己也覺得頗心酸。

「你是在耍我們嗎!?」四個牛蒡男紛紛怒吼。

「不能給他們錢啦！」一旁的多惠子也嚷嚷著。

「能平白拿到兩千圓已經很夠了吧！」鱒二氣呼呼地對牛蒡四人組嗆道。

「是兩千圓鈔哦。」由紀夫一邊苦笑，試著說道：「現在很少看到了，還算滿珍貴的吧。」

他這麼一說，牛蒡四人組的辱罵立刻如雪片般飛來：「開什麼玩笑！」「少瞧不起人了！」

「你這傢伙，跟這小子一樣是窮光蛋嘛！」

一群人這麼吵吵鬧鬧的實在受不了，由紀夫一臉無奈，再次打開錢包檢查，但怎麼翻找，還是只有一張兩千圓鈔。

他看到證件夾層內的某張薄紙，抽了出來對牛蒡男說：「有一張CD店的集點卡，要嗎？」

「你這傢伙！耍人嗎!?」牛蒡男瞪大了眼，怒氣沖天地朝由紀夫踏近一步，而他的舉止之間，依然處處是破綻。直接和對方打起來也不是沒辦法解決現狀，但由紀夫終究是打消了這個念頭。

遠處傳來縣知事候選人的宣傳廣播，是女性的聲音，可能是宣傳車經過吧，聽不出是白石還是赤羽的陣營。由紀夫心想，要是你們哪一方能過來幫我趕走這些牛蒡男，我們家就投給誰。我可是有四個擁有投票權的父親，很夠力的哦。

就在這時，地面傳來宛如地鳴的騷動。

從遠處，混雜著聲響與震動、宛如濁流般的什麼正逐漸朝由紀夫逼近……不，感受到的不止由紀夫，雖然敏感程度有些出入，眼前的牛蒡男、牛蒡A到C、多惠子以及端正跪在地的鱒二全都開始東張西望，似乎想確認這股類似地鳴的騷動究竟為何物。

聲響愈來愈近，由紀夫暗忖，應該是一大群生物吧，感覺像是數頭馬匹蹄蹬地面、鬃毛飛揚著奔馳前來；也像是水牛群為了逃離身手矯捷的天敵，捲著沙塵拔足狂奔，那是宛如怒濤、震撼力十足的聲響。

但席捲而來的並不是洪水，而是一整群的女高中生，將近五十人爭先恐後地衝進這條狹窄的死巷，不消多久，整座停車場的大半塊地就被女高中生填滿了。

「這是什麼狀況？」由紀夫愣在當場。

只見這些突然冒出來的女高中生大口喘著氣，當中還有人喘到彎下腰，奮力地調勻呼吸。

「這是什麼狀況？」多惠子也目瞪口呆看著眼前的景象。

跑在最前頭的是一名又高又壯、一頭淺褐色頭髮的女高中生，邊喘息邊衝著由紀夫說：

「喂，哪裡？」

「問我嗎……」由紀夫環視四下，看了看碎石鋪地上拉出停車位的繩索，指著場邊豎立的看板說：「山田月租停車場。」

「不是問你這個！」女高中生破口大罵，相當驚人的氣勢，而她身後跟著傳出此起彼落的抱怨：「果然是騙人的！」「怎麼可能在這裡嘛！」「搞什麼啊——！」「白跑一趟了啦！」

「我是問你，田村麻呂人在哪裡？」前頭的高壯女高中生對著由紀夫問道。

由紀夫望向牛蒡男，只見他似乎也被這突如其來的狀況嚇到，呆站在由紀夫跟前。

「田村麻呂？」由紀夫愣愣地重複了一次，差點沒反射性地接著說：「那位征夷大將軍？」幸好吞回去了。他反問女高中生：「妳是說，那位偶像明星？」

「廢話，不然是誰——！」她一副氣急敗壞的模樣。

「為什麼偶像明星會跑來這裡？」開口的是鱒二。不曉得鱒二是趁機還是下意識地，不知何時他已站了起身，正拍著沾在小腿上的細石子。而牛蒡四人組沒有出手制止，因為他們也被眼下的狀況嚇得手足無措。

「我們也不知道是怎麼回事啊，只是聽說田村麻呂要來鎮上，大家都趕去車站打算堵人，卻突然冒出一個奇怪的男人，說什麼他看到田村麻呂走進這個停車場，我們才趕快衝過來的。真是累死了，我都不曉得多少年沒這麼拚命跑了。」高壯女高中生說道。

「妳們一群人一起跑過來？」多惠子面對這麼一大群人，也不禁有些退縮。

「本來我們只有五個人，趕過來的路上好像被其他歌迷發現了。」高壯女高中生說到這，然後像是現在才回過神似地轉頭一看，她也不由得睜大了眼，「我的天啊，也跟太多人了吧！」

「人家還是第一次像這樣在路上狂奔呢……」當中有人呻吟道。

由紀夫心下了然了。現在的狀況就和磁石會吸引鐵砂一樣，謠言也煽動了許多人隨之起舞。

先是有歌迷發現形似田村麻呂歌迷的女高中生在路上奔跑，推論她們一定是要趕往田村麻呂的現身處，立刻跟了上去；接著又有其他的歌迷發現這群人，做了同樣的猜測，並緊急通知其他的歌迷友人跟來；謠言與追逐的歌迷人數愈滾愈大，最後就成了這團多達數十人的追星隊伍了。

「是誰造的謠！明星怎麼可能跑來這裡！」牛蒡男額冒青筋吼道。

「天曉得那是誰啊？又沒問他名字。」這群女高中生一點也不怕牛蒡男，「是個鼻子大大、眼神銳利、很像流氓的男的。」

「我就覺得那個人怪怪的嘛，長的好像鳥哦——」

由紀夫猛地驚覺，那該不會是我爸吧？他的臉色變得蒼白，很想抓住對方問個清楚，不過，要是對方回答說：「沒錯，就是他。」局面反而更僵。由紀夫冷靜一想，他現在唯一能做的，就是把握機會逃離現場，於是他倏地伸出手拉住多惠子與鱒二就往出口方向衝去。

三人宛如臂力強勁的衝浪者在浪潮中划水前進，一邊撥開不停嘀咕抱怨的女高中生大軍，一邊往外走，牛蒡男的怒吼則是遲了一點才從身後傳來。

由紀夫與鱒二一面留意著腳程較慢的多惠子是否跟了上來，三人跑了好一陣子，直到看得見恐龍橋的地方才慢下腳步。「到這裡應該就安全了吧。」鱒二說道。

他扶著橋欄杆，以宛如俯瞰恐龍川的姿勢喘息著；多惠子則是彎下腰、雙手撐膝，大口大口地呼吸。至於由紀夫，由於這相較於他每天練籃球的辛苦程度，根本不算什麼，也就是說，雖然他同樣使出全力狂奔了好一段路，呼吸卻不見紊亂，只不過，聽到好不容易鎮定下來的鱒二以一派輕鬆的口吻說：「對了，由紀夫，好久不見吶。」他還是忍不住一把火起，吼了回去：「你還有心情說好久不見！」愈說嗓門愈大，「到底是怎麼回事？為什麼要把我捲進去？」

「哎喲，有什麼辦法嘛，他們威脅說要是找不到人來付錢就不放我走啊，可是我家的狀況，你又不是不知道，只有我老爸在，你覺得我有可能去拜託他嗎？」

由紀夫忽地想起小學時曾見過的鱒二父親，印象中他總是推著今川燒（註）的攤子到車站前或超市停車場做生意；鱒二的母親在鱒二很小的時候就因為乳癌過世，之後由父親獨力將他帶大。鱒二父親體格壯碩，但不知怎的總是一臉陰鬱，似乎身子哪裡不舒服的模樣。

「伯父還在賣今川燒嗎？」

「還在賣啊。」

「今川燒、我、很喜歡吃。」多惠子插嘴道。

「老爸從前不曉得是什麼運動選手，聽說還混出了點名堂，不過現在就是個老頭子罷了。」

「伯父為什麼要隱瞞過去呢？」由紀夫問道。鱒二父親年輕時似乎是小有名氣的運動選手，可是後來卻絕口不提那段歷史。「連對自己兒子都不肯透露，真搞不懂。」

「應該是很難說出口的運動吧。」

「哪有那種運動？」不止動，由紀夫的父親們都曉得鱒二父親的過往，但既然本人不願提起，他們似乎也不好拿出來聊，所以由紀夫一直沒聽說詳情究竟為何。

「不過重點是，伯父的今川燒超好吃的。」這不是場面話，而是那好吃得不得了的口味還深深留在他腦海中，一想起便不禁脫口稱讚。

「老爸要是聽到你這麼說，一定很開心，而且老爸本來就很中意由紀夫呢。」

話說回來，鱒二的確不可能讓那群沒禮貌的牛蒡軍團衝去家裡找他父親，「可是我還是不太爽，你幹嘛把我念哪所學校告訴他們？那幾個傢伙很可能會又跑來堵人耶。」由紀夫說。

「不會去的啦，那些人沒那麼閒。」

「我說鱒二，那些傢伙唯一的優點就是很閒好嗎？」

「由紀夫你還是老樣子耶，什麼都曉得。」鱒二大大方方地說道，這態度果然也和中學時代的他一模一樣。單眼皮的鱒二天生眼神凶惡，即使留著三分頭，卻不像是活躍於陽光下的運動選手，比較像是不良少年，而事實上他的素行也不甚優良，但由於個性耿直，這一點還滿可愛的。眼前的他正不當一回事地拍了拍被牛蒡四人組弄髒的制服外套。

「噯，你叫鱒二君是吧？不好意思喔，你把我也捲進去了耶。」多惠子出聲抱怨。

「妳是誰？」

「我？由紀夫的女朋友啊。」

「騙人的吧？」鱒二不禁提高了聲調。

「騙人的。」由紀夫旋即否定，「她叫多惠子，是我班上同學，還是個有說謊癖的可憐女生。」

「你憑什麼說我有說謊癖！」

註：今川燒，日式甜點，名稱依地區而有所不同。由兩片以麵粉、雞蛋與砂糖製成的外皮包夾內餡，傳統餡料包括紅豆泥餡、菜豆做成的白餡或卡士達奶油餡，類似台灣的車輪餅或紅豆餅。

「說真的，鱒二，你打算怎麼辦？」

「別擔心啦，反正那些傢伙不知道我住哪裡，也沒那閒工夫去找你，何況你本來就是局外人。不過啊，你不覺得那幾個傢伙很扯嗎？被人家糾正不應該偷東西，居然還惱羞成怒。我看這個國家已經完蛋了吧。」

「早在八百年前就完蛋了。」由紀夫常聽悟聊起日本的經濟政治動向，雖然無法判斷悟的分析與臆測說中了幾成，每次聽到這些事，總會有股絕望的心情襲來。究竟政治家打算如何恢復這個國家的經濟與治安呢？由紀夫心想，連身為高中生的自己，都會因為黯淡的未來而憂心不已、坐立不安，那些責任重大的政治家想必更是每天過著勞心勞力的日子吧，他甚至曾經對他們湧起同情，卻每每看到出現在電視上的政治家氣色紅潤，那種時候，由紀夫總是忍不住想送他們一句：「好吧，您健康就好。」

「不過鱒二，我記得你中學有一陣子也常順手牽羊啊。」由紀夫突然想了起來，忍不住指責道。當時鱒二在班上到處宣傳，要是有想要的ＣＤ還是漫畫就和他說，他有貨能便宜賣給大家。一查之下，才曉得他是去店頭大偷特偷，再回來班上轉手賣掉。

上游駛來一艘屋形船，正要通過恐龍橋下方，由紀夫俯瞰著船緩緩行進，橋欄杆的另一頭吹來強勁的風，拂過他的臉頰。

「我是一人做事一人當，那些傢伙可是四人聯手耶，一群人一起幹，緊張和恐懼都會減少，可能連罪惡感也變得很薄弱吧，那樣根本是在撒野啊。更何況我自從被你訓過一頓之後，再也沒偷東西了。」

「由紀夫會訓人？」多惠子很訝異。

「我哪有訓你。」

「有啊，你很嚴厲地對我說：『你想想看剛才被你偷東西那家店的老闆的心情！你知道書被偷了，要多賣多少本才能平衡損失嗎？』你還說，『拚命工作了一整天的老闆回到家裡望著孩子，沮喪地心想，今天店裡書被偷了，營業額呈現赤字。你能想像那幅情景嗎？』我被狠狠念了一頓呢。」

由紀夫也還有印象自己說過這些話。並不是他有過人的正義感，也不是道德觀念特別強，他只是單純地覺得生氣，即使對方不是鱒二也一樣。對由紀夫來說，他就是無法忍受給別人添麻煩還得意洋洋的傲慢態度。「反正要是被逮，裝出深切反省的樣子就沒事啦」這樣仗恃著下方有安全網便大剌剌地為所欲為，他怎麼都無法忍受。

「鱒二你才奇怪吧，一聽我講完就開始掉眼淚，害我嚇了好大一跳。」

「因為……我一想到書店老爹的心情，突然覺得好悲哀嘛。老爹拚了老命流著汗水搬那麼重的書，明明沒有做任何壞事，卻被我偷了店裡的漫畫，忙了一天根本沒賺到錢，帳面還出現赤字，太可憐了吧？就是因為我偷了東西，老爹的兒子連個書包也買不起，衣服也破破爛爛的，在學校被同學欺負，痛苦得甚至不想活了，我愈想愈傷心，忍不住就……哭了嘛。」

「你想像力太豐富了。」

「你不覺得愈想愈覺得很有可能是那樣嗎？」說著這話的鱒二，眼眶中又有淚水在打轉。

「鱒二君，你這人還滿怪的。」多惠子露骨地衝著鱒二皺起眉頭。

「確實頗怪。」由紀夫也點了點頭，鱒二的感受性只能以異常來形容。

「不過啊，本來我今天還很期待看到你大展身手，把那些傢伙痛宰一頓呢。」

「痛宰那些傢伙？由紀夫嗎？」多惠子一臉難以置信地望向由紀夫。

「咦？妳不知道嗎？由紀夫打架超——強的。」

「才不強呢。」

「這小子的父親，就是勳爸啊，壯得很，又運動全能，他教了由紀夫很多打架的技巧哦。」

「哦——？原來你不是只有籃球強啊？」多惠子顯然大感興趣。

「鱒二，別多嘴啦。」

「中學那次我被壞學長包圍的時候，就是你救了我的啊，對吧？」

「有過那回事嗎？」早已塵封的記憶，從腦中的壁櫥頂層櫃子衝了出來，迅速在腦內展開來。

當時正值學校棒球社與鄰鎮中學的棒球友誼賽前夕，按照往例，校內必須組成應援團（註），雖然平時學生們對於季節活動或是比賽都是一副興趣缺缺的態度，唯獨這一年一度的棒球友誼賽，由於棒球社的學長們摩拳擦掌幹勁十足，都會要求各班派出人手共組學校代表應援團，而非棒球社的同學當然對應援團毫無興趣，所以通常各班都是透過抽籤決定，而那一年由紀夫班上的倒楣鬼，就是鱒二。

鱒二一點也不想加入什麼應援團，卻又逃不掉，只得哭喪著臉一路接受學長們嚴厲的調教，直到有一天早上，由紀夫接到了鱒二的電話。鱒二絕望地說：「由紀夫，我完蛋了，他們要殺了我。」

「啊？發生了什麼事？」一問之下，鱒二解釋道：「我睡過頭了。應援團的練習，加上今天，我已經連續三天遲到了。可是啊，我怎麼都不明白有什麼必要一大早爬起來練習幫別人加油呢？我還想叫他們先幫我加油，鼓勵我早點起床咧。」

「你只能趕快去會合，向他們低頭道歉吧。」

「他們昨天說，要是我今天再遲到就要殺了我，我還回說：『知道了，我要是再遲到就任你們宰割。』怎麼辦啦！」

「你知道嚴重性，為什麼還會睡過頭？」

「我一直叫自己『不能睡過頭、不能睡過頭』，反而完全不想睡，到快天亮的時候才睡著了嘛。」

「你自己看著辦吧。」由紀夫覺得鱒二真是個無可救藥的天兵，但鱒二就是不肯掛電話，淨講些莫名其妙的理由，像是「拜託你啦，陪我一起去好嗎？不然要是我被殺了，都是你害的哦」，由紀夫不由得傻眼，要是有時間講老半天的電話，怎麼不趕快收拾出門去學校集合呢？他不只覺得錯愕，還覺得很煩，所以他答應了：「好啦知道了，我現在過去。」

「後來呢？」多惠子聽得津津有味。

註：應援團，日本特有的傳統加油隊伍，清一色由男性組成，以獨特的威武裝扮、硬派粗獷的吶喊、擊鼓與舉旗等方式，於各種場合發揮提振聲勢、鼓舞士氣的作用。

「來到校舍後方，應援團的學長們站成一列打算好好修理我一頓。真是的，不過是遲到一下下，有什麼關係嘛。然後啊，他們劈頭就找由紀夫的碴，問說：『你來幹什麼？』」

「那不是找碴，是合理的疑問。」

「那個學長話剛說完，突然就朝著由紀夫一拳揮了過去。由紀夫迅速閃過，緊接著回敬學長一拳，但就在拳頭快打到人的時候，硬是停了下來哦！是吧？是吧？」

「是啊。」

那時，由紀夫幾乎是反射性地朝學長揮出拳頭，但就在下一秒，動的話語掠過腦中：「打倒對方，只會讓梁子結下，還是速速逃走為上策。」於是由紀夫立刻停手。

「那次說到底啊，學長他們也有不對，所以後來事情就這麼不了了之了吧？」

「嗯，記得那時候剛好有老師過來，一群人才一哄而散的。」

「真的假的？原來由紀夫打架很強呀？」多惠子頻頻咕噥著：真的嗎？不會吧！真的嗎？騙人的吧？

「一點也不強。」由紀夫一副不想理她的語氣冷冷回道。

越過恐龍橋，來到三岔路口，鱒二的家要往西去，於是他揚起手說道：「那我走這邊。由紀夫，改天見嘍。」然後一副今天純粹是一場巧遇似的語氣說：「沒想到能再見到你，真的很開心。」

「明明就是你把我牽連進麻煩事裡才見到面的好嗎？」

「改天再出來碰個面吧。要是那幾個長得像牛蒡的傢伙又跑去學校堵你，你再和我說，我們來擬一下作戰計畫！」

「作什麼戰啊。」由紀夫嘀咕了這句，才察覺鱒二也覺得那幾個小混混長得像牛蒡，不禁莞爾。

只見鱒二兀自嘟囔著「街痞牛蒡」什麼的，似乎是取「金平牛蒡」的諧音開冷笑話（註），揮揮手離去了。

由紀夫正要踏出步子往自家方向走去，突然轉過頭，語氣強硬地對始終跟在身旁的多惠子開口了：「我說啊，希望只是我多心，但我怎麼覺得妳又想跟去我家了？」

「我在想，不如去出紀夫家念書好了。」

「都不用先問過我？」

「噯，教你一個道理。政治家也好父母也好老師也好，無論他們說些什麼很像一回事的話，說穿了都只是告知你他們的決定，大家都不會先問過當事人就做決定了。你知道為什麼人們都是單方面擅自做決定嗎？」

「妳想講什麼？」

「因為要是事先問過，一定會遭到反對呀。」多惠子一副直指真理核心似的態度，豎起食指指向由紀夫畫著圈圈，「所以呢，我也不問過你就決定好要去你家了。」

註：金平牛蒡（きんぴらごぼう），即日式家常小菜炒牛蒡，將切絲的牛蒡、蓮藕、蘿蔔等根莖類蔬菜以糖、醬油、味醂調味炒至收乾。而「金平」的日語讀音「きんぴら」近似街痞：「チンピラ」。

由紀夫懇求說，饒了我吧，我想回家一個人溫習考試科目。

「夜裡再念不就好了。」

「我家可是有四個囉嗦的老爸在，而且每個都自以為和我的相處像朋友一樣，找我幹嘛的從來不看時機，我能夠自由利用的時間真的少得可憐耶。」

「真可憐。」

「聽不出來妳有多同情我啊。」

驀地有輛腳踏車在兩人身後停下，同時響起煞車及輪胎磨地的刺耳聲響。「你們沒事吧？由紀夫。」跨坐車上的鷹揚了揚手。

「喲，多惠子！」肌膚曬成小麥色的鷹先向多惠子打了招呼，然後笑著對由紀夫說：「剛才真是好險吶，被一群不良少年團團圍住，真是千鈞一髮呢。」

由紀夫忍住想咂嘴的衝動，望向有著細長眼睛、高挺鼻梁，長相宛如猛禽的鷹，「所以剛剛那個，果然是鷹你的傑作？」

「呵，不必謝我，父親幫兒子是應該的。」

「我沒有要謝你。」

「『剛剛那個』是指什麼？」多惠子看了鷹一眼之後，詢問的視線移至由紀夫身上。

「剛剛不是有一堆女高中生衝進停車場嗎？因為她們聽信了謠言說有偶像跑去那兒。」

「喔，對啊，那到底是怎麼回事？」

「反正一定是鷹胡亂散播一些有的沒的謠言吧。」

「效果超乎我的預期呢。」鷹露出得意的微笑點著頭說：「誰叫我碰巧撞見你們兩個被奇怪的傢伙帶走嘛。」

「碰巧撞見是吧。」由紀夫想也知道不會那麼巧，極有可能是鷹想看好戲而偷偷跟蹤由紀夫和多惠子，他是會做出這種無聊事的人。

「然後呢，我發現那幾個長得像牛蒡的傢伙把你們帶到偏僻的巷子裡，就知道大事不妙了，探頭一看果不其然，那是一座位在死巷盡頭的停車場對吧？」

由紀夫第一個浮上心頭的感想是，原來不管是誰都會覺得那幾個男的長得像牛蒡啊。

「所以我就想，非把你們救出來不可，一時之間卻想不出好法子，又沒辦法確定狀況是不是嚴重到該叫警察，因為我聽不清楚由紀夫你們在說些什麼。」

「你怎麼不直接衝進來救我們就好了。」聽到多惠子這麼說，鷹神情苦澀地搖搖頭，「妳不覺得父親很難介入這種事情嗎？由紀夫最不喜歡這樣了，我要是出手干預，他一定會怪我多管閒事。」

「沒辦法，我就是討厭你們多管閒事。」

「所以啦，我苦思良久該怎麼救你們，剛好看到兩個女高中生興奮地走來，感覺她們似乎放學之後還有活動，我姑且一問，她們回答說有個叫什麼的偶像明星會來鎮上的車站，我就想到這招啦，而且馬上又發現她們身後跟了大概五個女高中生哦。」

「於是你就胡扯說，你看到田村麻呂走進那處停車場？」

「因為我想，要是那些女高中生真的相信了而衝進停車場，由紀夫你們一定會嚇一大跳吧。」鷹回道。

「嚇死了，我還以為是水牛群衝過來咧。」

「我料的沒錯吧！我就覺得啊，就算由紀夫你們被捲進什麼麻煩事，只要衝進去一大群人，應該就有辦法獲救。這和叫警察的後果完全不同哦，我只是煽動女高中生發動突擊，事後笑一笑就過去了。如何？我很聰明吧！」

「我比較訝異的是，那些女高中生居然會相信你造的謠。」由紀夫再次從上到下將鷹打量了一番。鷹身穿亮青色開襟襯衫，搭一條褪色牛仔褲；銳利的五官雖端正，卻絲毫嗅不出值得信賴或忠厚老實的氣味。鷹所發散的氛圍，只會讓人覺得這個人似乎沒什麼金錢概念、思慮膚淺、總是憑衝動與直覺行事，而事實上，鷹的個性與他所發散的氛圍其實相差不遠。

「由紀夫，那是因為啊，人們只相信自己想相信的事物。還有呢，謠言若是愈有趣，就傳播得愈快哦。」

「什麼意思？」

「之前我曾問過悟，為什麼人們會輕易聽信一些謠言或是奇奇怪怪的情報呢？悟的回答就大概是剛才那句話的意思。」

「人們只相信自己想相信的事物？」

「沒錯。想親眼見到偶像，當然會希望偶像出現在我們鎮上，對吧？也就是說，她們想相信偶像要來我們這裡，所以就會相信有人目擊了偶像在鎮上，再加上聽說偶像是偷偷摸摸地溜進停車場裡，這下又更刺激、更想相信了，不是嗎？」

「可是……會大老遠衝過去確認嗎？」多惠子小心翼翼地問道。

不知不覺間，一行三人朝著由紀夫家的方向邊走邊聊。鷹仍跨坐在腳踏車上，配合由紀夫與多惠子的步行速度前進，任由踏板空轉。

「事實證明她們真的衝過去了呀。即使半信半疑，還是想親眼確認一下。」

「只是想確認一下，就會聚集那麼一大群人嗎？」

「因為大家都不想輸別人啊，如果只有自己沒親眼見到田村麻呂，不是虧大了嗎？起初只有幾個人往停車場移動，一旦當中有人開始拔腿狂奔，後面就會愈跟愈多人、愈跟愈多人。」

「好像人類版的賽馬哦。」多惠子嘟囔道。鷹登時睜大雙眼，笑嘻嘻地說：「喔！這個比喻很有趣呢！」

「一點也不有趣。」由紀夫愈聊愈不耐煩，於是加快了腳步，心想趕快甩掉這兩人，早早回家吧。

「喂，由紀夫，走慢一點嘛，我才要開始講重點呢。」鷹用力踏著腳踏車踏板，很快便追了上來，「虧我剛剛還救了你們耶。」

「隨便啦，你覺得是你救的就是吧。」

「對吧？所以呢，就當作是報答我，明天陪我去看賽狗吧！賽狗！」

「啊！好啊好啊！我也要去！」一旁的多惠子筆直地舉起手。

「哦，真是太好了！」見鷹笑了開來，由紀夫連忙說道：「等一下，你去看賽狗和多惠子沒關係吧？」

但不知怎的，鷹和多惠子似乎一拍即合，兩人氣氛融洽地聊著那要約在哪裡碰面呢？賭金要準備多少比較好？賽狗和賽馬有什麼不同呢？完全是已經敲定賽狗行程的對話。

「我不去哦。」

「由紀夫，不要說出那麼無情的話嘛，賽狗場裡有一種叫做『家庭席』的包廂，我很想去體驗看看耶。」

「想去就自己去啊。」

「一個人沒辦法啊，一定要一家子的人才能進去。我聽富田林先生說的，那好像很讚呢！啊——，真的好想去體驗一下家庭席哦！」

「啊，您說的富田林，和由紀夫剛剛提到的是同一個人吧？好怪的名字。」說著多惠子像是押著韻般吟誦：「富田林、雜木林、祭囃子。」（註）

「呃，勸妳不要開這種玩笑比較好。」由紀夫與鷹異口同聲出言警告，同時警戒地張望著四下。

自己是什麼時候曉得富田林這號人物的呢？由紀夫想不起來了，能確定的是，一定是鷹告訴他的：「這個鎮上所有關於賭博的事，都是由富田林一手掌管哦。」

富田林本身經營賭場，當然不是合法的，若要歸類為地上或是地下，那保證是地下經營。由紀夫覺得「保證是地下」這個表現方式很奇特，但事實確是如此；堂堂正正地走在無法見天日之處，那就是富田林。

「那是類似拉斯維加斯的地方嗎？」當時年紀尚小的由紀夫曾這麼問鷹，腦中浮現了成排的吃角子老虎和輪盤，那是他在電視上見過的賭場景象。

「不是啦。」

其實是完全兩回事。

富田林的賭場裡，無論再細微的事物都是他們下注的對象，好比明天的天氣、運動賽事的成績、誰家的狗這胎生了幾隻、某電視臺主播今天開口的第一句話是什麼，諸如此類。

「大家是在玩猜謎遊戲哦。」鷹嘻嘻地露齒笑了。

後來由紀夫聽說英國有一種叫做「Bookmaker」的合法賭博業者，什麼都能賭；相較之下，富田林的賭場由於是地下的，給他的印象始終是個瀰漫著危險氣味的非法地帶。

「聽說他原本是因為迷棒球，才轉而碰棒球賭盤這一塊的。」以前鷹曾經聊起富田林開賭場的歷史，但由紀夫不明白的是，熱愛棒球為什麼會和經營棒球賭盤扯到一塊兒？

據說富田林曾經狂熱地支持某棒球隊伍，那是東京的知名球隊，「他之所以不再支持那支隊伍，是因為他最喜愛的一名投手退休了。」

那名投手在三十二歲時，被列入指定讓渡名單，富田林得知消息後，難過得流下了男兒淚。當那位投手正在準備其他球團的甄試而在球場的角落練習時，富田林還跑去握住他的手說：「你一定要考過！你還年輕，一定可以的！請讓我再度看到你精采的投球！」但最後並沒有任何球團

註：這三個詞的日語讀音爲同樣韻腳：「とんだばやし」、「ぞうきばやし」、「まつりばやし」。祭囃子是日本節日慶典時敲鑼打鼓吹笛的傳統音樂，爲日本重要音樂文化遺產。

接收那位投手。

這下富田林更是嚎啕大哭，從此便視棒球界為仇敵了。但鷹說，該大哭的應該是那位還有一家子要顧卻沒了工作、走投無路的投手吧。

「所以富田林先生是因為後來變得討厭棒球，才開始經營棒球賭盤？」

「不，他之前就在碰這塊了。」

「啊？是喔？」由紀夫不禁傻眼，那剛才那段軼事是講好玩的嗎？

即使媒體或議員們都沒有直接證實，消息也不曾對外公開，但由紀夫所居住的這個縣之所以接納賽狗入駐，富田林絕對是關鍵人物。

由紀夫至今仍記得很清楚，小學二年級時，鷹帶著他前往拜訪富田林邸的情景。富田林邸位於鎮的東北角邊緣，是一棟有著漂亮屋瓦的日式舊建築，廣大的庭院，停車場可停三輛車左右，卻不是令人望而生畏的豪宅。根據之前鷹聽來的小道消息，富田林邸似乎只是很一般的住家，但鷹卻說：「地下室有一間很大的房間，是他經手大大小小賭盤的事務所哦。」聽在由紀夫耳裡，「經手大大小小賭盤的事務所」一詞，已然超越他所能想像的範圍。

鷹伸手往氣勢凜凜的門柱上的門鈴一摁，說要找富田林先生。由紀夫則是一逕抬頭望著高高的圍牆，發現庭院的松樹上頭裝設了小型監視器，那執拗地盯著訪客一舉一動的鏡頭，讓他留下很深的印象。

「喔，阿鷹啊，有事嗎？」由紀夫原本繃緊了神經，想像著來開門的會是個多麼令鬼神喪膽的男人，沒想到現身的富田林只是面貌和善的小個頭男士，由紀夫甚至有點失望。富田林身高約一百六十五公分，體形略顯福態，頭頂髮量稀疏，圓圓的鼻頭尤其搶眼，法令紋也頗深。

他發現了鷹身旁的由紀夫，溫柔地打招呼道：「喔，你就是由紀夫君吧。你爸爸賭運很強哦。」

接著鷹切入正題，開始向富田林說一些由紀夫聽不懂的術語，像是賠率、情報什麼的，然後付了一筆錢給富田林，收下一枚類似存根聯的紙券。

「那就祝你中獎嘍。」富田林說。

鷹對著手裡緊握著的那枚紙券念咒似地低喃：中吧！中吧！

「啊，對了，」告辭時，鷹問了富田林：「您聽說了嗎？前一陣子恐龍川下游發現了一只塑膠垃圾桶。」

「喔，有啊。」富田林的眼中閃過冷冽的光。見到那眼神的瞬間，由紀夫忍不住打了個寒噤，彷彿冰塊順著背脊滑落。富田林回道：「我好像是在報上看到的。」

「報上啊……」鷹刻意把話說得很慢，顯然意有所指，一副想叫富田林「少騙人了」的模樣，「那個塑膠垃圾桶裡，好像裝了個男人的屍體，您看到他的長相了嗎？報紙也登了照片。」

「沒耶，我沒注意。真是凶殘的事件啊。」富田林說。

他說話的語氣，連當時還是小學生的由紀夫都聽得出來是在睜眼說瞎話。由紀夫暗忖，這個人一定知情。

「總覺得那死者長得很像上次我們和太郎在拉麵店時，跑來攪和的那個男的啊。」

太郎是富田林的獨生子，大由紀夫兩歲，兩人就讀同一所小學。每天早上，總會有一輛散發著肅殺氣氛的黑色進口車停靠校門旁，然後是太郎靜靜地從後座下車，非常醒目。

太郎是個大個頭，卻老是一臉快哭出來的表情，連年紀較小的由紀夫也覺得他似乎弱不禁風；而且太郎不知是皮膚對什麼過敏，額頭與臉頰長著溼疹，每當看他頂著一張紅通通的臉走下進口車，蹣跚地朝校舍走去，寂寞與悲哀的氛圍總是將他包圍。因此初次見到那副模樣的由紀夫，即使不曉得對方是誰，仍不由得上前關心道：「你還好吧？」

低年級的學弟突然過來搭話，太郎有些錯愕，偏起頭應了一聲：「嗯。沒事。」

「看你好像沒什麼精神啊？」當時小二的由紀夫遠比現在的他要愛管閒事得多。

「沒事的。」太郎點點頭，笑了笑說：「謝謝你。」但那笑容讓他看起來更像是快要哭出來了。

告別富田林邸的回家路上，鷹聊起兩星期前發生的事。兩星期前，鷹在車站前的拉麵店吃麵，剛好富田林帶著太郎進店來，於是三人同桌一起用餐，沒多久，又有兩名男客走進店門，年約三十出頭，感覺都不是什麼好傢伙，而且不知是否之前喝了酒，兩人經過鷹他們那桌時，竟然嘻嘻哈哈地出言嘲笑太郎的溼疹。

富田林登時瞪大了眼，厲聲說道：「人的長相、溼疹、頭髮等等，都是後天再怎麼努力也無法改變的，不應該嘲笑人家這些部分吧！」那兩個男的當然不可能令人讚賞地當場反省道：「對，您說的完全正確，是我們太不檢點了。」只見他們沒頭沒腦地衝著富田林頂了一句：「你這臭老頭，一臉窮酸相，囉嗦個什麼勁啊！」

「喂，你們兩個放尊重一點，這位可是富田林先生哦。」鷹慌忙插口，試圖救他們一把，但鷹的一片好心卻付諸流水，「好怪的名字，富田林？我還祭囃子咧。」兩個男的馬上拍著手大笑，「兒子長溼疹，老爸又有個怪名字，太好笑了！啊，該不會兒子也取了個怪名字吧？」

富田林沒有回嘴，只是眼睛眨也不眨地盯著兩人的臉看。

「富田林先生只要遇上哪個傢伙不稱他的心，就會死命記住對方的長相。」鷹邊走邊告訴由紀夫，「那是為了之後把那傢伙揪出來，好好地報復一番。所以他在當場只會默默地把對方樣貌特徵全部深深烙印在腦袋裡，等他低喃說：『好，記住你了。』後續就有得瞧了。他只要記住一次的人，一輩子都不會忘記。」

「所以呢？拉麵店的男客後來怎麼了？」

「應該成了塑膠垃圾桶裡的屍體了吧，我看報上登的照片超像的。」

「成人塞得進塑膠垃圾桶裡嗎？」

「那是大型的垃圾桶，而且屍體被分屍了。」

「鷹，」小二的由紀夫頻頻眨眼，認真地問道：「你覺得這麼恐怖的事情，適合講給小孩子聽嗎？」

「啊，說的也對。」鷹悠哉地回道：「不過啊，富田林先生最討厭的就是有人取笑太郎的溼疹，還有嘲笑他自己的名字，就這兩件事。你也要當心點，否則就會像上次的拉麵店客人一樣，被剁成肉條哦，肉條。」

「什麼肉條？你是說，那屍體被剁成一條一條的嗎？」

鷹似乎終於察覺自己對兒子講的內容太過血腥，把話留在嘴裡，咕噥著裝傻帶過。

最好不要隨口取笑別人的名字。——由紀夫對多惠子說：「因為名字這種東西，是當事人再怎麼努力也無法改變的。」

多惠子微微鼓起臉頰，語帶不滿地說，可是也沒必要為了這種小玩笑發那麼大的脾氣吧。

「妳要再講，等一下人家就來找妳了，所以可不可以麻煩離我遠一點，趕快回妳自己家去吧。」由紀夫指著來時路說道。

三人不知何時停下了腳步。多惠子理直氣壯地說我們快點回你家吧，而鷹，也是一副理直氣壯的態度說明天一起去看賽狗哦。由紀夫站在住宅區的路旁，交互望著同班同學與父親，內心只覺得厭煩不已。

「好吧。」過了一會兒，由紀夫開口了，「我知道了，明天去看賽狗，交換條件是，多惠子今天別來我們家。這樣可以吧？多惠子？賽狗場肯定比我家還要好玩一百倍。」

多惠子露骨地擺出一臉不悅，但或許是察覺到由紀夫相當堅持，她只能嘔著氣回道：「好吧，那說定了哦。」這才不甘願地往另一個方向離去。

由紀夫與鷹一同朝家的方向邁進。

「最近你玩賽狗或是其他那些賭博，都還順利嗎？」

「ＯＫ嘍，會贏的時候就會贏，會輸的時候就會輸。」

鷹仍騎著腳踏車，配合著由紀夫走路的速度，緩緩跟在一旁，由於兩人的前進方向不巧是朝西，紅通通的夕陽就低垂在迎面的天際。

「喂，由紀夫，你對多惠子那麼冷淡，當心她離你而去哦。要不就是離開你，要不就是玩弄你的感情，等你突然察覺時，她已經不知道什麼時候和別的男生交往了。還是當心一點比較好啦。」

由紀夫已經不想再費唇舌辯解兩人本來就不是那種關係了，「我說啊，鷹你們都不覺得事有蹊蹺嗎？」

鷹露出「什麼事有蹊蹺？」的眼神回望由紀夫。路旁民宅的院子裡，恣意生長的茂盛鳳尾草探出圍牆外，鷹邊騎車邊伸手輕輕撥開鳳尾草。

「媽四劈的時候啊，你們都沒察覺她還有別的男人嗎？媽不是腳踏兩條船，是四條船耶。」

「小子，你媽多會隱瞞啊，狡猾得很，瞞得天衣無縫。」

「我絕對不會和瞞我瞞得天衣無縫的狡猾女人結婚。」

「我們也都是這麼想的呀。這就好像世界上所有遭遇意外的人，都壓根不想遇上意外，一樣的道理。」

「你的意思是，和媽結婚是一場意外？」嚴格來講，父親們和母親並沒有辦理結婚登記，婚禮倒是舉行了。

「由紀夫，這話別讓知代聽到。麻煩你了。」但鷹的語氣與其說是懇求，更像是倏地伸出指頭，吐出一句經典發言似地，說得鏗鏘有力。

「鷹，你發現媽四劈的時候，不生氣嗎？」

鷹望向遠方，彷彿面對著十多年前的過往說道：「嗯，算是生氣吧，不過驚訝的成分更大。」然後他頓了一頓，這段空檔並不像是躊躇著該怎麼提起自己從前的糗事，比較像是捨不得輕易吐露那段豐美的回憶，「關於那部分，等晚餐的時候你再問大家吧。」

「『因為你又沒問人家嘛。』我記得她當時是這麼說的。」悟說著將筷子伸向煮什錦。

晚餐餐桌旁，四個父親全都到齊了，母親知代卻依然缺席，她只說要加班，然後簡單交代說，晚餐已經準備了一鍋煮什錦，其他就看冰箱裡還有什麼，要他們自己看著辦。

由紀夫一提出想知道「發現媽媽四劈當時」的狀況，四位父親同時皺起臉，彷彿嘴裡嚼的煮里芋瞬間充滿苦澀。

「她也是這麼對我說的。」勳點頭道：「她說：『因為你又沒問人家是不是有其他的愛人嘛，既然你沒問，我又不會自己沒事拿出來講呀。』啊，好懷念吶。」身穿短袖襯衫的勳，袖口露出粗壯的上臂。

「沒錯沒錯，知代就是這麼說的。」葵說。

「對耶，她也是這麼向我解釋的。」鷹也點了點頭。

「可是葵，你自己不是常搞劈腿嗎？」由紀夫手上的筷子晃呀晃，最後決定落在乾燒羊栖菜上，「所以你應該比較容易察覺出媽可能還有別的男人，對吧？」

「你這說法真是沒禮貌。不過，嗯，我的確曾經一度起了疑心。」葵似乎想起什麼，點著頭說道：「我問她，妳是不是腳踏兩條船？」

「知代怎麼說？」鷹問道。

「她開朗地笑著回我說：『我絕對不會腳踏兩條船的。』」

「因為是四條船啊。」悟難掩錯愕地皺起眉。

「所以她沒說謊呀。」勳點頭道。「她首度坦承四劈的時候，還露出燦爛的眼神說：『怎麼了?嚇著你了嗎？』」悟也接口。另外三人一聽，紛紛點頭連聲說：「對對對！」接著感慨道：「她當時的神情，真的好可愛。」聽起來既像得意地炫耀甜蜜，也像帶有自暴自棄的意味。

「你們四個人是到什麼時候才見到面的？」

四位父親各懷所思地面面相覷，接著是短暫的沉默，宛如彼此無聲地打完了商量、推出代表開口。由紀夫暗忖，通常這種場合都是由較年長的悟發言，果不其然，悟說了：「是在你媽宣布她懷了你的時候。」

由紀夫有種被指責「都是你害的」的感覺，不禁有些心虛，於是道歉道：「那還真是不好意思，給大家添麻煩了。」四位父親卻一齊笑了。

由紀夫的視線自然地移向窗邊的矮櫃，櫃子高度約到腰部，上頭擺著母親知代心愛的首飾、擺飾人偶、似乎頗高檔的座鐘、小幅裝飾畫，還有一個橫式相框，那是母親與父親們婚禮時的照片，一身婚紗的母親，兩側分別站著兩位父親。散發深思熟慮穩重氣質的悟，身旁是高挺英俊的葵，然後是滿面笑容、雙眼皮的眼睛睜得大大的母親，頭髮全部往後梳、因為害臊而皺著眉頭的鷹，以及抬頭挺胸站得筆直的勳，全員到齊。而那時母親肚子裡還懷著我吧？由紀夫每次看到那張照片，都不禁這麼想。

女方的雙親與男方的雙親都沒人出席，聽說是一場只有新郎新娘的婚禮，而會場也是在數度交涉碰壁之後，才好不容易找到一個想看好戲的好事單位願意出借。「你們真的不是鬧著玩的吧？」聽說會場負責人向他們做了最後確認，「敝公司是出於相信各位是認真的，才答應出借會場的哦。」

「廢話，當然是認真的啊。」鷹粗魯地回道。悟也跳出來說：「你覺得四個大男人決定一起和一名女性結婚，會是鬧著玩的嗎？」對方才終於相信了：「您說的也是。」

而當然，戸籍上由紀夫被登記為「非婚生子女」。他想起小學時，曾經有某位交情不是很好的同學，不知從哪裡得到了消息，一臉神氣地跑來對他說：「哼，你沒有爸爸！」當時他們班上不少學生家裡雙親離婚，或是父親事故身亡，所以由紀夫只是滿腹狐疑：「這傢伙為什麼像是自己立了大功似地開心成那樣？戸籍上寫的東西有什麼意義嗎？」再說，他覺得最不可思議的是，「你說我沒爸爸，那我家那吵得要命的四人組又是怎麼回事？」

由紀夫家每當用完餐，各人會拿著自己用過的餐具來到廚房流理臺前，以洗碗精洗淨後，放進烘碗機裡。由於水槽前的空間頂多容納一個人，所以他們五個男的便宛如在物資配給所排隊等待配給似地，排成一列等洗碗，那景象其實頗滑稽。

洗完碗，所有人又賴在客廳裡看電視或翻雜誌，由紀夫則是攤開了題庫。

「明天啊，我要和由紀夫去玩呢！」盤腿坐在沙發上的鷹笑嘻嘻地說：「而且多惠子也會去哦。對吧？由紀夫。」

「哇——」葵的聲音裡滿是羨慕，「你們要去哪裡？我也想跟呢。」

「不行，就我們三個人去。」

「反正一定是去看賽狗吧。」勳一語說中。

「你為什麼知道？」

「我為什麼不知道？」勳皺起濃眉，瞥著鷹說：「真好命呢，我明天難得的週六假日，就要貢獻給學校的登山活動了。」

「登山？為什麼要登山？」由紀夫問道。

「因為那裡有山啊。」勳笑著回答。鷹譏笑道：「你要這麼說，那裡還有大樓和飯店咧。」

「其實是為了磨一磨那些光說不練的中學生。那幾個小子，不過是從網路還是書上得到一些知識，就在那邊得意洋洋地大放厥詞說什麼：『老師，這世界說穿了就是這麼回事啦。』」勳說。

「暴力教師這回要陰險哦。」葵似乎很樂。

「上次你說挨老師揍的那個囂張學生也會去嗎？」鷹問道。

「理論上會去。」勳說完又補了一句糾正鷹：「那不是挨揍，是他自己討揍的。」

「可是依照我的經驗呢，自以為是的中學生通常會蹺掉這種登山活動哦，嫌累嫌無聊懶得去什麼的。」

「你乾脆把鷹帶去那些打算蹺掉校外教學的學生家裡，對他們說：『要是不去，以後就會變成像這樣的大人哦。』」

「悟，你這玩笑也太嚴厲了。」鷹面有窘色，皺起眉頭說：「總之我要去看賽狗，給它從一早到黃昏眺望著在場中奔馳的格雷伊獵犬。對吧？由紀夫。」

由紀夫的心思早就不在父親的對話上頭，自顧自專注地解答著手邊的題庫，一邊模糊地應了聲：「嗯，大概吧。」

他埋首於數學與英語的題庫，其實不花什麼力氣，只要機械性地套用公式，或是填進記在腦子裡的片語，正確答案很快就出來了。

悟曾說：「人的一生，並不會因為努力過活奮力思考就能得出解決方法；大家都是在沒有正確答案的狀態下，煩悶地活下去，這才是人類。從這個角度來看，保證有解法與正確答案的考試題目，其實是很難能可貴的，因為大部分事情都沒人能教導你、告訴你答案。所以面對考試時，應該要開開心心、盡全力去解題才是。」

聚精會神地讀著小說的悟，以憂鬱的眼神望著電視裡的搞笑藝人的葵，緊盯著報紙上的賽犬資料盤算著的鷹，環抱粗壯的雙臂、盤腿而坐、像在沉思著什麼的勳，四人的身旁，由紀夫默默地複習著課業。「期中考應該沒問題吧？」悟問道。「嗯，ＯＫ吧。」由紀夫回答。

一看時鐘，已經將近深夜一點了。由紀夫心想，考試的範圍能念的都念完了，接下來只要注意保持健康狀態如常，星期三準時應試，成績應該不會太離譜。只不過還不想睡，於是他拿起從悟房間借來的文庫本讀了起來，一邊戴耳機聽著跟葵借的ＣＤ，卻遲遲無法進入故事的世界。他索性拿起書架角落的中學畢業紀念冊，邊翻閱邊感慨鱒二的模樣真的都沒什麼變呢，東摸摸西摸摸，時間就這麼過去，之間也曾聽到不知哪位父親——或許是鷹或葵吧——出門去的聲響，除此之外，這夜裡一片闃寂。

因為想上小號，他走下樓去，眼角瞥見一道人影，嚇了他一跳。

「你在幹什麼？」由紀夫對著人影背後出聲，勳卻沒被嚇到，只見他緩緩地回過頭來說：

「喔，由紀夫，還沒睡啊。我剛去上廁所。」

「對了勳，我班上有個同學不肯來學校呢。」由紀夫突然想起，便說了出口。

「我班上也有一個啊。」勳說著蹙起眉頭，似乎心上很不舒坦。

「要怎樣才能讓他來學校呢？聽說他都關在房間裡不出來。」

「學生不想上學的原因很多，有人是因為害怕校內的嚴重霸凌，也有人只是因為請了長假之後，就愈來愈不想踏進校門。有的你不理會他，反而自己會來學校；也有的不管怎麼強拉，不來就是不來。」

「小宮山在棒球社裡是個狠角色，不大可能遭到霸凌。」由紀夫一說，勳立刻否定：「十幾歲的孩子之間，多得是狠角色一夕之間成了被霸凌的對象。你心中應該也有這種想法吧，中學生也好，高中生也一樣，總是尋找著能讓自己欺負、輕蔑的對象，而愈是出言不遜的傢伙愈容易被鎖定。嗯，話說回來，可能大人也是這樣吧。」

「中學教師說出這種論點，會不會太黑暗了？」

「要是相信人性本善，對小孩子或人類抱有期待，只會被當成傻子看，不是嗎？我們能做的只有先體認黑暗面的存在，再想辦法克服。別無他法。」

「所以勳，你在學生面前也說過很多次麥可・喬丹（註一）的那句名言嘍？」

——我歷經一次、一次又一次的失敗，一再地被擊倒，而那就是我成功的原因。（註二）

這句籃球之神的名言曾經出現在電視廣告裡，由紀夫從小到大聽了無數次。

「最近的學生居然沒聽過喬丹，完全不當一回事，真是令人生氣。然後呢，要是失敗了覺得丟臉，就躲回房間裡窩著，什麼都不幹。」勳說。

「如果我也把自己關在房間裡，你會怎麼做？」

由紀夫原本以為這個突如其來的問題，會讓勳思考上好一會兒才有答案，沒想到勳旋即回道：「我會找來工程車把你房間的外牆敲毀，那麼一來，不但風會颼颼地灌進房裡，你也一定會哭著走出來啦。」

「這是什麼餿主意？」

「就算你把自己關在房裡，只要把牆壁破壞掉，那兒就不再是房間，而是外頭了，不是嗎？」

「根本就是亂來嘛。」

「這可是我們在你還是小學生的時候，集思廣益得出來的方案之一哦。」

「我們？四個老爸一起嗎？」

「對於養育孩子長大成人，我們全是新手爸爸。所以你還小的時候，我們每星期會開一次家庭會議，討論面對你的成長該怎麼應變，或者是萬一你半夜突然身子不舒服該怎麼處理、每個人又該負責哪些部分，之類的。」

說是家庭會議，應該更像是父親高峰會吧。由紀夫想像著四位父親一臉嚴肅地對談的景象，不禁覺得又好氣又好笑，「媽也加入會議嗎？」

「她只是列席旁聽。」

「你們還討論過哪些議題？」

「很多啊，多到我都記不得了。像是你帶愛人回來的時候該怎麼辦；我們還討論過要是半夜強盜上門，由誰負責救你。」

「結論是由誰負責？」

「輪流負責。看那天是星期幾。」

「真是感人吶。」由紀夫心想，我又不是資源回收垃圾。

「那陣子有部影集很紅，裡面有個經典場景。你小時候也很愛看那部片呢。」

「《Runaway Prisoner》？」由紀夫自己也嚇了一跳，沒想到這麼多年不曾浮現腦海的影集片名，居然會突地從自己嘴裡冒出來，不禁悄聲嘟囔：「好懷念。太懷念了。」

「那部影集真的很好看呢。」動嗯嗯地點著頭。

《Runaway Prisoner》是由紀夫小學生時代播出的影集，主角為一名逃獄囚犯，一次次甩開追兵，做出許多自暴自棄、只顧私利的行為，然而不知為何，他所到之處，總是有陌生人對他伸

註一：麥可・喬丹（Michael Jeffrey Jordan, 1963-）前美國ＮＢＡ職業籃球運動員，被公認爲美國籃球史上最偉大的球員，球衣號碼爲二十三號。

註二：原文爲："I've failed over and over again in my life. And that is why I succeed."

出援手。或許是由於這名囚犯老愛講些冷笑話，由紀夫原先一直以為這是一部溫暖人心的喜劇，沒想到故事進行到後半，劇情愈來愈悲愴，讓由紀夫這些兒童觀眾愈看愈不知所措。

在當年，殺人罪的追訴時效為十五年，因此每一集的故事裡，主角總會在某個時機說出這句臺詞：「反正只要逃得過十五年就無罪了吧？哼哼，小case。」只不過仔細想想，曾經被逮捕入獄的囚犯，何來時效可言？一想到這點，整個故事虛構的一面立刻浮上檯面，那句臺詞愈聽愈可悲，由紀夫看到最後幾集，甚至坐立不安了起來。

「我們還模仿過那部影集逃獄的那一段，你記得嗎？」

「喔，有啊。」由紀夫苦笑著回道。他很快便想起來了。要回憶起自己童年時的糗事與失態，需要相當的覺悟與將錯就錯的勇氣；若那段回憶還包含了父親幹的傻事，苦澀更是倍增。

《Runaway Prisoner》片中主角逃獄時，從監獄高牆朝畫過空中的輸電線縱身一躍，一邊將從獄吏手上奪來的皮鞭甩過輸電線掛上，再以兩手抓住皮鞭兩端，宛如乘著吊索般滑行逃離監獄。後來有人查出那個逃獄手法是抄襲自別的電影，當時對於逃獄手法是否有著作權一事還引起了小小的爭論。不過那不是重點，總之當時的由紀夫一直很在意一件事：「為什麼他掛在輸電線上卻不會觸電呢？」

「那和麻雀停在輸電線上卻不會觸電，是一樣的道理。」悟說道：「電的傳輸是由高電壓流向低電壓，所以如果只是單單觸碰到一根輸電線，由於沒有電壓差，是不會產生電流的。人們不慎觸摸輸電線時，通常是腳著地，或是站在輸電線以外的東西上頭，對吧？這麼一來就會造成電壓差，一旦產生電流，就會觸電了。像鳥兒不小心同時站到兩條輸電線上而觸電的消息，也時有所聞。」

「也就是說，像他那樣掛在半空中摸著輸電線也不會有事嘍？」

「呵，那是演戲啦。」悟笑道。

提議說「我們來模仿逃獄吧！」的是鷹，他說要來試試看那個逃獄手法是不是真的行得通。還是小學生的由紀夫只是單純覺得好玩，贊成了鷹的提案，其他的父親則是毫不客氣地反對：「你是很有可能哪一天被抓進牢裡沒錯，但對我們來說，這個實驗根本毫無意義。」

不過鷹不打算放棄，特地跑去附近的公寓大樓勘查，還真的讓他發現了高度適合的輸電線，「好！出動了！」他當場測試了起來，單手將毛巾拋過輸電線，俐落地以另一手接住。一旁的由紀夫也興奮地點頭應道：「走！」然後大喊：「衝啊！Prisoner!」沒想到不巧被巡邏中的認真警察撞見，抓了兩人去盤問一番。

「是啊。」

「真不想回想起來，鷹還在派出所跟警察大吵一架。」

「現在想想，我應該是從那件事之後，開始對父親產生了懷疑吧。」

「什麼意思？」

「我明白了兩件事：一是，透過輸電線逃脫是不可能的；二是，不能輕信父親們所說的話。」

「就因為那件事？」動顯得相當訝異。

我們原本在聊些什麼？怎麼會聊到這裡來呢？由紀夫回想著，這時動開口了：「總而言之，如果你是真心想讓你那個同學去上學，就要做好心理準備，很可能必須把牆破壞掉才行。」

太小題大作了吧，由紀夫有些錯愕。「不過，來學校也不見得就是好事啊。」

由紀夫很好奇身為中學教師的勳會怎麼回答，但勳卻毫不遲疑地說：「沒錯、沒錯。有人去到學校很開心，也有人一點也不開心。所以啊，或許拒絕上學並不能一概認定為壞事，只不過，關在房間裡倒是個大問題。」

「那會是問題嗎？」

「當然，如果情有可原，好比生病或受傷，實在無法步出房門，又另當別論。但如果沒有那些問題，只是關在房裡不出來的傢伙，根本不是人類，比較接近家具吧。」

「家具也不賴呀。」

「是會吃飯的家具哦，成了大累贅耶。」勳的臉上沒有一絲笑意，眉頭皺得緊緊的。

「所以，小宮山的爸媽應該趕在他變成家具之前，把他拉出房間嘍？」

「是啊。」勳的神情緩和了些，「十幾歲的小孩子，再怎麼說還是受爸媽影響很深的。」

「沒錯，勳這句話真是一針見血。」由紀夫應道，他還滿想藉機問問勳，他們四個父親覺得自己對孩子造成的影響是好是壞，卻嫌麻煩而作罷。一邊走回樓上，由紀夫有些掛心，母親知代不知道為什麼這麼晚還沒回來。

回到房裡，由紀夫躺到床上，沒想到睏意很快便襲來，感覺腦袋的芯變重往下沉，而於此同時，眼前輕柔地綻開一幅朦朧的光景。

也就是說，他做了夢。

夢中的由紀夫是中學二年級的年紀，打算趁深夜時分偷溜出家門。他假裝先回自己房間睡覺，等了大約三十分鐘之後，悄悄下樓，小心不發出腳步聲，走出了玄關。鞋子也是拎在手上，來到外頭才穿上。

大概兩小時前，四位父親展開了相當熱烈的麻將大戰，由紀夫心想，他們這樣根本不可能發現自己溜出門吧。

走出庭院前，他順手抄起落在圍牆旁的一根鐵管，那是從前拆除倉庫時剩下的廢材，總是錯過拿去丟的時機，就一直扔在那兒。

由紀夫跨上腳踏車，朝著位於鎮最東邊的瓦斯槽前進。

從自家到瓦斯槽的路徑幾乎是一直線，不必擔心迷路，但不知是否因為身處深夜，月亮又若隱若現，讓人抓不準方位，總覺得有些不安。他握住鐵管的手加了幾分力道。或許是在夢中的關係，踩著踏板的腳也感覺浮浮的，彷彿騎在空中。

之所以得出這趟門，源於白天意外撞見的一件事。當時打掃完教室，由紀夫正要將垃圾拎去焚化爐，無意間聽見冷氣室外機內側傳出談話聲，似乎是數名男生在威脅某一名學生。雖然看不見身影，由紀夫曉得那是和自己同年級的別班同學。因為不想牽扯上麻煩事，他決定當作沒聽見走過去就好，但耳朵卻擅自豎了起來，把對話聽得一清二楚。這就好像遇上愈是不想見到的東西愈會看得入神，或是一察覺有臭味時卻會忍不住深吸一口嗅上一嗅。

「為什麼沒帶錢過來？不是講好的嗎？」當中一人說道。

「我已經沒有錢了……」有個人語氣怯懦地回道。

「你這傢伙，去拿你爸媽的錢來啊，一定有存摺吧？拿一些你老爸的錢借我們花花呀。」有人威脅道。

「偷存摺不好吧，太容易被發現了。」接口的是另一個人。

「對了。」出聲的又是另一人，一副想到了好主意的語氣，「應該有卡吧？信用卡什麼的，有那個也不錯，去偷來吧。」

腦袋裡這麼多鬼主意，為什麼不用在其他地方呢？由紀夫感到錯愕，一邊心想，中學生拿信用卡出來刷，不會引人懷疑嗎？這時，那個怯懦的聲音又傳了出來：「可是，中學生要是拿信用卡出來刷，商家會起疑心的。」他和由紀夫想的是同一件事。

「沒問題啦，反正有那傢伙在呀，他年紀大得很。」應聲的又是另一人，似乎是在講他們的某個同伙。「讓那傢伙去刷就好了，絕對不會穿幫的。」

「好！那今晚把卡拿來吧，我們明天趕著要用，聽到了沒？」下結論的又是另一位，接著一伙人當中的某位開始交代今晚的集合時間與地點。

從由紀夫所在的位置看不見他們一群人，但根據一直有不同嗓音的人開口來判斷，由紀夫想像著，要是探頭過去偷瞄一下，會不會看到宛如石塊下方成群的蟲子般驚人數量的數百名男生呢？想到這，他不禁寒毛直豎。

那個怯懦的話聲，之後就沒再聽到了。

一伙人強勢的發言，以及連對方父母都不放過的厚顏無恥，讓由紀夫氣憤難平，但一方面他又覺得其實事不關己，於是他將垃圾扔進焚化爐，正事辦完便離開了。

這件事又浮上心頭，是在大啖晚餐的時候。

由紀夫吃著母親知代親手包的餃子，肉汁瞬間從咬開的餃子皮內流出，在口中擴散，而這肉汁彷彿觸動了他心中的某一點，他突然在意起白天撞見的事情，「不曉得那個人是不是把卡交給他們了……」

「怎麼了嗎？」畢竟是母親，知代的敏銳直覺彷彿看穿了兒子由紀夫的內心，但由紀夫也立刻以十多歲少年最常對父母說出的回話帶過：「沒怎樣啊。」

用完餐、洗過澡後，不良中學生與信用卡一事仍緊緊黏在他的腦中，他甚至擔心起腦子會不會就這麼再也無法思考其他事情。既然如此，倒不如自己挺身把事情做個了斷。於是他決定了。

黑夜中，由紀夫終於抵達了瓦斯槽，周圍是一座小小的森林。對於由紀夫這些從小在鎮上長大的小孩而言，這座森林是個「天黑以後最好不要接近」的地方，還有一個用途是，「森林在那邊，所以我家是這個方向」，換句話說，森林是個可以協助他們掌握方位的標的物。

好久沒來瓦斯槽這一帶了，嚴格說來，應該叫做球形瓦斯儲存槽。眼前的大槽依舊是與記憶中一模一樣的美麗球體，直徑有三十公尺，外塗泛青的淺綠，似乎只能以「瓦斯槽色」來稱呼，感覺整座槽在夜裡依然發散著著妖豔的色澤，是因為在夢中的關係吧。而即使在黑暗的夜色裡，槽體輪廓仍然清晰可見。

瓦斯槽四周整齊架著數根支柱。

根據白天那群不良男生的對話，此刻他們人應該在繞過瓦斯球的另一側，由紀夫邊朝那處前進，忍不住心想，白天無意間聽到的那段對話，該不會只是幻聽或是恐嚇者亡靈與被恐嚇者亡靈的交談吧？現在一回想，當時聽到的聲線異樣地多，所以更可能是一整群的亡靈了？

但不消多久他就確定了那並非亡靈，而是如假包換的中學生。森林前方，鎮上的燈火隱隱照得到的小塊空地上，一群人正聚在那兒。

五個人排成圓形圍住中央的一人，雖然不確定發生了什麼事，但大致的狀況，並不難猜測。

「五個人啊。」夢中的由紀夫低聲嘟囔著，接著望向自己手中的鐵管，「靠這傢伙搞得定嗎……」與勳一對一的格鬥訓練雖然進行過無數次，但是以寡敵眾，要是傻傻地衝出去，一定馬上會被打得落花流水。勳平日便諄諄教誨：「和人打架，絕對不要以一對多，記得逃為上策。只不過萬一實在無法逃開，至少要找根長棒或繩索抓在手上，然後死命地朝對方的鼻頭揮去。」

細微的呻吟傳進耳裡。中央的學生好像被戳了一下，毫無抵抗地跌坐在地。

由紀夫忍住想咂嘴的衝動，湧上的怒氣自然是針對脅迫剝削他人的一方，但對於任由別人脅迫剝削、軟弱地跌了一屁股的一方，由紀夫也難掩氣憤，很想大罵：「人家打你就默默承受，都沒想過要還手嗎？」

在夢裡果然省時多了，回過神時，原本不見蹤影的月亮高掛頭上，那是缺了半邊的、白色月亮。

他下定了決心，踏出步子。然而就在此時，他察覺背後有人，差點嚇得叫出聲。

回頭一看，後方正杵著一尊詭異的身影，戴著冰上曲棍球的護具白面罩。由紀夫覺得自己背上的寒毛全豎了起來，但他最訝異的是，自己居然沒有放聲慘叫。

「由紀夫，是我！我啦我啦。」對方摘下面罩，露出了熟悉的臉龐。

「鷹……」由紀夫喊了對方的名字，接著鷹的身後又出現兩道人影，也都戴著白面罩，簡直像是恐怖電影的主角登場。

兩人也都摘下面罩，由紀夫當場目瞪口呆，「葵？連悟也來了？你們為什麼……？」

「當然是來支援你呀。」鷹開心地說道。「你偷偷溜出門，我們怎麼可能沒發現。」葵微笑道。

「那些面罩是怎麼弄來的？」

「你出生前，有一次我們四個約好戴上這面罩，想嚇嚇你媽。」悟淡淡地回道。

由紀夫很難想像，一向理性、明智的悟怎麼會玩起如此愚蠢的扮裝。

「勳呢？」

「勳畢竟是中學教師，雖然他最愛格鬥技了，但是總不好在中學生面前出手吧，所以我們要他在附近監看狀況，萬一我們處理不來，看是要叫警察還是大喊求救，就麻煩他了。」

「這麼說，你們知道我為什麼要跑來這裡？」

「會來這裡，差不多就是那麼回事吧。」悟斂起下顎。

「看吧！我說的沒錯吧！要我打賭也成，我就說由紀夫肯定是出來打午夜場的架嘛。」

「嗳，你也戴上吧。」葵說著將手上的白面罩遞給由紀夫。

「為什麼？」

「那些傢伙應該跟你同校吧？要是被他們察覺插手管閒事的是你，之後絕對不會放過你的。」

和同校的傢伙起糾紛很麻煩，因為一定碰得到面，變成你得處處提防他們，那還不如先遮住臉再行動吧。」

由紀夫由衷佩服，聽話地接下面罩戴上。

「好！衝吧！」父親們氣勢十足地邁出步子，手上各自握著塑膠玩具球棒。

由紀夫略微遲疑了一下，跟上父親。

夢到這裡結束了。

沒想到這一覺竟然才睡了十分鐘。由紀夫忍不住嘆了口氣，怎麼會做這麼荒謬的夢。而且更荒謬的是，這個夢境的內容，幾乎全是他中學時代的親身經歷。

「真是適合看賽狗的好天氣呀！」鷹神清氣爽地讚歎道，一邊伸了個懶腰。由紀夫故意吐槽：「請問到底是什麼樣的天氣叫做適合看賽狗？」鷹答道：「就是陽光照得賽犬的披毛漂亮地閃閃發亮的好天氣呀。」

「真的耶！今天真的是適合看賽狗的好天氣啊！」走在鷹另一側的多惠子同樣興奮不已，還暗諷先前一直說要在家專心念書不出門的由紀夫：「就是會讓窩在家裡準備考試的人後悔莫及、甚至開始覺得人生無望的好天氣呢！」

「要是考前一直這麼玩樂下去，到了考試那天才會深深覺得人生無望吧。」

「由紀夫，都出來玩了，就忘掉考試的事吧。我可是自從中學時代把考試拋到九霄雲外之後，至今一次也沒想起來過呢。」

「一次也沒有？」

「一次也沒有，現在也完全想不起來。」

「我才不想變成像你那樣。」

賽狗場的周邊滿是私立停車場，鷹將休旅車停進一處，三人下車朝賽狗場入口走去。以高牆隔開的賽場內似乎人聲鼎沸，滿載期待的呼聲與瞪著錢包決意賭上一把而發出的低喃，交織成一股不可思議的激昂氛圍。

入場券的售票窗口位在大門旁，遠比由紀夫想像中要乾淨得太多，哪像小時候被鷹帶去參觀的某處郊區賽馬場，不但建築物本體的鋼筋水泥外露，暗沉的外觀與陰霾的天空更是相互呼應。相較之下，賽狗場的外觀讓人幾乎想以可愛來形容，不知道是否當初便是將客層瞄準在帶小孩前來的賭客身上，連售票亭也設計成流線的外觀，壁面則是統一漆成暖色調。

「看！很有意思吧！很像遊樂園呢！」

「真的耶！這裡好漂亮、好可愛哦！」

「外觀再怎麼可愛，掀開一看，裡頭還不是賭盤與輸贏之事橫行、氣味可疑的賭場。」

「由紀夫。」正打開錢包打算掏錢買入場券的鷹，突然抬起頭看著由紀夫。

「怎麼了？」

「你說的沒錯，但不止這個賽狗場哦，整個社會都是這樣。外表看上去溫暖和平、人人平等，可是一看內裡，其實跟輸贏之事與不平等橫行、氣味可疑的賭場沒啥兩樣。」

接著鷹對著售票窗口不知在得意什麼地說：「麻煩給我家庭席的入場券。」還興奮地補充道：「我跟我兒子，還有我兒子的女朋友，三張。」

「啊，趕上了！我也一起可以嗎？」背後突然有人出聲，回頭一看，是高出鷹一個頭的葵。

「葵？哎喲，你跟來幹嘛啦！」

「反正閒著啊，算我一份嘛。」

「請問……」多惠子雙眼睜得大大的，一逕仰頭望著葵。

「喔，這位也是我父親，他叫葵。」由紀夫並不想特地介紹，但是礙於後方排隊買票者的視線壓力，還是勉為其難地開口了。

「嘩——」聽得出多惠子的長吁中帶著讚歎，「好帥哦。」

「妳就是多惠子吧？妳好，初次見面。」葵的笑容非常自然不矯揉，然後迅速伸出右手。而多惠子彷彿受到他引誘般，也伸出了手。兩人雙手交握。

「您真的好帥哦。」多惠子看葵看得出神，又咕噥了一次。

「謝謝妳的稱讚。」葵露出微笑。

「一定很多人這麼說吧？」多惠子依然頻頻感歎。

「啊，葵！太奸詐了！」鷹驀地說道，緊接著一把揮掉葵的手，硬是握上多惠子的手。

「不好意思喔，你們要買入場券嗎？」窗口的女售票員露出僵硬的微笑問道，由紀夫連忙開口：「抱歉。呃，請給我四張。」

家庭席的位置比緊鄰場邊的一般觀眾席略高，包廂內附餐桌，約是家庭餐廳的六人座大小，也可以點飲料和輕食在裡面用餐，座位旁還設有小螢幕，同步播放著場內的賽況。

「很舒適呢，真是好位子！」多惠子對著坐在正對面的葵和鷹說道，兩位父親頓時笑了開來。

「很讚吧！我就說嘛，這種家庭席，一個人是來不了的，要有一家子的樣子才行啊。」

「唯一可惜的是四面不是牆壁，要是完完全全的私密空間就太完美了。」葵指著圍住四面的透明玻璃隔板說道。

「你是在想，如果是密室，就可以在裡面和女人卿卿我我了吧。」鷹語氣尖銳地戳向葵。

「哎呀，葵爸是那種人嗎？」多惠子故意誇張地略仰身子問道。

「葵就是那種人，」由紀夫應道：「小心一點比較好哦，別被騙了。」

「沒錯！」鷹氣勢洶洶地接口：「多惠子，不要被他騙了哦。」

「至於鷹呢，滿腦子都是賭博，而且不知怎的有一招奇怪的特技，妳最好也要小心這個人。」由紀夫沒忘記補上這段。

「喂，由紀夫，奇怪的特技是什麼意思？我又沒做什麼。」

「只要是鷹你開口，再怎麼荒唐的事，聽起來都很像一回事吧。」

「什麼跟什麼啊。」鷹的眉頭蹙得更緊了。

「此話怎說呢？由紀夫。」葵也眯細了眼問道。

「昨天鷹扯謊說有偶像跑進停車場裡，我是那時候才突然發現鷹的特技的。那怎麼聽都是胡說八道吧？可是只要是出自鷹的口中，大家都會忍不住信以為真。我後來想想，好像從以前就是這樣了。」

「喂喂喂，為什麼我這種一臉可疑相的男人講的話大家會相信呢？」

「你自己都承認你看起來很可疑啊。」葵笑道。

「會不會是因為那個？」這時多惠子彈了個響指，「看上去怪裡怪氣的人講了怪裡怪氣的話，負面印象乘上負面印象，反而得到正面效果，也就是所謂的負負得正理論。」

「講什麼蠢話。」由紀夫有些沒力；葵卻當場贊同：「有可能哦。」

由紀夫在桌旁坐了下來，眺望著下方觀眾席，無意間看到場內所有出入口都站了許多制服保全，「戒備相當森嚴吶。」

鷹立刻應道：「喔，是因為那件事啦。聽說大概三個月前，這裡發生了槍擊事件。」

「槍擊事件？」由紀夫回想著。

「就在開跑前一秒，有賽犬被擊中了。」

「啊，」由紀夫想起來了，「對耶，有過這麼回事。記得嫌犯還沒抓到？」

「好像還沒。」

「居然槍擊狗，真是太殘忍了。」

當時在觀眾席某處，有人拿槍朝著並列在起跑線前的賽犬扣下扳機，凶器似乎是狙擊步槍，子彈射穿了人氣最旺的格雷伊獵犬的腹部。

「不過那隻狗好像沒死哦。」葵說。

「咦？真的嗎？」我還以為牠死定了。由紀夫差點說出後面那句。

「沒死呀，那隻狗超強的。」鷹笑道：「開槍的兇手一定是賭賽狗輸到脫褲子，一怒之下就殺狗出氣吧。所以從那件事之後，場子的保全人數就大幅增加嘍。」

「一般人弄得到狙擊步槍嗎？」多惠子問出理所當然會浮現的疑問。

「好問題。」由紀夫也點頭。

「不是有哥爾哥（註）嘛？哥爾哥。」鷹一臉認真地回道。

「聽說那把槍是從自衛隊偷出來的。」

「葵你為什麼會知道那種事？」

「聽女孩子說的。」

「哪個女孩子？」

「忘了。」葵平靜地笑了。

「不惜奪走自衛隊的槍也要殺狗，真是好氣魄的強人吶。」聽到多惠子這麼說，由紀夫有些錯愕，重點應該不是佩服嫌犯吧？

「不過，從觀眾席這邊開槍，居然瞄得準那麼遠的起跑線位置耶。」葵指著玻璃隔板的另一頭說道。由紀夫又不由得心想，重點應該不是佩服嫌犯的槍法吧？

賽場流洩出輕快的旋律，場內的氣氛登時熱了起來，觀眾席上的掌聲此起彼落。

註：「ゴルゴ」，日本經典漫畫《ゴルゴ13》（哥爾哥13）的主人公，作者爲齋藤隆夫（さいとう たかを），自一九六八年連載至今，敘述身世背景成謎的冷酷專業狙擊手哥爾哥活躍於社會表裡界線上的故事。

「總覺得這裡的觀眾啊，興奮喧鬧的方式和賽馬場的不大一樣，」或許可說是和樂融融吧，「就像在自己家裡似的。」

「可是仔細瞧，觀眾席上還是有些看上去不甚友善的傢伙在蠢蠢欲動哦。」

由紀夫再度張望四下。左右兩側以透明隔板隔開的隔壁包廂由於也是家庭席，裡頭坐的都是祥和昇平、和諧溫馨的一家子。然而，當由紀夫的視線移往下方的一般觀眾席，就看得見不少眉頭緊蹙的男性一手拿著報紙踱來踱去，眉宇間深深刻畫著不景氣與心情的嚴峻。「嗯，確實有些蠢蠢欲動的傢伙。」

在一般觀眾席的這些男性幾乎都是隻身一人，大都戴著帽子。雖然各人懷抱著各自難以擺脫的苦衷，押在各自的預測上頭，各自認真地下了注，不可思議的是，這些人所散發的氛圍卻驚人地雷同。

「呀呀呀！來看看今日手氣如何吧！」鷹搓了搓雙手，將方才在售票窗口買來的Dog Ticket，也就是相當於賽馬馬券的「狗券」放到桌上。

「賽狗跟賽馬不一樣，沒有所謂的步速節奏，所以基本上都是以起跑當時的瞬間加速度定江山，知道嗎？」購買狗券時，鷹這麼說道。

賽狗專刊上刊有所有賽犬的資料，從體重到年齡、犬主姓名以及前三場比賽的成績。瞪著初次見到的賽狗專刊，再怎麼看也看不出個所以然，所以由紀夫決定照著專刊上的預測記號下注，買了三張連勝（註）的狗券。

「多惠子，妳要不要下三角注？」鷹問道。

「三角注？那是什麼？」

「就是挑三隻狗，然後下注在所有的排列組合上頭。譬如妳看中一號、三號和五號，那就下在一—三、三—五、一—五三種組合買連勝。」

「喔喔，原來如此！好啊，那我要三角注。」

喇叭聲響起，在觀眾的殷切注目中，一名身穿狗布偶裝的工作人員站上起跑線旁邊的小站臺，舉起一支像是模型手槍的玩意兒，為起跑鳴槍做準備。

「那隻布偶，好可愛哦！」多惠子率先發聲。

「會嗎？」由紀夫忍不住偏起了頭。

有著瘦長臉龐的狗狗布偶，彷彿以鼬鼠還是狐為模型製作，尖耳長鼻的褐色面孔，表情卻意外地寫實，一雙細眼要大不大的，與其說是可愛，不如說帶了點邪氣。奇妙的苗條身材比例，既非二頭身亦非三頭身，不知是設計者的創意，或者只是單純思慮不足的失敗之作，總之這隻穿著長大衣外套的狗布偶，看上去也有那麼點變態狂的味道。

「之前我聽一個在政府機關工作的女孩子說，」葵像是突然想起似地說道：「那個穿布偶裝的是縣知事哦。」

「真的假的！」多惠子嚇了好大一跳，再次盯著起跑線旁的布偶瞧，「那是白石知事？」

「想也知道是假的吧，縣知事要是那麼閒還得了。」由紀夫冷靜地回道。現在可是競選活動

註：日本賽狗下注方式分數種，只猜冠軍的「單勝式」、猜冠亞軍的「連勝式」、猜前三名的「三連勝式」等等，賠率各有不同。

進行得如火如荼之際，知事當然不可能有閒情逸致跑來這種地方穿上布偶裝，否則這種候選人還是早早選輸退出政壇比較好吧。

「可是這個謠言盛傳很久了哦，聽說他常會偷偷跑來扮一下，雖然不是每次就是了。」

「不可能啦。」鷹說。

「噯，請問兩位爸爸，你們會去投票嗎？」多惠子望著鷹和葵問道。

「大概會吧。」葵說。

「有空的話。」鷹說。

「不知道哪一邊會贏呢，雖然感覺白石知事似乎比較品行端正。」

的確，赤羽總是給人一股背後另有黑幕的可疑氣息。

「愈是看上去品行端正的傢伙，愈容易有問題。這就和那些看似高格調的藝文圈人士其實私底下滿腦子骯髒事，是一樣的道理。」鷹的口氣彷彿自己多熟悉藝文圈似的，「那個白石啊，我就聽過他的流言哦。」

「什麼流言？」由紀夫其實不感興趣，只是順口問問。

「聽說他把女人肚子搞大了就甩掉人家，而且小老婆一堆，很吃得開呢。」

「緋聞不斷啊。」要說是緋聞王子也不為過的葵，感慨不已地點著頭。

氣勢十足的起跑鳴槍聲一響起，賽犬們一齊衝了出去。由紀夫察覺身旁的多惠子身子一顫。

「開始了。」鷹探出身子。

兔子造形的電動誘餌搶在賽犬前方沿著跑道疾速移動，賽犬們全力追逐著電動兔，轉眼繞完跑道一周，勝負已然分曉。那宛如疾風呼嘯而過的光景，光是看著便令人心情暢快，彷彿清澈的風倏地穿過胸膛而去。只見賽犬一頭接一頭，畫著線般接連通過終點。

「幹得好！」鷹握緊的拳頭在胸前揮動。

「中了嗎？」多惠子高聲問道。她帶著滿心期待投注的三角注全軍覆沒。

「中了中了！賽犬啊，會記住上次贏過牠的對手，再次狹路相逢時，戰鬥力就會瞬間爆發。只要看這專刊上的戰績紀錄，分析一下就知道了。」

「所以呢？你就是押在那頭戰鬥力滿滿的賽犬身上？」

「哼哼，那隻狗兒漂亮地贏過上次的對手了呀！幹得好！沒錯，就是要這樣！」

由紀夫、葵與多惠子面面相覷，臉上都寫著：「別聽他亂蓋。」

接下來，四人圍著桌子研究下一場如何下注。由紀夫依然是參考專刊上的預測下注，多惠子卻似乎聽信了鷹剛才那番話，仔細研究起戰績紀錄，一面嘟囔著一面做筆記。由紀夫再次深深體會到，只要是鷹說出口的話，無論再可疑的傳聞或是毫無可信度的魔咒，聽的人都會不由得信以為真。

「怎麼樣？葵，你也押中幾個來讓大家開心一下吧！」鷹的語氣充滿挑釁，「反正你剛才押的一定全都槓龜了吧。」

「嗯，我應該沒有那個命。」被鷹奚落的葵依然是一副悠哉的語氣，「何況這本來就是鷹的拿手領域嘍。」

「好說，好說。」這話聽在鷹耳裡似乎頗受用，只見他嘴角微微上揚，「畢竟我是混這條路的嘛。」

桌上備有小型望遠鏡，可拿來眺望場內。

或許是因為到下一場開跑前都無事可做，葵和鷹各自架起望遠鏡，望向玻璃窗的另一頭。過了幾分鐘，兩人同時「啊」了一聲。

「怎麼了？」

如果只是鷹出聲，可能是又發現了可以拿來賭的事物；若只是葵出聲，可能是發現了充滿魅力的女性。但兩人很難得地同時驚呼，由紀夫想了想，決定看向兩人的視線前方。

鷹旋即伸出指頭敲了敲正面的透明玻璃，他指的是右下方觀眾席旁的出入口，「那裡那裡。看到了嗎？」

是要看到什麼嘛。由紀夫蹙起眉頭湊進玻璃張望，還是看不清楚，於是拿起手邊的望遠鏡一看，「啊，是富田林先生。」

「嚇了一跳吧。」鷹將手貼上額頭。

「咦?富田林先生?就是昨天你們在講的那個賭場頭子？」多惠子傻愣愣地探頭張望。

「啊，真的耶，好久沒看到他了。」葵稍稍移動望遠鏡便看到了，點了個頭。

「葵，所以你剛才的那聲『啊』，不是因為發現了富田林先生？」

「不是，是因為旁邊那個女的我見過。」

「旁邊？」由紀夫仍架著望遠鏡，視線左右梭巡。

首先映入眼簾的是富田林。矮小的個頭、稀薄的頭髮、圓圓的鼻頭，依舊是那副老好人的形象，若不是他兩旁與後方都有一臉嚴肅的隨扈跟著，看上去不過是個好賭的不起眼中年男人。

富田林與另一名男人站著不知在談什麼。男人個頭挺拔，年紀在五十上下，頭髮梳理得相當整齊，戴的眼鏡也充滿知性氣質，但多肉的鼻翼與兩道粗眉卻透露出他的傲氣，右手還提著一個皮革大公事包，由紀夫不禁覺得，這人看起來還真像個惡質律師。

「他那個公事包裡頭，好像裝了滿滿鈔票的感覺。」聽到由紀夫這麼說，鷹哼笑道：「對啊，看那表情就知道了，長得還真像個惡質律師。」

男人身邊有個女伴，葵說的應該是這名女性。

「你說那個女的是誰？」鷹拿開望遠鏡問葵。

「看上去很像是惡質律師的祕書呢。」由紀夫脫口說出第一印象，「葵，是你的朋友嗎？」

「那個西裝男我不認得，不過那個女的啊，從前也不是那一型的。」

「『那一型』是哪一型？」

「能夠正正經經當人家祕書的那一型。」

「那她就是隨隨便便當人家的祕書嘍。」鷹一副厭煩不已的語氣。

「噯，你們在說哪裡的誰啊？我怎麼完全聽不懂？」多惠子將望遠鏡緊貼眼前，像在趕蒼蠅似地頻頻轉頭東看西找。由紀夫沒理會她。

「沒看到太郎君耶。」葵透過望遠鏡眺望著，「富田林先生不是從以前就很保護兒子嗎？該說是無微不至呢？還是離不開兒子呢？」

由紀夫也看向富田林的身邊，的確不見富田林太郎的身影。

「太郎現在可是大學生了呢。」鷹說。

「咦？他已經到讀大學的年紀了？」由紀夫一驚。

「你也不知不覺成了高中生啦，太郎當然也該念大學了。他現在在東京念書，早就不住鎮上了。」

由紀夫記憶中的太郎，一直是那個靜靜的、總是孤伶伶地走著路的小學生，所以一下子聽說他成了大學生，由紀夫實在想像不出他如今的樣貌。勉強在腦中試著描繪，只是出現了踩著小心翼翼的腳步、介意著臉上的溼疹、背著雙肩書包走在大學校園裡的一道身影。

「富田林先生連太郎的大學考試結果都拿來開賭盤哦。」鷹似乎突然想起，補了一句。

這麼做不太好吧？雖然是別人家的事，由紀夫還是隱隱覺得不安。足以左右自己未來的大學升學考，卻被拿去半好玩地開賭盤，當事人內心感受一定很糟。「太郎君沒生氣嗎？」

「你應該好一陣子沒遇到太郎了吧，人家成了一個非常優秀的好青年，不會為這種事生氣的啦。」

「鷹，你應該是賭『考上』吧？」葵似乎對這話題很感興趣。

「廢話，當著富田林先生的面怎麼可能說出『我覺得太郎君會落榜』？而且啊，」鷹說到這突然壓低聲音，「聽說當時押太郎落榜的那些傢伙，後來都被富田林先生軟禁起來狠狠教訓了一頓呢。」

「真的嗎？」

「傳聞嘍。」

與富田林有關的傳聞無數，甚至有個傳聞說，關於他的傳聞大多是真的。

「那樣根本不是賭盤吧？」由紀夫很訝異，那應該歸類為腦筋急轉彎或是圈套吧？

「哎喲，反正只是傳聞嘛，傳聞。」

「原來富田林先生是個溺愛兒子的傻爸爸呀。」瞇細了眼的葵似乎很開心，睫毛微微顫動。

「兩位爸爸也是溺愛兒子的傻爸爸嗎？」多惠子的眼睛仍貼著望遠鏡，直接望向眼前的鷹與葵。

「我們啊……」鷹開口。

「不是啦。」葵接口。

第二場比賽和前一場以同樣的程序進行，先是場內廣播通知比賽即將開始，觀眾席上的觀眾紛紛就座，孩子們開朗的喧鬧聲此起彼落，夾雜著緊捏著狗券的大人們深切的喃喃低語，那或許是祈禱，也或許是鼓舞；成排的賽犬就起跑位置，一旁那位身穿狗布偶裝的詭異男子站上小站臺，高舉模型手槍；在歡呼與噓口水的聲響中，起跑鳴槍響起；電動兔疾速衝出，格雷伊獵犬拔足狂追。

由紀夫一行人直勾勾地俯視跑道，偶或瞥一眼手邊的監視螢幕，視線緊追著賽況之間，賽犬不消多久便抵達終點，場內倏地爆出宛如結成團塊的嘆息。

「還是不行啊。」由紀夫難掩失望，將手中的狗券揉成一球。

「我也是——」多惠子也垂下頭。「我只猜中一個單勝。」葵露出微笑說道。唯獨鷹，春風滿面地笑嘻嘻說：「我中了哦！」

「真的嗎？鷹，你又中了？」

「連中！」鷹彎起右肘擠出上臂肌肉，接著轉向正面玻璃窗，挺胸張大雙臂大喊：「噢噢！我的狗兒們吶——！」一副萬能的天神感謝子民支持的語氣，「照這個手氣看來，今天說不定可以大贏特贏哦！」

「好，那今晚就用鷹賺來的錢，大家一起吃豪華大餐吧。」葵說。

「哼，我下一場一定會中的！」多惠子發著豪語，一邊捲起袖子。由紀夫只是冷冷瞥了一眼，便從座位站起。

「你要去哪？」葵望向他。

「乘著輸電線逃出監獄。」由紀夫將浮上心頭的《Runaway Prisoner》劇情說了出口，鷹與葵顯然都聽懂了，幾乎同時點起頭說道：「好懷念吶！那個影集真的很有趣呢。」

「什麼監獄？」多惠子將望遠鏡架上眼前，望著由紀夫，簡直就像是瞪著囚犯的獄吏。

「我去廁所啦。」由紀夫應道，還補了一句：「馬上回來。」卻沒想到這麼一去，再也沒能回來包廂裡。

要去廁所，必須走出家庭席區，一直走到一般觀眾席區的走道才行。或許是由於離下一場開始還有一點時間，走道上許多人來來往往，由紀夫始終走不快，好不容易來到廁所時，看到沒人排隊，不禁鬆了口氣。

進了廁所，正要走向小便斗，突然有人拍了拍他的肩。「喔，這不是由紀夫君嗎？」驚訝之餘，對方親暱的語氣、重拍他肩頭的痛感，讓他不禁帶著微慍回過頭。「別露出那麼恐怖的表情嘛，是簽的狗券槓龜了嗎？」對方似乎看穿他的怒意，豪爽地笑著說道。

「啊。」由紀夫皺起的眉頭頓時舒展開來，連忙打招呼：「好久不見了，富田林先生。」

方才透過望遠鏡發現富田林時，由紀夫就這麼覺得了，但近距離一看，更覺得富田林真的是一點也沒變。雖然髮量稀疏，還有著一雙瞇瞇眼，但是圓圓的鼻頭與輪廓卻給人非常溫厚的感覺。由紀夫這麼一喊，包括在洗手臺洗手的男性、站在小便斗前小便的年輕人以及廁所內的數人，紛紛對他們投以訝異的視線，一副又怕又想確認的神情。只要是對賭博有興趣的人，肯定對「富田林」三字有所反應。這些人先是望向富田林，一確認是本尊後，不知是覺得「不惹鬼神不遭殃」，還是聽信了謠傳的「只要和富田林對上眼就會被騙走錢財」，所有視線同時移了開來。

「阿鷹也來了吧？」富田林的語氣非常溫柔。

「嗯，他在上面家庭席裡感動地大喊『噢噢！我的狗兒們吶！』」

「所以是贏嘍？那就好。」

「富田林先生您呢？贏了嗎？」由紀夫問道，一邊想起自己來廁所的目的，不禁擔心起要是聊太久不曉得忍不忍得住。

「我沒賭呢。」

「沒賭嗎？那是來散步的？」由紀夫沒有調侃的意思，但富田林身旁一臉凶神惡煞的男子聞言，立刻以吃人的眼神狠狠瞪向他，應該是保鑣吧。

「今天來是處理一些事。不過，狗兒真的很讚呢，太郎也很喜歡狗哦。」

「太郎學長一切都好嗎？」

富田林的臉色頓時一沉，橫眉豎目，眼皮痙攣般顫動著，雙眼睜得大大的，由紀夫見到這只能以鬼瓦（註）來形容的面孔，不由得退了一步。

「太郎現在人在東京。」他說：「把父親的養育之恩拋在腦後，一個人過日子去了。」仔細看富田林那撇著嘴的神情，欣喜其實遠遠多於苦澀，由紀夫心想，他應該不是在生氣。

「聽說他現在是大學生了？」

「是啊。真是的，也不想想是誰把他拉拔到大的，不知不覺已經有獨當一面的架勢啦。由紀夫君，你也絕對不能忘記阿鷹他們的養育之恩哦。」光聽這段話的內容，只會覺得富田林是個開朗的鄰居大伯，但包圍他的保鑣們所散發出的凜然氣息，以及富田林自身的氣魄，人們面對他時，總會在不知不覺間繃緊了神經。由紀夫也察覺自己一直緊握著拳頭，宛如挺立著忍耐暴風過去似的。

「富田林先生，我們該走了。」一旁身材壯碩的保鑣悄聲對他說。仔細想想，連進個廁所都有保鑣護衛得滴水不漏，普通人絕對沒有這樣的陣仗。

「好啦，由紀夫君，你也多保重嘍。盡情地下注，盡情地贏錢吧！」富田林說著朝廁所門口走去。

由紀夫連忙衝到小便斗前，幸好趕上了，他不禁稱讚自己的尿意說「辛苦了，虧你忍了這麼久」。

這時身後傳來一句：「走路看哪裡啊！」由紀夫一邊小便，一邊回過頭，只見廁所出口附近，一名陌生男子正將臉湊近富田林，大概是不巧互擦到肩、或是踩到對方的腳之類的小摩擦，而這名男子當然想不到眼前這位小個頭男士正是富田林，才敢找碴吧。由紀夫暗呼不妙，下一秒，富田林身邊的大個兒男便開口了：「你這傢伙，明知道這位是富田林先生，還故意找麻煩的是吧？」聲音宛如低沉的地鳴，整間廁所彷彿因此震盪，由紀夫甚至覺得連小便斗都在震動。

男子當場癱坐在地打著哆嗦，發不出聲音來。幸好你聽過富田林先生的名號。——由紀夫吁了口氣。要是男子說出「富田林？這麼可笑的名字，哪位啊？」會發生什麼事呢？由紀夫不敢想像，恐怕這幾天男子的家人就會向警方提出尋人申請，而塑膠垃圾桶又將登場了吧。

「聽說富田林先生在找人哦。」站在右手邊小便斗前的男子，朝著由紀夫的方向開口。這時候富田林一行人已經離開了。

由紀夫從未見過這位戴著棒球帽、留著鬍髭的男人，心頭不由得掠過一絲疑問，為什麼這個人會語氣親暱地對自己搭話呢？這時，站在左手邊另一名同樣戴著棒球帽、留著鬍髭的男人應道：「找誰？」原來如此，兩人是越過由紀夫在交談。察覺自己卡在中間擋到人家對話，由紀夫覺得有些抱歉，不禁聳起了肩。

「好像是前一陣子遇上了詐騙。」

「你說富田林先生嗎？」

註：鬼瓦，傳統日式建築的大梁末端所裝飾的瓦稱之，爲祈求建物安全而利用鬼面來裝飾。

「是啊。」

「富田林先生會中詐欺圈套？誰會相信啊。」

的確不會相信。——由紀夫不由得點了頭，這就和開染房的卻一身白服（註一）、當醫生的卻一身病痛（註二）、身為獵人卻落入捕獸陷阱，是一樣的意思吧。

「好像是對方打電話給他，佯稱是他兒子，說出了事要他匯和解金過去。」

「這不是很老套的詐騙手法嗎!?」

「是啊，但是富田林先生一聽嚇壞了，馬上就匯了一大筆錢過去。」

「怎麼會被這種手法騙啊！」左側男子噗哧笑了出來。

由紀夫聽了也很傻眼。這種單純卻強硬的詐騙手法，很久之前便鬧得沸沸揚揚，絕大部分民眾都曉得這個招數，已經幾乎沒人會被騙倒了，但那位雄霸一方的富田林卻上了鉤，聽起來更像是某種滑稽的玩笑。

「富田林先生啊，只要事情一扯上他兒子，都會一頭栽下去吧。總之呢，聽說他現在可是卯起來要揪出對方。我剛剛不小心聽到的，他今天會來這裡，似乎也和那件事有關哦。」

「他打算找出完全不知道長什麼模樣的詐欺犯嗎？」

「他可是富田林先生哦，一定有辦法的吧，聽說不久前他才買過狙擊手呢。」

狙擊手？在日本國內？——由紀夫連忙忍住笑意。

「狙擊手？在日本國內？」左側男子也同樣訝異。

「好像是和他對立的某個社長還是誰，關在公司足不出戶，所以富田林先生決定僱人從對面大樓開槍幹掉他。」

「僱狙擊手？在日本國內？」男子又嘟囔了一次。

「是啊，簡單講就是擅長以狙擊步槍遠距離射擊的專家嘍。」

「像哥爾哥那樣？」

果然會想起這個名字啊。——由紀夫聽著左右男子的對話，心中暗忖。

「所以富田林先生找到狙擊手了嗎？」

「好像找到了，但沒多久，人卻不知跑哪裡去，聽說富田林先生很傷腦筋呢。」

「畢竟是富田林先生，連狙擊手都想離他遠遠的吧。」

從高處眺望賽狗場，整個場子呈現南北向的長橢圓形。從廁所走回家庭席，得沿著弧形走道前進。

由紀夫望向有著鮮豔配色的賽場，再看到場邊單手拿著報紙的中年男人們反映著不景氣的面容，草皮與紅土的精神飽滿對照男士的陰鬱氣氛，由紀夫不禁笑了。他爬著觀眾席的階梯來到最上層，正要朝右手邊前進，前方一根大圓柱旁站著的一對男女映入眼簾。

男的有著深邃的輪廓，個頭挺拔，拎著皮革公事包，正是方才與富田林談話的惡質律師男。

註一：原文做「紺屋の白袴」，日本諺語。意指開染房的忙於染客人的布，自己身穿的衣服卻沒能顧到。

註二：原文做「医者の不養生」，日本諺語。意指時時叮嚀患者健康重要性的醫生，卻意外地不照顧自己的身體。

而男人身邊就是那名葵認得的年輕女子，服裝顏色倒是不甚搶眼，但那一身強調胸部的暴露連身洋裝，不斷發散出女性魅力。由紀夫腦中突然浮現一個形容：「拐騙惡質律師的好女人」。這對男女看樣子並不是夫妻。

兩人背對著賽場，緊緊依偎。

男人的手環著女人，緩緩撫著她的背。女人沒有閃躲，而是直直凝望著男人。如果這時四周的光線一起熄滅，一片幽暗中，這兩人恐怕馬上就能展開官能性的相擁吧。

為什麼要在這種地方幹這種事呢？由紀夫嚇了一跳，但更令他吃驚的是，這兩人居然脣貼脣接吻了起來。

男人將公事包放在地上，緊緊抱住女子，一邊側身擋住旁人的視線。疑問再度掠過由紀夫的心頭，究竟為什麼要在這種地方幹這種事？但其他的觀眾似乎都沒察覺。

由紀夫心想，得趕快回包廂向鷹和葵報告才行，正要踏出步子，卻目擊到一件驚人的事，頓時愣在當場。

這對毫不在意身處何處、忘情地需索對方的脣的男女身旁，一名戴著毛線帽的瘦削男子從旁走過。這名窄肩男子微駝著背，左手拿著報紙，右手則是拎著一個公事包，由紀夫總覺得那個公事包很眼熟，視線下意識地追著他。

只見毛線帽男兩眼盯著報紙往前走沒多久，突然停下腳步。

啊。——由紀夫差點沒驚呼出聲。

因為毛線帽男放下手中的公事包，而緊鄰著的，是另一個一模一樣的皮革公事包，正是與女子緊緊相擁到渾然忘我的惡質律師男方才放在地上的。

那皮革公事包並不像是大量生產的廉價品，所以兩個如出一轍的公事包竟然會擺在一起，只能說是機率極小的巧合。

由紀夫才思索到這，眼前的毛線帽男又邁出了步子。由於毛線帽男從頭到尾沒看向相擁的男女，而是望著完全不相干的方向，一切行動顯得相當自然，但是由紀夫清清楚楚地看到了。

毛線帽男拎走的不是自己的公事包。

留在原地的，才是他的皮革公事包。

身軀緊緊相貼的男女分了開來，男人一臉滿足的神情，還帶著一絲興奮，接著像是急著確認隨身物都在似地，旋即拎起那個公事包。

由紀夫這才恍然，自己剛才目擊的是掉包過程。

事情發生在短短幾秒鐘之間，毛線帽男的行動毫不起眼，但是他確確實實拿走了惡質律師男的公事包。

由紀夫環顧四下，近旁就是滿坑滿谷的觀眾，有人看著報紙，有人盯著監視螢幕，有人喝著剛買來的飲料，戀人們相視而笑，爸媽幫小孩擦拭口水，還有人露出夾雜著懊悔與茫然的神情，可能是在氣自己為什麼會把財產投注在狗兒的賽跑上頭輸個精光吧。身旁就是懷抱各種心思的人們，卻沒有任何人察覺方才發生的掉包事件。

由紀夫拚了命地思考。

那個公事包確實被掉了包，和他卻毫無關係。第一個浮上腦子的念頭是——別管它，忘掉看到的事吧。但胸中卻冒出另一個聲音，以前所未有的興奮語氣否定了先前的想法：「不。事情一定有蹊蹺，快追上去！」由紀夫再次回想方才事發的整個經過，怎麼想都不覺得是巧合。

該追誰呢？是該追上還待在原地的惡質律師男，告訴他「你的公事包被偷了哦」？但對方會不會相信他還是個問題；另一方面，由紀夫也覺得應該先追回被奪走的公事包才是合理的處理順序。被害人稍後再照顧，重要的是先追上嫌犯。思及此，由紀夫很快便下了結論。

左前方的人海中隱約可見毛線帽男的頭，由紀夫登時衝了出去。

雖然他也有些猶豫是不是該先通知鷹他們，但此刻的他既沒有聯絡方法，也抽不開身，只是一心一意緊盯著前方的毛線帽男，加緊腳步要自己別跟丟了。

悟曾說過：「對於和自己沒有直接關係的事物尤其容易感興趣，正是人類的特技。」而且據悟說，「人類就是會為了一些不關己的事情煩惱想不開。」這句話似乎是聖修伯里（註）的名言。

真是一針見血。由紀夫也知道，前方那名男子手中的公事包，是和他根本八竿子打不著的東西。

毛線帽男毫不猶豫地朝正面的出入口走去，雖然有許多入場觀眾迎面擠進來，毛線帽男穿梭其間不斷前進，由紀夫也緊跟在後。

一走出賽場出入口，迎面就是一道U字形的步道，往右邊走會通往計程車招車處，毛線帽男選擇了那個方向。不知是為了偽裝還是想看報，毛線帽男的視線始終沒有離開手上的報紙，卻更顯詭異。如果有那麼吸引人的報導，還真想請他分享一下。

快走到計程車招車處時，毛線帽男突然停下腳步，旁邊是成排的投幣式置物櫃。接著他將公事包放在地上，摺好手上的報紙後，大大地伸個懶腰，打了個呵欠。

演得真蹩腳。由紀夫心想。

不久，毛線帽男開始走向來時路，也就是朝著由紀夫的方向走來，但手上並沒有拎著那個公事包。

公事包呢？由紀夫的視線一掃，發現東西仍擺在投幣式置物櫃前方的地上，然而才一眨眼，一名西裝男走近公事包，一抄到手上便匆忙朝計程車招車處走去。由紀夫被眼前這幕天衣無縫的傳遞嚇傻了眼，公事包就這麼順遂地送至另一人手上，毫無窒礙。

他想追拿走公事包的西裝男，但計程車已閃著方向燈駛離招車處，迅速地通過紅綠燈揚長而去。由紀夫別無選擇，只得回頭追逐毛線帽男的身影。

毛線帽男回到U字形步道的底端，接著朝左側彎道的盡頭走去，那兒是公車候車站，剛好一輛車頭寫著「往工業社區」的公車進站。毛線帽男上了車，由紀夫晚了他幾步，也跳上車去。

公車上，毛線帽男挑了司機正後方的第一個位子坐下；由紀夫則是一邊將在車門旁抽取的整

註：聖修伯里（Antoine Marie Jean-Baptiste Roger de Saint-Exupéry, 1900-1944），法國作家、飛行員，以一九四三年出版的童話《小王子》（*Le Petit Prince*）聞名於世，一九四四年於執行飛行任務時離奇失蹤。

理券（註）收進錢包，另一手抓緊吊環。公車離站。

由紀夫思考著。為什麼那個公事包會被掉包呢？雖然不清楚策畫整個流程的是何方神聖，但參與行動的絕對不止一人，這是一起宛如接力的共同犯行。

公車行駛了一陣子，速度開始漸緩，往左線道靠過去。接近站牌了，由紀夫望向前方的毛線帽男，對方似乎沒有要下車的意思，由紀夫不禁想確認一下自己的錢包，不曉得一路坐到終站要多少錢呢？

「要不要來賭那個男的會在哪一站下車呀？」耳邊響起鷹的聲音，由紀夫登時板起臉。雖然算不上是幻聽，但自己從小就這樣，有時一個閃神，就會聽到明明不在場的父親們的聲音。這種狀況發生過很多次，他當然覺得煩，但看樣子似乎是好不了了。

他內心甚至感到些許不耐，覺得自己的一切似乎全是構築在父親們的話語之上。

「子女無論再怎麼抗拒，還是會受到雙親影響的。」這是導師後藤田的論點。

距今約一個月前，後藤田在班會上說了這句話。不知道身為教育者的他是抱著什麼意圖說出這種話，但由紀夫忍不住反駁了：「老師，又無法證明雙親肯定會對子女造成影響，請不要擅自下定論。」後藤田聞言，稍稍露出退卻的神色，但旋即恢復平日蔑視學生的表情回道：「那個……蒟蒻啊，即使表面滑溜溜的，在柴魚高湯裡浸久了，味道還是會滲進去。子女由父母一手帶大，當然不可能絲毫不受影響。連曬在外頭的溼衣服，都不可能完全不受到戶外空氣的影響，更何況是一年到頭朝夕相處的親子。做子女的堅稱自己一點也沒受到雙親的影響，才是胡說八道吧。」

由紀夫正要開口，殿下搶在前頭說話了：「我父親是客機駕駛員，我小時候很少見到他哦。又不是所有的雙親都能夠一年到頭與子女朝夕相處，請您不要妄下斷語，這樣會傷害到一些人耶。」其他同學紛紛趁機起鬨：「對呀！就是說嘛！請不要傷害殿下！」搞得後藤田相當不開心。

來到電力公司附近，公車駛近路肩，前方也有正要停車及正準備駛離的公車，司機打著方向燈，看準空隙插車卡位。公車緩緩地靠左移動，車內準備下車的乘客早已排成一列，毛線帽男卻依然老神在在地坐在位子上。

公車停妥，車門發出宛如嘆息的聲響打了開來，司機透過麥克風念出站名，接著不帶感情地念出一段親切的叮嚀：「請記得帶走您的隨身物品，下車時請慢走。」然後宣布說：「為調整班次，本車將於本站暫時停靠三分鐘。」車上卻沒有任何人反對說：「我不要。」

「啊，由紀夫！」就在這時，身後傳來呼喚。由紀夫驚訝地回頭一看，眼前站著的是頂著三分頭、眼神凶惡的鱒二。他似乎剛跳上車，大聲地對由紀夫說：「你在這種地方幹什麼？」

「沒幹什麼啊，只是搭車罷了。倒是你，為什麼會搭上這種公車？」

什麼叫做『這種公車』？拜託講話客氣點好嗎！——前座一名膝上擺著超市購物袋的婦人射

註：日本非均一價系統的公車在進車門處都設有「整理券」發券機，乘客上車時抽取一張，到目的地站時依照整理券上的編號，對照車頭的電子車資表，就能查出此趟車資，下車時將現金連同整理券一併投入司機旁的收款箱即可。

過來的嚴厲視線正如此訴說著，由紀夫連忙改口：「你為什麼會搭上這樣的公車？」

鱒二似乎這才想起自己現處的狀況，一邊回頭張望身後一邊回道：「呃，我在逃命啦。」抱著超市購物袋的婦人，眼神更嚴峻了。

仔細一瞧，鱒二的額頭冒著汗，或許是三分頭的關係，看上去也有點像是剛練完球的棒球社社員。「逃命？誰在追你？」由紀夫剛問出口，腦中又浮現了影集《Runaway Prisoner》當中的經典臺詞——「反正只要逃得過十五年就無罪了吧？哼哼，小case。」差點脫口說出。

「誰在追我……，這個嘛……」鱒二一副在考慮要怎麼解釋的模樣，視線一移向車窗外的人行步道，登時睜大了眼，露出痛苦的神情咬著牙說：「你看，就那幾個嘍。」

車尾後方的步道上，三名年輕男子朝著公車直衝而來，三人的頭髮都是側邊整個剃高，頭頂部分則是抓立起來，膚色黑且體形瘦削，身穿鮮豔襯衫，走在路上尤其顯眼，只見三人粗魯地推開周圍行人狂奔而來。

「這不是牛蒡君嗎？」由紀夫不禁低喃，語氣中帶著厭煩與訝異。

「是啊，街痞牛蒡軍團。剛剛不巧在街上遇到，我當然當場逃給他們追，好不容易才擺脫了呢。」

「這不是沒擺脫嗎？」由紀夫指著死命狂奔的牛蒡男說道。

「放心啦，他們沒發現我逃進這輛公車裡。」

「這不是發現了嗎？」由紀夫看得清清楚楚，牛蒡男們早就發現公車內的自己和鱒二，正指著這邊大聲喊著什麼，看脣形似乎是在說：「找到了！在那裡！你死定了！」

「司機先生，麻煩趕快開車好嗎？」鱒二朝車頭喊道。車上幾名乘客頓時皺起眉頭望向他，毫不掩飾對於舉止鬼祟高中生的厭惡。

上車門依舊是開著的，牛蒡男三人已經離公車不到二十公尺了。

「司機！叫你快點關車門啦！」鱒二在焦急與不安之下，語氣不禁粗暴了起來，聽到此話的乘客更是不悅，車內空氣彷彿「咻」地變得扭曲。

「我不要。」司機的聲音透過麥克風傳出：「現在不開車。」這回覆講好聽是毅然決然，講難聽就是幼稚。

「拜託你，快開車吧。」

「我不要。」司機也很固執。

牛蒡男走進上車門。由紀夫瞄了前座的毛線帽男一眼。

沒時間猶豫了，由紀夫迅速拉住鱒二的手臂，將一大堆硬幣投入收款箱之後，衝出下車門。要是在車上和牛蒡男起衝突，下場肯定慘不忍睹。

兩人來到人行步道上，差點撞上一對迎面走來的情侶，連忙閃了開來。路旁就是一間麵包店，飄散出咖啡香氣。由紀夫根本顧不得回頭，只聽見公車發動的聲響傳來，但沒聽見追兵的腳步聲。

看來在牛蒡男一跳上車之後，公車馬上就離站了。想也知道那三人一定拚死拚活地吵著要下車，搞不好又被那位司機以一句「我不要」給斷然拒絕了吧。

即使下了公車，好一段時間，還是不免擔心那幾個牛蒡男會不會又突然從哪裡冒出來。正確來說，擔這種心的不是由紀夫，而是鱒二。

鱒二像個小女生似地嘀咕著：「要是剩我自己一個人，人家會怕啦。」由紀夫半哄半安撫地提議說：「那我們去電玩中心殺時間吧。」鱒二的臉色立刻亮了起來，「好呀！」兩人於是朝市內的「太空侵略者」（註一）前進。這家電玩中心離由紀夫他們當年就讀的中學，走路大約十五分鐘，位於一棟昏暗的舊大樓一樓，占地約十五坪，是一間開了好幾年的老字號。

店內的水泥牆面毫無遮飾，非常殺風景，空氣潮溼，店裡的一切都滲入陳舊的氣味，一走進門便不由得想感嘆：「真虧它還能撐這麼久沒倒店吶。」而事實上，據說這家電玩中心是在四十多年前開幕的，由紀夫中學的同學當中，還有人親子兩代都是「太空侵略者」的常客。而最令人驚訝的是那位頂著一張方臉、總是繫個蝴蝶領結的奇妙店長，似乎永遠不會老。無論哪個年齡層的常客都不禁偏起頭納悶：「店長的外貌一點也沒變呢。」大多數的臆測是，店長應該是定期接受回春整形手術，但也有少數人持反對意見：「既然要整形，為什麼不把自己整帥一點？」還有人謠傳，其實店長正是如假包換的「宇宙侵略者」。

一看手表，已經過下午四點了。由紀夫嚇了一跳，沒想到時間過得這麼快。

「電玩中心安全嗎？」兩人走在人行步道上，前方不遠處就是「宇宙侵略者」的招牌了，由紀夫問身旁的鱒二：「搞不好，那幾個傢伙也會來這裡哦。」

品行絕對稱不上優良的那些牛蒡男，若要殺時間，就算出現在老舊的電玩中心也不足為奇，或者該說不無可能。

「不會啦、不會啦。」鱒二笑著拍了拍由紀夫的肩頭：「你這小子就是愛操心。」

由紀夫嘆了口氣，語帶厭煩地說道：「我是看你好像很不安，才想說那陪陪你好了。請問為什麼你現在看起來心情好得不得了？所以我應該不必陪你去電玩中心了吧？」

鱒二一聽，登時垂下眉，「由紀夫，不要拋棄我啦！」說著整個身子湊上由紀夫，推也推不開，還扭扭捏捏地像個小女生似地說：「要是剩人家一個人的時候，又被那幾個傢伙逮到，你是叫我怎麼辦？」

「要是我和你在一起的時候被逮到，你是叫我怎麼辦？」

「哎喲，別想那麼多了，我們來玩格鬥遊戲吧！以前中學時我們不是常玩嗎？」

由紀夫沒吭聲，暗忖著不知道鷹和葵他們會不會擔心，該想辦法聯絡上他們才是。接著掠過心頭的是下星期的考試，這次古典文學的考試範圍包括了《土佐日記》（註二），他想起開頭的一段話：「男子方得書寫之日記，奴家亦欲嘗試，於焉提筆。」中學生方得參與之格鬥遊戲，在下亦欲嘗試，於焉下場。

註一：取名自知名電玩「スペースインベーダー」（Space Invaders），臺灣俗稱「小蜜蜂」，也譯做「太空侵略者」。一九七八年由日本TAITO公司發行的街機遊戲，設計者爲西角友宏，由於遊戲規則簡單，搭配高水準的關卡設計，引起日本社會巨大轟動，震驚遊戲界，也成爲TAITO公司史上最有影響力、最值得紀念的遊戲。

註二：《土佐日記》，日記文學著作，作者爲日本屈指可數的歌人——紀貫之，西元九三五年成書。身爲男性的紀貫之，全文以女性口吻、片假名書寫，記述自己在結束了土佐守（地方官）的任期之後，從土佐的寓所出發，到達京都故居的前後五十五天的海路旅程和感觸，成功地將私人化和內省性的內容導入作品當中。由於在平安時代，日記爲男性方能書寫之物，而且是使用漢字，平假名被認爲是女性的文字，因此本書被認爲是日本假名文學的先驅之作，亦爲日本古典文學的代表作品之一。

一踏進店裡，嘈雜的電子聲響旋即將兩人團團圍住，店內到處可見中學年紀的男孩子。由紀夫心想，週末傍晚窩在這家店裡打電玩的這些人，雖然沒嚴重到內心荒蕪的地步，但他不覺得這算是哪門子有意義的事情。

進門就是一橫排約十臺的遊戲機，全店至少有五排以上。格鬥遊戲機在最後頭，那區早已圍了一群人。

「來玩來玩！」鱒二顯得相當興奮。

這款格鬥遊戲機不只提供人與電腦對戰，還能夠兩臺連線對打，相當於兩名操縱者下場格鬥，因此機臺旁邊常會圍著觀戰的人群。尤其當對戰的玩家是知名好手時，更是如同名家下將棋還是圍棋似的，圍了一堆人抱著「觀摩一流選手對決」的心情觀戰。眼前的場子就圍了十人左右緊盯著戰況。

「看樣子這局沒打完之前，我們很難插進去啊。」鱒二悄聲咕噥著，話聲剛落，遊戲機傳出了電子語音：「勝負已決！」場子響起一片歡呼。背對著由紀夫與鱒二的玩家從遊戲機座位站了起來，是個小個頭的少年，粗魯地罵著：「可惡！」

對面機臺的玩家也倏地站起身，「幹得好！」只見他大大地比出勝利手勢，接著得意地挺起胸大喊：「少年人吶！你這隻井底蛙，乖乖回你的井裡去吧！」

「啊。」鱒二不禁驚呼，伸手指著那人。

「鷹。」由紀夫只覺得無力。在驚訝地問「你為什麼在這裡？」或「你在這裡幹什麼？」之前，低聲脫口而出的是冷冷的一句：「拜託你成熟點好嗎？」

「我到處在找你呢。」鷹說。由紀夫、鱒二與鷹三人走出電玩中心，朝家的方向前進。公車道旁是寬廣的人行步道，三人並肩走著。眼前緩坡的高處，看得見淡淡絲狀的捲雲。

「你根本沒在找吧。」由紀夫指責道：「就我所知道的日語，那不是『在找』而是『在玩』，也可說是『在對戰』或是『在擊敗小孩子』。」

「可是我們不是相會了嗎？所謂親子之間的羈絆，真的很強呢。」

「鷹爸，你早就知道我們會去那裡了嗎？」鱒二問。

「鱒二啊，好久不見吶！都還好吧？看你都沒什麼變，還是理個三分頭呀！」

鷹顯然心情很好，開心地講了這一串之後，開始解釋來龍去脈：「在賽狗場的時候，你不是跑去上廁所嗎？等了二十分鐘，我和葵和多惠子還在聊說，可能是廁所大排長龍還是你大便大太久。可是等了超過三十分鐘，我們就覺得可能出事了，多惠子也開始慌了，要我們廣播找人，還鐵青著臉對我們說：『兩位爸爸，由紀夫搞不好被誘拐了哦。』」

「你們太小題大作了吧。」

後來，他們真的廣播找人，一發現沒下文，立刻離開賽狗場，分頭前往「由紀夫可能去的地方」找人。

「所以呢？鷹你就去了那家電玩中心？」

「我是憑直覺的，腦中有個念頭一閃而過——由紀夫搞不好在『太空侵略者』哦。」

「可是我會出現在那裡純粹是偶然耶。只是碰巧遇到鱒二，而且那家店我大概兩年沒走進去了。」

「我對這種事的直覺一向很準的。結果一到那兒啊，看到對戰機臺那邊有個中學生一副囂張態度，就決定給他震撼教育一下。你也看到了吧？成功殲滅！」

「鷹爸是電玩高手啊！」鱒二由衷佩服。

「那是我從前打下的基礎呀。你知道十多歲的我投資了多少錢在電玩中心？怎麼可能輕易戰敗。」

「明明就是跟小孩子一般見識。」

「我說由紀夫，大人的職責所在就是堵在囂張的小毛頭前方，死纏爛打地阻擋他的去路哦。」

「講得真好！」鱒二陶醉地說道。

哪裡好了？由紀夫斜眼瞪向鱒二，只見他面朝河對岸的大樓群，眼神迷濛地不知在看什麼，臉上卻是神清氣爽的表情。看他這樣，由紀夫也察覺了，鱒二應該是想起了他的父親吧。那位前運動選手、如今卻洗淨鉛華在賣今川燒的鱒二爸爸。

由紀夫不經意想起小宮山的事，他試著問道：「我班上有個同學不肯來上學耶。鷹，如果是你，會怎麼把他拉出來？」

「不上學？那種傢伙隨他去就好了。像我，到現在還是不肯上學啊。」

「不要講得那麼得意好嗎？」

「哎喲，不然你就試著和他說：『我全都知道哦。』如何？」

「全都知道？知道什麼？」

「我也不知道。不過啊，被別人這麼一講，一定會嚇一大跳吧？心想：『嚇！你知道了什麼嗎？』」

「當然會在意啊。」

「那就對啦，只要一開始在意，拒絕上學的小鬼也會被引出家門了。」

一回到家，由紀夫便聽從鷹的指示，撥了電話到多惠子的手機。因為鷹說：「你要是沒趕快和多惠子報平安，人家還在擔心你，擔心得不得了，搞不好會病倒哦。她現在一定還在哪裡瘋狂地找你耶。」

由紀夫回自己房間打家用電話，待接訊號聲之後，「喂？」多惠子接了起來。

「呃，是我，由紀夫。妳現在在哪？」想到這還是第一次透過電話和多惠子對話，不知怎的竟有些緊張。

「現在？在家裡念書啊。怎麼了？」

「還問我怎麼了？」由紀夫掃興不已，開口道：「我是想，我之前去廁所那麼久，不曉得是不是害妳擔心了。」

「就是啊，很擔心呢。」多惠子說「擔心」的語氣聽起來一點也不擔心，由紀夫反而差點笑出來。「這麼擔心，還有心情念書喔？」

「由紀夫，下星期就是期中考了耶。」

「我當然知道。」

「你還是辦一支手機比較好吧？像今天這種狀況，要是你有手機，馬上就搞定了啊。」

「我已經不想要手機了。」

「已經不想要？什麼意思？怎麼回事？」

「小學的時候，我很想要手機，跟爸媽講了以後，被他們的漫天大謊騙得團團轉，從此我就對手機一點興趣也沒有了。」

「什麼漫天大謊？」多惠子的聲音明顯地開朗了起來，由紀夫連忙一語帶過這個話題：「有機會再跟妳說。嗯，總之，抱歉害妳擔心了。就這樣。」

「等一下，這算是道歉嗎？」多惠子的語氣突然變得強硬。

「我看妳又沒在擔心啊。」

「我不管，反正你欠我一份情就得還。」

「可是妳根本沒擔心我耶？」

「無所謂啦，告訴我你今天跑去哪了？我就好心聽你講吧。」

「為什麼一副施恩於我的態度？」

「知代到底怎麼了呢？」葵擺好晚餐的筷子之後，瞥了時鐘一眼。

「她去出差了哦，今天出發的樣子。」悟一邊拉上客廳的窗簾一邊說：「下午她打電話回來，說要去九州，快則十天，慢則兩星期。行李她說會在那邊自己打點。」

「咦？真的嗎？」葵偏起頭，「到那邊再打點？那她的套裝怎麼辦？我很難想像她會每天穿同一套衣服耶。」

「我想她會處理吧。」

「本來以為是加班加不停，沒想到卻是出差。我看一定不單純哦。」由紀夫從冰箱拿出罐裝果汁，故意朝著沙發那頭大聲說道。

「什麼東西不單純？由紀夫。」葵皺起鼻頭。

「我在猜啊，媽會不會是發現了比回家還有趣的什麼呢……」

「她在忙工作。」悟很難得地有些激動。

「你該不是想說，可能有了男人吧？」葵像小孩子似的噘起嘴。

「That's男人。」由紀夫故意頂回去。

「知代不可能搞外遇啦。」葵微微蹙起眉。

「為什麼那麼有把握？媽可是有四劈的紀錄耶。」

「那是從前，現在狀況不一樣了。」悟平靜地說道。

「哪裡不一樣？」

「現在有你在呀。」由於悟與葵異口同聲地回答，由紀夫嚇了一跳，害臊旋即湧現。「知代絕對不會做出讓你傷心的事的。」

「來來來！開動吧！來烤肉吧！」鷹一走出廁所就意氣風發地大喊。

「來烤肉嘍！」緊接著冒出來的是鱒二，一手拿著手機。

「和你爸講過了嗎？」由紀夫問道。

「嗯，剛打完電話。」鱒二說：「我一跟他說我要在你家吃晚餐，他超開心的，因為老爸本來就很喜歡由紀夫嘛。」

「怎麼不叫鱒二爸爸一起來吃呢？」

「不用了不用了，反正他現在一定是在吃今川燒啦。話說回來，謝謝你們招待我一起吃晚餐，那我就不客氣了！」

由紀夫家本來就人口眾多，幾乎每餐都會準備絕對足夠的分量，臨時增減一、兩個人並不成問題，尤其今天可是全家烤肉大會，青菜和肉愛烤多少就烤多少、沾上醬料愛吃多少就吃多少，彈性更大了。

大家吃得正開心，「好懷念吶——」葵與悟出聲了，似乎都很高興看到久違的鱒二。

「數學的分數搞定了嗎？」

嚼著飯的鱒二差點沒把飯噴出來，「悟爸，那是小學的事了吧？分數我現在當然會了啊。」

「那，女朋友搞定了嗎？鱒二。」葵望著他問道。

「完全不行啊。葵爸，要怎樣才交得到女朋友呢？」

葵燦爛地笑了開來，「鱒二就是個性坦率這一點最可愛了，哪像由紀夫，就算問他『怎樣？有沒有女朋友？』每次都只應說『沒怎樣啊』。」

「啊就沒怎樣啊。」

「看吧。」葵聳了聳肩，「你是『沒怎樣』星人喔，沒、怎、樣星人。都不像人家鱒二會找父親商量事情。」

「葵爸，我會有女朋友吧？」鱒二一副吃燒肉也會醉的模樣說道。煙霧籠罩著由紀夫一家的餐桌。

「當然會有呀，放心吧、放心吧。」葵邊說邊動筷，夾起網架上的肉片刷烤著。

「話說回來，各位爸爸都沒變呢。」鱒二拍著馬屁，「永遠看起來那麼年輕！」

鷹和葵頓時笑瞇了眼，爭先將剛烤好的肉夾給鱒二，「是嗎？來來來鱒二，多吃點！」鱒二更是來勁，「哎呀，各位爸爸永遠都是這麼帥氣呢！」

望著不斷消失、不斷被消化的烤肉，由紀夫不禁有些擔心，開口問說要不要先把動的份留起來。

「不用啦，他今天剛帶團登山回來，好像和學生一起去聚餐了。」

由紀夫有點在意，不曉得動這趟登山是否一切順利。

烤肉大餐結束後，鱒二精力充沛地喊道：「呀！真是太好吃了！」一邊把鼓鼓的肚子當太鼓「碰碰」地拍著。看他那副爽快模樣，由紀夫不得不懷疑，鱒二之前在那邊叫說「人家不想一個人嘛」，其實是想說「人家想吃晚餐嘛」。

用完餐後，一如平日，所有人像是等待物資配給似地排成一列等洗碗，鱒二當然也是其中一員。等所有人洗完碗，鷹立刻拍了拍手說：「好啦！來打麻將吧！」

「諸位請便。」由紀夫回道。鱒二立刻尖銳地回了一句：「由紀夫，你這樣很不合群哦。」

「我家的孩子就是不合群啊。」葵故意開玩笑。

「別說那麼多，來打牌了！而且由紀夫，你也得向我們交代一下今天的冒險才行哦。」鷹一邊擊著掌，一邊坐到電動麻將桌旁。

「嗯嗯，對呀，我們可是擔心得要死，當然有權利知道究竟發生了什麼事。」葵重重地點了個頭。

大家你一言我一語之際，牌桌也眼看著擺好了。

「我還得準備考試耶。」由紀夫嘗試做最後的抵抗。

「好！那就用那個吧！」葵不知突然想到了什麼。

「『那個』是什麼？」

「有魔鬼氈的那個……就那條大力帶呀。」

「拜託不要。」由紀夫只想找個地洞鑽下去。

那是幾年前，鷹還是動不知從哪裡弄來的一條帶子，聽說原本是用在搬運大型紙箱時的輔助工具，外形宛如羅馬數字Ⅱ，上下的橫槓往左右拉得長長的，而那兩條長橫槓就是帶子，帶子前端附有耐拉力驚人的魔鬼氈，一旦將兩端粘起來，得花相當大的力氣才分得開。他們常拿那東西來限制由紀夫的行動自由，先將帶子披在自己背上，接著從由紀夫身後抱住他，再將兩端帶子環住自己和由紀夫，一粘上魔鬼氈，雙方的腰部與胸部登時被縛得緊緊的，成了個硬湊成對的雙簧搭檔。某個情人節夜裡，動就曾拿那條大力帶綁住由紀夫，兩人就這麼坐在椅子上，任由動逼問：「給我說！巧克力是誰給的？」由紀夫和母親知代吵架時，鷹也曾祭出那條超強帶子伺候，「你要是不道歉，我是不會放你走的哦！」

至於由紀夫想待在自己房裡卻被那條大力帶綁縛著坐在麻將桌前的次數，更是多到數不清。

「那東西還在嗎？」鷹的眼中閃著光芒，彷彿小孩子突然想起某個被束之高閣的玩具。

「不要啦。用那種東西，要是和女孩子綁在一起就算了，和大叔緊緊貼著，很不舒服耶。」聽到由紀夫這麼說，葵大大地贊同：「哦，看來你也懂事了嘛。」

「總而言之呢，由紀夫，你今天害我們為你操了那麼多心，就有義務向大家報告發生了什麼事，這可是國民的三大義務之一耶。」

「鷹，你念得出來是哪三大義務嗎？」

「納稅、勞動，還有向家人報告。你說對吧？悟。」

悟沒回說對還是不對，只是淺淺地笑了。

「由紀夫，雖然我不清楚詳情，你是去賽馬場，然後突然消失了是吧？這樣不行啦，比起念書準備考試，應該先和大家解釋清楚吧。」鱒二的語氣咄咄逼人。

由紀夫一臉心不甘情不願地坐到了麻將桌旁，雖然掛心考試，其實他也想聽聽父親們對於今天那起掉包事件的意見，而且最重要的是，他喜歡打麻將。

「把公事包掉包？」悟挑著眉感嘆道：「原來現實生活中真的會發生這種電影般的情節啊。」

「真的發生了。」由紀夫點著頭，腦中一邊思量著自己剛打出去的牌。這手牌還算不錯，卻不到聽牌的地步。背對客廳而坐的由紀夫，右手邊以逆時針方向算去，坐著的是悟、鷹、葵，鱒二則是待在由紀夫身後的客廳沙發上探頭觀戰。「由紀夫，你一直等不到牌哦。」他已經完全把這裡當自己家了，「好久沒看你打牌，湊牌技巧還是跟從前一樣嘛。」

「你在那邊就看得到啊？」

「我視力很好的。」

「所以公事包被掉包的，就是那個西裝男嘍？」葵再度確認。

「嗯，就是那個一副惡質律師模樣的男人。」由紀夫邊說邊捨牌。

「那傢伙呀。」鷹接口，「看上去就不是什麼善類。」

悟伸手摸了張牌，「認識的人嗎？」

「不認識，可是我們在賽狗場的時候，看到他和富田林先生交談。」

「富田林啊。」悟咬著牙念了一遍，「好久沒聽到這個名字了。」

「那個西裝男身邊帶著葵的女人哦。」鷹笑道。

「她不是我的女人，只是認識的人。」

「那就看『認識』兩字怎麼解釋嘍，也是可以解釋得很下流呀。」鷹不懷好意地笑著說：「譬如從心靈的每一個角落，到身體的每一寸肌膚，全都『認識』。」

「原來如此。」葵苦笑。

「葵爸講出這兩個字，聽起來不會覺得下流，但是為什麼鷹爸一講出口，就感覺很低級呢？」鱒二悄聲吐了一句。

「所以呢？那個換走公事包的人，目的是什麼？」悟問。
「碰。」叫牌的是葵，一邊拿回悟打出的牌。
「完全不知道目的何在，何況那個公事包又馬上轉手給另一個男的，連人帶包上了計程車帶走了。」
「這是集團犯案啦！」鱒二難掩興奮語氣，「整個集團有計畫地犯案，太帥了！」
「既然會有人要搶，表示那個公事包裡應該是裝了很重要的東西。」鷹說：「會不會是麻藥還是槍枝之類的？」
「那樣就真的太戲劇化了。」由紀夫板起臉。
「當時富田林先生也在賽狗場裡，不曉得和那個公事包有沒有關係喔？」葵忽地嘟囔道。
「富田林先生去賽狗場，好像是為了找人復仇哦。」由紀夫說出他在賽狗場廁所聽來的消息。一聽到富田林匯錢給佯裝是太郎的詐騙歹徒，鷹瞪了大眼，「那麼老掉牙的詐騙手法，怎麼會上鉤啊！」悟和葵也訝異不已。
「我要說的是，富田林先生和那個惡質律師男應該只是巧遇吧。」
「不過由紀夫，你為什麼不去追那個偷偷換走公事包的傢伙呢？」鱒二出言責備，「只要查出那傢伙的去向，真相不就水落石出了嗎？」
由紀夫一聽，終於忍不住回頭罵道：「我都追到途中了，是你突然冒出來，我才不得不陪你下公車耶！」
「什麼？不要怪到我頭上啊！」

「就是你害的。」由紀夫邊罵邊摸了張牌一看，差點驚呼出聲，因為他湊到牌了。「聽牌。」由紀夫叫牌之後，將手牌最右端的牌擺橫，打了出去。

「牌技還不錯嘛。」身後鱒二又開口了。

「還好啦。」由紀夫頭也不回地應聲，一面將注意力集中在自己的手牌上，一面對自己默念——就是這樣，再來一萬和四萬就搞定了吧。

由紀夫一抬起頭，發現三個父親都望著自己，而且不知為何面帶微笑。

「怎麼？為什麼我聽牌了，你們還笑得出來？」

「沒怎樣啊，沒事沒事。」鷹回道。悟和葵也說了句：「沒怎樣啦。沒事。」說完便旋即垂下眼。

由紀夫察覺方才三人的視線不是在自己身上，而是他後方的鱒二。而且鱒二從剛才就不知道在後面窸窸窣窣地幹什麼，由紀夫倏地轉過身說：「鱒二，你幹了什麼好事？」

只見鱒二慌忙放下舉著的單手。

「你幹了吧？」

「我幹了什麼？」

「你告訴他們我在聽的牌，對吧？」由紀夫挑起單邊眉瞪著鱒二。

「我要怎麼告訴他們，我又沒講話。」

「你打了旗語吧？」由紀夫苦笑著說道。接著，想起了當年。

記得那是由紀夫和鱒二讀小學中年級、也就是小四時候的事，當時班上同學開始有人帶手機來學校。

「這種年頭，沒有手機就跟不上時代嘍。」班上某個非常惹人厭的傢伙語帶自滿地對鱒二這麼說，容易受影響的鱒二一聽，立刻哭喪著臉跑來抓著由紀夫求救：「由紀夫！我們陷入危機了！」

「你說跟不上，到底是跟不上什麼？」聽了鱒二一番轉述的由紀夫，跑去找那個同學，語氣強硬地出言質問。對方半瞇著眼，一副瞧不起人的表情說：「會跟不上情報資訊啊。沒有手機，就無法與情報接軌，而唯有掌握情報的人，才能控制整個世界。」聽到這番鏗鏘有力的言論，由紀夫也不禁慌了手腳，覺得大事不妙。咦？真的嗎？會無法與情報接軌嗎？

一回到家，由紀夫立刻纏著母親知代買手機給他。

「你現在還不需要啦。」母親回道。但由紀夫不肯放棄，再怎麼說，被情報社會排擠在外，實在太恐怖了。「那你去和爸爸他們商量。」於是由紀夫跑去麻將桌邊，焦急地對四位正在打牌的爸爸說明手機的必要性。

當時父親們究竟是抱著什麼樣的心態與考量，由紀夫至今仍不得而之。他們看上去並不反對買手機給他，但不知怎的卻提出了完全無濟於事的提案。

「不如用旗語代替吧！」

記不得第一個開口的是勳還是鷹，只記得四人旋即達成共識，開心地說：「好啊好啊，這麼做是最好的！」還一臉認真地試圖說服由紀夫：「要傳達情報給身在遠處的對象，打旗語也是一種很有效的方法哦。」現在想想，他們當時恐怕是一邊忍著笑一邊半開玩笑地說這些話吧，但還是小學生的由紀夫卻跳進了陷阱，開心地答應了：「原來如此，好像很好玩呢！」

接下來大約半個月的時間，練習打旗語成了由紀夫與鱒二的固定功課，每天傍晚下了課，由紀夫練完籃球後，鱒二就會來到由紀夫家，兩人在客廳拿著手旗上下揮舞反覆練習。

「打旗語本來是船員之間在使用的通信方式，日本海軍將編碼改為日語版本，也就是我們現在要學的片假名旗語。」悟負責說明，而負責教兩人五十音的旗式及其組合的則是勳。

片假名旗語主要是透過旗式詮釋片假名的書寫筆順。例如要表達「イ」，就得先打出斜線「／」旗式，接著打出縱線「｜」旗式，連續動作就代表了「イ」。當然，這樣並不足以表現全部的五十音，因此像是「ス」，就得先發「一」，再發「｜」，最後將兩面手旗舉至頭上比出「、」，這一連的旗式串起來，正是書寫漢字「寸」的筆順，而「寸＝ス」（註一），也就等於打出了片假名「ス」。

由紀夫與鱒二覺得非常好玩，將所有旗式學過一遍之後，就爭相練習將父親們出題的文章迅速轉換成旗語。四位父親剛開始可能只是出於半好玩的心態，但和由紀夫與鱒二一路練習下來，四個人也都記住了旗語，還不時應用在生活中。

好比母親知代問勳晚餐想吃什麼，勳會揮著手比出「ト、ン、カ、ツ」（炸豬排）。

葵則是故意問自己店裡的女客：「妳知道旗語嗎？」邊說邊俐落地打著旗語，緊接著問對方：「妳看得出來我剛才在說什麼嗎？」等女客一臉訝異地回道：「怎麼可能看得懂嘛！」葵便說：「其實呢，我剛才說的是——」接著說出一串光是說出口都教人臉紅心跳的甜言蜜語。其他三位父親都說：「那一招要是葵以外的傢伙來耍，只會立刻冷場吧。」

至於鷹，當然是想辦法將旗語應用在賭博上頭。他突發奇想，發現可以在打麻將時，透過打旗語將敵方在聽的牌傳達給同伙，便把由紀夫和鱒二牽連了進去。由於麻將牌不出筒子、索子、萬子、字牌四種，鷹指使由紀夫和鱒二偷看敵方在聽的牌種，再偷偷打旗語透露給他。

「對方在聽什麼牌，大概看得出來吧？」

「也只看得出大概啊。」由紀夫老實地應道。當時他才和父親們學習麻將規則沒多久，剛弄清楚什麼是「役」和「點數」而已。遠比撲克牌或電玩要繁雜的遊戲規則，以及飄浮著「大人的遊戲」的危險氣味，對由紀夫而言都新鮮不已。

「去麻將館試試看吧。」躍躍欲試的鷹大聲說道：「終於讓我發現必勝法了！」得意得不得了。現在想想，他所謂的「必勝法」，說穿了根本就是詐賭練習，而且是很傳統的作弊手法，也就是所謂的「抬轎子」（註二），以暗號將敵方的手牌狀況通知同伙。

「因為沒辦法現場拿手旗起來揮嘛，你們大概比一下手勢我就知道了。」

「小孩子可以踏進麻將館嗎？」

「沒問題沒問題，只要跟裡面的人說我非得帶著你們在身邊就成。這對你們來說也是很好的社會經驗吧，那兒可是完全未知的世界哦。」

註一：日本旗語編碼設計乃是取片假名的筆順，部分無法順利表達的便取近似字形。如「ネ」取漢字「子」之形。發旗者通常需持一組紅白小旗揮動，右手紅、左手白。

註二：原文做「通しサイン」，聯手詐賭的同伙透過事先串通好的言語或手勢暗號互通信息。

「那裡很好玩嗎？」聽到由紀夫這麼問，鷹撇起嘴一笑，「堂堂的大人們一臉嚴肅地湊在一起，當然好玩呀。」

「好像很帥氣呢！」鱒二一副心神嚮往的語氣。

「帥氣的大人幾乎都在麻將館裡哦。」鷹大言不慚地回道。

就結論來看，將旗語應用在麻將上是個失敗的嘗試。由紀夫與鱒二進到麻將館，一副沒事人的模樣坐到鷹的敵方背後，到此還一切順利。但是牌局開始後，兩人一看出敵方在聽的牌，手便詭異地動來動去，可疑到了極點；而且不知是否由於偷偷摸摸的手勢比得不夠明確，鷹看錯了好幾次，敵方當中一人終於忍不住開口詰問：「喂！你是不是教小孩子幹什麼奇怪的勾當！」

「你這傢伙！居然懷疑人家的孩子，算什麼嘛！不要毀了小孩子的未來好嗎！」鷹當場頂了回去，但最後還是瞞不過，由紀夫和鱒二落得以旗語比出「ゴ、メ、ン、ナ、サ、イ」（對不起）的下場。

後來買手機一事就這麼不了了之。只有一次，那位非常惹人厭的同學又跑來挑釁：「哎呀，你們還是沒手機呀？」由紀夫與鱒二面面相覷，接著由紀夫比出「ヨ、ケ、イ、ナ、オ、セ、ワ」（要你管），兩人登時爆笑成一團，那位同學卻看不懂他們的暗號，落得掃興不已。鱒二還曾對心儀的隔壁班女生比出「ス、キ、デ、ス」（我喜歡妳），對方當然沒能接收到他的心意；至於由紀夫，在隱約察覺旗語根本無法取代手機之後，自然對旗語也慢慢失去了興趣。

「沒想到這東西意外地記得很牢呢。」葵笑著說道。

「喂鱒二！你剛剛打了什麼！」

「ㄨㄢˋ ·ㄗ。」鷹笑嘻嘻地回道，接著壓低聲音問由紀夫：「你在聽的是萬子嗎？」由紀夫當然不可能回答。

他嘆了口氣後，頭也不回地高聲喊道：「喂，鱒二。」

「幹嘛？」

由紀夫的手沒伸直，只見他以手臂微微地動作，小幅度地比出旗語——「カ、エ、レ」（滾回去）。

「幹嘛這麼凶嘛。」

「那不然你來代打啊。」

「打就打。」於是鱒二過去坐上由紀夫的位置，一看手牌，旋即抱怨道：「噯，由紀夫，幫你接下去打是無所謂，可是你這手牌在聽萬子，大家都知道了不是嗎！」

由紀夫回房裡，攤開下週三考試範圍的日本史課本，開始溫習。

第二天是星期日，勳卻一早便跑來他的床邊，拍著被子叫醒他：「由紀夫，快起來，別再睡了。」

眼皮好重，由紀夫迷迷糊糊地坐起身子。勳粗魯地一把拉開窗簾，刺眼的白晃晃陽光射進房間，由紀夫睜不太開的眼睛瞇得更細了。

「勳……，今天是星期天耶。」

眼睛逐漸適應光線之後，看到眼前站著的是一身運動服的動。

「你還是趕快起床比較好哦。」

「你這樣突然衝進兒子的房間，違反了生活禮儀啊。」

「睡迷糊的傢伙沒資格說我吧。」

「那就讓我給房門裝鎖。」

「當然會上鎖啊。」

「不行。要是裝了門鎖，你就會上鎖吧？」

「所以不行。再說以你和我的交情，彼此應該是毫無隱瞞的吧。」有著厚實胸膛的動神情嚴肅地說道：「從前我們倆不是一大早就湊在一起練籃球和國術嗎？」

「那是小孩時候的事了。」

「你是我的小孩。」

「我說動，如果呢，你突然衝進我房間的時候，我剛好在看黃色書刊，你不會覺得尷尬嗎？」

「當然會尷尬嘍。」動臉上毫無怯色，笑咪咪地回道。

「看吧。」

「但那個尷尬也是一種樂趣呀。」動露齒笑了，「總之呢，把頭髮梳一梳，趕快下樓來吧。」

「發生什麼事了？」

「多惠子很可愛呢。」勳語帶嘲弄地挑起了眉。

「她跑來了!?」

「妳以為現在是幾點?早上九點哦!九點!」

由紀夫來到一樓,只見多惠子坐在餐桌前,一邊說:「這張餐桌好大,好棒哦!好像最後的晚餐呢!」一邊啜著咖啡。由紀夫在追究「妳跑來人家家裡幹什麼」之前,先釘她一句:「才九點耶!」

餐桌旁還坐著悟和葵,一臉事不關己地喝著咖啡。杯中升起的氤氳熱氣搖曳,看上去也像是在揶揄由紀夫。勳在由紀夫身旁坐下,「好啦,由紀夫,你就聽聽人家多惠子有什麼話要說嘛。」他語氣爽朗地說:「我今天早上想多看一點得人疼的高中生來安慰我的心靈啊。」

「昨天的登山活動,發生什麼事了嗎?」

「勳說有幾個學生半途脫隊,害得大家以為出事了,急得到處找人呢。」葵說道,視線仍落在雜誌上。

「好像就是那幾個目中無人的學生。」悟神情嚴肅地看著勳。

「大家焦急地到處找人,才發現他們居然待在山腳的停車場抽菸,很誇張吧!那幾個傢伙真是太幼稚了。」接口的是多惠子,看來她已經聽說整個經過了。

「後來呢?勳你狠狠地揍了他們嗎?」

勳垂下眉,「當然不能揍。之前那個囂張的傢伙也是其中之一,他還站到我面前說:『有種你就揍揍看！』」

「那種人揍死他最好！」多惠子出著拳。

「暴力教師，重出江湖。」葵輕輕地笑了。

「動要是再出手，恐怕非辭職不可了。」由紀夫聳了聳肩，「那個學生的媽媽一定會馬上衝去學校理論。」

「沒錯，那個愛碎嘴、講話快、手腳也快的母親一定會找上門來，那樣的話，我應該真的會想遞辭呈吧。」

「可是，」多惠子開口了，「你們家有四個父親，即使當中一個沒工作也無所謂吧，真羨慕呢。」接著一臉興致勃勃地望著悟和葵問道：「呃，請問啊，二位爸爸是從事什麼工作呢？」

兩人幾乎同時抬起臉，瞇細了眼看向多惠子，似乎很開心聽到多惠子問他們問題。

「悟是大學教授，葵在開居酒屋。」由紀夫不想解釋太多，於是扼要地交代過去。

「教授？開居酒屋？哇！聽起來好厲害哦！」

「一點也不厲害。雖說是教授，只是偶爾去研究室露個臉，指導一下學生的論文而已；雖說是開居酒屋，只是拿從前當牛郎攢的錢開一間小店罷了。」由紀夫稍微補充了一下。

「重點都講到了呢。」悟大感佩服。

「好犀利的說明啊。」葵搔了搔頭，「不過不是居酒屋，是酒吧啦。」

「請問是哪間大學的教授呢？」「請問您的店開在哪裡呢？」多惠子的好奇心一口氣湧了上來，但由紀夫沒理會她，兀自拉回原先的話題，「總而言之，動，你既然沒揍那個囂張學生，後來是怎麼處理的？」
「把他抱進懷裡。」
「騙人的吧？」
「騙你幹嘛。」勳咧嘴無聲地笑了笑，「我把那傢伙抱進懷裡，抱得緊緊緊緊的，抱到肋骨都快折斷了。」
「果然是暴力教師啊。」葵說道。
「這次是擁抱教師哦。」勳笑了。
「那他知錯了嗎？」
「怎麼可能，那種滿嘴很像回事的歪理、光是嘴巴厲害的中學生最棘手了。所以啊，我想聽聽多惠子和由紀夫和樂融融的對話，好療癒我的心。」
「我們感情又不好。」
「怎麼這樣講嘛，由紀夫。」
「今天明明是星期天，妳跑來我家幹什麼？」
「昨天是誰把我們丟在賽狗場自己搞消失的？講話還這麼大聲，你就不能溫柔一點嗎！」多惠子幾乎是用吼的。
「是應該溫柔一點。」悟說道。
「溫柔一點嘍。」葵也點著頭。
「溫柔一點吧。」勳也湊一腳。

「請問您來寒舍有何貴幹呢？」

「那還用說嗎？」說著多惠子屁股離開椅子，上身湊近坐在對面的由紀夫，「我來，是為了找出昨天那個公事包的下落呀。」

「同學，妳明知道把公事包掉包的那個男的坐上公車不知去向，我們手邊毫無線索耶。」

「所以才要想辦法找出線索呀，你不覺得很刺激嗎？」

「啊。」葵突然叫了出聲。

所有人的視線登時集中到葵身上。「怎麼了？」勳問道。

「葵無論何時在想的都是女人吧。」被由紀夫搶先吐了槽，葵也火速接口：「沒錯，就是女人。」

「哪個女人呀？」勳笑著問道。

「昨天在賽狗場看到的女人。那時候，不是有個男的和富田林先生聊了幾句嗎？就是黏在那個男的身邊的女人。」

「啊。」由紀夫也不禁喊出聲。對耶，毛線帽男在掉包的時候，惡質律師男正和女人吻得渾然忘我，才會忽略了一旁重要的公事包。這麼說來，那個女人肯定和搶公事包的歹徒是一伙的。

「對喔，葵，你說你認識那個女人吧？」

「那女的到底是何方神聖？」勳深深皺起眉，神情頗嚴厲。

「是我店裡的客人，總是穿著暴露，胸部很大。」

「我們不是想知道這些事。」悟冷靜地開口了，「她是從事什麼工作的？」

「在酒家上班，個性活潑，很受歡迎呢。」

「在酒家上班、個性活潑、深受歡迎的女人，會偷人家的公事包嗎？」勳說。

「誰曉得呢？」葵笑道：「只不過，總覺得她是個很有野心的女孩子，一心一意想往上爬，來店裡時都是和菁英階層的男士一起出現，像是大企業的董事長之流的，有一次還帶了赴外地出征的職棒選手來呢。每次看她都是一臉炫耀的模樣。」

「真是沒節操。」多惠子出言批評。

「要去哪裡才找得到她呢？」

由紀夫一問，三位父親同時訝異地望向他。

「你決定蹚這渾水了嗎？」只有多惠子顯得很開心，「好耶好耶！把人揪出來吧！」

「由紀夫，那個公事包和你毫無關係吧？」悟問。

「是啊，你說的沒錯。」由紀夫坦率地點了頭，他完全明白。但是接著，他將悟從前說過的話，原封不動地回給悟：「不過，對於和自己沒有直接關係的事物尤其容易感興趣，正是人類的特技呀。」

「原來如此。」悟滿足地露出微笑。

「好！那我去打聽一下那個女人的下落。那間酒家的老闆和我也有些交情，等一下就打電話去問問看。」葵說。

「沒想到你頗愛管閒事嘛，由紀夫。」勳說著撇起嘴。

「不知道是像誰喔。」由紀夫沒好氣地回道。

不出所料，三位父親異口同聲地說：「像我啊。」多惠子不禁噗哧笑了出來。

後來多惠子繼續賴在由紀夫家，待了將近一個小時，閒聊到一個段落時，多惠子開口了：

「好了，我們回去吧！由紀夫。」

「回去是回哪裡？我家就在這裡耶。」

「送一下嘛。」

「送什麼？」

「送我啊，機會難得哦。」

由紀夫深深嘆了口氣。這時，不知哪裡傳來規律的呼吸聲，循著聲響看去，發現勳正在客廳角落做著伏地挺身。

「好厲害！」多惠子拍著手，「在鍛鍊身體呢。」

勳的呼吸短促，手掌撐著地板，肌肉緊實的強壯身子有節奏地起伏。

後來由紀夫還是踏出了家門，送多惠子回家。

「嗳，我想問啊……」多惠子開口時，兩人正走上恐龍川右側寬廣的步道，雖然已是五月，依然帶著涼意的風突地迎面襲來，北風沿著河面滑行般掃過，紛亂地捲上堤防，拂過由紀夫與多惠子的頭髮之後，揚長而去。一本被扔在路邊的雜誌，迎著風靜靜地翻動著頁面。

「不問也沒關係。」

「我想問的是關於你爸媽的事。」

「我想也是。」
「你的四位爸爸啊，都住在那棟屋子裡對吧？」
「是啊，很難想像吧。」由紀夫接著說明，四個父親各有自己的房間，全家人共用客廳，而浴室雖然只有一間，由於各人的生活作息時間都是錯開的，共同生活起來並沒有覺得哪裡不方便。
「可是啊……」多惠子那燃起炯炯好奇心的雙眼望向由紀夫，「可是啊，寢室呢？」
「寢室？」由紀夫回說，他們四人各自的房裡都有床啊，而母親則是有自己的大寢室和一張雙人床。
「那要怎麼辦？」
「什麼怎麼辦？」
「就是啊，一般來說，母親和父親到了夜裡啊，不就會那個……抱來抱去嗎？」
「呃、喔。」由紀夫緊咬著牙，他曉得自己臉紅了，「原來妳是想問那方面的問題啊。」
「因為你的父親有四個嘛，他們是怎麼處理的？」
「這種有點情色的話題，妳都很敢說出口耶。」由紀夫搔了搔太陽穴一帶。
「哎喲，這是很理所當然的疑問吧。」
「我倒是想問妳，妳曾經當面問過妳爸媽，他們都是什麼時候抱來抱去嗎？」
「廢話，當然不可能問啊。幹那種事的時候避開孩子的耳目，是身為父母的基本禮儀吧。」
「那就對啦。」由紀夫這時已完全恢復鎮定了，「所以我也是一樣啊，即使對這件事存有疑惑，既不可能問出口，也不想知道答案。嗯，反正他們自己會想辦法吧，而且搞不好我爸媽他們早就不是那樣的關係了。」

「什麼意思？」

「我那幾個爸爸好像都很有女人緣啊，雖然我也不知道為什麼。」

「我懂我懂！」多惠子點頭如搗蒜，「啊，所以你的意思是，他們搞不好在外面有女人？」

「可能性並不是零吧。」

「咦？你不在意這種事嗎？」

「嗯，不在意耶。我自己也滿訝異的。」

「是喔？」

「嗯，可能因為我是個四劈媽媽生的小孩，道德倫理觀也有所偏差吧。」由紀夫回道，當然他心裡壓根不是這麼想。由紀夫指著前方的路口，問多惠子說，直走就是她家對吧？

「那最後再讓我問一個問題就好。」

多惠子的「最後再問一個問題」，指的是「今天這一整天的最後一問」，還是「這一輩子的最後一問」？或者「只是單純想試試看以這句話當開場白」？由紀夫不明白。

「為什麼你的四位父親會決定一起和妳母親結婚呢？一般人不會這麼做吧。」

「喔，嗯。」

「你不覺得有點異常嗎？」

「很異常啊。」

「那你是怎麼調適的？」

「沒有什麼調適不調適，我一出生就身在這樣的環境，也不會去想這種問題吧。」由紀夫說得坦然，「我只有在小學低年級的時候，曾經問過一次，『為什麼你們會下定決心一起生活呢？』」

「他們怎麼回答？」

「四個人都說，因為很愛我母親。」

「什麼跟什麼？」

「他們說，與其和我母親分手，還不如大家一起過日子。」

「有沒有這麼愛妻啊。」

「而且是愛妻四重奏。」

「是喔……」多惠子像在深思什麼，沉吟了一會兒之後，開口了：「我還是覺得你的爸爸們頗異常。」她點著頭說：「不過爸媽愛得這麼水乳交融，也不錯啦。」

「說是水乳交融也滿害臊的。」由紀夫故意逗多惠子，只見她倏地紅了臉。

路口的紅綠燈前，一輛黃色敞篷車守法地停了紅燈，即使路上幾乎沒有行車，孤伶伶地停在等待線前的車子，看上去尤其惹人憐愛。前方橫向延伸的馬路，路旁栽植了成排的杜鵑花叢，還有宛如傳統瓦斯燈造形的街燈豎立，人行步道全面鋪著地磚，氣氛顯得相當華貴，或許是參考自橫濱馬車道的街景設計而成的吧。

「對了，反正順便，我們再去小宮山君家看看吧！」多惠子提議道。小宮山家確實就在不遠處，過了眼前這個紅綠燈左轉，走一小段路就會來到一個大路口，在路口一右轉，就是小宮山家公寓大樓前方的道路了。從上空俯瞰，宛如逆向走鬼腳圖（註一）所拉出的一條路線。

「為什麼又要去？」

「下星期不是期中考嗎？」

「我知道啊。」

「我們很痛苦地在念書準備考試，只有小宮山君窩在家裡悠哉得很，你不覺得很過分嗎？」

「又在講歪理了。」由紀夫反駁多惠子說，妳自己明明壓根沒在準備考試，何況小宮山關在房裡，很可能心中抱著許多苦惱，煩都煩不完呀。

「我們繞過去看看吧！」多惠子根本沒在聽由紀夫講話。

「上次才剛吃了閉門羹不是嗎？」

「無所謂啦，走吧走吧。」多惠子沒等燈號變綠便走上馬路，打算衝往步道左側，剛好眼前那輛黃色敞篷車以極快的速度發動。「很危險耶！當這裡是哪裡啊！」多惠子兀自抱怨著，由紀夫冷冷吐了一句：「馬路啊。」

小宮山家公寓大樓的正前方就是一條四線道的寬廣雙向大馬路，大樓外牆是成片的磁磚壁面，看上去相當堅固。在斑馬線這頭等著紅燈變綠的多惠子似乎很感動，「像這樣站遠遠地看，覺得這棟樓好高級哦。」

小宮山家比先前來訪時，給人的感覺更難親近了，不知是否因為天空覆著帶點灰色的雲朵，四下顯得有些昏暗。

「你看，這一帶都是這種高級大樓，所以說，住這裡的都是有錢人嘍？」

小宮山家公寓大樓的對面，也就是由紀夫與多惠子現在站著地點的身後，同樣是一棟高級公寓大樓。隔著大馬路相映的兩棟公寓大樓，宛如將棋的飛車與角行（註二）對峙似的。

「再不快點變燈，小宮山君都要逃走了啦。」由於紅燈時間很長，多惠子嘟囔了起來。

「不必擔心他會逃走吧，小宮山的狀況就是死不肯離開房間啊。」

「由紀夫也是個死腦筋啊。」多惠子誇張地嘆了一大口氣，接著突然「啊！」了一聲，由紀夫才在想不知怎麼了，多惠子將身子靠了過來，壓低聲音說：「噯，由紀夫，那裡有怪人耶。」

順著多惠子的視線看去，小宮山家公寓大樓的前方路邊，停了一輛休旅車外觀的白色輕自動車（註三），後座車窗是開著的，車內有人。由紀夫剛瞥到對方手上有相機，車內的人旋即關上車窗。

「那人怎麼了嗎？」

註一：鬼腳圖，日本稱為「阿彌陀籤」（阿弥陀くじ），為一種簡易的抽籤方法。首先畫幾條平行縱線，以縱線的上端為起點，下端為終點，終點處寫上抽籤的項目，接著在相鄰的縱線間任意畫一些橫線。抽籤者任選一起點，開始單向沿縱線走，遇到橫線則沿著走到隔壁的縱線，最後抵達的終點就是抽籤所抽中的項目。

註二：飛車與角行為日本將棋當中的兩大棋子。

註三：輕自動車，為日本訂定車輛規格中最小型的一類，車身長度小於三・四公尺，寬度小於一・四八公尺，高度小於兩公尺，排氣量小於六百六十西西。由於車稅、保險等都很便宜，於市區內穿梭方便，在日本深受歡迎。

「欸，那就是八卦週刊的記者啊！該不會在偷拍我們吧？」

「拍我們？為了什麼？」

「廢話，當然是大獨家呀！有四個父親的高中男生與美女高中生幽會之類的。這下慘了啦！」

來到公寓大樓門口，摁下小宮山家的對講機門鈴，但沒人回應。

由紀夫與多惠子對看一眼。

「沒人在。」

「由紀夫，你也放棄得太快了吧。」

「這樣三天兩頭來打擾，小宮山只會愈來愈踏不出家門啊。」

「雖然只是我的直覺，不過啊，我覺得小宮山君一定是苦於某種非常深刻的煩惱。」

「深刻的煩惱？」

「譬如戀愛的煩惱啊。」

「如果是戀愛的煩惱，關在房間裡也不大可能找出解決辦法吧。」

「搞不好他關在房間裡焚香、數著念珠祈禱著：請保佑我的感情順遂；保佑我感情順遂、兩情相悅！」

「有那種儀式嗎？」

「沒有。」

「這樣啊。」由紀夫已經愈來愈習慣多惠子的思考模式了，「我在想，小宮山會不會是被誰欺負，還是恐懼誰才不敢去上學的。」

「對耶，小宮山君應該是被欺負了。沒錯，一定是這樣。」

「可是我之前也說過，我只聽過小宮山欺負他們棒球社學弟的傳聞，所以實際狀況是剛好相反吧。」

「那就是遭人報復啦。」多惠子噘著嘴說，語氣宛如向父母頂嘴的小孩子。

「報復？」由紀夫不禁反問：「妳是說他的學弟找他復仇？」

「沒錯。即使體格壯碩的小宮山君試圖以寡敵眾，對方大批人馬一起攻上去，肯定撐不了多久的。這是很可能發生的吧？所以呢，他心裡害怕，就不敢來學校了。」

「會那樣嗎？」

「你找個時間去盤問一下棒球社的學弟啦。」

「為什麼我非得介入那麼深不可？」有必要查遍所有蛛絲馬跡，排除小宮山內心的障礙，把他帶回學校去嗎？「夠了吧，回去了啦。」

「再一次。再試一次就好。」多惠子不肯罷休，又朝著對講機按下小宮山家的房門號碼。

幾乎於此同時，身後響起擴音器喧鬧的聲音，「各位親愛的鄉親父老！」一名女性以異樣爽朗的聲音，正對著馬路呼喊，「白石肇！白石肇本人在這兒向您問安！」以及「知事選舉候選人白石肇，懇請惠賜一票！」助選人員連珠砲似地念出宣傳文，接著以宏亮的嗓門推銷白石肇的豐富政壇經驗，以及他勝過其他參選對手的年輕本錢。

多惠子掩住耳朵，但這麼一來，也無法確認對講機是否傳出回應了。

由紀夫有些好奇，不知道是什麼樣的宣傳車，於是回頭一看。

由於公寓大樓的大門與馬路之間隔著小型花圃，由紀夫兩人離車道有一段距離，但還是看得見一輛白色宣傳車緩緩經過，車體掛著一條寫著「白石肇」的橫布條。副駕駛座上，一名西裝男子正在揮手，似乎就是白石本人。後座則有數名戴著白手套的女性，透過敞開的車窗對路人揮手。由紀夫也沒特別感動，只是漫不經心地望著車子，卻下意識受到了對方影響，不知不覺向車子揮了揮手。車上的女助選員們彷彿在無人島上不抱任何希望送出的ＳＯＳ訊號被救難船收到了似的，開心得不得了，更是激動地對著由紀夫揮手。

由紀夫正要回過頭，又看到對面公寓大樓高處某樓層的陽臺有人大力地揮著手，本來以為對方是在拍打曬著的棉被，但沒看到被子，所以看來那名住戶是在對著選舉宣傳車興奮地揮手。由紀夫暗自佩服，還真的有人很愛湊熱鬧，大概是白石的支持者吧。

「為什麼選舉活動都要弄得那樣吵吵鬧鬧的呢？」多惠子埋怨著，雙眼仍盯著對講機看，「只會干擾到民眾罷了，對選舉根本沒幫助啊，我就看不出效果在哪。」

「可能他們也想不出其他的助選方法了吧。」

後來對講機始終沒反應，也可能是被宣傳車的噪音蓋過而沒能聽見。

多惠子伸出手指正要往對講機門鈴再度摁下，一名女子走了過來，多惠子於是退開一步。

「為什麼？為什麼不行？」女子一面講手機，一面穿過公寓大樓前的花圃，蹬著高跟鞋咚咚咚地走近大門。

由紀夫與多惠子面面相覷，沉默地站在一旁。

「我會一直等你的。你不是說今天要來嗎？那我什麼時候才見得到你？你說話啊！是我哪裡不夠好嗎？」對著電話另一頭掏心掏肺傾訴的女子，似乎沒留意到由紀夫兩人。只見她拿出一張類似門禁卡的東西往對講機旁的縫一刷，大門的自動鎖應聲打開，女子旋即走進大樓，就在大門關上前一刻，還傳來女子沉痛的話語：「我沒有你是活不下去的。」

由紀夫又看了多惠子一眼，感歎道：「真酷。」

「那個女的，應該是被甩了吧。」多惠子語帶同情地說道，她似乎也被這一幕嚇得還沒回過神，「好像連續劇的臺詞喔。」

「要是演連續劇，那麼老掉牙的臺詞，女演員應該也不想說出口吧。」

「明明是個美人胚子，真是可惜了。」

「可能是對方那個男的身邊又出現了更美的女人呀。」

「啊，你以貌取人哦。」

「是妳先說的啊。」

「不過話說回來，你知道電話的另一頭是誰嗎？」

「知道才有鬼吧。」

「我在猜啊，應該是氧氣哦。氧氣。」

「氧氣？」多惠子到底想說什麼？

「她不是說『我沒有你是活不下去的』嗎？沒有氧氣當然活不下去嘍。」

「無聊。」

由紀夫兩人決定撤退了。

他們離開大門走沒幾步，剛好和一家四口錯身而過。看到多惠子一臉深思地回頭望著那一家子，由紀夫擔心她在打的算盤是跟在那家子後頭溜進大門，然後強行闖入小宮山家，於是他加快腳步朝來時路走。

「要是我啊，就會採取別的方式。」

「別的方式？拜訪小宮山家還有別的方式嗎？」

「不是啦，我是說選舉活動。」

「啊，喔。」由紀夫沒想到多惠子還在講之前的話題。

「比起那樣吵吵鬧鬧地開宣傳車拜票，應該還有其他更有效的方法吧。」

「譬如說？」

「送高級點心給選民。」

「那是被禁止的。」

「那，好比說打掃街道呢？候選人三更半夜偷偷地把街道掃得乾乾淨淨，然後呢，雖然沒告訴別人是自己做的，民眾自然會知道是他的功勞。」

「原來自然會知道啊。」

「再不然，讓候選人去制伏色狼還是強盜之類的，雖然他出手時可能得戴面罩，但是衣服下襬一帶卻隱約看得見他的候選人背帶。」

「同學，那已經不是知事候選人需要具備的特質了，應該有更適合他的行業吧。」

「由紀夫你這人真的很無趣耶。」

「既然這麼無趣，妳就別理我了吧。」由紀夫只是隨口說說，沒想到多惠子一聽，登時頹喪地垂下肩，宛如被指出自己這十多年一路走來的路程不過是三十公分的距離，一臉失望不已的神情。由紀夫見她這副模樣，又以開玩笑的口氣補了一句：「有必要那麼失落嗎？」多惠子開口了：「虧人家還好心陪著這麼無趣的你到處晃耶！」講到「好心」二字時還特別加重語氣。

突然有人從身後拍了拍由紀夫的肩膀，由紀夫嚇了一跳回過頭，而且由於心想來者應該是父親吧，他刻意擺出一張臭臉，沒想到站在眼前的卻是高三的籃球社學長。這下糗了，由紀夫連忙露出微笑。

「熊本學長。」

「由紀夫，你在這種地方幹嘛？」這位身高一百八十五公分、球技高人一等、長相俊秀、一頭柔軟飄逸的頭髮、所到之處無不虜獲女高中生的視線的熊本學長，俯視著由紀夫問道。他的笑容中帶著一絲冷漠，雖然面朝由紀夫，想也知道他的視線彼端鎖定的是由紀夫身旁的多惠子。

「喲。」熊本接著故作輕鬆地對多惠子打了招呼。

「你好。好久不見。」多惠子應道。由紀夫心想，還真冷淡，戀人分手後的對話都是這樣嗎？

「我都不曉得，原來熊本學長你之前和多惠子在交往啊。」由紀夫說道。

他並不關心這對前戀人的過往，單純是因為察覺到此刻尷尬的氣氛，總覺得該說點什麼。

「喂，由紀夫，你幹嘛用過去式？什麼叫『之前在交往』？誰跟你說我們分手來著？」

「咦？」由紀夫不禁有些膽寒，他從不曉得熊本學長會露出這麼恐怖的神情，「你們沒分手？」

「我和你已經分手了，不是嗎？」多惠子說得斬釘截鐵且直率。

「我不會答應的。」這位身高一百八十五公分、球技高人一等、長相俊秀、一頭柔軟飄逸的頭髮、所到之處想必無不虜獲女高中生的視線的熊本學長忿忿地回道。翕張的鼻孔，讓他原先秀逸的面容顯得猙獰，即使他的口氣平淡得彷彿陳述事實，這句話卻擁有足以撼動腳下道路的震撼力。

由紀夫這才終於察覺這兩人的關係頗複雜。不，與其說是複雜，應該比較接近單純地棘手。多惠子想分手，但熊本學長不願意。兩人目前的狀況顯然不出這樣的模式。

「因為所謂的交往，應該是在兩情相悅的前提下才成立的吧。當我想分手的那一刻起，兩人的感情就已經注定玩完了啊。」

由紀夫心想，這話雖然不無道理，問題卻在於對方能不能接受。熊本學長顯然也這麼覺得，「話是這麼說，但人的心意並不能這麼一語帶過吧。」

由紀夫退到與多惠子和熊本學長等距離的地方，想在被牽連進兩人的糾紛之前閃人。

猶記得剛進高中時，熊本學長那親切的身影。當年由紀夫加入籃球社沒多久，熊本學長溫柔地對他說：「學弟，你的球感很不錯嘛。」大概是在遠處看到由紀夫每天一大早獨自練習中距投籃吧，熊本學長點著頭說：「只要看觸球的方式和跳躍的力道，這個人有幾兩重，馬上就知道了。」由紀夫抬頭望著身材高大的學長，開心地心想，真是一位親切又溫柔的學長啊，似乎很值得信賴呢。然而，當由紀夫日漸展現實力，幾次在練習賽中靈巧地閃過熊本學長射籃得分，開始贏得同學們的讚歎與尊敬之後，熊本學長的態度旋即變為冷淡，老是針對由紀夫所犯的小失誤執拗地責罵。

「學長，我現在和由紀夫在交往，所以我跟你已經是不可能了。」多惠子隨口胡扯，由紀夫嚇得張大的嘴都闔不攏。

「喂，由紀夫，騙人的吧？」

「嗯，騙人的。」

「我沒有騙人，是真的。所以學長，死了這條心吧。我和你已經解散，不可能重組了。」

熊本學長的眼神更嚴峻了。

「她是騙人的。」由紀夫再次強調，「學長，不要被她騙了。」

「我說的都是真的啊。阿熊，我像是會說謊的人嗎？」多惠子說得理直氣壯，而且她話講一講，居然毫無預警地冒出兩人交往時的暱稱「阿熊」，由紀夫只得拚命忍笑。

「學長，其實我只是看上她的肉體啦，我和她並不是戀人的關係。」由紀夫帶著自暴自棄的心情試著說道，但這下熊本學長更是睜圓了眼，「侮辱我很好玩嗎？由紀夫。」

他話一說完，不給由紀夫任何機會辯解，轉頭便離去了。

「得救了——」一會兒之後，多惠子嘆息道。

「得救妳個頭啦。」

由紀夫一回到家，葵正在等他。才剛踏進玄關，打開客廳門，就看見一身窄版西裝的葵露出潔白的牙齒嘻嘻笑著說：「好了，由紀夫，我們出發吧。」由紀夫直直走近高眺的葵面前，略抬起頭問道：「去哪裡？我才剛回來耶。」

「我可是為了你，幹勁十足地撥了電話哦。」葵一副以恩人自居的語氣。

「電話？」

「哎喲，就是打去問出我們在賽狗場看到的那個女子的下落呀。」

「公事包被搶走時在場的那個女的？」

「沒錯。」葵接著開始述說自己花了多大的心力才弄到情報。

首先，他打電話給那名女子先前上班的酒家的老闆，電話卻一直沒人接，葵心想，老闆應該還在睡覺吧，於是改撥電話給和那位老闆交往中的女性，結果不出他所料，對方正和老闆在一起，睡在同一個被窩裡。

「為什麼你會知道那個老闆女朋友的電話號碼？」

「我的腦袋裡有許許多多女孩子的電話號碼呀。」

竟然都背在腦子裡!?由紀夫不禁傻眼，接著故意鬧葵說，那你應該也知道那個賽狗場女人的電話呀，葵立刻回道：「我也打了，電話不通。」由紀夫啞口無言，沒想到葵還真的背下了對方的電話號碼。葵對於女性，即使不知道對方的名字，面孔和電話號碼倒是記得很牢，葵說：「因為啊，要約女人見面，重要的是名字還是電話號碼呢？」

「不是還有手機信箱嗎？」

葵一聽，優雅地搖了搖頭說：「傳簡訊會留下證據。」

由紀夫很想回他一句，會擔心留下聯絡證據的交往，就是不該出手的交往吧。

總之，葵問被叫醒的老闆：「那個女孩子還在你那邊上班嗎？」得到的答案是：「她半年前就辭職了哦。」

「請問有她的聯絡方式嗎？」

「葵，難得看你這麼積極地追著女人跑呢。」剛睡醒的老闆揶揄葵，「我想起來了，那女的好像說她要搬離住處，跑去和不知哪裡冒出來的男的一起過日子。」

「那個男的是誰呢？」

「你等等。」剛睡醒的老闆把手機交給身旁的女人。

「她啊，在店裡被各種男人玩弄感情，搞到後來都不太相信愛情了。可是前一陣子她很開心地說：『我終於找到我的真命天子了。』一直說要和那個人一起過日子呢。」老闆女友說完還冷笑了幾聲，一副就是想說「怎麼可能有什麼真命天子嘛」的態度，感覺她即使對童話故事抱有憧憬，內心某個角落還是冷眼看待愛情的。

「是喔，對方是什麼樣的男人呢？」

「很普通的人啊。開了一家小小的蛋糕店，非常認真踏實的人。我也見過一次，真的是老實到爆的無趣男人。」

「妳知道那家蛋糕店在哪裡嗎？」

「葵，找一天就好，和我約會好嗎？」

「等一下。」由紀夫聽到這，伸掌阻止葵說下去，「不用講得這麼鉅細靡遺吧？」

「不用嗎？」

「葵，」由紀夫難掩訝異，「想像自己的父親被別的女人示愛的畫面，一點也不開心好嗎？」

「哦？是喔？」葵像是聽到了什麼超乎他理解範圍的思想似的，「總之呢，我們現在就是要去那家蛋糕店嘍。」

葵的邀約方式雖然有點半強迫，卻不會讓人感到不舒服。恐怕他對女性搭訕時，也是這副調調吧。

兩人走在寬廣的步道上，右手邊就是恐龍川，上頭架著恐龍橋，對岸有些矮小的動物正小跑步往這岸越橋而來。仔細一看，那是戴著帽子的幼童們，宛如撞球般一撞上人便停下腳步，然後又猛地往前衝，又再撞上人，應該是邊跑邊玩吧。即使離由紀夫他們還有好一段距離，孩童們天真無邪的嘻笑聲乘著風傳入兩人耳中，葵彷彿看得見那在空中四散飛舞的聲音似地，瞇起了眼說：「你從前也是那副模樣呢。」害由紀夫覺得不太自在。

「葵你自己以前也是那副模樣吧。」

兩人來到橋頭，踩上橋繼續前進。雖然已經不見方才那些孩童的身影，孩子們愉悅輕快的腳步聲似乎仍散布於橋上各處，清晰可聞。一過了橋，對街有名女子正在發傳單，她走近等紅綠燈的男性，一一遞出傳單，卻沒人收下。而女子不知是習以為常，還是接連遭拒使得她更加畏縮不前，看她一臉不知所措的神色。

走近一些，看得更清楚了。女子年約二十出頭，中等身材，燙鬈的長髮一點也不適合她，臉上那副樸素的眼鏡，讓她看上去又添幾分苦情相。

葵與由紀夫的預定路線不必穿越斑馬線，過橋後直接右轉就會通往市區了，葵卻突然說：「由紀夫，我們去拿張傳單吧。」說著便朝紅綠燈那頭邁開步子。

「為什麼要特地過馬路去拿傳單？」

「那個女孩子手上的傳單，從剛剛就一直沒減少，太可憐了。」

「跟我們無關吧！」

但葵沒聽到由紀夫的抗議，三步併作兩步來到女子的前方才停下腳步。

看到突然冒出來的葵，女子驚訝得連連眨眼。由紀夫至今目擊過好幾次女性見到葵時的反應，好比在夜裡鬧區的街上，一身妖嬈盛裝的女性會露出迷濛的眼神說：「哎呀呀，真是個美男子呀！」而女高中生則會紅著臉故作俏皮地說：「大叔，你好帥哦！」女性通常會先害羞地移開視線，接著不斷地偷瞄葵的面容，當中也有直勾勾地盯著葵看，一邊找話搭訕的女孩子。至於葵，並沒有低級到樂於享受女性這些示好的視線，他總是一派超然地向對方說：「謝謝妳的稱讚。」但是這反應映在對方眼中，又顯得更帥氣了。

「請給我一張傳單。」

女子似乎這時才想起自己的工作，連忙遞出傳單。葵和由紀夫低頭一看，原來是英語會話補習班的廣告。由紀夫暗忖，這傳單沒有附小包面紙，難怪沒人想拿。

「謝謝妳。」葵收下了傳單。

說不定，在葵出現之前，女子正開始誤會自己的工作就是「遞出傳單，然後遭到拒絕」，卻在這時有人接下了傳單，反而讓她驚慌不已，感覺她好像一句「您收下的話，會造成我的困擾」就要說出口似的。接著，女子以幾乎聽不見的聲音幽幽地說：「呃，謝謝您。」說完又看了葵一眼。

由紀夫朝右側用力一偏頭，暗示葵傳單拿了就快點走吧，但葵仍站在原地，直直望著女子。由紀夫暗自心驚，葵該不會打算搭訕吧？這時葵開口了：「妳穿這件喇叭褲很好看呢。」

由紀夫望向女子的下半身。經葵這麼一說，那件深藍色的緊身喇叭牛仔褲，的確不難看。「妳的眼鏡要是換個有點顏色、比較有存在感的鏡框，然後剪個短髮，我覺得妳一定會變得更可愛哦。」葵繼續說。

由紀夫錯愕不已，只想摀住眼睛、塞住耳朵，大喊著：「啊——！啊——！」這個男的！對著一個初次見面的女性，到底是在管人家的什麼閒事啊！由紀夫心想，更何況這個男的還是自己的父親，太丟臉了。如果人會因為覺得太羞恥而死亡，我現在早就死了。已經死了。看！死了吧！而傳單女子也是訝異得神情茫然，紅著臉回道：「謝謝您。」

接下來葵的動作非常迅速，向女子簡短地致意道別後，輕撫由紀夫的肩說：「我們走吧。」旋即踏出步子。

「這招是哪學來的？」

「不是學來的，是我獨創的。」

「我不是問你那個。」

「人啊，只要被讚美都會很開心的。」

「我不是問你那個。」

「我看她沒什麼精神，就很想對她講講話呀，只是這樣。而且我不是在講場面話，那件牛仔褲真的很好看。」

「葵，你這樣自作主張地讚美別人、擅自給別人忠告，難道不曾質疑過是不是太自我膨脹了？」

「沒辦法，我個性就是這樣啊。看到有人露出寂寞的神情，就想上前幫忙打打氣；而幫對方打氣，最好的方法就是稱讚對方的優點嘍。而且啊，我想剛才那個女孩子只要換個眼鏡和髮形，給人的印象肯定會大大改觀的，這也不是恭維。」

「是嗎？葵你平常就是像這樣親切地對待女性，人家才會一時誤會，而對你心生好感啦。」

「放心吧，我是有孩子的人。」

「那還真是不好意思，擋了你談戀愛。」

「你完全不用道歉呀。」葵依舊一派自然的態度回道。步道右側是成排的矮樹籬笆，由紀夫不經意回頭看向方才的傳單女子，不知是否心理作用，她似乎有朝氣多了。怎麼會這樣呢……？由紀夫輕輕搖了搖頭。

蛋糕店老闆留著一頭接近三分頭的短髮，個頭不高，一身白衣白帽。由紀夫和葵走進店時，他正在收銀機旁的展示架前，彎著腰整理天使蛋糕。

這是一間小巧整潔的可愛店鋪，位於由紀夫放學回家曾路過的小巷裡，但由紀夫直到現在才發現存在這麼一家蛋糕店。他們挑了兩個蛋糕結帳，葵等老闆著手包裝時，開口問了那名女子的事。葵說出的名字是女子之前在酒家上班時的花名，應該不是本名。「請問她在這裡嗎？」

老闆一聽，倏地全身一顫，由紀夫也看得一清二楚，即使老闆的視線停留在包裝盒上，心緒的動蕩卻不言而喻。過了一會兒，老闆迎面看向兩人說：「二位要找她嗎？」

「不好意思，因為我們聽說您和她交情很好。」葵面對年紀比他小的老闆，說起話來仍是客客氣氣的。

「請問是聽誰說的呢？」

「是她的朋友告訴我們的，聽說她和您住在一起？」

老闆一臉苦澀沉吟著，視線在空中游移，看了看由紀夫，又看向葵。「她現在不在這裡。我們分手了。」

「這樣啊。」葵絲毫不顯訝異，「請問是什麼時候分手的呢？」

「已經是兩個月前的事了。」老闆的視線移向天花板。雖然他嘴上說「已經兩個月」，或許內心仍無法接受兩人的戀情已成過去式的事實吧。

由紀夫看著這位比自己年紀大上一輪的男人為了女人狼狽不堪、垂頭喪氣，不由得侷促了起來，於是他轉而張望店內。牆上的告示板上貼著幾張照片，看樣子是客人與老闆的合照，有被孩子們圍在中間笑咪咪的老闆，也有被妙齡女子左右夾攻、一臉靦腆笑容的老闆身影。告示板旁的置物架上，擺著似乎是小孩子撿來松果自製而成的裝飾品，還有畫了老闆面容的圖畫。

至於眼前的老闆，面對突然冒出來詢問他前愛人下落的葵與由紀夫，完全沒有動怒，而是誠懇地應答，雙手還謹慎地捧著那盒葵買的蛋糕。

才見面沒幾分鐘，由紀夫很快便看出這位老闆的為人之老實。相對地，那名在賽狗場見到的女子，壓根與老實二字沾不上邊，不但穿著賣弄性感的暴露服裝、走起路來裝模作樣，尤有甚者，她還在賽狗場的角落與男人相擁。由紀夫怎麼都找不出這位老闆與那名女子的交集。

「真是抱歉，突然問您這麼冒失的問題。」葵終於接過蛋糕盒，拿出錢包付了錢。

「別這麼說。」老闆按開收銀機，將找零遞給葵。「這位客人，請問您和她是什麼關係呢？」

「是這樣的。我兒子先前在路上突然遇到一點麻煩，」葵說著對由紀夫使了個眼色，「聽說當時是她借了錢給我兒子，幫他解決了問題，所以我想過來還錢順便道謝。」

見葵流利地掰了一大串，由紀夫訝異不已，一句「拜託你吹牛也打一下草稿啊！」就要脫口而出，卻硬生生吞了回去，轉頭衝著老闆露出一臉似笑非笑的神情點了點頭說：「是呀，在路上對我伸出援手的就是她。」話是說出口了，卻覺得似乎說服力不夠，於是又補了一句：「那時候真的好慘哦。」卻讓這個謊言聽起來更假了。

「這樣啊。」令人意外的是，老闆竟然一點也沒起疑心，「嗯，說的也是。她的個性就是這麼體貼呀。」

由紀夫瞄了葵一眼，而葵也正好望向由紀夫。老闆的言詞中，滿是對分手愛人的留戀。看著這樣的他，葵與由紀夫也不禁感到心痛。

兩人正要走出店門，「請等一下。」老闆走出櫃檯說道：「其實……大概在一個月前，我曾經看到過她，但也只見到那麼一次。嗯，只有一次。」

「請問是在哪裡見到的呢？」

「服飾店，那是一家專營女性潮流品牌的服飾店。」老闆說到這，視線又開始游移，似乎對於腦海中甦醒的記憶有些畏懼，「那時候我走在路上，剛好透過玻璃櫥窗看到她在店內。」

「在買衣服嗎？」葵問。

「她好像正在剝下模特兒人偶身上的連身洋裝。不過我沒停下腳步就是了。」老闆的語氣聽起來也帶了點後悔，似乎覺得自己當時應該走進店裡喊她才對。

「剝下模特兒人偶的衣服？」

「我想她應該是很喜歡那件衣服吧。她脾氣就是這樣，想要的東西，不擇手段也要弄到手。呃，不好意思，提供這點情報好像也沒什麼幫助喔。」露出虛弱微笑的老闆，怎麼看都是個標準的老好人。

「請告訴我那家店位在哪裡好嗎？」葵對老闆說道。

「老闆好像真的是個好人呢。」回程上，由紀夫一邊回望蛋糕店，一邊對葵說：「他會不會是被那個女的玩弄了呢？」

「很難說。說不定那女的當初是真心想和他長相廝守呀，這種事，有時候意外地連當事人自己都沒察覺哦。」

「可是以結局來看，那女的終究是拋棄了老闆啊。」

由紀夫曉得葵先瞥了他一眼，才微笑著開口：「由紀夫也到了說得出一番道理的年紀了呢。」

「才不是咧。那種狀況，任誰來看都了然於心吧。」

老闆在告知葵和由紀夫那家服飾店的位置之後，最後又補充道：「如果……如果你們見到她，能不能幫我傳個話，說我很希望她能夠再回來買我們店的蛋糕……。當然，我不是要求她重歸於好，只是以一個老闆對待客人的心情……」

即使真的找到了那名女子，替老闆帶到話了，她應該也不會再踏進那家蛋糕店。由紀夫不難想像，這段話聽在那名女子耳中，她很可能覺得老闆還在戀戀不捨而露骨地表現出不悅，這就和多惠子與熊本學長的關係是一樣的吧。

不知不覺間，走在拱頂商店街的兩人彎進了鬧區的小巷裡。或許是因為太陽還掛得老高，巷子沿路的商家都還沒開門營業，沒亮燈的燈箱招牌看上去髒髒的，大樓入口處一片昏暗，整個鬧區宛如枯萎的花朵般毫無生氣。然而只要一入夜，華燈初上，街道立刻閃耀著燦爛奪目的光輝，真是不可思議。

「真希望他身邊早日有新的女人出現呢。」聽到葵這麼說，看來他似乎也頗擔心蛋糕店老闆的未來。

「男生和女生的人數明明是固定的，可是就是有像葵你這樣的人四處招蜂引蝶，才會分配不均吧。」由紀夫話中帶有不滿。

「是我的錯喔？」

「以男女配對之類的數字來看的話。」

「可是由紀夫，我們四個男人都配給了你媽媽，這樣不就又平衡回來了嗎？」

「原來如此，還有這種解釋啊。」根本是滿口歪理嘛，由紀夫不禁愕然，「所以呢？現在這方向是朝哪裡去？」

「我們要去蛋糕店老闆說的那家服飾店呀，走這邊抄近路比較快。你也想去瞧瞧吧？」

「葵，你好像很樂嘛。」

「好久沒像這樣和你兩個人出來散步了，當然開心嘍。」

「你都是像這樣靠著嘴巴甜把女人的吧。」

「我沒必要對兒子嘴巴甜呀，再說你已經有那麼多個吵得要命的家長了。」

走在窄巷裡，轉了個彎又進入另一條窄巷。穿著一身日式廚師服的年輕男子正從卡車載貨臺上抱下大箱子，跑進大樓地下室，與他擦身而過的另一名同樣貌似日式料理廚師的年輕人則是衝上階梯，跳上了卡車的載貨臺。

一走出來大路，就看到三名女子勾肩搭背地走在路上，三人穿著不同色調的連身洋裝，三種顏色搭配起來宛如三色堇。她們在馬路對側的人行道上踉踉蹌蹌地走著，明明還是正午時分，三人似乎都喝醉了。

三色菫當中一人的茫然視線掃到對街的由紀夫與葵，由紀夫心想，要是被纏上就麻煩了，沒想到對方突然晃呀晃地揮著手喊道：「啊！這不是葵嗎？」另兩名女子也旋即高聲叫道：「真的耶！真的耶！」

「大白天的就喝醉酒，不是成熟大人該有的行為哦。」葵稍微提高音量，語氣輕快地朝著彼岸沉溺在酒精裡的三人喊道。

「葵！一起去玩吧！」三名女子扭動身軀漾著笑，顯得頗肉慾。由紀夫有些不知所措，「那些人是誰？」

「偶爾會來店裡的客人。別看她們那樣，人家可是研究員哦。」

葵當然沒對她們招手，三名女子卻攙扶著彼此，一同穿越馬路朝由紀夫與葵走來。自己一個人就已經走得搖搖晃晃的醉客，三人勾在一起走路也不可能走得直，但她們或許是抓到了訣竅，很快地走來葵與由紀夫的身邊。

「哎呀呀，這個可愛的小男生是誰家的孩子呀？葵。」三人當中頭髮最長的女子望著由紀夫問道。

「我的兒子呀。」葵旋即回道，但她們似乎以為葵在開玩笑，嘻笑著說：「你又來了。」另一個女子還說：「可是，人家怎麼不記得我生了個孩子呀！」

隔了一個街區的大馬路那頭傳來街頭演講的廣播聲，葵與三名女子似乎都聽到了，宛如對遠方嗥叫有所反應的狗兒們，一齊轉頭望向聲音的來源方向。

「選舉真的好吵喔。葵，你投哪一邊呀？」當中一名女子說道：「紅組？白組？」

「我還在猶豫呢。」葵應道。

「我呢，要投給赤羽哦，決定了！」小個頭的女子豎起手指說道，她連話都講不太清楚。

「等等，妳不是還沒有投票權嗎？」身旁的女子出言指摘。由紀夫也想指摘說，沒有投票權，就表示也不能喝酒吧？

「哎喲，因為妳看那個白石啊，一臉模範生樣，卻到處玩女人，那還不如選赤羽要好得多了。」

「可是赤羽那副長相，怎麼看都不是多正派的人吧。」

「喂，妳在葵面前，怎麼可以說什麼玩女人不玩女人的。」另一名女子刻意拉大嗓門說道，說完又嘻嘻笑了起來。

由紀夫心想，在人家兒子的面前，本來就不應該講這些風花雪月的事啊。

「前一陣子啊，我不小心聽到了哦。」沒有投票權的女子握著拳說：「白石的外遇對象好像就住在市內，不知道被他藏去哪裡了。而且現在明明是選舉期間，他還是照樣三天兩頭往那兒跑，真是太過分了，當我們選民都是白痴嗎？」

「就說妳沒有投票權嘛，搞不懂妳在激動什麼耶。」

「不過啊，畢竟是競選期間，再怎麼想偷腥也該克制一下吧。」另一名女子提出異議。

「大家都會這麼想對吧？但他就是照玩不誤呀。」

「誰說的？」

「謠言啦，謠言。」

「如果是真的，那白石太太也太難堪了吧？她還一直忙著助選耶，這不是背叛嗎？」

「這傢伙真是太惡劣了。所以啊，我絕對不會投給白石的。」

「沒有投票權還一直講。」

「啊，不過上次啊，那個事件，就是縣職員盜用公款的……」當中一人突然想起似地說道。

這麼一提，由紀夫也想起來了，隱約有印象發生過這樣的事件，電視新聞曾報導某個平凡老實的公務員為了酒店小姐盜用公款。

「那個時候召開記者會向社會大眾道歉的白石，意外地給人留下了好印象呢。」三人當中最壯的女子說：「像那種走知識分子路線、好像很好欺負的男人，我最沒抵抗力了！」

「他一定會哭著對情婦訴苦說：『啊——，人家又被欺負了啦——』」沒有投票權的女子從頭到尾對白石的評價都非常嚴苛。

這三名女子已經完全忘卻一旁的葵和由紀夫，自顧自地聊得不可開交。不知是否三人摟成一團的關係，由紀夫聯想到三頭獸，有著鳥類的翅膀和三個連著長脖子的頭，而那三張嘴正熱烈地討論著。由紀夫心想，妳們就聊個痛快吧。

葵輕輕扯了扯由紀夫的衣袖催促他，使了一個「我們走吧！」的眼神。

「那樣沒關係嗎？沒打聲招呼就丟下她們走了。」兩人來到另一條大路後，由紀夫問道。

「沒問題的。她們自己聊得那麼開心，而且我們得動作快一點，不然人家服飾店都要打烊了。」葵斂起下巴，微笑著回道。

「還是大白天耶，不會打烊的啦。」

然而，來到服飾店門前一看，鐵門是拉下的，這家店星期日沒有營業。好一段時間，由紀夫與葵只是並肩站著眺望店門口。

一只塑膠袋飄過由紀夫兩人與服飾店之間，從左往右乘著風滑行。兩人的視線默默地追逐著那只塑膠袋。

「明天再來吧。」

由紀夫與葵都不知道，這個時候，他們溫暖的家正遭到歹徒入侵。

根據勳的證詞，就在剛過中午沒多久，一名男性歹徒闖進他們家，不確定下手目標是不是錢財，而那個時間，正是由紀夫、葵與那三名女子閒聊的時候。「我聽到樓下有聲響，本來以為肯定不是葵就是鷹弄出來的。」勳當時在二樓自己的房間裡翻閱格鬥技雜誌，「後來電話響了，我想一樓應該會有人接吧，一時也沒理會。」

「可是都沒人接？」

「嗯，我就去接了二樓的分機，是鷹打來的，他好像和一些年輕人混在一起小賭，感覺身後一片亂烘烘的。鷹劈頭就問我：『我和朋友在開搶答賭盤，有個問題是關於麥可・喬丹的，你知道答案嗎？』」

「所以勳你就知道在一樓的不是鷹了。」由紀夫仍站在客廳，望向抽屜被拉出來的矮櫃，以及櫃門敞開的壁櫥頂層櫃子，「那個人到底是在找什麼呢？」

「我掛上電話後，當然曉得不對勁了，就走下樓察看。來到走廊上，發現客廳門毛玻璃的另一側有一道人影。」

「對方幾個人？」葵鎮定地問道，眼神也很冷靜。

「應該只有一個人吧。」

當時動握住門把，一開門走進客廳便放聲大喊：「你在幹什麼！」而幾乎於此同時，右側飛來一個東西，是對方扔過來的。動以為是碗盤還是盆栽之類的重物，立刻轉過身以背部擋下，沒想到東西撞上身子根本不痛，原來只是一疊原本堆在餐廳角落綁好的舊報紙。「你搞什麼！」動面向歹徒再次大吼，這回的用詞比方才稍微不文雅了點，此時歹徒正打算跳窗逃往院子，雖然鉤到了窗簾，他還是一把硬扯衝了出去。

「窗簾桿都彎掉了。」由紀夫指著垂下的窗簾桿，那是一支兩端有著裝飾頭、看上去非常有分量的深褐色桿子。「太誇張了吧。」

「那是知代很喜歡的窗簾桿呢。」葵皺起眉說道：「地上也留下了鞋印，知代一定會生氣的。」

「是啊，應該會生氣吧。」動也苦著一張臉。比起家裡遭人闖入，他們似乎更擔心惹得知代不開心。

「應該是闖空門的吧。報警了嗎？」由紀夫望向滾落在鋪木地板上的電話機。

「要報警嗎？」

「當然要報警吧!?」由紀夫看著勳，聲音不禁拔高，「這種狀況還不報警，什麼時候才要叫警察？」

「不是啦，我明白勳的顧慮。」葵短促地呼吸了幾次，那吐息彷彿帶著香氣，「勳是擔心，歹徒可能是他的學生。對吧？」

「沒錯。」

「是喔？」由紀夫蹙起眉。

「我當時只看到那個人逃離的身影，確定是個男的，但是面貌完全沒看到，換句話說，歹徒的身分有各種可能性。」

「所以，有可能是上次你們登山活動時，被你緊緊抱到肋骨都快折斷的那個學生上門尋仇？」

「不無可能。」勳撫著下巴。

「搞不好是葵的女人哦。像是被始亂終棄的，還是很氣很氣葵怎麼都不娶她的，一氣之下就闖進我們家啦。」晚餐餐桌上，鷹得知家裡遭人闖入後，拿筷子指著葵說道。

「勳說歹徒是男的哦。」葵一個偏頭，避開鷹的筷尖方向。

「那就是另一招嘍，氣得要死的女人委託別的男人犯案。一定是這樣啦。」鷹對於自己的猜測已經深信不疑了，「喂，葵，拜託不要把你和女人牽扯的麻煩事帶進家門好嗎？」

「警察怎麼說？」悟問道。他先望向歹徒逃逸的窗口，接著望向被拿掉抽屜的矮櫃。看到悟這副緊鎖著眉頭、一臉深思的模樣，真的會以為他已經推測出歹徒是誰了。

一開始對報警持消極態度的動，後來還是同意叫警察了。因為他考慮之後得出的結論是，即使歹徒是他的學生，也該正式交由警方處理才對。

「沒說什麼，警方只是確認一下有沒有什麼東西被偷，在屋子裡到處採指紋，還採了地板上的腳印回去調查。」

「那個還是趕快清理掉比較好吧。」鷹以筷子指著留有鞋印的地板，接著提到那支彎掉的窗簾桿，「還有那個，不趕快修好就有得瞧嘍。」言下之意，儼然已經打定主意收拾的人絕對不會是他。

「對了，警察可能還會過來採悟和鷹的指紋哦，因為必須排除經常出入這棟屋子的人的嫌疑。」由紀夫想起警察交代的事。

「警察很惹人厭吧？」鷹不知怎的對警察非常感冒。

「嗯，是不怎麼討人喜歡啦。」由紀夫答道：「不過最主要是因為，他們好像覺得我們家怪怪的。」

「我們家怪怪的？」悟問。

「因為啊——」

上門的警察們看了看動，再看了看葵，開口問道：「請問男主人是哪一位？」

「是我。」

「是我。」

見兩人同時舉起右手應道，由紀夫忍不住咂了個嘴。兩位父親這麼回答，只會讓事情變得更複雜，而且不出所料，警察們登時板起臉，一副像是發現比闖空門還嚴重的重大犯罪似的語氣追問道：「麻煩解釋一下是怎麼回事好嗎？」

「沒有怎麼回事啊，我們都是這個家的男主人。」勳抬頭挺胸地回道，沒辦法，由紀夫只好插嘴道：「不好意思，是這樣的，我母親沒結婚，但是有很多愛人，大家常會來我們家玩。嗯，狀況有點複雜。」

「這樣啊。」警察居然輕易地相信了由紀夫的解釋，接著露出蔑視缺乏倫理觀念的傢伙的眼神，瞪向勳和葵。「原來如此，你也很辛苦呀，生活在這麼複雜的環境裡。」

「就是說啊。很可憐的。」由紀夫點了點頭，這話不完全是捏造的。「所以真要算起來，我想這個家的主人應該是我母親，而不是父親。」

「原來是這樣啊。」點著頭的警察，眼中閃過一絲懷疑，似乎暗自認定了這起闖空門騷動只是這幾個男的在爭風吃醋。

「這麼說也是。」悟拿起湯碗喝了一口，「這個家的主人應該是知代。」

「對了，通知知代這件事了嗎？」鷹問葵和勳，接著喝了一口湯。

「我講了。」由紀夫舉起手，然後，雖然不是受到兩位父親影響，他也拿起湯碗喝了一口湯。不愧是一手打點店內料理的葵煮的湯，口味清爽且滋味美妙，一咬下湯裡的麩，柴魚高湯便在口中擴散開來。「我還沒打電話去，媽先打回來的。她在公司撥的電話，問說：『家裡有沒有發生什麼事情？』被歹徒闖入顯然算是『發生事情』吧？所以我就告訴她了。」

「知代說了什麼嗎？」悟看了由紀夫一眼。

「聽到有人闖進家裡，媽是有點訝異，不過她說大家都平安無事她就放心了。」由紀夫拿筷子攪著碗裡的湯，頭也不抬地回道。

「騙人。」四個父親異口同聲地說。

「咦？」

「知代一定只擔心由紀夫平不平安啦，被我說中了吧？她根本不在乎我們好不好。」鷹的語氣並沒有嘔氣的情緒，說完將筷子指向由紀夫。

「只有由紀夫能讓她心碎。」悟斂起下巴，也舉起筷子指著由紀夫。

「對知代而言，我們四個不過是守護著由紀夫的四人囃子（註）吧。」動搔了搔額頭，接著垂下原本就有點下垂的眼角，伸出了筷子朝由紀夫一指。

「這就是知代的優點呀。」葵笑著說道，同樣將筷尖指向了由紀夫。

被四個父親拿筷子指著，由紀夫只能板起臉。

用完餐，洗完碗，所有人都在飯後的麻將桌前坐定後，大家又針對闖空門歹徒的身分紛紛提出自己的臆測。包括「動學校裡的囂張學生」、「對葵挾怨報復的女人」、「賭博輸給鷹的賭

註：四人囃子（YONIN-BAYASHI），一譯爲「四人伴奏隊」，日本前衛搖滾（progressive rock）史上經典樂團之一，成軍於一九七一年，出道當時成員都年僅二十歲上下，被譽爲日本的「平克・佛洛伊德」（Pink Floyd）。

徒」等等，種種不負責任的揣測滿天飛當中，由紀夫心中暗忖，該不會和那些牛蒡男有關吧？雖然他們的復仇目標是鱒二，難保不會遷怒到由紀夫身上。

「好！那要不要來賭誰的推理是正確答案？」聊著聊著，鷹突然雙眼發亮，一臉興致勃勃的模樣，卻沒人想理他。

籃球在空中畫出漂亮的弧線，彷彿被籃框吸引似地飛去，卻不知何時改變了軌道，只見球撞上籃框，橫向飛了出去，落到體育館的地板上，發出鈍響彈跳著。由紀夫偏了偏頭心想，本來以為這球穩進的呢。這是闖空門事件的隔天早上。由紀夫小跑步過去撿球，球一到手立刻屈膝，雙腳一蹬，試圖挑戰跳投，無論是角度或力道都拿捏得恰到好處，他想這回鐵定進了吧，沒想到球撫著籃框似地繞了好幾圈之後，被反作用力彈了回來，掉到籃框外。

連續兩球打鐵，感覺頗差，難道是在暗示有什麼麻煩要發生？由紀夫的心情不禁蒙上一層陰影。

「嗳，由紀夫君，聽我說好嗎？」鄰座的殿下突然湊過來，是在第二堂課的課堂上。見他絲毫不在意老師的目光，簡直當現在是下課時間似的。不愧是殿下，總是如此臨危不亂。

「怎樣啦？」由紀夫悄聲回道。

「我最近啊，一大早都接到奇怪的電話耶。」

「電話？」

「我也不知道怎麼回事，電話都是找我的，我媽把話筒遞給我，我一接起來，對方就說：『我在學校門口等你。』還說什麼『限你三十分鐘之內趕過來。』」

「女生嗎？」

「嗯嗯，可是啊，我就算騎腳踏車衝到學校，三十分鐘也絕對到不了啊，所以我就匆匆忙忙地梳洗換衣服，搭計程車趕過來了。」

「你特地搭計程車來!?」由紀夫不由得大聲了起來，下一秒鐘，教室內的空氣倏地緊繃，圍上由紀夫。等他察覺大事不妙，已經太遲了，所有視線都集中到他身上。

而且，站在講臺上的好死不死正是與由紀夫尤其不對盤的數學老師，厲聲警告立刻飛來：「上課中聊什麼天！」這位老師身形瘦弱，一頭短髮，帶了副時髦的眼鏡，講話非常難聽，是個惹人厭的teacher，於是被取了個綽號叫做「厭T」；不過也說不定是因為他私底下熱愛雪人，才會得到這個從「Yeti」（註）轉音而來的綽號吧。總而言之，數學老師對著由紀夫就是一番刺耳的謾罵：「你不要自恃考試成績不錯，就瞧不起老師的課！」

由紀夫幾乎是反射性地一把火起，直直地和老師四目相交。

「任何人都一樣，只要受到攻擊就會發火；覺得丟臉，也會發火。因為大家都很好面子，常會視有利的狀況發脾氣。受到稱讚就覺得心情好；遭受輕視就會大罵『你這個混帳！』我也一樣，大家都一樣，不是嗎？即使是教師，說穿了也只是一介人類。雖然我這麼說不是要為教師辯

註：雪人（Yeti），一種傳說在珠穆朗瑪峰活動的神祕動物，形貌介於人與猿之間，至今尚未有確切的標本供研究。

解，不過，要是跑去找老師商量事情，期待馬上能聽到老師指引一條明路，下場會很慘哦。教師知道的事物繁多，也相對地辛苦，但是說到底，只是個再平凡不過的人類。嗯，學生也是平凡人呀，所以師生雙方只能謹記著：不要瞧不起對方，也不要過度信賴，和平地相處下去。」這是動說過的話。

看到數學老師眼神中寫著「你要是敢瞧不起我，我會讓你吃不完兜著走！」由紀夫研判，眼下這種狀況還是對他表示尊重之意比較好。

「對不起，我差一點就自恃自己成績好，而瞧不起老師的課了。」由紀夫老實地回道。

教室內登時一片譁然。

由紀夫真的不是故意的，但他這番回應，似乎被解讀成是在挖苦厭T，班上同學都認為這是偽裝成防禦的致命一擊。這下厭T的表情更是猙獰，滿臉通紅。由紀夫不禁縮起脖子暗呼不妙。

「老師，不是由紀夫君的錯，是我找他聊天的。」殿下又補了一槍。

「殿下使出掩護射擊！」同學們更樂了，而厭T當然是脹紅著臉氣憤不已。唉，沒救了。——由紀夫感受著胃的隱隱作痛，將視線從厭T身上移開，卻看見坐在右前方座位的多惠子正望著自己，露出一臉難以置信的神情。

課繼續上下去，被厭T指明答題的殿下，在應該回答圓的度數「三百六十度」時，卻怎麼都回答「三百六十五度」。同學指正說：「那是一年的天數吧。」殿下回道：「咦？不是三百六十天嗎？我愈聽愈混亂了啦。」就在他真的開始混亂的時候，下課鐘聲響起，不知哪位同學喊道：「老師！殿下現在很混亂！」

「喂，由紀夫，你幹了什麼好事嗎？」隔壁班的山之邊站在小便斗前問道。放學後，由紀夫想說去上個廁所再回家，卻遇到了山之邊。身高一百八十公分的山之邊是籃球社社長，抹上整髮劑、不自然分邊的髮形是他的特徵，體格不算特別壯碩，手臂卻異樣地長，在球場上尤其擅長搶籃板，是非常值得信賴的隊友。

「什麼幹了什麼好事？」由紀夫邊問邊走向洗手臺。

「我剛剛去社辦拿回我的參考書，剛好學長進來，跟我說什麼『你還是讓由紀夫退出正式球員比較好哦』。」

「該不會是……熊本學長？」

「就是他呀。說你的球技怎樣怎樣，區域緊逼防守時又怎樣怎樣的講了一堆，簡單講就是他看你不順眼啦。」山之邊上完廁所，身子顫了一下，來到洗手臺邊，「你們之間發生了什麼事嗎？」

被近在身旁的人俯視，由紀夫也抬頭回望對方，「學長把我列入黑名單了吧。你怎麼回他的？」

「我？我就說『剛好我也覺得由紀夫在隊上礙手礙腳的』。」

「真是伶俐呀。」由紀夫甩了甩剛洗好的手，水珠四下飛濺。

「對付卸任的學長，隨他愛講什麼就講什麼，才是最明智的。我能當上社長，也是多虧了這種待人處事的密技呀。」山之邊幽幽地說道。

「待在我們這種不是籃球強校的高中裡當籃球社社長，很沒意思吧？」

「就是說啊。」山之邊用力點著頭，「前社長熊本學長那麼受歡迎，我一直以為只要當上社長，就會有一堆女孩子貼上來，沒想到壓根沒那回事。是已經退了嗎？」

「什麼東西退了？」

「社長熱潮。」

「那種東西打從一開始就不存在啊！」由紀夫一邊忖度著山之邊這話有幾分認真，一邊步出廁所。山之邊立刻追了上來說：「總之呢，你很容易惹人反感，還是留意一下比較好哦。」

「我很容易惹人反感喔？」

「因為你無所不能啊。」

「我什麼時候變成無所不能的？」由紀夫很吃驚，但從對方認真的口氣聽來，似乎不是開玩笑。

「你籃球打得好，念書成績優秀，又有很多女生喜歡你，當然會惹人反感嘍。」山之邊一面屈指算著一面說道。

「原來我那麼惹人厭啊？」

「你不知道啊？」山之邊拍了拍由紀夫的肩膀。

「你剛剛洗手了嗎？」

「哎呀，別在意那種小事嘛。」

由紀夫快步朝校舍後方走去，打算趁多惠子還沒冒出來之前趕快回家。而預防萬一，他決定今天不走正門，而是穿過校園，從後門離開學校。

「我就知道，像你這種苟且偷安的傢伙是不會走正門的，一定是偷偷摸摸從後門溜走啊。」突然出現在眼前的牛蒡男笑嘻嘻地說道。

「哎呀呀。」停下腳步的由紀夫沮喪不已，沒到自己這麼不走運，躲得過多惠子卻躲不過牛蒡男。

「小子，過來一下。」與牛蒡男初次見面，只是幾天前的事，但今天的牛蒡男看上去非常憔悴，還帶著黑眼圈，臉色宛如沾滿泥土的牛蒡。牛蒡男邊說邊抓住由紀夫的衣襟使勁扯著。

由紀夫的腦中驀地開始盤算，要是一對一來的話……，他瞄了一眼牛蒡男的腳邊，發現了可攻擊的弱點。只要朝牛蒡男的小腿一踹，讓他跌倒在地，我方有絕對的勝算。然而，就算此時竭盡全力撂倒他，事情並沒有解決。牛蒡男明天還會找上門，而且一定是帶一群人過來。敵方愈揍只會增生愈多，宛如不斷分裂的阿米巴原蟲。

「請問有何貴幹？」由紀夫客氣地問道，同時揮開對方的手。

「上次那個傢伙在哪？」

「你說鱒二？」

「居然和井伏鱒二（註）同名啊？嗯，就是他。你把那個三分頭帶來吧。」

註：井伏鱒二（一八九八～一九九三），日本小說家，廣島縣出生，早稻田大學文學部法文系中輟。代表作為一九二九年的處女作《山椒魚》、一九六六年的《黑雨》等。

雖然不覺得牛蒡男沒教養，也不覺得認得井伏鱒二就代表有教養，但是聽到牛蒡男口中突地吐出井伏鱒二這個名字，由紀夫的確有些意外。

「你們兩個，上次還想搭公車逃跑，把我們當傻子是吧？」牛蒡男的鼻翼抽動，嘴角帶著唾沫。

「不是的，我只是湊巧在那輛公車上。」

「騙誰啊！世上哪有那麼巧的事，你和那傢伙明明就是一起逃下車去的！」

我們後來的確是一起逃走的，但世界上真的有那麼巧的事。——由紀夫面對著牛蒡男，一邊思考接下來該怎麼辦。視線稍一移開，剛好看到班導後藤田從面前走過。

「啊，老師！」由紀夫反射性地舉起手，牛蒡男也隨之轉頭一看，由紀夫又一個念頭掠過——啊啊，此刻也是揍他的好時機呀。

後藤田停下腳步。

「老師！老師！」由紀夫拉大了嗓門，他很想大喊：您班上的寶貝學生遇到麻煩了喲！

「小子，不准多嘴。」牛蒡男壓低聲音說道。

「喔，由紀夫啊。」後藤田應道：「趕快回家，路上小心哦。」說完便邁開步子離去了。

「已經被可怕的小哥逮個正著，路上再小心也沒用了。」

「真是個好老師呢。」牛蒡男笑了，「總之你去把鱒二帶過來，那傢伙住哪你應該知道吧？」說著又一把抓住由紀夫的衣襟。

「我不知道他家在哪裡。」由紀夫撒了謊。

「那告訴我他念哪間學校。」
「現在過去也堵不到他吧，都已經放學了。」
「囉嗦！反正你帶我去那傢伙有可能出沒的地方就對了！」
由紀夫一方面不想兩個人在路邊繼續大眼瞪小眼，另一方面，要是再這麼糾纏下去，多惠子很可能憑著她那媲美狗嗅覺的敏感度，不知從何處察覺到由紀夫的所在位置，而突然冒了出來也說不定。
「好，我明白了。我只想得到一個可能的地點，要是他不在那裡，我就真的沒頭緒了。」
「嗯，好啊，帶我去吧。要是他不在那兒就算了。」牛蒡男同意了，只是這話不知有幾分認真。
由紀夫壓抑著內心的厭煩思量著，總之先帶牛蒡男去「宇宙侵略者」吧。接著他也開始覺得，看樣子，昨天闖入家裡的歹徒並不是牛蒡男了。
「同學，你為什麼會在這裡啦？」
「怪了，在哪裡是我的自由吧？」
看到在「宇宙侵略者」裡忘我地打著格鬥遊戲的鱒二，由紀夫嘆了口氣。前天，鷹大勝少年而開心地大叫，當時所使用的那臺遊戲機，現在正由鱒二緊握著操縱桿奮戰，卻眼睜睜輸給了一名小學生。
「我才要問你咧，為什麼帶著這傢伙來啊？叛徒！」

「誰是『這傢伙』啊！三分頭你給我嘴巴放乾淨點！」牛蒡男的右手旋即伸出，往鱒二的胸口輕輕一戳。

三人在一條窄巷裡，夾在「宇宙侵略者」那棟樓背面與另一棟大樓的背面之間。鱒二是硬被拖過來的，還一直吵著：「幹嘛啦！人家遊戲打到一半耶！」由紀夫壓根沒料到鱒二真的窩在「宇宙侵略者」裡。

「本來就是你把我拖下水的吧？是誰拖累誰啊？」由紀夫氣勢洶洶地說完後，丟下一句：「好了，接下來就交給你了。」轉身就要走。

「不准逃！」牛蒡男立刻抓住他的學生制服。果然不能逃啊。——由紀夫停下腳步說：「對了，我忘了為什麼你們要纏著鱒二呢？」

「這傢伙妨礙我們工作啊！」

「哦，對喔。」

「那不是工作，是偷東西吧！」鱒二忿忿地說道。

「小子，不准把別人的揮汗工作講得像是犯罪一樣！」開口怒罵的牛蒡男，神情非常認真，由紀夫看傻了眼。

「明明就是犯罪！」鱒二也氣呼呼地回嘴。

響起一聲鈍響。

牛蒡男揍了鱒二一拳。只是拳頭朝他臉頰輕輕一擊的程度，看樣子不是太嚴重，但鱒二的後腦杓卻撞上後方大樓的牆面，他「嗚」地呻吟了一聲，旋即擺出凶狠的表情瞪向牛蒡男。

「啊，血。」由紀夫指著鱒二的側臉說道。可能是衝擊力太大，傷到鼻腔黏膜，只見鱒二的左鼻孔流出鮮紅的血。鱒二慌忙以手背抹了抹，看到手上沾的血，嚇得幾乎要翻白眼，「是鼻血！」

「吃了一拳當然會流鼻血啊，別以為我會這樣就放過你。」牛蒡男露出嗜虐者的笑容。

「喂，由紀夫，我的鼻子……流血了……」鱒二將臉轉向由紀夫，那張臉早已沒了血色，雙眼緊閉，接著宛如全身力氣瞬間蒸發光了似的，雙腿一軟就要癱坐下去，由紀夫連忙攙住他。

「你怎麼突然貧血啊？」

「因為人家流血了嘛……」鱒二緊咬著牙關等暈眩過去。

「喂喂，這傢伙行不行啊？」搞得連牛蒡男也擔心了起來。

由紀夫撐住鱒二的腋下，抱著他好一會兒，鱒二才慢慢穩了下來。「你這傢伙，打人吶！是現行犯哦！」鱒二衝著牛蒡男又罵得口沫橫飛。

「吵死了。要是不乖乖照著我說的做，還有得你瞧的。現在只是摸了你一下，少在那邊鬼吼鬼叫。」

「你要我們怎麼做呢？」由紀夫不想再攪和下去，看牛蒡男有什麼事就快點交代吧。

「要錢沒有啦。」

「我知道。你這傢伙身上一毛也沒有，而這個小子也只有兩千圓。我要的不是錢。」

「那你要什麼呢？」

「我要你代替我上工。」由紀夫細看牛蒡男，發現他的雙眼圓滾滾的，還頗可愛，又深又明顯的雙眼皮也讓他顯得沒什麼威嚇力，雖然曬成古銅色的皮膚多少掩飾了他的漂亮雙眸，還是抹不去面容中些許女性的嫵媚。

「替你上工？」

「乖乖照做吧。」

「我不要。」鱒二馬上搖頭，「叫我當扒手，我才不幹！你這傢伙，難道都沒想過被你偷了東西的店老闆哭著回家、望著孩子咳聲嘆氣的身影嗎？難道不會慚愧到大哭嗎？打死我都不幫你偷東西！」

「不是要你偷東西。」

「咦？不是嗎？」講得趾高氣揚的鱒二登時宛如洩了氣，鼻血再度從他的鼻孔緩緩流下。由紀夫擔心若告知鱒二，他又會當場昏倒，決定默不作聲。

「我要你幫我送個東西。」牛蒡男說出北方鄰線的名稱，「那兒靠邊界處有個小鎮……嗯，應該算是市吧，反正幫我把東西送到那裡的一間餐廳去。」

「送什麼東西？」

「你還是不要知道內容物比較好。」

「那怎麼可能幫你送！」由紀夫聽了一愣，不禁噗哧笑出來，「肯定是違禁品啊。」

「幹嘛神神祕祕的，講一下裡面裝了什麼會死喔？」鱒二不滿地嘛起嘴。

「我也是受人之命，不知道裡面裝了什麼啊，只確定是個小包，對方也只是叫我送去，沒多說什麼。」

「小包？」由紀夫偏起頭。
「是誰命令你送東西的？」
「富田林先生。」牛蒡男露出一臉苦澀。
「那肯定是違禁品啊！」由紀夫又說了一次，這次更是有著相當的把握。說完他瞄了鱒二一眼，只見鱒二也哭喪著臉說：「富田林先生？所以那東西一定有問題啊！」
「少囉嗦，有沒有問題，不送送看怎麼知道。聽好了，給我乖乖照辦！明天早上九點到瓦斯槽報到，富田林先生那邊也會派人拿東西過去，你拿了小包就給我送去鄰縣。」
「可是我不會開車耶？」
「坐電車去啊，這樣反而不易引人懷疑，剛好嘍。」
「少開玩笑了！為什麼要我做這種事！你不是有好幾個同伴嗎？」
「我不會讓我同伴涉入這種危險的事。」
「搞什麼，跑這趟果然有問題嘛！」由紀夫不由得頂了回去。
「事成了當然不會虧待你。」由紀夫察覺，牛蒡男蠻橫的態度背後，其實是相當不知所措，牛蒡男也有牛蒡男的軟弱之處。
「你只要代替我辦完這件事，我以後不會再追著你跑，也不會向你要錢或找碴了。」
這是哪門子一廂情願的交換條件？由紀夫相當錯愕。
不可以答應他。別相信他。——由紀夫以眼神對鱒二示意，鱒二點了點頭，接著彷彿已默默地達成共識似地舉起手，臉上神情像在告訴由紀夫：「你想說的我明白，就由我代表來回覆他我了。」

吧！」於是由紀夫也朝他點了個頭。

「好。我接受你的提案。」鱒二口中說出的竟是這個回答，由紀夫不由得懷疑自己的耳朵，眼睛睜得老大。只見鱒二不慍不火地說：「我會幫你把東西送到指定地點，所以你再也不要纏著我了。」

「好啊，我答應你。就這麼做吧。」

「啊？為什麼講得好像是你讓步？」由紀夫望著兩人，悄悄退了一步。他覺得，眼前這兩人的對話已經完全超出他的理解範圍，還是早早閃人為妙。

鱒二沒理會由紀夫的迷惘，專心聆聽著牛蒡男交代明日的安排，還一邊撫著自己那顆三分頭，像在確認觸感似地，一邊說：「反正只要送個小包過去就好了吧。小case，小case。」

「喂，由紀夫，你怎麼不記一下明天的行程？沒問題嗎？」從身後追上來的鱒二喘著氣說道。他的鼻血似乎止住了。「你什麼時候跑掉的？嚇了我一跳。」

「是你討論得太起勁了吧。還有，這份『工作』，我是不會幫你的哦。」

「真無情耶。」

「誰叫你要答應他。」

「哎喲，因為我已經受夠了嘛，再這樣下去，那傢伙明天還會去你學校堵你，我當然也不得安寧，三天兩頭跑來糾纏，煩都煩死了，就像蚊子還是蒼蠅一樣煩吶。」

「要滅蚊，用蚊香之類的搞定不就好了。」

「由紀夫，那是很殘忍的手法耶。」鱒二那微腫的單眼皮倏地繃緊，瞪著由紀夫說：「最好的方法是友善地和對方商量，請對方離開才對呀。」

「對著蚊子商量？」

「對著蚊子商量。」

「鱒二你能和蚊子對話嗎？」

「由紀夫！我再怎麼優秀，也不可能和蚊子講話呀！」鱒二噗哧一聲，捧腹大笑了起來，也不知道究竟是什麼事情這麼好笑。

「隨便你，我要回家了。」和鱒二溝通相當耗神，由紀夫覺得累了，「明天加油吧，好好辦事。」

「放心吧！」

「對了，你明天學校不是還有課嗎？」

「放心吧！」鱒二這氣勢十足的回答，反而讓由紀夫覺得不安。

兩人告別「宇宙侵略者」，往回家方向走著，途中橫越一家全國連鎖大型超市的停車場時，看到了鱒二父親的身影。

今川燒攤子就擺在離斑馬線最近的超市出入口，鱒二父親正把一個裝了今川燒的小紙包遞給帶著小孩的婦人。他的個頭高、肩膀又寬，只不過髮量有些稀少，加上宛如好好先生似的總是垂著的眼角，整個人飄散出一股軟弱的氣質。鱒二見由紀夫發現了父親的攤子，登時咂了個嘴，可能他自己也沒想到父親會跑來這種地方擺攤吧。

「今天跑來這裡賣啊。」

「我過去打個招呼吧。」

「不用啦，不必理他。」

「不行，我去打招呼。」

「人家不想碰的事，你就不要來硬的好不好！」鱒二真的是一臉百般不願的神情。由紀夫很想回他，是誰一直把我不想碰的麻煩事硬塞過來的？但是鱒二又低聲下氣地補了一句：「你也很清楚父子關係有多複雜吧？拜託，體諒我一下。」由紀夫禁不住心生一絲同情，決定不過去打招呼了。

但就在這時，攤子那頭傳來響亮的喊聲：「喂——！」轉頭一看，鱒二父親正舉起長長的手臂大力揮舞著，一邊喊道：「喂——！鱒二！」

「呿，超衰的。」鱒二啐了一聲。

「真的好久不見了啊！」鱒二父親不斷咕噥著，還偏起頭說：「上次見到你是什麼時候來著？」由紀夫也試著回想，終究是想不起確實的時間點，只記得小學時來買過好幾次鱒二父親的今川燒，卻記不得是何年何月。

「由紀夫君變得這麼帥氣啦。」鱒二父親微笑著，眼角擠出了皺紋，讓他看上去更像個老好人，「哪像我們家鱒二，都十七歲了，還頂著一顆小平頭。」

「拜託，小時候拿推剪幫我剃成這副德行的是誰啊。」鱒二或許是心裡不太爽快，一逕望著別處。

「可是你上高中以後，我就沒再叫你理三分頭啦。真是怪了，你又不是棒球社的。」

「要你管。」

由紀夫拿起剛買的紅豆餡今川燒一口咬下，「果然還是伯父的今川燒好吃。」這話一半是出於體貼，另一半則是真心話。鱒二父親做的今川燒和別家的就是不太一樣，麵皮滋味特別純厚，每咬下一口，都感覺得到甜味，相對地內餡卻沒那麼甜，兩者的平衡拿捏得恰到好處。由紀夫問說伯父是不是加入了什麼企業機密層級的獨家調味在裡頭，鱒二父親微微一笑回答：「人肉。」一旁的鱒二聽到，嘟囔了一句：「無聊當有趣。」視線依舊朝著別處。確實是個無聊玩笑，但是說著冷笑話、滿臉洋溢幸福的鱒二父親，由紀夫最喜歡了。不愧是曾經投身體壇的運動選手，伯父整個人連骨子裡都給人直率且清爽的感覺。

「由紀夫君，你媽媽一切都好嗎？爸爸們呢？」

「嗯，都很好。媽媽現在在九州出差，爸爸他們都還是老樣子嘍。」

「讀讀書、和女人交交朋友、賭賭博、打打籃球？」

「完全如您所說。」由紀夫答道。

「嗯，有由紀夫君陪著鱒二，我就安心多了。你也知道我都在外頭工作，幾乎不在家。鱒二這小子本性是耿直的，可是遇到狀況又很容易被人左右，招一下就跟著走了。」

「是啊。」由紀夫想起方才鱒二與牛蒡男的對話，「其實呢，剛才……」他才開口，鱒二強烈的視線便射了過來，無聲地說著：「不准講。」由紀夫於是閉上了嘴。

「今天的晚餐啊——」鱒二父親對鱒二說道。

「我知道，我會把冰箱裡冷凍的飯熱一下，配佃煮（註）來吃啦。」

「抱歉嘍。」

三名小學生突然湧過來攤子前，由紀夫與鱒二於是離開了停車場。

「伯父都賣到很晚嗎？」由紀夫會這麼問，是因為剛才聽到那段關於晚餐的對話。

「最近好像深夜賣得比較好，聽他說拿到了在酒鋪附近擺攤的許可證。」

「很辛苦呢。」

「活下去都很辛苦啊。」

「講話很有哲理嘛，鱒二。」由紀夫調侃道。鱒二露出一臉不甚痛快的神情，搔了搔他的三分頭，點點頭說：「看我老爸那個樣子，只會得出這個結論啊。」

道別時，鱒二說：「掰啦！明天我去把任務搞定就回來！」

當天的晚餐餐桌旁，除了由紀夫，還有悟和鷹在。葵去店裡工作了，勳則是還在學校。

「知代要是就這麼不回來了怎麼辦？」鷹一邊將餐桌上大盤裡的義大利麵分盛到自己的盤子裡，一邊幽幽地吐了一句。

「你在擔心這件事啊。」悟還是一貫的沉著冷靜，「為什麼會這麼想呢？」

「直覺啊，直覺。」鷹答道。他始終深信，直覺遠比其他任何科學根據都要來得可靠，「而且啊，每次知代長期出差的時候，都會發生不好的事情。」

「咦？是這樣嗎？」

「大概十年前，由紀夫不是有一次手臂骨折嗎？」

「喔，我在公園打籃球那次。」由紀夫記得很清楚，當時他和鱒二及幾名同班同學一起打球，由於由紀夫不斷展現精湛的運球技術，某位友人一氣之下推了他的背一把，他整個人向前一倒，球又剛好落在他伸手出來要撐的位置，手腕登時扭向奇怪的角度，後來跑接骨院治療了一個月才復原，他還記得那時包著繃帶的部位癢了起來，還曾經拿耳掏子伸進去咯吱咯吱地搔癢。

「那時候知代不巧出國出差去啦。」

「那倒是。」悟也點頭，「記得那時候我們還很煩惱要不要告訴她由紀夫骨折的事呢。」

「之後沒多久，知代又去了北海道，那一次我們不是全部得了流行性感冒嗎？」

「嗯，確實有過那回事。」悟的表情夾雜著懷念與苦澀。當時由紀夫的學校因為流感疫情而全校停課，可能是待在家裡的由紀夫成了感染源吧，四位父親接連得了流感倒下，全都躺在各自的房裡休息，而早一步康復的由紀夫便落得端三餐和冰枕慌張穿梭於各個病榻的下場。

「對耶，那時候媽也不在家。」

「還有那個啊，就是動揍了不良學生的那起騷動，出事的時候，知代也不在。」

「可是媽去年有將近半個月去京都工作，什麼事都沒發生啊。」

「黑路之星跌倒了。」鷹說。

「什麼？」由紀夫聽到這不熟悉的單詞不由得一愣。

註：「佃煮」是將過剩食物保存下來的一種烹飪方式。發祥地在東京佃島，漁夫將過小而賣不掉的魚類以醬油、砂糖、味醂煮後當作小菜，調味下得重，可提高保存期限，十分下飯。

「去年出賽狀態絕佳的公馬呀，你怎麼會不知道？那年有馬紀念賽的優勝眼看手到擒來，馬兒居然跌倒了，我們不是都哭了嗎？」

「那種消息誰會知道啊。再說，『我們』又是指誰？」鷹竟然拿這種事件來佐證他的「知代出差時必定發生不好的事」理論，真不知該說什麼。

電視正在播益智問答節目，不是前幾天看到那個最高獎金一千萬圓的豪氣節目，而是另一個有許多名人參賽、製作規模較大的花俏節目。

「被問到一堆麻煩的問題，還要拚命想出答案，真的那麼好玩嗎？」鷹托著臉頰，一副嫌麻煩的口吻。

接下來好一段時間，三人只是漫不經心地望著電視螢幕，每當新題目出來，悟就立刻回答，等到節目公布正確答案，由紀夫和鷹便同聲感歎：「悟，為什麼你會知道答案？」接著還半認真地拜託悟去報名參加發出高額獎金的節目。這時，電視剛好在預告那個最高獎金一千萬圓的益智問答節目即將播出特別節目，即日起公開募集一般民眾，預賽訂在當天舉行，前幾名勝出者將進棚挑戰決賽，全程現場轉播。由紀夫心想，照這遊戲規則走的話，正是悟的獨擅勝場呢。

「不是我擅長益智問答，只是他們出了我碰巧知道答案的問題。」

「可是悟，全部都是你碰巧知道答案的問題耶。」

「知識這種東西啊，不是多麼值得自豪的事，否則這世界上最偉大的人就是掌握最多情報的人了。」

「掌握最多情報的傢伙確實比別人占優勢呀。」

悟微微搖了搖頭：「不能以握有情報的多寡來判定人的優劣，重要的是——」

「重要的是？」

「直覺吧。」悟說著望向鷹。

「原來如此！這麼說來，我憑直覺過日子的大原則，不見得是錯的嘍！」鷹似乎頗開心。

「不，我覺得還是情報比直覺重要。」由紀夫逞強了起來，「情報就是武器。」

「你要這麼說的話，」鷹說：「要是你被扔到熱帶大草原上，能拯救你的是情報嗎？獅子一步步朝你逼近的時候，你還會打開電腦，輸入『獅子　熱帶大草原　逃生方法』搜尋嗎？」

「啊，鷹你用過電腦了喔？」由紀夫比較訝異的是這一點。

「有沒有用過都無所謂吧。總之，人被逼到絕境時，需要的是直覺啦，直覺！我說的對吧？悟？悟！」

悟只是笑了笑，沒有回答。

鷹露出蜥蜴般的笑容，不知想到了什麼，接著開口說：「好，那我來出一個悟可能解不出來的問題。」

「真是驕傲的出題者。」由紀夫苦笑著。

「出題者就是要驕傲啊。」鷹毫不退縮，「好，問題來了。有個人跑去找某位預言家，問說：『三年後，我還是活著的吧？』預言家給了一個絕對不會錯的回答。請問他的回答是什麼？」

「這哪是益智問題，應該算是謎語吧？」

「你瞧不起謎語嗎？由紀夫。」

「沒有啊，隨便你。」

「絕對不會錯的回答嗎……」悟盤起胳膊。

「大概是回答『可能是生，也可能是死』之類的吧？」

「喔！由紀夫，這個答案有影兒了哦。」

「真的假的！」由紀夫自己反而嚇了一大跳，「你是說，我差一點就答對了的意思嗎？」

「算是吧。」

由紀夫瞄了瞄悟，「如何？」

「我投降。」悟舉起雙手，臉上並沒有不甘心的神色，而是露出相當感興趣的眼神問鷹：「答案是什麼？」

「正確答案是——」鷹雖然沒打算吊人胃口，還是頓了一頓才繼續：「『不是死』。」

「不是死？」

「沒錯。解讀成『不是死』，就代表活著嘍。或者呢，解讀成『不，是死』，就代表死了呀。」

「什麼？」由紀夫一時沒聽懂，「你是說『不，是死』指的是，不是活著，也就是死了的意思？」

「答對了。」

「原來如此。不，是死。嗯，兩個解讀都可以呢。」

「對吧？『不是死』。」鷹像是很寶貝自己的發明似地，反覆低喃了好幾遍。

不知不覺間，益智問答節目結束了，電視畫面出現一名西裝男士嚴肅的身影。正在播出的是地方電視臺的新聞節目，大概是用來填補兩個節目中間的短暫空檔，又或者是之後暫時沒節目而拿來墊檔的吧。

這位穿梭於市區大街小巷的中年男士，有著宛如橄欖球選手的體形，壯碩的胸膛擠得西裝胸口幾乎要繃裂開來，只見他朝著靠近的婦女們伸出雙手一一握手打招呼。

「這位赤羽阿伯長得有點像勳呢。」鷹一副懶懶散散的坐姿，指著電視螢幕說道。畫面上映出的，正是縣知事候選人赤羽。

「像嗎？」悟問道。

「體格很像啊。肩膀寬闊、胸肌緊實、上臂粗得跟大腿一樣。」

「他的個頭比勳矮啊。」由紀夫冷靜地指出兩人的差異，「而且這個赤羽看上去比勳沒品多了，眉毛那麼粗，眼神也超詭異，太恐怖了，根本就是黑手黨啦，黑手黨。」

電視畫面中的赤羽，即使忙於競選活動，臉上也絲毫不見倦色，額頭浮現精力旺盛的油脂。

「為了每一位縣民，個人將不惜任何代價，為大家赴湯蹈火！」他以低沉而深具震撼力的嗓音喊著話，一名路過的瓜子臉的女性經他這麼一打招呼，面露恐懼之色，彷彿在鬧區不平靜的地帶遇上流氓找碴似的。

「『不惜任何代價』這種說法，又更刺激人們的想像力了啊。」鷹噗哧笑了出來。

「赤羽也是拚了老命吧，畢竟要是二連敗，不曉得他的支持者會有什麼反應。」悟說。

兩名候選人白石與赤羽，各有一群狂熱程度不相上下的支持者，狀況有點像是地方上擁有兩個職業足球隊，無論哪一方勝利，似乎都將掀起暴動。一般足球隊要是輸了，了不起鬧到換教練，但是縣知事選舉卻沒那麼單純，候選人甚至可能有性命危險，何況傳聞赤羽背後有地下團體撐腰，感覺又更危險了。由紀夫想起上次提到民答那峨島那起因為省長選舉而引起的綁架殺人事件，實在很難以事不關己的態度看待這次選舉。

「不知道哪一方會贏呢？」

「哦？由紀夫，你對政治有興趣喔？」鷹指著由紀夫問道。

由紀夫回說，這哪算政治，應該說是足球賽吧。接著視線又回到電視畫面上，有一看沒一看的。

過沒多久，「啊！」由紀夫突然叫了出聲。

「怎麼了？」兩位父親都湊了過來。

由紀夫的視線仍緊盯著電視畫面，宛如恐嚇民眾般繼續與路人握手的赤羽，身後隔了一、兩步的地方，站著一名西裝男士，戴著眼鏡，有個大鼻子，容貌可說是知性也可說是粗鄙。而他所站的相對角度，正是赤羽最信賴的親信幹部位置。

「那個男的。」

「那個男的怎麼了嗎？」悟一臉納悶。

「你看，他不是一副惡質律師的調調嗎？鷹，你仔細看，他就是在賽狗場出現的那個男的，和富田林先生聊了天，後來公事包被掉包的那個人吶！」

鷹伸長脖子，臉湊上電視螢幕，凝神注視了好一會兒，終於邊喊著「喔喔！」邊擊掌。

不知道是否進廣告的時間沒算好，新聞節目很唐突地被腰斬了。

「好！」鷹對由紀夫說：「問題來了。在這個畫面中出現這個男的，代表了什麼意思呢？」

「又不是在玩益智問答。」

「代表的是，」為窮途末路的家人指引路標，正是悟的使命，「那個公事包被掉包一事，搞不好與縣知事選舉脫不了關係。」

由紀夫與大多數的高中生一樣，學校期中考並沒有被他們放在人生的重心位置，但即使如此，兩天後即將面臨考試的此刻，莫名其妙的騷動卻宛如雨後春筍般，東一個西一個冒出來，由紀夫只覺得疲憊不堪。

賽狗場遇到的奇怪掉包事件、牛蒡男的找碴、家裡遭歹徒的入侵、想與多惠子重修舊好的熊本學長，每一件事的責任都不在由紀夫身上，他都是莫名其妙地被拖下水。想到這，他自己都訝異得無言以對。

不止如此，隔天一早，他做夢也想不到自己會被學弟們包圍。接連遇上這種事，他的情緒已經超越了驚訝，甚至有點感動。

和平日一樣，由紀夫一早來到體育館做投籃練習。他站近三分球線開始練習跳投，拋出球、撿起、再次跳投，反覆練習著，有時直接瞄準籃圈圓心，有時利用擦板，他知道自己的呼吸逐漸加速，這感覺非常暢快。先是彎下膝，雙腿伸直的同時腳底使力一蹬，右臂使力於球，手腕下扣讓球帶旋，投了出去。在空中畫出拋物線的球撞上籃框，彈了開來。

怪了，這球應該會進的啊？——由紀夫正納悶，眼角瞄見體育館入口出現幾道人影，那是六名男生，正站在那兒望著由紀夫。一開始由紀夫還以為是牛蒡男那群人，不自覺地繃緊神經，但很快便察覺對方和自己穿著同樣的高中制服，心想原來是籃球社的學弟呀，卻全是沒見過的面孔。

一群人走了過來，將由紀夫團團圍住。六人的頭髮都剃得短短的，由紀夫發現他們是棒球社的。

「學長。」站在前方的男生開口了，語氣帶著不滿，其他五人則是默默地瞪視由紀夫。

「你們是棒球社的？要用這個場地練球？」

「怎麼可能！別把人當傻子看待！」

「我們來，是有點事想告訴學長。」

「真嚇人，我對棒球社做了什麼嗎？」由紀夫板起臉，接著視線依序掃過眼前六人所站的位置與腳邊。每個人腳上的室內鞋都被穿得又髒又破舊，當中兩人將手插在制褲口袋，顯然沒打算衝上來突襲揍人；而站在由紀夫正前方的男生，嘴脣微微顫抖，這也沒逃過由紀夫的眼睛，他曉得對方並不是因為恐懼而發顫，而是由於與伙伴們一起圍住學長，難掩內心的激動與緊張情緒；另外五人也顯得有些焦躁。

照這狀況看來，只要喊一句：「讓開！」一把推開眼前這名男生，別理會他們逕自離去，便能脫身，但這種強硬手段只會讓雙方結下梁子，於是由紀夫選擇了太陽政策（註），「找我什麼事呢？」

「你應該心知肚明吧！」

「是小宮山學長的事。」

「小宮山又怎麼了嗎？」由紀夫相當意外，「那小子不是關在家裡沒來學校？」

「我們當然知道啊。」

「就是要講這件事。」

「你為什麼到處跟人講說，小宮山學長不肯上學是我們害的？」

「什麼？」

「你說我們欺負小宮山學長，害他不敢來學校。」

「我沒說過那種話。」

「可是，我們班上女生這麼傳的。」

「哪個女生？」

「壘球社的。」

「喔。」由紀夫皺起眉頭，他知道這個謠言是怎麼來的了。前幾天，猜測著「會不會是平日

註：「太陽政策」原爲南韓前總統金大中所提出對待北韓的友好外交政策，使得朝鮮半島形勢呈現緩和徵兆。太陽二字取自寓言故事〈北風與太陽〉，主張面對北韓時，與其採取高壓方式，不如採取溫情路線，透過人道、經濟援助，以及文化、觀光等層面的交流，朝雙方統一之路努力。

遭受小宮山君欺負的學弟決定報復呢？」的人，是多惠子。恐怕是後來，她回去對壘球社的學妹說：「小宮山君不來學校，可能是因為棒球社一年級的學弟哦，幫我去問一下妳們班上棒球社的好嗎？」之類的，而且很有可能由於擔心自己成了謠言製造者，還加了一句：「我是聽我們班的由紀夫說的啦。」

「請問到底是怎麼回事呢？」小平頭學弟們用詞客氣，語氣中卻帶著緊迫盯人的威嚇。

「沒有怎麼回事，我從頭到尾沒說是棒球社學弟害的。」

「明明是小宮山學長自己接了奇怪的打工，做黑的還在那邊炫耀，一定是他後來被扯進了麻煩事，自己不敢走出家門的啊！」一名小平頭學弟噘著嘴抱怨。

「什麼做黑的？」

「我們也不清楚，只是常聽他得意洋洋地說他在幹些危險的事賺錢，還講得口沫橫飛咧。」

「啊，有有有！我也聽他講過！」另一名棒球社社員也講得口沫橫飛。

「一定是那個啦，加入詐騙集團之類的，或是架設犯罪網站啊。」

沒錯沒錯，一定是這樣！——這群學弟莫名地興奮了起來。

「原來小宮山接了不正經的差事啊？」

「總之，整件事情和我們一點關係也沒有就是了。」學弟們說道：「這樣吧，我們姑且相信學長你的說法，要是你欺騙我們，別怪我們無情。」

「放心吧，到時候我也不會來學校上課了。」由紀夫說完，目送一群人離去。

多惠子這傢伙！看我怎麼把妳抓來罵上一、兩句，整妳一、二十下！由紀夫氣勢洶洶走進教室，卻不見多惠子的身影，頓時掃興不已，「居然逃了。」

由紀夫邊嘆氣邊坐到座位上，左鄰的殿下旋即湊了過來，「嗳嗳，由紀夫君，我跟你說啊。」

「殿下，一大早您有何指示呢？」

「今天早上啊，那個電話，又打來了。」

「電話？」

「哎喲，就是我昨天跟你講的啊，最近早上都有女生打電話找我。今天啊，她說：『昨天很抱歉，臨時有事沒辦法趕過去。』還說：『今天我一大早就會去校門口等你，快點來哦。』」

殿下的眼神非常認真。由紀夫一面從抽屜拿出課本一面問道：「所以，殿下您今天也匆匆忙忙地趕來學校了嗎？」

「沒錯。」

「但是一樣沒有任何人出現在校門口等你吧？」

「你怎麼知道？真的很怪，今天早上也沒人在等我耶。」

「我是因為窺見了殿下的神情，感覺您似乎有些許落寞，才察覺到的。」不知怎的，一旦和殿下對話，有時候就會忍不住想用上恭敬的言詞，「不過話說回來，對方的目的究竟是什麼呢？」

「我也在想這件事。對方會不會是躲在哪裡，想看我的笑話啊？」

「什麼笑話？」

「那個人搞不好，就是想看我上當之後拚命趕來學校的蠢樣子，自己暗中偷笑呢？」

「可能性並不是零，但我不知道這麼做有什麼好處。還是有誰想幫助殿下上學不遲到，才幹這種事？」

「我從來不遲到的。」

「您說的是。殿下。」

或許是因為大考在即，老師們上起課來也很乾脆，下午的化學和日本史兩堂課，老師都宣布說：「這節讓大家自習準備考試，有不懂的地方隨時過來問老師。」學生們當然求之不得，有人拿出模擬試題練習，也有幾個人大剌剌地拿出漫畫來看，但這並不表示他們放棄了考試，而是一種炫耀自己早就讀完書的手段。由紀夫轉頭看向鄰座，發現殿下正在讀《看漫畫學日本史》，由於是給小孩子看的書，內容肯定非常粗略，但殿下卻一邊感歎著：「這很有幫助呢！」一邊逐頁翻閱。

由紀夫望著課本，腦子的角落卻在思考前一天在電視上看見那個身為赤羽親信的惡質律師男。後來晚上經過悟的調查，那個男人名叫野野村大助，是赤羽的大學學弟，曾任律師，目前在赤羽的事務所擔任參謀。昨晚鷹一直在哼著自編的歌，挖苦道：「小野野村兒呀，為何你的公事包會被人拿走啦？」

「噯，你來出題目嘛。」右側有人出聲，由紀夫抬頭一看，多惠子正抱著英語課本杵在他身旁。「念書應該是獨自一人幹的事吧，而且現在是自習時間耶。」由紀夫才剛回她這句，左鄰的殿下又插嘴了：「沒關係啦，來出題目嘛，問英文單字好了。」

「好！」多惠子點了個頭，翻開課本念起了英文單字，兩人就這麼夾著由紀夫，開始了一問一答。由紀夫心想，你們兩個人手牽手去旁邊溫書不就好了。看著這兩人的問答，他不禁有種自己化身為網球場中央的網子，眺望著球一來一回的感覺。

「『tragedy』。」多惠子出題。

「『矛盾』。」殿下回答。

「錯。再來，『agony』。」

「『悲劇』。」

「錯。再來，『contradiction』。」

「『大寺院』。」

「錯。」這時，多惠子深深地吁了口氣，「殿下，搞什麼嘛，沒一個對的。」

「怎麼全都答錯了呢？」由紀夫也說道。

「我啊，背單字是按照課本上的排列順序背，妳沒按照順序出題，我也很傷腦筋啊。」殿下一副光明正大的口氣，令人佩服到忍不住想稱讚一句：「不愧是殿下，永遠是如此地光明正大啊！」

「可是我們又不可能知道題目會以什麼順序出現，這樣溫書不就一點意義都沒有了？」

「我有我的答題順序。」殿下說道。不知道他這話有幾分認真，只能說殿下的內心果然是深不可測。

放學後，由紀夫穿過走廊走下樓梯，在樓梯間平臺處巧遇山之邊。

「喔喔，由紀夫，我剛好要找你。有個人在打探你哦。」

「打探我？怎麼回事？」

「那個人就站在校門口，抓住走出校門的學生問說：『二年級的由紀夫還在學校裡嗎？』」

第一個浮上由紀夫腦海的，就是牛蒡男和他那一群麻煩的同伙，看樣子他們又上門來找人了。

「對方長什麼樣子，是不是一群長得像牛蒡的傢伙？」

「什麼牛蒡？不是啦，那個人帥斃了，還像個性格小生似地倚著牆壁呢。」

「長得像個帥氣的探員啊。」由紀夫偏起頭，「那個人問了你什麼嗎？」

「我沒被問到，那個傢伙淨挑女生問話。」

「是喔。」一聽到這，由紀夫已經曉得那是何方神聖了，卻沒打算告訴山之邊，「是喔，這樣啊。」

「我懷疑那個人是探員還是什麼的，想說得趕快告訴你才行，就跑回來了。」

「真不愧是社長，這麼關心社員。」

「對吧？為什麼女孩子都不明白我的溫柔呢？什麼時候社長熱潮才會再起呢？話說回來，你打算怎麼辦？要不要我們來個逼問大反擊，給那個探員好看？」

「我去瞧瞧。」

「不行啦！那種長得像大明星的探員絕對不單純！太危險了！」

站在數公尺前方的葵，一身黑西裝打扮，而且沒繫領帶，看上去也有點像是牛郎。只見他笑盈盈地對著面前的三名女學生不知說了什麼，逗得女學生笑得花枝亂顫，一群人開心得不得了。由紀夫覺得非常不可思議，為什麼有辦法在這麼短的時間內，與初次見面的女高中生相處得如此融洽呢？

他猶豫著是否就當作沒看見，直接走出校門好了，葵卻搶在他有所行動之前，舉起手喊了過來：「噢，由紀夫！」

葵附近的學生全都轉過頭望向由紀夫，那是令人感到刺痛的視線，還相當火熱。

「啊，您好。」由紀夫慌張到有些語無倫次，向葵點了個頭致意，他甚至想加上一句：「初次見面，請多指教。」話還沒說出口，葵笑著走了過來：「幹嘛用這麼見外的口氣講話嘛。」不出所料，女學生們被葵的一舉一動深深吸引，全都跟在後頭走了過來。由紀夫反射性地一個轉身便往反方向邁出步子。

「喂，由紀夫！」葵喊著他，加快了腳步。

由紀夫決定快步逃離現場。不，他根本已經在逃了。

「為什麼要逃走呢？」

廢話，當然是因為丟臉死了啊。——由紀夫邊這麼想邊停下腳步。

「我想去那間服飾店瞧瞧，所以來接你放學嘍。」葵說。

「你還是決定要去打聽嗎？」

「沒有不去的理由吧？」

「我明天要期中考。」由紀夫還是試著抗拒一下。

「考試前一天，就抱著盡人事聽天命的心態，勇敢面對就好啦。」

「可是不止考前一天這樣，昨天和前天也都沒辦法好好念書啊。」不但被帶去看賽狗，週日多惠子還跑來家裡，加上歹徒闖入家中，這幾天的遭遇只能以兵荒馬亂來形容。

「老是糾結在一些小事上頭的男生，會被女生討厭哦。」

「被討厭也無所謂，我就是想執著在小事上頭。」

「由紀夫你老愛和人抬槓耶，到底要怎麼教育，才會養出這麼冷漠的男孩子呢？」

「只要被四個父親干預生活拉拔到大，就會變成這副德性了。」由紀夫話說得重，葵卻絲毫不以為意，自顧自從長褲後口袋掏出一張照片說：「喏，你看。」

那是一張女性的大頭照，由紀夫本來想以一句「又要講女人的事啊」隨口敷衍掉，卻發現那張面容似曾相識，不禁停下腳步仔細端詳照片。照片上的女子化著濃妝，頂著一頭染髮，豐潤的雙脣看上去頗性感。「這是誰？」

「你忘啦？就是在賽狗場看到的那個女的呀。」

「喔喔。」這位就是由紀夫他們正在找的人。那個緊貼著男人，在掉包計畫中也有所貢獻的女子。「你為什麼會有這張照片？」

「我也派上用場了吧！」葵說，這是他今天上午跑去女子之前上班的酒家借來的，「我們去服飾店打聽的時候，有張照片比較方便呀。」

「服飾店的人不曉得記不記得她呢……」就算記得，由於這是所謂的「個人資料」，最近的店家幾乎都不會把他們手邊的顧客資料告訴外人了。

看樣子店內剛好沒客人。這是一間宛如山中小木屋般滿盈大自然氛圍的小店，而或許是對整體風格的堅持，連模特兒人偶都是木製的。至於店內販售的服飾更是形形色色，從花色時髦的衣服，到穩重成熟的套裝都有。

「全都是女性服飾啊。」走進店裡的由紀夫，望著右邊牆上展示的襯衫說道。

身邊的葵回道：「好像是呢。」

後方傳來咯噔咯噔的腳步聲，應該是店員迎上來了。由紀夫最怕那種熱情店員拚命黏過來問道：「您在找什麼款式嗎？」「要是有喜歡的，不要客氣，拿起來看哦。」「需要試穿的話請隨時和我說哦。」雖然踏進人家店裡，店員過來招呼乃是天經地義，但總覺得有種受到監視的感覺，也不由得拘束了起來。

「請問是要找送人的禮物嗎？」店員問。

雖然很想回店員一句「請不要擅自認定」，可是人家店裡擺明了就只賣女性服飾，由紀夫也很難開口頂回去。

這位店員的腿非常長，身穿一件正面印有紅色骷顱頭圖案的小T恤。「這件可以考慮看看哦。」店員的聲音開朗活潑，加上一頭幾乎齊耳的短髮，更是給人爽朗的印象。她拿在手上強力推薦的是一件紅褐色長袖襯衫，「這件襯衫最特別的設計在於反摺領的部分，穿上這件衣服，一定會很微妙地引人注目哦。」由紀夫聽到「微妙地引人注目」這個描述，不由得暗自想像了一下。

「不好意思，妳方便借我比一下這件嗎？」葵將一件衣服遞給店員。

「好的。」店員似乎很習慣這種要求，一口答應了，這時她才認真地看向葵，臉頰瞬間飛紅。由紀夫不懂，為什麼比葵年紀小這麼多的年輕女生，一看到葵就會被他深深吸引呢？

「很不錯呢。」葵對店員說道。店員正拎著衣服的兩袖，亮在自己身前讓葵看感覺。

「這件衣服真的很好看哦。」

「可能因為模特兒是妳吧。」葵說完，衝著店員一笑，又是一個迷死人的笑容。雖然聽得出葵這話只是輕佻的玩笑，卻不會讓人不舒服，店員登時噗哧一笑，氣氛也瞬間和緩了下來，雙方之間沒有一絲不愉快。

喂喂！你在幹什麼啦！——由紀夫很想對葵這麼大叫，順便告誡一下那名店員：妳也是！在那邊臉紅個什麼勁兒！

接著店員開始介紹其他商品，一副精神抖擻的模樣，領著葵便往店內深處走去。由紀夫覺得自己要是也跟過去就太蠢了，決定待在近門處等著。店頭朝道路有一整面玻璃窗，外頭景象看得一清二楚。由紀夫暗忖，這代表外頭看店內也是一清二楚吧？想到這，他不禁覺得自己呆站在女性服飾前面真是太丟臉了。

就在數分鐘後，他目擊了一個很像是鱒二的男子身影。

首先映入由紀夫眼簾的是一名三分頭男，只見他由右往左跑過玻璃窗外的窄巷，由於整個過程非常短暫，由紀夫意識到時，三分頭男早已不見蹤影，不過那誇張地揮動手腳、死命狂奔的身影，和印象中的鱒二一模一樣。

「想太多了吧。」由紀夫並沒放心上。

但晚了三分頭男幾秒，又有數名男子沿著同一路線從右方衝了出來，一面大聲咒罵著：「臭小子！給我站住！」一群人同樣很快便離開由紀夫的視野，宛如殘像般映在腦中的，只有他們瘦削的體形與半長不短的T恤袖子，確實有那麼一點牛蒡男的影子。

「原來如此，真的是我想太多了。」由紀夫這次肯定多了。

因為他想起來，今天是鱒二代替牛蒡男搭電車送東西去鄰縣的日子，當然不可能出現在這種地方。是他想太多了。他對自己默念了幾遍，也就真的這麼覺得了，於是放心下來。

葵正在收銀機旁與女店員談笑著，感覺兩人的對話已經不是推薦和被推薦哪件衣服好看的客氣內容，而是熟客與店員在收銀檯前聊了開來的狀態。只見葵說了什麼，店員便一臉笑盈盈地用力點頭。這麼聊了好一會兒之後，女店員從櫃檯下方拿出一本筆記，攤開來給葵看，葵也開心地湊了上去。看到葵連說著「哦？我看看」的語氣和舉止都很帥氣，由紀夫不禁嘆了口氣。

他從眼前的展示架拿起兩件摺得整整齊齊的T恤，紅的拿在右手，白的拿在左手，接著張開雙臂，對著葵開始揮動童年時代記在腦子裡的旗語。雖然覺得有點丟臉，由紀夫帶著半自暴自棄的心情，以T恤代替旗子，接連打出橫線、斜線等旗式。

「オ、ト、ウ、サ、ン、ナ、ン、パ、ハ、ヤ、メ、テ」（老爸不要跟女生搭訕），由紀夫發現葵瞄了過來，於是又重複了一次。或許是看懂了旗語的內容，葵的神情倏地變得柔和，那是交雜著愉悅與苦澀的表情。

由紀夫正忙著打旗語，中途有一名客人走進店裡，看到由紀夫起勁地揮舞著雙臂，當場露出恐懼的神情，掉頭就走。店員小姐，真是抱歉，害妳少了一個客人。——由紀夫內心暗自道著歉。

「久等啦。」沒多久，葵回到由紀夫身邊。由紀夫將T恤攤在展示架上想摺好放回去，卻笨手笨腳的抓不到要領，一旁的葵立刻伸手過來，兩三下就把T恤摺好了，手法之俐落，更顯帥氣。

店員來到店門口目送兩人時，開口問葵：「那件衣服，是要送給女朋友的嗎？」聽起來像是一副不經意的口吻，實際上是一直在等待時機問出口吧，她應該很想知道答案。

「沒有啦。」葵聳了聳肩答道，回答得非常順口，彷彿這個曖昧的回覆已經從他嘴中不知說出過幾百次，「不是妳想的那樣。」接著可能是因為感受到身旁由紀夫訝異不已的視線，葵突地舉起左掌，讓店員看到他無名指上的戒指。「我有太太了。」

「啊，喔。」店員被這出乎意料的回答嚇得睜圓了眼，似乎也頗後悔自己居然一直沒留意到他的婚戒，內心交戰一番之後，露出微笑對葵說：「您對太太真體貼呢。」由紀夫發現一件耐人尋味的事——店員在得知葵是已婚身分之後，與其說覺得失望，更像是受到了鼓舞。看來在她的判斷，妻子肯定比愛人還要來得好對付。由紀夫不由得起了戒心。

「有什麼收穫嗎？」一離開服飾店，由紀夫立刻問葵：「不要跟我說你只是進去把店員小姐。」

「那哪算是把呀。」

「問題不在那兒吧？」

「你看這個。」葵心平氣和地拿出一張紙片，亮在由紀夫的鼻尖前晃了晃。

那張小紙片似乎是從橫線記事本上撕下來的，上頭寫著地址和「下田梅子」這個名字。「這是誰啊？」

「剛剛在服飾店問到的。上次蛋糕店老闆不是說，他看到前女友在那家服飾店裡剝掉模特兒人偶身上的衣服嗎？我拿照片給店員看，她對那個女的還有印象，然後呢，因為她們店裡都會給上門消費的客人一張個人會員卡，她就幫我查出地址了。」

「個人資料外洩！」由紀夫覺得自己眼前那張紙片的存在，簡直是不可思議。

「所以呢，別那麼生氣嘛。」葵依舊一派悠閒，「我啊，和那位店員小姐交了朋友。而現在朋友有困擾，她便伸出援手，特別通融把資料告訴了我。並不是為了金錢，也不是把個人資料賣掉哦，完全是兩回事。」

「話是這麼說，不過那位店員小姐的嘴巴也太不牢了吧。」

「是我的套話手法太高明了。」

「少來。」

「放心吧，我和由紀夫你呢，就照著這地址去找出那個女的。我們既沒有打算賣東西給她，也沒有要拉她入什麼會，不會引起任何糾紛的。所以說，你擔心的所謂『個人資料外洩』，問題癥結並不是在於『洩露給外人』，而是在於你洩露給了誰。」

「這是詭辯吧，癥結應該是情報根本就不該外洩呀。」

「安啦，由紀夫。等我們事情處理完，我會把這份個人資料還給那家服飾店的。」

紙條上寫的地址位於某住宅區，從鬧區這兒搭公車過去大約三十分鐘。由紀夫看了看手表，「我們要現在過去嗎？」時間已將近傍晚五點。

「明天再去好了。」葵說：「我得去準備開店了，反正也不急著找出那個女的。」

「好啊。」由紀夫說著想起了明天就是期中考，「我也不能再遊蕩下去了。」

「那我明天再去學校接你下課。」

「拜託千萬不要。」由紀夫回道，內心很清楚，反正葵八成還是會跑來吧。

「對了，由紀夫。」回家路上，葵突然說：「如果啊，多惠子去那家服飾店消費，你要提醒她填會員資料的時候，還是不要寫下真實地址比較好哦，因為個人資料有可能外洩。」

「多謝你的有力情報。」

回到家裡，已經五點多了。由紀夫走上二樓回到自己房間，把書包扔到書桌旁。本來準備考試就不是一件令人多雀躍的事，通常都會先想辦法找一些藉口避開，像是「啊，先收拾一下房間好了。」「書桌不整理乾淨也沒辦法專心念書吧。」之類的，東摸西摸瞎忙一通之後，到最後的最後，不得不看書了，才會心不甘情不願地攤開書本。但此刻的由紀夫很想趕快坐到書桌前，因為這幾天下來的兵荒馬亂，讓他即使完全無心準備考試，內心卻充滿了焦慮。

打開課本，看著筆記本上的重點，由紀夫心想，來畫成圖表好了，一方面也不禁苦笑，像這樣把日本歷史畫成流程圖般簡單的圖表，許多東西都消失無蹤了，好比戰亡人們遭箭刺傷的痛苦、遺孤的絕望、政治家走投無路的心情，圖表上看得出來的，唯有戰爭的結果與之後制定的法律或制度罷了。

「所以啊，」由紀夫想起悟之前就常說：「所以現在的政治家只會執著於其中一方，要不就是掀起戰爭，要不就是制定律法，因為他們很清楚會留在歷史上的只有這兩者。如果默默地救人，除非是過程特別驚天動地，否則在歷史上是不會記下一筆的。」

由紀夫盯著課本，試著想像戰爭當時的情景。應該有許許多多的人是非自願地被送上戰場的吧？那兒應該發生過無數令人不忍卒睹的殺戮吧？武士之間應該有過一次次慘絕人寰的陰暗交鋒吧？告別妻小，被強制送往戰場的男子，接到上級進行突擊的命令，殺吧！捐軀吧！下手吧！在連戰爭結果是勝是敗都無從得知的狀況下，被人揮刀一砍，眼珠子和內臟飛了出來，就這麼斷了氣。當時應該淨是這樣的慘況吧？由紀夫不由得思考了起來，說到底，人類的構造從古到今都是一樣的，即使二十年前的電視機和今日的相比，零件和電路接線有相當的差異，但是幾百年前的人和現代人內部的構造，其實沒什麼變化，就算有體格上的差異，慾望模式卻很接近。

一看時鐘，不知不覺已經過了三十分鐘，看樣子只要繼續窩在房間裡念書，明天的考試應該來得及做好充足的準備。只不過尿意突然襲來，他決定先去上個廁所。要是往返廁所途中遇到哪個父親，很可能會變得無心念書，或是又被打斷念書計畫，所以他決定一上完廁所馬上衝回房間關起門來念書。

由紀夫走到一樓廁所，小完便之後，一打開廁所門就遇到悟。

「喔，由紀夫啊，剛好要找你。要不要和我一起去探一下？」悟依舊是平日那副穩重的姿態，抬眼望向由紀夫。

你還要準備考試吧？不用勉強陪我跑這一趟哦。——悟一路上說了好幾次，在兩人走出家門、越過恐龍橋時又說了一次。四下一片昏暗，連橋下的河水也看不清楚，感覺像是低處的黑色地面正暗暗蠢動。

「沒問題啦，我也想去了解一下狀況。」

悟比起另外三位父親，對待由紀夫時沒有那麼強勢，也很少拉著由紀夫團團轉，也不會頻頻問他：「如何？很好玩吧？有我這個老爸很讚吧？」因此一旦悟開口邀約，由紀夫總是很難拒絕。

「本來就是多虧了悟，我的考試才拿得到分數的。」

「像學校測驗之類的大小考試啊，其實都是在考速度。能夠騰出愈充裕的答題時間的人，分數就愈高；換句話說，就是在測試你能夠憑反射神經迅速解決的題目多還是少，其實很像打電動哦。」

「或許吧。」

悟從以前就常說：「考試得高分，並不代表腦袋聰明。不過也不是完全不相關就是了。」他還說：「能夠瞬間掌握事物本質的能力，真的很重要，或許考試答題也是類似的道理，雖然也是有很多人腦袋聰明卻不會考試。」

「聰明的定義到底是什麼呢？」

「嗯，擁有創意和柔軟思考的人，都算很聰明吧。」

「舉例來說呢？」

「人啊，對抽象的問題都很沒轍，一遇上抽象的狀況就想逃掉。這種時候，重要的就是正面迎戰，以自己的方式理解、消化問題，即使只是很粗糙的手法也好，一定要試圖去解讀問題。」

「你這段說明就已經夠抽象了。」

「舉個例子好了，如果人家問你『人所發出的電力有幾瓦？』你會怎麼做？」

「人所發出的電力？不可能知道吧。做實驗嗎？」

「你看，像你這樣當場就放棄思考，很可惜哦。其實不需要嚴密的計算，就能得出答案了。首先，人類是靠攝食取得能量產生功率，要將這份能量換算成電力，就『近似等於』吃進肚裡的食物量，而人類一日攝取的卡路里約是二五〇〇千卡。」

「是喔？」

「大約啦，粗略估算就可以了。然後呢，一卡約等於 4×10^3 焦耳，將二五〇〇千卡乘上這個數字就得出總焦耳能量。而瓦特就是每秒消耗的焦耳能量，所以再除上一日的總秒數，答案就出來了。」

「一日有幾秒？」

「大約10^5秒。」

「是喔？」

「數字只要記個大概就行了啦。地球與太陽的距離大概是10^{11}公尺，地球直徑約為10^7公尺，聖母峰高度約10^4公尺、人的步幅約10^0公尺。」

「什麼跟什麼？」

「不必精準，只要掌握大概的數字，就很夠用了。好比要估算從地球走到太陽需要花多少時間，之類的。只要記得大概的數字，大部分的問題都說得出答案。」

「這就是所謂的聰明？」

「嗯，至少比光會回答紙面測驗的人要聰明吧。面對抽象的問題，就以自己所知的數字導出答案，然後呢，記得加上體貼與幽默感。」

「體貼與幽默感？」

「一個人就算再有創意、再聰慧，要是讓對方感到不愉快或是無趣，也沒意義吧。比方說某名男性，他寫下非常優秀的論文，提出劃時代的獨特創見，但是呢，他的朋友與家人和他相處一點也不開心。還有另一名女性，與發明、論文什麼的，一輩子沾不上邊，她是個住宅建設公司的業務員，最擅長把自己的失敗經驗當成笑話講給別人聽，逗得家人與客戶笑口常開。你覺得哪一個比較優秀？」

「兩個都不優。」

「由紀夫，你真的是個很無趣的高中生耶。」

「我想問題應該是出在父母的教育方式吧。」

悟帶著由紀夫前往的地方，是選舉事務所。

「聽說赤羽的事務所位在車站南側某棟大樓的一樓，我想讓你確認一下，那位赤羽的得力助手——野野村大助先生，是不是真的是你在賽狗場目擊到的那名男士。」

「你打算去見他，然後當面問他：『喂，你的公事包在賽狗場被人偷走了吧？到底是怎麼回事？你也太不小心了吧？』」

「嗯，這招似乎不錯哦。」

「饒了我吧。」

冷靜沉著、泰然自若，四位父親當中總是最實際、最講理的悟，偶爾會像是發病似地，突然冒出相當胡來的驚人之語，由紀夫每次聽到，總會冷汗直流。他還記得小時候，他曾拿著突然不會動的電動玩具給父親們看，聽到鷹或勳回道：「那個敲一敲就會好了啦。」他心裡當然不甚開心；但聽到悟說：「那個敲一敲就會好了哦。」就像是一直以來倚賴的支柱突然傾斜似地，由紀夫只覺得恐怖。

「親眼看一下本尊，馬上就能確認你在賽狗場看到的男士是不是那個叫做野野村的人了，對吧？」

由紀夫無從判斷悟這段話到底有幾分認真。

「還有啊，我好像問過你好幾次了，不過，你明天的考試真的沒問題嗎？」兩人走過車站沒多久，悟又問了一次。

「只要沒被父親們拉著四處跑，應該就沒問題吧。」

悟一聽，突然輕笑了一聲。

「很好笑嗎？」

「不是啦，我只是想起她從前常說一件事。」

「她？你說媽媽？」

悟點了點頭。他的個頭比由紀夫矮，體格並不壯，但只要有悟在身旁，就會覺得非常安心。

「她啊，那時候很擔心你，說你怎麼給人感覺很冷漠、年少老成又個性疏離。然後呢，她就怪我們說，都是做父親的給你的愛不夠才會這樣，你們有四個人耶，到底都幹了些什麼事？拜託你們再多干涉一下由紀夫的生活、再給他更多的愛，好嗎？」

「不會吧？」由紀夫用力皺起眉頭，「我現在都已經被過度干涉到快死了耶。」

「就是說啊。」悟也點了點頭。

「要是你們再強加給我更多的干涉，我會離家出走哦。」

「我想也是。嗯，母親和父親的認知，果然有差異呢。」

悟既沒有責罵，也沒有說教，只是聆聽著由紀夫的話語，默默給予肯定。這樣的悟讓由紀夫感到很貼心，不知不覺間，他邊走邊對悟聊起了學校的事，講著講著，話題轉到了小宮山身上。

「那位小宮山君，真的欺負了學弟嗎？」

悟聽完由紀夫講述今早被小宮山的棒球社學弟們包圍一事，開口問道。

「我在想，應該只是社團學長比較嚴厲地要求學弟練球罷了，不可能是私底下對學弟拳腳相向，或是動不動便使出陰險攻擊之類的，所以就算學弟對小宮山懷恨在心，也不至於讓他連學校都不敢來吧。」

「還有什麼可能讓小宮山君不想來學校的原因嗎？」

「我想不出來。」

「或者是在你所不知道的地方，他其實一直遭到霸凌呢？」

「霸凌……」由紀夫咀嚼著這個發音當中那令人不適的黏稠感，然後對悟說明，小宮山不是會遭到霸凌的那種人。「不過，霸凌和被霸凌，這一類的事情，永遠不可能絕跡嗎？」

悟的神情平靜，步伐閒適，即使與由紀夫以同樣的速度走著，兩人走路的韻律卻完全不同，悟的走路方式甚至讓人感受得到他的思慮之可靠與深邃。

「以前，我曾經問過勳、鷹和葵一件事。」

「什麼事？」

「那時候你還不會講話，我們幾個一直望著你那可愛的小臉蛋。」

「可愛的小臉蛋。」因為很好笑，由紀夫故意加強重音又念了一遍。

「你以前很可愛的。」悟也笑了，「總之呢，我們一直望著你，突然有股不安襲來，我們開始擔心這孩子將來上學之後，會不會遭到霸凌呢？」

「嗯，當爸媽的都是這樣吧。」

「是啊。因為霸凌者的動機真的是五花八門，什麼都有。如果被霸凌者本身有錯，還勉強說得過去；怕就怕霸凌者之所以下手，是因為被霸凌者毫無錯誤。有人是被嫌髒而受到霸凌，卻有人卻是因為太乾淨，遭人妒而受到霸凌。」

「你問了他們三人什麼問題？」

「『如果非得二選一不可，你們希望由紀夫將來是成為被霸凌者，還是霸凌者？』」

「是喔。」由紀夫應了一聲。剛聽到時，只覺得這問題也太簡單了，但稍微思考了一下才發現，其實很難做出抉擇。「大家的回答是什麼？」

「三人都猶豫了一下，後來給了一樣的答案——霸凌者。」

「我想也是。要是有哪個父母希望自己的小孩成為被霸凌者，從各種面向來說，都太殘酷了。」

「我也這麼覺得。所有為人父母的，一定都是同樣的心情，沒有爸媽願意自己的孩子受欺負。只不過，這讓我有些感慨。」

「感慨什麼？」

「霸凌這種事，是絕對不會絕跡的。」

「怎麼說？」

「我可能沒辦法解釋得很清楚。譬如說，有那麼一天，世上所有父母都教育自己的小孩：『不可以霸凌別人！你去站在被霸凌者的立場想想看！』這麼一來，現今世界上那些鬱悶的問題，應該就能一掃而空了吧，因為大家都是這麼教育下一代的。然而事實上呢，大家都不這麼做，所有父母都選擇教自己的孩子成為霸凌的一方；與其當被害者，寧可當加害者。簡言之就是，所有的人都覺得只要我家的人沒事就好了，管別人去死。」悟說明道。

「這是當然的吧。」

「我也這麼覺得呀。我只是很感慨，像地球暖化、霸凌、戰爭這些事情，永遠不會有消失的一天。」

「既然這樣，那至少，由我來當被害者吧。」由紀夫回道。多少也是因為他曉得自己絕對不可能成為被害者，才說得出這句話。

「求求你別講這種話，我們會擔心耶。」

「你覺得啊，小宮山不肯來上學，像這種狀況要對他說什麼才好呢？」由紀夫隨口問了一下。

「就說『我會救你的』。如何？」悟冷靜地回道。

「啊？那是什麼？」

「你不覺得聽到這句話，會讓人勇氣大增嗎？」

赤羽的選舉事務所占據整棟大樓的一樓，入口正對著拱頂商店街，整面的落地玻璃窗擦得一塵不染，然而玻璃上貼的成排宣傳海報，印著赤羽那張個性十足的面容，大鼻孔的獅頭鼻、曬得暗沉的膚色、粗粗的兩道眉，在在發散出壓迫性十足的精力，整間事務所給人的感覺頓時俗掉了。

「真不想讓這個人當我們的縣知事。」站在事務所前，由紀夫不由得脫口而出。雖然縣知事並不等同於縣的形象代表，但是一想到要是讓這個赤羽代表自己居住地區的居民上電視或報紙發聲，總覺得有些抗拒。「別人搞不好會覺得我們縣的居民都是一些個性粗枝大葉的傢伙。」

「政治家可能還是粗枝大葉一點比較好哦。」

「悟，原來你支持的是赤羽喔？」

「也不是那個意思。倒是你，覺得白石比較適合當知事嗎？」

「我沒有特別支持誰耶，只是如果一定要二選一的話，我會選白石吧，因為他看起來好像比較正派一點。」

「搞不好他只是看起來比較正派哦。」

「鷹也這麼說呢。」由紀夫想起鷹說過「那個白石啊，把女人肚子搞大了就甩掉人家」，還說「聽說他小老婆一堆，很吃得開呢」。白石雖然給人品行端正的印象，坊間卻有許多這類關於他的奇怪流言。

「那些流言有幾分真實我就不確定了，重點是，」悟很肯定地說：「不能被形象這種東西矇騙。」

「你的意思是，赤羽比較好嗎？」

「他也有一些不好的傳聞吧。」

「那不是半斤八兩嗎？」

「由紀夫，你活到現在十幾年了，友人也好，老師也好，曾經遇到哪個人讓你覺得——啊！這個人真是優秀啊！有嗎？」

「為什麼突然問這個？」由紀夫先是回了一句，一邊盤起胳膊思考。從有孩提記憶的幼稚園運動會，到現在的高中生活，粗略地回想遇到的人、遭遇過的人生插曲，想了一遍之後，他老實地回道：「好像沒有耶。」雖然有過好朋友或是好相處的老師，卻沒有哪個人讓他打從心底感到佩服。

「對吧，我也是一樣哦，幾乎沒遇到過。我沒遇過優秀的人，包括我所認知的自己，也只是個常人。」

「什麼意思？」

「這個世上優秀的人非常之少，的意思。無論是國會議員或是縣知事，政治選舉的候選人十之八九都是和我們一樣的平凡人。不過或許到了你中年的時候，狀況會好一點吧。」

「怎麼可能。」由紀夫旋即否認。他一出生就是處在這個少子化的時代，隨著年紀增長，問題將不斷浮現，好籤不會變多，「未來只會愈來愈糟。」

「不是有所謂的『少數精銳』（註）嗎？」

「謝謝你的安慰。」

「不過啊，冷靜想想，人口減少不見得是那麼糟的事。」

「很糟啊。」雖然不是想爭辯什麼，由紀夫試著說了：「就我在電視或報紙上看到的，大家都把這狀況稱做『少子化問題』，所以一如字面所示，人們是把這件事當成一個『問題』看待

註：日本由於少子化問題嚴重，有人提出「少數精銳」論點，意指正因爲下一代人口變少，更有機會集中資源培育出更多的菁英。

的，不是嗎？」

「人口還是少一點好。」悟淡淡地說道：「舉個例好了。你知道澳洲的面積是日本的幾倍嗎？」

突然被問到這種問題，由紀夫有些愣住，不知要回什麼，只是望著眼前赤羽的競選海報一邊想著——唔，真要說來，赤羽這張大臉的輪廓，也有那麼一點像澳洲大陸的形狀耶。

事務所裡有許多一身西裝的男士忙進忙出，負責接聽電話的女性滿面笑容地說著什麼，還有三位老先生拿著茶杯坐在摺疊椅上，三人都是頭髮稀薄、下巴尖尖的小個頭，讓人不禁有種錯覺以為他們是三胞胎，看上去像是赤羽的支持民眾，又像是參謀，也像是單純的訪客。

「我怎麼會知道面積是幾倍呢。」由紀夫一邊回答，一邊望向事務所裡頭，尋找著野野村大助的身影。

「二十倍哦，澳洲的土地有日本的二十倍那麼大。」

「嗯，感覺的確有那個分量。」

「然後呢，日本的人口約一億三千萬人，你知道澳洲的人口是多少嗎？」

原來如此。——由紀夫心想，悟是想透過兩國面積的極大落差，讓他明白相較之下澳洲大陸的人口其實是出乎意料地少吧。於是他回道：「和日本差不多嗎？一億人？」

「兩千萬人左右。」悟笑著說道。那個笑容彷彿讓四周的空氣「呼」地和緩了下來。

「也太少了吧！」

「對吧？雖然人少不保證就能過得幸福，但是現今的日本啊，人口真的太多了。」

「澳洲不是有沙漠嗎？所以雖然地大，能夠住人的土地應該不多吧？」

「那也是人口少的部分原因，不過你知道我想講的重點是什麼。」

「可是，隨著高齡化愈來愈嚴重，我們這一代年輕人的負擔只會愈來愈大啊，還包括年金的問題，感覺未來似乎充滿了不安。」

「是呀。」悟很乾脆地認同了，「你這一代和你的下一代一定會很辛苦吧，肩上有的只是沉重的負擔。不過，總會平靜下來的，大概到你的下下下一代，日子就會好過多了，人口密度也取得了平衡，社會福利也一切完備，這樣絕對比放任人口不斷增長要來得健全。」

「那我們這一代不就只是後代的墊腳石了？」由紀夫不禁抱怨。悟戲謔地一笑說道：「你剛剛不是說，就由你來當被霸凌者吧！之類的，應該也很樂意當墊腳石吧？」

「可是……」由紀夫苦惱地咕噥著：「我也想顧自己啊。」

「請問有什麼事嗎？」過了好一段時間，終於有一名男士走出來，出聲詢問一直站在事務所前方的由紀夫與悟。男士身穿樸素的藏青色西裝，背挺得筆直，戴了副眼鏡，看起來就是個耿直的老實人。由紀夫先入為主地預設赤羽的同伙都不是什麼正經的人，因此見到這位男士，內心有些意外。

沒什麼事啊，我們在討論人口密度的問題。——當然不可能這麼回對方，由紀夫不禁有些退縮，又下意識地想以動怒來掩飾怯意。只見悟依舊沉著地回道：「我們想親眼見識一下赤羽先生本人的風采。」

「喔喔，這樣啊。」老實男士爽朗地說：「請問二位是本縣的選民嗎？」

「是的，不過我兒子還沒有投票權就是了。」

「哎呀，歡迎歡迎！」男士非常親切和善，還突然拉高聲音說：「請務必投給赤羽將雄！赤羽將雄感謝您的支持！」在人來人往的大街旁，突然有人這麼精力充沛地向自己拜票，由紀夫心中湧上一股想逃的衝動。

「我也覺得比起白石那邊，還是赤羽先生比較好呢。」悟甚至說出這種話討對方歡心。男士一聽，用力地點了個頭，不知該說是容易受感動還是高興得太早，男士的眼眶眼看著溼了起來。

「想請問一下，不知道你們有一位野野村先生，現在人在不在呢？」悟問道。

「咦？」男士先是愣了一下，「野野村……？」說著回頭看向事務所內。

「就是野野村大助先生。」

「喔，您是說野野村先生啊，請問您找他有什麼事嗎？」老實男士這次對野野村的稱呼加了「先生」兩字。

「不不，我們只是想，有機會的話，也能一睹野野村先生的風貌。」悟說著朝由紀夫瞥了一眼，一副就是要接著說出「其實我兒子是野野村先生的粉絲」之類的漫天大謊，由紀夫嚇得直冒冷汗，幸好男士搶在悟開口之前轉過頭來說：「啊，你們來得正好。」

事務所深處的一道門打開，兩名男人走了出來，走在前頭的正是野野村。由紀夫當場確認了這名男人就是他在賽狗場目擊的那位「與女子卿卿我我之際，被搶走公事包的惡質律師男」。

悟沒吭聲，轉頭望向由紀夫的視線中帶著詢問。由紀夫朝他點了點頭。

繼野野村之後現身的是赤羽將雄，頭髮燙得微鬈，方形臉上有個大鼻子。「啊，是本人耶。」由紀夫像是親眼見到電影演員似地，內心有些感動。

這時事務所內，野野村正拿出手機附上耳朵，迅速低下頭退到一旁講電話。他的側臉不見絲毫爽朗，陰鬱的威嚇力迫人，而且迅速脹紅了臉，張口吼著什麼，雖然聽不見內容，從嘴形推測應該是說「給我找出來」。只見他不斷說著：「找出來就對了！那些你不用管，快點去給我找出來！」

結果由紀夫與悟沒有和赤羽或野野村講上話便離開了事務所門口，老實男士還挽留道：「二位要不要再等一下就好？我來幫你們引見呀。」他或許也隱約察覺這兩人有些可疑，試圖留住他們問個清楚，但悟只是客氣地以一句「我們改天再過來」婉拒了。

這天的晚餐餐桌上，選舉事務所的事當然被拿出來聊了一下，鷹很滿足地說：「我們在電視上看到一閃而過的那個男的，果然就是賽狗場的那一位啊。」但這個話題並沒有後續，這晚幾乎都在聊勳班上的不良中學生。

「那個囂張學生啊，又有新花招了。」勳先開口。

「是喔，那個學生鋒頭依然很健嘛。」鷹笑道。

「怎麼了？那個學生又幹了什麼事？」悟問道。

「那個可愛的女老師呢？她沒事吧？」葵說道。

「這次是蹺掉體育課。」勳的鼻息彷彿呼到了餐桌上又彈起，「好像是上次登山時被我緊緊抱住那件事，不爽到現在吧。」

「蹺個體育課也沒什麼了不起，所以啊，你別理會那種學生，次數多了，他們面子自然會掛不住啦。」鷹這段話，彷彿是在回顧自己中學時代的作為。

「是這樣喔？」由紀夫有些訝異，接著對勳說：「不過，那個傢伙不是蹺課的慣犯嗎？現在不過是多蹺一次體育課，何必這麼生氣？」

「今天是全班集體蹺課。」勳忿忿地說道，一邊旋轉著叉子。由紀夫望著義大利麵條如此俐落地捲上叉子，心情非常舒暢。

「全班？」鷹的目光一閃，「有意思。」

「我班上所有學生，體育課時間一到就不見人影了。所有的男生。」

「是那個傢伙教唆的吧。」葵笑著說：「到處跟同學說：『大家一起杯葛體育課吧！』還滿感人的啊。」

「覺得好玩而加入蹺課的，還有遭到威脅不准上課的，可能各占一半吧。」

「動你怎麼處理？」由紀夫問道：「去找學生回來嗎？」

「去找了，可是他們全都不曉得藏到哪兒去，下一堂課又一副若無其事的模樣乖乖坐在教室座位上。」

「後來呢？」由紀夫很好奇被學生擺道的勳會做出什麼反應。

「暴力教師，終於出手了嗎？」鷹伸出手指在盤中剩的麵醬上畫來畫去。

「要是揍人能解決問題，我早就揍下去了。」勳重重地吁了口氣之後，才發現自己以叉子捲出來的那坨巨大義大利麵球，嚇了一跳，於是開始反旋叉子鬆開麵條。「我決定靜觀其變。」

「可以這麼悠哉嗎？」鷹笑道。

「這種事很難處理的。」勳突出下唇，「不管是採取高姿態、扮演毫不在意學生挑釁的教師，或是把學生抓過來大罵一頓出言威脅，一樣沒效果。因為對學生而言，所謂老師，不是捉弄的對象就是敵人呀。」

「人類啊，不懂得怎麼面對出糗。」悟放下叉子，靜靜地開口道：「所以只要一出糗，就會假裝生氣。」

「假裝？」由紀夫不由得重複了一遍。

「所謂出糗，就是自己的弱點暴露在別人面前，對吧？所以人們當下就會反射性地發怒，因為一定得趕快讓自己看起來很強。」

「類似生物本能的一種？」由紀夫問道。

「沒錯，無關知識或理論，只是單純的生物本能反應，出了糗就會發怒。前陣子我讀到一本書，裡面寫到室町時代(註)的金閣寺某僧侶被其他喝醉了的僧侶嘲笑，整個人當場抓狂大開殺戒。即使是僧侶，遭到他人恥笑，一樣會火冒三丈的。」

「你的意思是，這種本能無論在室町時代或現代都一樣？」由紀夫說出口之後，自己也忍不住懷疑，真的都一樣嗎？

註：室町時代，西元一三三八年～一五七三年，日本史中世時代的一個劃分，大約相當於中國的明朝。

「人類的動力之一，就是自我表現欲呀。」悟說道。
「自我表現欲……」勳也念了一次。
「姿娥標鮮芋，就是姿娥婆婆標下了新鮮山芋的意思嗎？」鷹一副就是來亂的口吻。
「所以說，」勳認真地看向悟問道：「我該怎麼對待學生才好呢？」
「以不傷到對方的自尊心為前提，小心翼翼地予以責罵。」
「那種事要是辦得到，我也不會這麼傷腦筋了。」

葵洗完碗，一回來餐桌旁，便吟詠般地念道：「知代怎麼還不回來啊——」
「不是快回來了嗎？」鷹語氣輕快地接口，拿著用完的餐具站了起來。
「媽一定是不回來了。」由紀夫言之鑿鑿地說出毫無根據的結論，勳與葵旋即逼問：「你為什麼那麼肯定？」由紀夫忍不住有些退卻。
「你有什麼根據嗎？」
「是沒有啦。」由紀夫也當下吐實，父親們明顯鬆了一大口氣。
「我打個電話問一下好了。」葵拿出自己的手機。
「你要打去哪裡？」
「打知代的手機呀。」
「你亂打她會生氣哦。」勳皺起眉頭。
「除非事情緊急，她很討厭人家隨便打電話給她的。」悟也斂起下巴說道。

「我有一次打給她，說因為我想聽她的聲音。」葵邊說，邊按下了通話鍵。
「媽怎麼說？」
「她笑著說：『你的心意我很高興，但是不准再做這種事了。』」
「好嚴厲啊。」悟垂下眉。
「可是，你還是打了？」由紀夫指著葵的手機。
「是啊。」
就在這時，客廳矮櫃那頭傳來電子聲響，一開始還以為是鬧鐘響了，仔細一聽，發現那是編曲緻密的和弦。悟、由紀夫、勳，以及洗完碗回來餐桌旁的鷹，四個人同時望向鈴聲的來源方向，而將手機貼在耳邊的葵也跟著將視線移至同一處。
在場所有人想的應該都是同一件事，第一個說出口的則是由紀夫。那個和弦鈴聲很顯然是發自知代的手機。
「媽沒帶手機呢。」
「是啊，居然沒帶。」勳悄聲囁嚅道。
「她大概是忘了吧？」悟的尾音上揚。
「這樣感覺很毛耶。」鷹也板起臉來。
「媽應該是故意的哦。」由紀夫見四位父親彷彿被飼主拋棄了似地籠罩在一片不安之中，內心竊笑，忍不住來落井下石一番，「她一定是不想和我們聯絡了。」
「怎麼回事？為什麼？」勳和鷹湊過來問道。

「大概是想和我們斷絕關係吧。」

「可是，她上次不是還打回來嗎？」葵指著家用電話。

「那搞不好就是告別的電話。」由紀夫露出同情的神色望向父親們，接著垂下眼說：「我們會不會就像是被南極觀測隊拋下的狗兒一樣呢……」

「不會啦！《南極物語》（註一）裡面，到最後阿健會來接牠們的！」鷹高聲地說：「高倉健（註二）會來接狗兒的！」

「可是最後只剩太郎和次郎活著哦。」悟笑著說道。

「怎麼辦！我們被媽拋棄了！」由紀夫一邊站了起身，做出一個絕望地對天長嘆的姿勢，一邊心想，怎麼這麼好騙啦！然後拿著自己用過的餐具走向廚房流理臺。

收拾完餐具後，由紀夫回到餐桌旁，父親們依舊因為無法聯絡上母親而惶惶不安，沒辦法，由紀夫只好開口了：「剛才媽媽那個手機鈴聲啊，好像是電影主題曲哦。」

「是喔？」盤著胳膊的動偏起頭。

「啊，對耶，是《E.T.》。」葵也察覺了。

「那部電影裡，外星人不是說了『我想回家』嗎？」由紀夫這麼一說，四個父親一齊看向他。

「嗯，好像有耶。」動緩緩斂起下巴。

「雖然是講英語。」悟微微露出笑意。

「我在想，媽也很想早點回家來，才會用那個鈴聲吧。」

「原來如此。」父親們同時用力地點了點頭。

想也知道壓根無關啊。——但由紀夫並沒有說破，說了句「我明天還有考試，先去念書了。」便走上二樓。

一早醒來，拉開窗簾，陽光倏地照亮了室內，雖然因為太炫目而不得不閉上眼，那帶著暖意的光芒著實讓心情清爽無比。

由紀夫來到一樓，一邊準備早餐吐司，一邊望向開著的電視，然後坐上椅子開口問道：「鷹呢？」動一副沒什麼興趣的語氣回道：「出門了。他最近好像變成早起型的啊。」接著一口喝乾咖啡便起身說：「我也該出門了。」

「那個囂張的學生，你打算怎麼辦？」一旁看著報紙的悟問道。

「看對方怎麼出招嘍。」

「動，我今天有考試耶，你不會想對我說聲加油嗎？」由紀夫故意鬧他。

「你希望我說嗎？」動有些意外。

註一：《南極物語》一九八三年出品的日本電影，改編自一九五八年派到南極昭和基地的越冬觀測隊發生的眞實故事，耗時三年製作，耗資二十五億圓，爲日本影壇的重量級作品之一。影片在展示神奇壯美的南極風光以及人類與自然抗爭的同時，著重描寫雪橇犬的命運，悲壯而震撼，當年曾創下五十九億日元的票房紀錄。

註二：高倉健（一九三一—），日本影視巨星，福岡縣人，擅長詮釋硬漢，風靡全亞洲。代表作包括《追捕》、《南極物語》、《鐵道員》等。

「不希望。隨口問問罷了。」

「這樣啊，好哇。」勳笑了，「今天的考試，加油哦！」

目送勳走出客廳後，由紀夫的視線移到電視螢幕，這時正在播晨間綜藝節目，當中穿插了地方電視臺的報導，畫面上，長相木訥的本地播報員開始報新聞。看到播出赤羽的身影，由紀夫不由得探出身子盯著螢幕。報導內容說選戰已接近尾聲，白石陣營的畫面也交替出現。

「怎麼覺得周圍的工作人員都比候選人本人還要拚命喔。」圍繞著赤羽或白石的助選員，或是低頭拜票，或是高聲宣傳，不分男女都散發出異樣的狂熱氣息。

「因為縣知事選舉可是我們縣裡的大事呀。對支持者來說，大概就像打世界盃一樣嘍。」悟說道。

「大家都很閒嘛。」

「是因為大家都很認真地思考著本縣的未來吧。」

「才沒有那樣的大人呢。」由紀夫吐了這句，悟頓時笑了，「由紀夫，你真的一步步朝著年少老成的惹人厭高中生邁進呢。」

「很想看看我的父母長什麼德行吧。」

「對了，昨天晚上，鷹好像聽來一些奇怪的情報哦。」

「鷹嗎？」

悟說，是鷹和他的賭友通電話時得來的消息。

「聽說赤羽的情報被偷走了。」

「赤羽？情報？個人資料嗎？」由紀夫腦中掠過和葵一道前往服飾店時發生的事。

「包括赤羽支持者的姓名、住址、電話，還有赤羽個人的銀行帳戶。聽說整份清單都被人拿走了。」

「真的嗎？」

「赤羽陣營當然氣炸了，拚了命要找出嫌犯。看來應該是不想讓外人得知的情報吧。」

「在手邊握有不想讓人知道的情報的那一刻，這個人就不適合當縣知事了啊。」

「如果這個傳聞是真的，將這份重要個人資料弄丟的人，搞不好就是野野村哦。」

由紀夫的腦海旋即浮上在賽狗場目擊掉包的那一幕，同時也掠過昨天在選舉事務所看到野野村大助對著電話喊著「給我找出來！」的表情。

「也就是說，那個公事包裡裝的就是那些情報？」

「不無可能。」

「為什麼要偷情報？是敵對的白石陣營幹的嗎？可是，那種情報搶來是要幹嘛呢？」

期中考第一科是數學。由紀夫坐到自己座位上，同學們都在等監考老師進來，突然傳來匆忙跑過走廊的腳步聲，接著教室門「嘎啦」一聲猛地被拉開，門外站著的是喘著氣的殿下。原本埋頭面對數學課本做垂死掙扎的同學們，全都望向他笑了出來，還有人說：「殿下趕上了！」大家的情緒又更加高昂。

「不會吧！」由紀夫湊近鄰座的殿下問道：「那個電話，今天又打來了嗎？」

「就是說啊——」殿下的兩道眉垂成八字形，「一大清早就說什麼『今天一定要見到你，我們見個面吧』，害我也幹勁十足地在校門前痴痴地等，差一點來不及進教室。」

「你被耍這麼多次應該夠了吧，別再相信那個電話了。」

「由紀夫君你才是吧，懷疑人家這麼多次應該夠了。」

教室門拉開，抱著試卷的後藤田出現了。「好啦，考試嘍！」不知是否心理作用，感覺他看上去有些興奮。雖然不過是一場高中段考，或許出題的一方內心也會生出一些特權意識，總覺得後藤田的威嚴似乎比平日強了些。

考題的難度，要說如預期也算是如預期，雖然有幾個棘手的題目，好比說：「試證明0.9999…=1」，但還不至於來不及在考試時間內寫完。即將收卷前，由紀夫瞥了一眼鄰座，發現殿下正拿自動鉛筆細細地不知在描什麼，但怎麼看都像是在畫圖。

交卷後，一問殿下，他登時一臉嚴肅地回道：「那些題目我完全不會啊，乾脆放棄，翻過考卷的背面畫了輛車子。」

「車子？」

「老師的奧迪啊。老師超級寶貝他那輛車的，所以我想，就來畫他的車子吧，看他會不會心情好給我一點分數。」

第二堂考的是日本史，題目並不特別難，由紀夫兩三下就把解答欄填得差不多了，當中只有兩題不知道答案，而記不起來的，想再久也不可能想出來，於是他決定放棄，提早交卷回家去。

第一天只考兩科，這科日本史考完就放學了，而且學校允許同學不必等到考試時間結束，只要交了卷就能夠先行回家。

好，趕快交出去吧。——由紀夫才剛拉開椅子要站起來，眼前飛來一粒紙屑，嚇了他一大跳。那東西雖說是紙屑，其實只是一張小紙片揉成小小一豆，宛如小飛蟲跳到他桌上，他不禁發出不成聲的驚呼。背朝由紀夫、正走回講臺的女監考老師迅速回頭瞪著他問：「怎麼了？」

「呃，沒事。」由紀夫慌忙回道：「我發現題目都在考前猜題的範圍內，一下子太開心了。」

「這樣啊。」女老師露出微笑，「那真是恭喜你了。」

等老師移開視線，由紀夫偷偷將那球紙屑攤開一看，上頭寫著：「等一下下再回去，有很重要的話要告訴你。多惠子」

由紀夫下意識地嘖了一聲。

「怎麼了？」女老師又望向由紀夫。

「呃，沒事。」由紀夫慌忙回道：「我又發現題目和考前猜題有一些微妙的不同。」

「這樣啊。那真是遺憾呢。」

「是啊，很遺憾。」由紀夫微微點了個頭，一邊斜眼瞄向坐在右前方座位的多惠子。只見她像是低頭寫著考卷，卻機伶地將頭偏了個幾度，朝由紀夫使了個眼色。什麼嘛。——由紀夫暗自嘀咕了一聲，拿著答案卷離開座位，交給女老師之後便離開教室。走在走廊時，聽到教室裡傳來殿下大喊：「耶！《看漫畫學日本史》萬歲！」看來那本漫畫真的幫上忙了。

「由紀夫！等很久了嗎？」趕來會合的多惠子劈頭就是這句話，這時兩人正在校舍一樓的鞋櫃旁。

「如您所知，我二十分鐘前就交卷離開教室了，所以當然等很久了啊！」

由紀夫脫下室內鞋，換上鞋子。總覺得學校的玄關大門這一帶永遠都飛揚著塵埃，視野朦朦朧朧的，鼻子也開始癢了起來。

「總共三件。」多惠子一邊穿上鞋一邊說道：「我找你有三件要緊的事。」

「那麼多件？」

「一件是抱怨，另外兩件是轉告。」

「那麻煩先告訴我那一件抱怨吧。」

兩人踏出校舍，走在校園裡。太陽依舊高照，碎石子地面愜意地映出由紀夫與多惠子的影子。

「這件抱怨可是最重要的呢。我跟你說，昨天晚上啊，人家發燒了耶，超慘的！」

「喔，是喔。」

「你為什麼都沒關心我呢？」

「我又不曉得妳發燒了啊，這算是哪門子的抱怨？」

「我昨天發燒超過三十八度，腦袋昏昏沉沉的，還全身發冷耶。」多惠子自顧自地詳述了起來。

「真的很慘。」
「我平常體溫就比較低，所以三十八度就算是相當嚴重的高燒了哦。」
「我明白啊。」
「你真的明白有多嚴重嗎？」
「妳這麼說我才發現，妳的眼皮好像腫腫的，還好吧？」
「我平常沒發燒的時候就是這副模樣了。」
每講一句就被她堵一句，由紀夫愈講愈沒力，「麻煩告訴我另外兩件事吧。」
「喔。今天早上呢，那位鱒二君傳了簡訊到我的手機裡。」
「鱒二？」
「他說他想和你約今天碰個面。他好像知道你有期中考，簡訊上寫說：『下午三點，瓦斯槽見』。」
「為什麼鱒二會傳簡訊給妳？」
「嫉妒嗎？」多惠子嘻嘻笑著。
「鱒二為什麼會知道妳的手機信箱？」
「你爸爸告訴他的吧。」
「哪個爸爸？」
「葵爸。」
「為什麼葵有妳的信箱？」

「第一次在賽狗場見面時，他就問了我的手機號碼和信箱了呀。」

「那人還真不挑，只要是女人的聯絡方式都想要嗎？」

「鱒二君好像很急著找你哦，聽說他早上打了電話去你家，可是你已經出門了，所以葵爸就想到可以聯絡我，因為我就能夠轉告你了呀，對吧？」

「什麼對吧？鱒二想找我，在校門口等我放學不就好了。」由紀夫說著望向門口，看見一道人影緊緊貼著校門旁，登時「啊」了一聲。

「對了對了，第二件轉告。」多惠子一臉正經地指著那道人影說：「葵爸說要來學校接你。」

「大家都把我的考試期間當成什麼了？」

「就不過是個考試期間罷了嘛。噯，重要的是，你都不擔心我感冒的事嗎？」

「等我晚上回到家，會好好地替妳擔心的。」

「走吧！」葵講得理所當然，由紀夫不禁板起臉回道：「『走吧』是走去哪裡？」

「走了走了，去梅子小姐家呀。」葵望向寫著地址的小紙片，正是服飾店店員洩露的個人資料。下田梅子家位在市內某舊住宅區裡，從建物名稱看來，不難推測應該是一棟公寓大樓。

「葵你自己去不就好了。」

「別這麼冷淡嘛。」

「可是我明天還有考試耶。」由紀夫試著抗拒，葵卻似乎早就打定主意將由紀夫的任何反抗都當耳邊風，只見他高高的鼻梁朝向前方，嘴角微微上揚，一副心情大好的模樣，「對了，由紀夫，這個你帶著。」說著從口袋拿出一支手機遞給由紀夫。

那是個紅色的機子，上頭綴有黑線設計，垂著小公仔吊飾。是母親的手機。

「鱒二今天打電話找你哦。」

「剛剛多惠子跟我說了。」

「所以預防有急事，你就帶著這個吧。」

「這是媽媽的耶。」

「沒關係啦，拿去用吧，我已經把這個手機號碼告訴鱒二了。」

「媽回來以後，不會造成她的困擾嗎？」

「不會的，放心吧。」見葵如此輕快的回應，不可思議的是，由紀夫也開始覺得真的不會有問題了。

這棟公寓大樓遠比預想中要來得破舊，很難想像是前幾天在賽狗場見到那位豔冠群芳的漂亮姊姊住的地方。大樓外牆不知該算是灰色還是白色，整棟樓約有七層樓，大門附近倒著數輛破破爛爛的腳踏車。葵毫不猶豫地走進公寓大樓的大門。

電梯門打了開來，兩人走進去，一摁下樓層按鈕，電梯立刻激烈搖晃著上升。來到五樓，走出電梯沿著右側通道直走，就到了目的地。他們站在一扇與外牆顏色非常不搭的紅色門扉前方，怎麼看都會覺得唯獨這扇門是新裝上去沒多久的。門旁名牌上留著手寫的「下田」二字，名牌旁邊就是一道窗，由於加裝了蕾絲窗簾，完全看不見屋內，只覺得裡頭似乎非常陰暗，空氣中聞得到混雜了溼氣與鐵銹的氣味。

「有不好的預感。」葵指著紅門上的信箱，裡頭塞的報紙滿到要爆出來，很顯然是送報生想盡辦法把已經滿出來的報紙束挪開小縫，繼續把新刊報紙插進去所造成的。

「看這樣子，八成不在家喔。」由紀夫點點頭，「好吧，我們回家吧。」

「我想聽聽她的說法。搞不好她真的和選舉有關係呀。」

「你是想說，她是賽狗場拿走野野村公事包那群人的同伙吧？可是這個情報是鷹聽來的，可信度得打個折扣啊。」

「鷹那人的確有點怪裡怪氣的，不過他對於這類情報卻意外地靈通哦。」

葵還是摁了門鈴，傳來悶悶的鈴響。由紀夫豎起耳朵，但是窗簾另一側無聲無息，也不見人影晃過。葵又摁了一次，依舊沒有反應。

「接下來怎麼辦？」

「嗯，再過來吧。」

這時一名戴眼鏡的男子走了過來，看上去年約二十五、六歲，蒼白瘦削的臉龐毫無生氣，雙手抱著一大袋似乎很重的紙袋，走起路來拖著一隻腳，眉頭之間深深擠出的數道筆直皺紋非常明顯。男子瞥了一眼站在門前的由紀夫與葵之後，旋即經過兩人身後，但走沒幾步，又停下來回頭問道：「你們找那個女的有事嗎？」他的聲音裡不帶任何情緒。

由紀夫一時語塞，回答的是葵：「是的，你認識她嗎？」

「不認識。不過她可能一陣子不會回來吧。」男子的眼神非常恍惚，不只讓人感到不舒服，由紀夫更覺得恐怖。「你們是警察嗎？」

男子像是突然想起似地問了這句。由紀夫望向他眼鏡後方的眼眸深處，只覺得那兒像是開了個孔。不經意一看，發現他穿的正是由紀夫中學學校規定的深藍色運動服，一模一樣的版型，而且不知為何，胸口仍縫著寫有「田中」二字的名牌，大概是從哪裡撿來的二手衣吧？由紀夫也隱約覺得，真是個缺乏現實感的人吶，而且看樣子他似乎有一腳不大方便行走。

「不過話說回來，警察不可能穿著學生制服吧。」男子自顧自說道，一邊瞥了由紀夫一眼，「昨天晚上，我不小心看到了。」

「是喔。請問是看到了什麼呢？」由紀夫像是被對方強迫發問似的。

「我在公寓大樓樓下，看到這個女的被車子載走了。」別著「田中」名牌的男子，不知何時拿出了一袋零食抓在手上，大紙袋則是攬在臂彎裡，只見他慢吞吞地將零食送進嘴裡。

「被載走了？」葵一臉納悶。

「是誰帶她走的呢？」由紀夫也接口問道。

「男人。」田中先生給了非常簡短的回答。

「去約會嗎？」葵的語氣彷彿他自己也很想約下田梅子出去玩似的。

「應該不是吧。」田中先生立刻回道：「更粗暴一些。」

「噢噢。」由紀夫不禁低呼出聲，與葵對看一眼。

突地回過頭時，田中先生已經不見蹤影了。由紀夫嚇了一大跳，那剛才看到的是什麼？他慌忙左右張望，發現在走道往右側直直走去的方向，有一扇門正靜靜地關上，還稍微捲起了塵埃。那位田中先生就這麼毫無預警地消失在他們眼前。

兩人並肩走著，突然傳來《E.T.》主題曲的旋律，一開始還沒發現是手機響了，以為是什麼警告信號而嚇了一跳。由紀夫從口袋拿出手機，望著葵說：「怎麼辦？」

「接呀。」葵的語氣非常爽朗。

「可是，如果是找媽媽的……」

「找媽媽的？」

「對方如果是找媽媽的男人，不會很尷尬嗎？」

「如果是那樣，我希望你盡量幫我套話，看看對方是什麼樣的人。」

「即使讓對方知道我是媽的兒子，也無所謂嗎？」兩人對話的這段時間，旋律仍響個不停，由紀夫甚至有個錯覺，覺得這並不是手機，本來就是拿來聽音樂的東西。「媽搞不好對外仍宣稱自己是單身哦。」雖然由紀夫不覺得母親到這個年紀還扯得了這種謊，但可能性並不是零。要真是這樣，他應該會忍不住告訴對方，自己是知代的兒子，好破壞母親與情人的關係。

「放心啦，不會有事的。」葵笑了。

「不要講得那麼輕鬆啊。」

「放心，知代絕對不可能向外人隱瞞你的存在的。對吧？」葵說得太過斬釘截鐵，簡直就像要擾亂由紀夫的心緒似的。而實際上，由紀夫的確心緒大亂，這股紛亂心緒就這麼輕推了他一把，讓他接起電話，試探性地說了聲：「喂？」對方哀求的聲音倏地衝進耳裡：「由紀夫嗎？你現在在哪裡啦！」

由紀夫看向葵，以嘴形無聲地告知他，打來的是鱒二。「我剛放學要回家啊。今天有期中考，我沒跟你講過嗎？」

「我一直聯絡不上你，急死我了啦！你在幹嘛啊！」

「我在幹嘛跟你沒關係吧。」

葵和由紀夫來到一條老舊的商店街，街道旁小鋼珠店的音樂瞬間襲來，由紀夫伸出指頭塞住右耳，將手機緊緊貼在左耳上，「找我幹嘛？」

「我從一大早就在找你了，怎麼都聯絡不上。哎喲，我們先碰面再說吧。」

「我又沒有急著和你碰面。」由紀夫說。

「不要這麼無情啦——」鱒二簡直像個快哭出來的小孩子。

「對了，我昨天看到一個傢伙超像你的。」

「在哪裡看到的？」

「在小巷子裡，那傢伙好像在逃跑。對了，追他的那群人也很像那幾個牛蒡男呢。」

「由紀夫，一點兒也沒錯，那傢伙就是我。」

「什麼叫『那傢伙就是我』？你昨天不是代替牛蒡男去幫富田林先生跑腿了嗎？」由紀夫一邊回話，逐漸明白發生了什麼事。

「中學那次練應援團發生的事件，你還記得吧？」

由紀夫當然記得。中學時代，鱒二因為睡過頭，沒能參加應援團的練習，怒不可遏的學長們把他叫出去打算教訓一頓，當時鱒二就是哭著對由紀夫說：「由紀夫，我完蛋了，他們要殺了我。」

「我一直想著睡過頭就完蛋了、睡過頭就完蛋了，結果愈想愈睡不著，醒過來的時候竟然已經是下午了。」

「沒辦好富田林先生交代的工作，會出人命的耶。」

「會出人命啊！」

「牛蒡男生氣了嗎？」

「生氣了。不過這樣形容還不夠力，要怎麼講啊？」

「勃然大怒嗎？」

「對對，勃然大怒，還有……氣到抓狂啊，整個抓狂了！」

葵不知何時離開了視線範圍，由紀夫停下腳步，手機仍貼在耳邊，一邊環顧四周，發現在右手邊一家小花店前，葵正和拿著掃帚的女店員不知在說什麼，由紀夫不禁嘆了口氣。而可能是因為敏感地聽到了這聲嘆息，電話彼端的鱒二喊道：「喂！由紀夫，你為什麼嘆氣？是不想和我說話嗎？不要棄我於不顧啦！」

「為什麼打電話找我？」

「不要這麼狠心啦！」

「我沒有狠心啊。」

「我今天又被叫出去了。」

「牛蒡男叫你出去的嗎？」

「對對！就是那幾個，街痞牛蒡。」

「勸你最好不要當面這麼叫他們。」

「為什麼？不行嗎？」

「他們會更生氣吧。」

「啊，原來。」

「你叫了啊!?」對於鱒二總是這麼毫無防備，由紀夫甚至感到一絲同情，「好啦，我知道了。你們約哪？要我去哪裡碰頭？」

「瓦斯槽那邊。不是瓦斯加農（註）哦，是瓦斯槽！」

「聽不懂你在講什麼。」

「下午三點，牛蒡男會出現在那裡。」

不遠前方的葵正衝著由紀夫微微一笑，將一張紙條遞給女店員之後，擺動著他那修長的手腳優雅地走了回來。

「好，三點見。」雖然沒必要這麼慌張，由紀夫說完這句便連忙掛掉電話。

「鱒二找你什麼事啊？」葵露出一口貝齒笑著問道。

「花店小姐淪陷了嗎？」由紀夫劈頭就問了這句話。

註：取自機器人科幻動畫《機動戰士鋼彈》（機動戦士ガンダム）系列中的知名火炮兵器「鋼加農」。

「喔，」葵轉過身看了花店一眼，「那女生很可愛呢。」

「我說葵，做父親的當著兒子的面找女生搭訕，這樣好嗎？」

「要是當上政治家，就可以制定法律了，譬如立一道『當著兒子的面禁止搭訕法』之類的。怎樣？鱒二找你什麼事？」

「沒怎樣啊。」由紀夫並沒在嘔氣，卻還是以這句老話回了葵。「約我碰面而已。」

「看來狀況不太妙吧？」

「為什麼這麼說？」

「父親對於兒子是否遭逢危險，是很敏感的。」

「這麼敏感，卻一再地打擾兒子準備期中考？」

「因為我一點也不擔心你的考試呀。」

「你的意思是，我就算都不念書也拿得到好成績？」

「就算考砸了，天也不會塌下來，對吧？考試成績再差，人生又不至於毀於一旦。」

「明明就很可能毀於一旦。」

「我不在意你的考試，倒是很在意鱒二剛才那通電話講了什麼。」

「沒什麼啊，鱒二遇上麻煩，我去幫他一下。如此而已。」

「你去就幫得上忙嗎？」

「不能讓鱒二一個人去吧。」

這時，葵突然目不轉睛地盯著由紀夫上下打量。

「幹嘛？」

「沒事。我只是覺得，我兒子怎麼這麼帥氣啊。」聽到葵一副感慨不已的語氣，由紀夫也有些難為情，回了一句：「你很煩耶。」

「煩兒子，也是當父親的任務之一。」

「我只要一個不小心，我的父親們就會一步步介入我的生活、處處干涉、逐漸侵蝕我的領域。」

「總之呢，」葵的雙眸閃著光輝，望著由紀夫說：「你這個年齡的男孩子，有一件事非得非得當心不可，那就是——」

「那就是？」

「避孕。」

由紀夫差點沒噗哧笑出來，就像是被人從意想不到的角度戳了側腹一下，「你在講什麼傻話！」

「咦？由紀夫，你該不會都沒避孕吧？」

「不是那個問題啊。」

「對於這種細節毫不在乎、沒有責任感的男人，是最惡劣的了。你千萬要留意哦。」

「這是你基於經驗的忠告嗎？」

「我這個人最值得驕傲的一點就是，雖然曾經和無數的女性交往，卻一次也沒遇上那種意料外的事態哦。」

意料外的事態——這用詞也不曉得正不正確。「不過我還是被生到這世上來了，又怎麼說？」由紀夫試著探問自己誕生的祕話。

「那時候是因為啊，」葵爽朗地笑了，「我想要知代的孩子。」

「所以不是意料外？」

「如何？很感動吧？」

「你可能不相信，我覺得非常肉麻耶，葵。」

回家路上，經過小宮山家的公寓大樓前方，由紀夫下意識地抬頭朝小宮山那戶的窗口一帶看去。發現葵也一臉興致勃勃地望向他，由紀夫於是說明道：「我班上有個同學住這裡，不肯上學好一陣子了。」

「是女生嗎？」葵的聲音帶著喜悅。

「男的。對棒球社學弟非常嚴苛的小宮山君。」

「是喔。」葵的聲調倏地變得低沉。

「多惠子一直想把他拖去學校，我們上門過兩次了，還是沒辦法。」

「喔？多惠子嗎？」葵這時停下腳步，望著由紀夫，輕快地點了個頭說：「好！」接著露出意味深長的微笑，「我們來讓你加點分吧！」說著便走向大樓的大門。

「加什麼分？」由紀夫邊追上葵邊問道。兩人經過大樓外圍的花圃，直直朝入口大門走去。

「你啊，要是能夠說服那個某某君去上學的話，多惠子一定會對你刮目相看吧。」

「小宮山君。」

「喔，ㄒㄧㄠˇ ㄍㄨㄥ ㄕㄢ 君。」

「怎麼？男生的名字就一點興趣也沒有嗎？」

回過神時，由紀夫已經站在對講機前，按下了小宮山家的房門號碼。等了一會兒，傳來小宮山母親的回應：「喂？」

「不好意思，我前幾天來打擾過……」由紀夫報上了姓名，即使今天這趟並非出於本意，他也只能走一步算一步。

葵將臉探向可能是對講機鏡頭的位置，微笑著輕輕點頭打了招呼。由紀夫不禁有些擔心，雖然可能性很小，小宮山母親該不會透過鏡頭看到葵的面容，當場雙頰飛紅吧？

「小宮山……還是沒來學校耶？」

「是……」從小宮山母親的聲音裡，明顯聽得出她頗為難。

「不好意思，能不能至少讓我和小宮山講兩句話？」由紀夫不禁脫口說出這個提案。

「呃，可是……」小宮山母親遲疑了，或許是把自己關在房間裡的小宮山相當強勢吧。這時，對講機很唐突地中斷了通話，由紀夫心想大概是小宮山母親不想理會他而掛斷對講機，葵也聳了聳肩說：「算了吧。」但就在這時，傳來小宮山的聲音：「由紀夫？」害得由紀夫登時慌了手腳。

「小宮山？你在家嗎？」由紀夫對著對講機說道。都聽到聲音了，對方當然是在家裡，但由紀夫卻怎麼都想再次確認。身旁的葵也豎起大拇指，一副想對他說「幹得好！」的神情，露出一排漂亮的牙齒微笑著。

「在啊。」小宮山回道，語氣冷淡且不客氣。

「為什麼不來學校呢？」由紀夫開門見山地問了，但小宮山沒回答，沉默了一會兒之後，反問道：「由紀夫，你為什麼要特地跑來？」

由紀夫其實沒思考太多，便決定將之前從父親們那兒聽來的建議，全部對小宮山講一遍。「小宮山，一直關在房間裡不出來，會變成家具哦，光會吃飯的家具是最沒品的了。」這段幾乎是勳的忠告；「我會救你的。」這句則是悟說的；然後是前幾天鷹建議的那句帶有曖昧脅迫的話語：「我全都知道哦。」

對講機另一頭彷彿變成一片漆黑，頓時靜了下來，之後就再也沒聽到小宮山的聲音，對講機電源也似乎「噗嚕」一聲切斷了。

「還是不行，我好像嚇到他了。」由紀夫望著葵垂下了眉。

「你剛剛講的那段支離破碎的訊息是怎麼回事？」

「我想說參考一下勳和悟和鷹的建議，對小宮山說說看。」

「有這麼多個父親，由紀夫你也很辛苦嘛。」葵這說法，聽起來也有點像是事不關己。

或許是葵實際上來到對講機前，見識了此項任務之艱難，他不再堅持拉小宮山走出家門，父子倆於是轉頭打算朝來時路走去。

這時，眼前站著一名正在講手機的女子。

她身材高眺，一身黑色連身洋裝，神情卻非常嚴峻，一邊對著手機講著什麼，再加上周身飄蕩著一股悲愴的嘆息氣氛，很顯然這並不是一般的對話。父子倆正要經過女子身前，由紀夫突然想起，這名女子就是前幾天他和多惠子來這兒時，遇到那位透過電話拒絕分手的女性，當時聽到她說：「我沒有你是活不下去的。」這麼說來，這兩人並沒分成？或是女子仍糾纏不休？又或者是女子遲遲不肯正視現實？「我是絕對不會放手的。」她仍說著這樣的話，「因為我沒有你不行啊！」

由紀夫加快腳步走過女子面前，葵則是老樣子悠哉地緩步著，由紀夫連忙扯住他的衣袖拉他往前走。只要發現女性站在路旁便上前搭話、只要看到女性哭泣便將胸膛借給她、只要察覺女性困擾不已便予以安慰，擁有這種特殊體質的葵，絕對不會對這位講手機的女子視而不見的。與女子擦身而過之際，邊講手機的她唯有視線釘在葵身上，而葵也像是回應般衝著她微微一笑。

「剛剛那個女孩子很可愛呢。」

「在葵的眼中，應該沒有哪個女孩子不可愛的。」

「你很了解我嘛，由紀夫。」

「多經歷幾次這種狀況就知道了。」

回到家裡，父親們都不見蹤影。方才回家途中，葵突然說他得去採購店裡用的食材，轉眼便消失在車站前的生鮮食品商店街裡。由紀夫打開玄關門，只覺得家中的空氣一片沉寂。他走上二樓回自己房間，坐到書桌前，拿出隔天要考的古文與化學的課本疊在書桌上，一邊攤開筆記，逐一讀過重點。由紀夫有個習慣，只要專心在一件事上頭，對於周圍的動靜、聲響等等，反應都變得非常遲鈍。

好一段時間，他只是翻閱著課本，寫著題庫。突然，書桌上座鐘的指針映入眼簾，已經下午兩點半了，哭喪著臉的鱒二面容浮現眼前。

「唉——」由紀夫長嘆了一口氣。

他走出家門時，父親們依然一個也沒回來。他對著空無一人的屋子說了聲：「我出門了。」走出玄關，踩著石板小徑穿過庭院時，剛好看到鷹的腳踏車停在一旁，他毫不猶豫地牽出車子跨了上去。

瓦斯槽雖然離他家有一段距離，槽體頂端卻始終在視野中，因此是不可能迷路的。由紀夫騎著腳踏車奔馳，前方看得見那個有著獨特色彩的球體，說不上是綠色還是青色。瓦斯槽周圍的森林幽暗，瀰漫著詭異氣氛，由紀夫想起小時候，大人常警告小孩子說「天黑以後最好不要接近那裡」。從前，由紀夫不曉得那座瓦斯槽是什麼建築物，跑去問了父親們，卻被騙得團團轉。

「那是太空船吶，昨天剛到地球的，那些傢伙應該今天就會開始一家一家上門去調查嘍。」鷹一如平日，搬出這種騙小孩的話騙小孩，想嚇嚇由紀夫。「那是個超級大籃球呀。」勳則是回他一句冷笑話，逗年幼的由紀夫笑出來，現在想想，自己當時為什麼會因為這種程度的胡扯就笑了呢？真是不可思議。至於葵，當然是發揮他「見到任何東西都能聯想到女性」的體質，「那個啊，會讓人想起女人的咪咪呢。」葵微著笑說：「有些傢伙認為咪咪愈大愈好，唯獨這種男人，千萬不能相信哦。」害由紀夫聽得一頭霧水。「那是儲存瓦斯的容器，正式名稱叫做球形瓦斯儲槽。」而會這麼正經回答他的，當然只有悟了。

一離開住宅區，車道變窄了，兩側的樹木也愈來愈多。不知是否起風的關係，杉樹枝椏左右搖晃，發出不成聲的聲響。那是震動著空氣、撫摸著天空的聲響。

離瓦斯槽愈近，內心的不安愈是膨脹。雖然他是來幫鱒二助陣的，卻不確定敵方會出現幾個人。由於鱒二睡過頭而遭受損失的是富田林，所以把鱒二叫出去的，不無可能正是富田林的手下，這麼一來，就不是小孩子之間的打架，而該歸類為大人的糾紛了。

由紀夫想起口袋裡還收著母親的手機。現在這種狀況，是不是該立刻撥電話給哪個父親求救呢？他煩惱著，而一邊煩惱還一邊踩踏板，就在猶豫不決之間，已經來到了瓦斯槽前方。好久沒踏進這裡了，整區的氣氛變得很像是悄悄被趕到鎮外頭的垃圾處理廠，樹木雜亂無章地恣意生長。雖然應該不是因為這個時間帶或天氣的關係，總覺得四下一片昏暗，而且溼氣非常重。由紀夫停下腳踏車時心想，這裡怎麼變得很像會被人們違法丟棄垃圾的地點了啊。而他往旁邊一看，還真的看到舊冰箱與壁櫥歪斜著陷入地面。

「喂，由紀夫。」身後傳來輕喚，由紀夫不由得身子一顫。一回過頭，映入眼簾的是頂著三分頭的鱒二，正虛弱地舉起右手朝他打了個招呼：「抱歉吶。」

「你是該覺得抱歉。」

鱒二只是軟弱地皺起眉頭，卻沒頂嘴。

「對方約在瓦斯槽的哪裡？」由紀夫試著問。

「後面那邊。」鱒二指著瓦斯槽的球體說道。

「好。」由紀夫說著踏出步子，「走吧。」

「你不怕嗎？」

「睡過頭要負起責任的是你，你當然會怕。我只是被你牽連進來的。」

「你就不能同情我一下嗎？由紀夫。」

「你應該沒資格講這種話吧。」

鱒二似乎已經聽不進由紀夫的任何話語，只見他撫著胸口，呼呼地喘著大氣，接著摸了摸自己的三分頭，一臉嚴肅地對由紀夫說：「如果我和對方說，我已經深切反省了，我願意剃光頭表示我的歉意，對方會原諒我嗎？」

「你可以講講看啊。」

「應該是不會原諒喔……」

「被你爽約的是富田林先生，對方應該不會輕易放過你吧。」

「不要再嚇我了啦。」鱒二的臉頰抽搐得更厲害了，而且不知是否心理作用，由紀夫覺得鱒二之所以臉色慘白，是因為他自己也有預感接下來將面對多麼恐怖的場面。

由紀夫拿出手機，「我還是叫動或葵來好了。」

「好好好！」鱒二猛點著頭，那模樣也像是一邊發抖順便點頭，然後他一針見血地問了由紀夫一個重點：「你知道他們的電話號碼嗎？」

由紀夫並不曉得父親們的電話號碼，「可是手機裡應該都有吧。」說著他開始操作手機。就算手機裡的通訊錄沒有他們的號碼，葵上次撥打這支手機的紀錄一定還留著。然而由紀夫不管怎麼按按鍵，手機都沒有反應，「怪了……」

鱒二一個探頭看向由紀夫的手機，說了句：「鎖住了吧。」而且不知是否因為太緊張，他的聲音非常微弱。

「鎖住？」

「你要按解鎖密碼才行，不然手機是不會有反應的。這是為了防止外人盜用手機的設計。」

「我又不是外人，是她兒子耶。」

「不是那個問題啊。」

由紀夫陷入苦思，這下該怎麼辦呢？難道只能苦等看誰會打電話來嗎？

對了，可以用鱒二的手機。雖然由紀夫只記得家裡的電話號碼，說不定已經有人回到家裡了。但是就在這時，前方傳來沙沙的聲響，只是再普通不過的腳步聲，聽在由紀夫耳裡卻宛如轟然作響。

頭頂上方不知何時聚攏了一團烏雲，讓人禁不住想瞎猜這雲是不是單單相準瓦斯槽這一帶而湊過來的。暗黑而立體的雲朵就在上空，一副隨時會下起大雨的氣氛。

「你也太晚到了吧！」傳出腳步聲的那一帶，出現的是牛蒡男，依舊穿著袖子半長不短的T恤，側邊頭髮剃得高高的，曬成古銅色的膚色和牛蒡非常相似。

「就是那傢伙。」牛蒡男對身旁另一名男子說道。

由紀夫不認得這個人。男子穿著一身鮮豔的運動服，乍看之下頗年輕，或許是因為他蒼白的面容與垂著的劉海給人的印象，但是眼周與嘴角卻有著皺紋，顯然不是十多歲的少年。

「是你嗎？」男子指著由紀夫。

「不是的，古谷先生，是這邊這個傢伙。」牛蒡男立刻湊近來，直直指著鱒二說：「昨天應該送東西過去的，就是這個傢伙。」

「是你嗎？多虧了你沒把東西送到，害我們相當傷腦筋啊。」被稱做古谷的男子，倏地伸出食指朝鱒二的腦袋就是一戳，「不止我，連富田林先生也相當傷腦筋哦。」

鱒二緊緊按著被戳的地方。在一旁的由紀夫看來，覺得鱒二只是輕輕地被戳了一下，但看樣子似乎相當痛，只見鱒二連聲音都發不出來，撫著腦袋當場蹲了下去，等他好不容易站起來時，已是兩眼泛淚，還連咳了好幾次。

「你來幹什麼？是他的跟班嗎？」牛蒡男望著由紀夫問道。

「算是吧。」由紀夫點點頭，「我這個人就是重朋友嘍。」他試著以半開玩笑的語氣說出口，還是覺得相當恐怖。眼前這名來路不明的男子古谷，宛如無法以言語溝通的蛇似的，由紀夫面對著他只覺得毛骨悚然，上空的黑色雲塊更是煽動著他內心的不安。

「小子，你應該很清楚，惹了富田林先生不開心會有什麼下場吧！」牛蒡男嚷嚷著，與其說是出言威嚇，更像是藉機抒發他自己的焦慮。「您說是吧？古谷先生。」

直到這時，由紀夫才察覺牛蒡男的左手腕到指尖整個纏著繃帶。

「那是怎麼搞的？」鱒二相當訝異，「你昨天不是還好好的嗎？」

「哼，這個啊。」牛蒡男撇起嘴瞪向自己的手，不知是因為感到屈辱，還是因為傷口疼痛，

「呿，痛死人了。」

「交代的工作沒給我好好幹，這次只是給你個小教訓，算是便宜你了。」古谷冷冷地說道。

「是，您說的是。」牛蒡男唯唯諾諾地應道。

「咦？什麼意思？」鱒二顯然還沒聽懂，由紀夫很羨慕他能夠這麼遲鈍。

「你這傢伙沒把我委託的事辦好，結果遭殃的是我啊！富田林先生一怒之下，我的手就變成這樣了。」

正因為看不見牛蒡男繃帶內的傷勢如何，更令人覺得恐怖。是刀傷嗎？是扭傷嗎？骨頭沒事嗎？

「這小子一直說把事情搞砸的是你這傢伙，我就叫他把你找出來了。」古谷面無表情地對鱒二說。

「不會吧……」鱒二悄聲嘟囔著，一邊看向由紀夫。對鱒二而言，這狀況毫無現實感，他好像以為還有掙扎的餘地。

「等著瞧吧，你可不會像我這樣傷個手就算了。」牛蒡男舉起左手露出苦笑，那笑容中也隱含著優越感，然而不知是否拉到了傷口，牛蒡男倏地蹙起眉頭。

「可是，我只不過是沒把東西送到定點罷了啊。」鱒二一辯解，古谷的眼中立刻閃過銳利的光芒。由紀夫登時察覺不對，慌忙抓住鱒二的後領往後使勁一拉。

浮現他腦中的是，從前勳在教他拳擊時手臂揮舞的姿勢。「你看，像這樣出拳的時候，身體就會這樣扭過來，對吧？肩膀也會跟著動，所以只要一看到肩膀有動靜，就要立刻閃開，而且盡可能往後方閃，要是實在來不及，就往前踏出一步削弱對方的攻勢。」勳一邊講解，一邊朝由紀夫揮出拳頭。起初只是慢慢地出拳，速度逐漸加快，好讓由紀夫練習反應速度。

「練這種東西有什麼用處嗎？」當時由紀夫還曾出言抱怨，沒想到竟然在此刻派上了用場。就在由紀夫把鱒二拉開的同時，古谷的右拳朝空中揮去。要是由紀夫沒拉開鱒二，那一拳肯定會直直落在鱒二的鼻梁上頭。古谷臉上毫不掩飾他內心的不痛快。

「對不起！」由紀夫連連搖手，慌忙向古谷說道：「真的很抱歉！這傢伙已經在反省了，請您原諒他好嗎？」

看著眼前的古谷，由紀夫清楚地感覺到，比起與牛蒡男或是其他高中生之間發生的小摩擦，這次的狀況根本是不同次元的恐怖糾紛。

古谷悄聲說了什麼，只見牛蒡男點了個頭，一個箭步上來抓住了鱒二的手臂。

「喂！不要拉啦！要帶我去哪裡！」鱒二甩著手臂，一邊蹲低身子賴著不肯移動，那姿勢非常窩囊。而可能是因為被鱒二這麼一扯，左手包著繃帶的牛蒡男痛得皺起了眉頭。

「當然是帶你去見富田林先生啊。」

由紀夫直到現在才發現，前方瓦斯槽旁停著一輛黑色輕自動車，那可愛到接近傻乎乎的外觀，更是散發出一股不尋常的危險氣味。

由紀夫怔怔地站在原地眺望著那輛黑色輕自動車，古谷突然吼了他一聲：「喂！」由紀夫不禁一震。

「你也一道上車。」

「我？」

「你不是很重朋友嗎？」

「呃，不，仔細想想，我發現他也不是多重要的朋友。」
「喂！由紀夫！」
「廢話少說，上車！」
由紀夫心下明白，這下非得想個辦法不可了。很久以前，鷹曾說過某起關於富田林的軼事，卻在此時在他腦海甦醒。嘲笑富田林的兒子太郎的男子，被碎屍萬段塞進塑膠垃圾桶裡扔了。要是那種事情也發生在自己或鱒二身上，該怎麼辦才好？
「不好意思……」由紀夫決定賭一把，「富田林先生應該認得我。」他說：「我父親和他很要好，所以，能不能讓我和富田林先生談一下呢？」
「你在講什麼夢話？」古谷瞪大了眼，「勸你不要隨便說出要找富田林先生這種話比較好哦。」
「可是……」
「不過是個高中生，不要一副什麼都知道的口氣！」
咦？——這一瞬間，由紀夫突然覺得眼前的景象彷彿扭曲變了形。古谷那句無心說出的話，在他耳中不斷迴響。
「你們這些十幾歲的小鬼頭，根本就是嬌生慣養、被保護得好好的，還不曉得自己有多幸福。」古谷繼續說。
胃倏地絞成一團，由紀夫感到些微暈眩。
「等一下，電話來了。」古谷說著，從運動服口袋拿出手機貼上耳朵，一邊望著由紀夫說：

「剛好，是富田林先生打來的。」

「咦？」

古谷按下通話鍵，壓低聲音應道：「喂。……嗯，是。……就在我跟前，正要帶過去您那兒。」

由紀夫與鱒二又對看了一眼，感覺頭上的黑雲又更立體了，一副就是風雨欲來之勢，應該沒多久就要下雨了吧。

「是。是這樣的，那傢伙有個朋友——」古谷講著電話，一邊望向由紀夫，「——說想和您講兩句。」

說著古谷將手機拿遠，問由紀夫說：「喂，你叫什麼名字？」

「由紀夫。」他旋即應道，語氣中滿是焦慮與深切的祈求，「我父親叫鷹，我是由紀夫。」

古谷再次將手機湊上耳邊，說明了幾句之後，「喏。」他將手機遞給由紀夫，「富田林先生。」

由紀夫接下手機，貼上耳邊，開口了：「喂？」

「喔喔，由紀夫君啊，真是巧呢，你是那個小子的朋友？」富田林依舊是那副親切的語氣，由紀夫頓時鬆了口氣。

「是啊。呃，我朋友他真的不是故意的，還請您大人大量，原諒他好嗎？」

「哈哈哈，這樣啊。」富田林爽朗地笑了，彷彿某個親戚叔父發壓歲錢給姪子似地豪邁。

「而且那件工作好像本來就是別人硬塞給他的。」

「不過他答應接下來了，這一點沒錯吧。」

「咦？」聽到這意料之外的回應，由紀夫瞬間無言以對。

「他接下了工作，卻爽約睡他的大頭覺。這樣真的不對哦，由紀夫君。」

「不對……？」

「即使是高中生，答應接下來的工作就得好好做。一旦怠忽職守，就會造成別人的困擾，對吧？而事實上我也真的被他拖累了，很傷腦筋呢。所以啊，做錯事就得給予懲罰，這樣才合理吧。」

眼看即將落下的雨卻遲遲不下，唯有視野愈來愈暗、愈來愈小。由紀夫心想，這下糟了，而且是相當糟。「請您高抬貴手，只有這一次就好，請您原諒好嗎？」

富田林以一副大人哄小孩的溫柔語氣說：「我很欣賞鷹，也很喜歡由紀夫君哦，但是這和那是兩碼子事。」

由紀夫覺得彷彿有個冰塊順著背脊滑落。

「小孩子啊，只要饒過他們一次，就會瞧不起大人。現在的法律已經對小孩子過度寬容了，所以就由我來嚴厲地給予這些做錯事的小孩子懲罰吧。就是這樣了，你的朋友還是得接受處罰，知道嗎？」

「富——」

「讓古谷聽電話。」富田林說道。

他的語氣強硬，顯然不打算再和由紀夫講下去，由紀夫頓時語塞。「等等……」聲音好不容易才發了出來，「請等一下！」

「由紀夫君，你這樣很不懂事哦。」

「請您大人大量！」

「不可能的。」

「請等一下！」

「由紀夫君。」

「是。」

「不可以得寸進尺哦。」

由紀夫再也說不出話，默默嚥了口口水。有那麼一瞬間，視野搖搖晃晃，眼前的景物歪斜，他眨了好幾次眼。

「讓古谷聽電話。」從富田林的語氣聽得出他已經相當不耐煩了。

「這些小鬼說穿了就是在萬全的保護中撒野。反正教師再凶也是有極限的，學校老師和爸媽都沒什麼好怕的，對著大人齜牙咧嘴虛張聲勢，簡單講就是幼稚吧。」——由紀夫想起前幾天鷹才說過的這段話，那時大家正在評論動學校裡那名妨礙老師上課的中學生，由紀夫還隔岸觀火似地點頭同意道「沒錯沒錯」。但是，反觀自己呢？那段話，不正是在說我嗎？

雙腳似乎深深陷入潮溼地面，體重讓整個人逐漸往下沉，身子無法動彈，就這麼一點一點潛入土中，地面上的身影愈來愈小。

被牛蒡男揪住衣襟的鱒二以求救的眼神望向由紀夫，一副就是很想大喊「由紀夫，救救我啊！」的模樣，那眼神中還帶著殷殷期盼：「你會想辦法救我的吧？」

由紀夫只想當場癱坐在地，他甚至怕得不敢張望四下。

「好了，就是這麼回事。」古谷將手機收回口袋，走近由紀夫身邊，「喔，還有，你可以回去了。剛才富田林先生這麼交代的。」

「咦？」由紀夫一臉錯愕。

「富田林先生說，只要把那個辦事不力的傢伙帶回去就好，至於你，就放你回去吧。恭喜啊。」

「啊，真的嗎？」由紀夫盡量表現出鬆了口氣的模樣，還真的吁了口氣，垂下肩膀，讓對方覺得他非常慶幸自己得救。

「由紀夫！不要拋下我啊！」由紀夫的眼角餘光瞥見鱒二瞪過來的視線，但他無暇轉頭面向鱒二。

「快點滾回去吧。不過呢，回去以後不准向媽咪和爸比告狀哦。」古谷這話並不是在嘲笑，而是叮囑。

「我知道，我絕對不會和媽咪或爸比說的。」

「知道就好。」古谷轉過身背對由紀夫，顯然由紀夫那沒出息的反應讓他放鬆了警戒心，由紀夫就是在等這個。

他衝上前，抬起腳以鞋底朝古谷的膝窩就是一踹。

對方膝頭一彎，身子登時站不穩，由紀夫立刻抓住他的肩頭往後一扯，古谷硬生生地宛如下腰般仰天翻倒在地。但是由紀夫仍不停手，他跨上仰躺著的古谷的腹部，開始朝他揮拳。

動說過：「一旦開始動手，不管三七二十一，拳腳齊下就對了，沒必要規規矩矩按什麼步驟來，最好像個瘋子似地狂揍，讓對方心生不安，覺得你這個神經病太恐怖了，再也不敢來找你麻煩，你就可以大呼萬歲啦。」

如果是平日的由紀夫，總會冷靜地分析：結梁子的話只會冤冤相報、施暴者自己也會感受到對等的疼痛等等，但是此刻的他根本沒有心思、也沒辦法顧及那些冠冕堂皇的事。

恐懼與焦慮蔓延他的全身。

由紀夫揍了古谷三次。不，應該說是出了三次拳。由紀夫跨在古谷身上，朝他的臉揮拳，古谷卻掙扎著閃了開來。

「你這傢伙！想幹什麼！」牛蒡男在一旁叫囂，卻似乎沒打算靠近由紀夫。

「幹得好呀！由紀夫！」鱒二熱烈地喊著。

手臂突地劃過一陣刺痛，由紀夫慌忙站了起來。古谷的右手不知何時握了一把小刀，將由紀夫制服的左袖割出一道大縫，裡頭的白襯衫也割破了，還傷到衣服下方的皮膚。

古谷站起身，拂去運動服上沾到的沙塵，而且他始終板著一張撲克臉，完全不見激動之情或心緒波動。

古谷俐落地將摺疊小刀收好，瞄了牛蒡男一眼說：「好了，帶走吧。」見古谷的呼吸絲毫不亂，由紀夫感到不寒而慄，而且他察覺自己正激烈地喘著氣，不知是否心理作用，他覺得雙腳也不住地顫抖。近身肉搏是自己從小和勳一路練到大的，但實際與陌生男子對戰，卻完全不是那麼回事，緊張與恐懼的程度都非比尋常。

眼看著鱒二被押往車子的方向。

由紀夫的雙腳卻無法動彈，於是他拿出手機凝視著，試著按按鍵，但當然，手機依舊是上了鎖的，沒有任何反應。如果現在放聲大叫，會不會有人發現而過來救他們呢？但這念頭只是掠過他的腦海，因為他知道不可能出現救星，更何況，此刻的他根本怕到發不出聲音來。

傳來了警車的鳴笛。

起初是從很遠的地方隱約傳來，愈來愈大聲，古谷也停下腳步望向四周，那聲響確定不是周圍森林發出的鳥鳴或風聲。牛蒡男與鱒二似乎也豎起了耳朵。

鳴笛聲正筆直地朝此處過來。

這時古谷旋即下了判斷，他看向牛蒡男，交代一、兩句之後，很快地走進森林裡消失了身影。牛蒡男也彷彿火燒屁股似地衝了出去，跳上停在瓦斯槽旁的輕自動車，即使左手包著繃帶，他還是死命地發動車子，粗暴地打著方向盤，揚長而去，捲起的煙塵包圍了由紀夫兩人。

留在現場的，只有由紀夫與鱒二。還搞不清楚現在是什麼狀況的鱒二，露出鬆了口氣的神情對著由紀夫說：「得救了。」

而由紀夫直到此時，才彷彿魂魄猛地被拉回來似地清醒了過來。警車鳴笛的聲響就近在身旁，但他卻沒有得救了的感覺。

「是你叫警察的嗎？」鱒二望向閃著紅色警示燈駛來的警車，幽幽地問了由紀夫。

「怎麼可能。」由紀夫將握在手上的手機亮到鱒二面前，「不管怎麼按都沒反應啊。」

「不然就是警察感應到我們遇上大麻煩，所以趕來救我們了。」

「怎麼可能。」

唯一有可能的就是……。由紀夫想起了父親們。搞不好，是四個父親當中的誰，也或許是四個人都察覺了由紀夫騎著腳踏車出門，於是就如同中學那一次，戴著冰上曲棍球護具白面罩的父親們現身搭救他，一行人再度來到了瓦斯槽旁，在發現情況不妙的當口，幫忙叫了警察。

由紀夫望向被小刀劃出的傷口。一直線的傷口滲著血，但不是太嚴重，由紀夫反而比較在意被割破的衣服。

雨滴驀地落在臉頰上。

伸手拭去，抬頭望天，那朵漆黑的雲已經擴大到宛如膨脹的氣球，緊接著又是一滴雨落下。伸出手掌朝上，雨滴便彷彿以手心為目標落了下來。「下雨了。」由紀夫看向鱒二。留著三分頭的鱒二可能頭部的觸覺比由紀夫要敏感吧，只見他以手遮頭嘟囔著：「這雨珠還頗大粒的耶。」

雨愈下愈大。彷彿一開始只是細細玩味似地拍著手，後來愈拍愈開心、愈拍愈起勁，最後竟然成了熱烈的鼓掌。

雨打在地面濺起水花，弄溼了由紀夫的制服。

警車抵達瓦斯槽旁。警示燈的紅色光線照進因為大雨而逐漸濡溼的森林，鳴笛已經關上了，讓眼前的警車更少了些現實感。

瓦斯槽告示牌旁的階梯成了兩人的遮雨棚。鱒二跟著站到由紀夫的身旁，一邊撢去肩頭的雨珠，一邊嘆氣道：「真是傷腦筋，這下全都溼答答的了。」

「這雨來得快，應該也去得快吧。」由紀夫眺望停在不遠前方的腳踏車。被他擅自借來的鷹的腳踏車遭雨水無情地拍打、沖刷。由紀夫又看了一眼手臂上的傷口。

警車走下兩名警察，可能是雨太大令人厭煩，兩人都明顯地擺出一張臭臉。

「來了。」鱒二說：「警察來救我們了。」

但事情發展卻出乎意料，警察還沒走到由紀夫兩人跟前便轉了方向，大雨中，步伐顯得有氣無力的，警察的身影旋即消失在瓦斯槽的另一側。

「怎麼回事？」由紀夫偏起頭。

「怎麼搞的？」鱒二也偏起頭。

警察走出瓦斯槽後方再度現身時，只出現一名，而且與剛抵達時的神態完全不同，臉色蒼白地衝回警車。經他的鞋子一踏，濡溼地面的泥水華麗地飛濺了起來。

這名警察一把抓起駕駛座旁的無線電通話器報告著什麼，連位於稍遠處的由紀夫都看得出他所散發的緊張與激動情緒。

「怎麼回事？」

「怎麼搞的？」

另一名警察也從瓦斯槽後方走了出來，正要走回警車，躲雨的兩人忽地進入他的視野。嚇了一大跳的警察睜大眼、眉頭緊蹙，一臉警戒地走了過來。

「喔，兩位。」大雨將警察的制服與制帽都打溼了，讓他看起來整個人無精打采的。

雨下得更大了。

沒幾分鐘前，地面還是乾燥的，此刻天空卻下著滂沱大雨，讓人聯想到強忍著眼淚的女子一旦落下淚水，便再也無法遏抑地嚎啕大哭了起來。雨滴彷彿刺進泥土地面，發出刺耳的聲響。

「你們在這裡做什麼？」警察交互望著由紀夫與鱒二，雖然表現出一副沉穩的態度，眼神卻明顯地露出防備。

「沒什麼……」鱒二囁嚅著。

「我們在躲雨。」由紀夫開口了：「請問怎麼了嗎？」說著一邊盤起雙臂，好遮住制服袖子的裂口。

「嗯。」這名中年警察宛如整個人溶入雨中似的，全身幾乎溼透，臉上有著泛青的鬍碴，「你們待在這兒，有沒有發現什麼異狀？」

「怎樣算是異狀？」這樣回應似乎太冷漠了。

「是出了什麼事嗎？」鱒二也是一副相當不滿的語氣。

「請問發生了什麼事？」由紀夫問道。

「反正你們遲早會聽到消息，我就告訴你們吧。」警察難掩興奮神情，像在誇耀什麼似地說：「就在剛剛，我們在那後面發現了。」

「發現什麼？」

「有人死在那邊。」警察回道。

聽到這意料之外的回答，由紀夫一時間反應不過來，好一會兒之後才問出口：「請問是誰死了？」

「一男一女。」警察說道。

由紀夫與鱒二愣在原地好一段時間，只是恍惚地望著現場。又來了幾輛警車，警察們紛紛現身，拉起封鎖線，鎂光燈此起彼落。大雨似乎沒有停歇的意思，感覺彷彿透過遭水柱沖刷的玻璃觀察著事件現場。

「兩位。」一名撐著傘的西裝男士走了過來，他的肩膀寬闊，嘴唇厚實，髮量稀薄，眼睛細小，「方便請教一下嗎？」

男士很像在電視上看到演刑警的演員。

「請問發生什麼事了嗎？」由紀夫試著問道。

男士臉上掠過一絲不悅，可能是被高中生以對等的姿態問話，心裡太舒服吧。

「被害者好像死一段時間了。你們兩位什麼時候就在這裡的？」

「什麼時候啊……」由紀夫看了鱒二一眼，回道：「三點。」

「你們兩個是不同高中的學生吧？跑來這裡幹什麼？」男士望著兩人的制服問道。

由紀夫當場思考了起來。看樣子要是扯出牛蒡男、古谷和富田林，事情會變得更複雜，但是如果回答說是回家途中巧遇，瓦斯槽這兒又太偏僻了。「我和鱒二是小學就認識的朋友，」由紀夫有些吞吞吐吐地說道：「剛好在放學路上遇到，可是我沒理會他，鱒二一氣之下就把我叫來這裡了。」

「打算幹一架嗎？」男士的鼻翼微微顫動，語帶嘲諷地說道。

「我是沒那個意思啦。」由紀夫瞥了鱒二一眼。

「我也沒那個意思啊！」鱒二慌忙頂回去，聽起來也很像那麼回事。

「是嗎？這樣啊。嗯，我知道了。總之，先讓我看一下你們的學生證吧。都帶在身上吧？」

由紀夫點點頭。

這時，兩具擔架從瓦斯槽後方被抬了出來，各由兩人抬著，擔架上蓋著布。傾盆大雨中，擔架被搬上了車，整個過程就只是在處理公事。由紀夫曉得那上頭躺著的是屍體，現實感卻遲遲無法湧上。

他開始搞不清楚自己所處的地方是哪裡了，四周彷彿覆上一層半透明的薄膜，雨的聲響、警車的紅色警示燈、濡溼的地面，面對這些事物，他除了茫然地佇立，什麼也辦不到。一方面由於方才與古谷及富田林的一番交手，一想到自己的無力，他很想當場雙膝一軟跪到地上。

由紀夫與鱒二先被帶回車站前的警局接受詢問，但並不是令人害怕、鉅細靡遺的盤查，警察只是拿了毛巾讓他們擦乾淋溼的頭髮和學生制服，一邊像是閒聊般問了幾個問題。由紀夫因為左臂上有刀傷，他一直很小心隱藏著。「叫家長來接你們回去好嗎？」年輕警察問道。

由紀夫心想，要是老實地回答「不要」，很可能引起警察懷疑，而且鱒二還偷偷地對他說了個可笑的提案：「我不想讓我老爸擔心，由紀夫，你的爸爸借一個給我用好不好？」於是由紀夫撥了電話回家，幸好接電話的是悟，聽完由紀夫的說明之後，他並沒有特別慌張，馬上就掌握了狀況，接著不到十分鐘，四個父親乘著白色休旅車來到了警局。

「這是我父親。」

刑警見到來到警局櫃檯前的四人，露出一臉懷疑，由紀夫連忙出聲解釋。

「請問是哪位？」刑警又問道。

由紀夫瞪著父親們，以視線無言地埋怨著：「你們幹嘛一次四個全跑來啦！」但四人似乎都不甚在意。

「好了，回家嘍。」動說著拉了由紀夫的手臂。

「鱒二也一起吧。」悟輕拍了一下鱒二的肩頭。

「真是被你們嚇了好大一跳啊。」葵苦笑著，一臉稀奇地張望著警局內部；至於鷹，可能因為打從十多歲就素行不良，待在名為警局的建築物裡頭對他而言相當痛苦，只見他嘀咕著：「好了好了，快走吧！」率先快步走了出去。

寬敞的休旅車內，負責駕駛的是動，鷹坐在副駕駛座，後座第一列坐的是由紀夫與鱒二，第二列則是葵和悟。鷹的腳踏車仍留在瓦斯槽那邊，他們打算改天再去牽回家。

「嚇了我一跳呢。」在紅燈前停下車的動偏起頭說道。

「為什麼要跑去瓦斯槽那邊呢？」鷹上半身一扭，回過頭問道，那姿勢就像是小孩子在座位上動來動去坐不住似的，「幹架嗎？」

「好犀利啊，鷹爸。」鱒二用力地點了好幾次頭。

「為了什麼事吵架呢？」沉穩的悟以堅定的嗓音問道。

由紀夫一開始只是回道：「很多原因啦。」想含糊帶過，身旁的鱒二卻立刻和盤托出：「其實是富田林先生找我麻煩，由紀夫是被牽連進來的。」

「也不是人家找麻煩，應該說是鱒二自作自受吧。」

聽完由紀夫說明整件事的來龍去脈，每位父親的臉色都很凝重，一時之間，誰也說不出話來，車內瀰漫著摻雜了苦澀與緊張的肅殺氣氛。

「富田林先生不能惹啊。」鷹搔著頭嘆了口氣，「他那個人最在意這種事了，相當恐怖耶。」

「我很不想講這種事，可是由紀夫、鱒二，」勳似乎真的是打從心底不想講出這番話，「在學校外頭，淺顯易懂的規則或是通情達理的大人，都是不存在的。這世間到處是毫無道理、有理說不清的事物。你們高中生要是小看這些，下場會很慘的。」

「嗯，我知道。」由紀夫很快地應道。

「喔？很不錯嘛。」勳語帶訝異地說道，接著一打方向盤，車子來到大馬路上。

「我今天才知道的。」

「今天？」身後的悟出聲了。

「剛剛，和富田林先生的手下交談了幾句，被他的話點醒的。我們一直被保護得好好的，而且這世界上有非常多恐怖的事物。」

「這樣啊。」悟應了聲。

「這樣啊。」葵也說道。

「這樣啊。」勳也說了。

雨已經停了，太陽幾乎沉入地平線，街道被染成一片鉛灰色，顯得冰冷寂寥。家家戶戶拉上窗簾，大樓商店則是紛紛拉下鐵門，整個城鎮正準備迎向夜晚。

「這下慘了啦，不是開玩笑的。我會被怎麼處置呢？富田林先生超恐怖的說。」看向鱒二，他的確是怕到雙眼充血，但講起話來依舊是那副不疾不徐的語氣，「今天真的是多虧警車出現，救了我們一命啊。」

「不過話說回來，到底是誰死了啊？」鷹口氣粗魯地問道，但由紀夫和鱒二都不曉得答案，只能沉默以對。

「會不會和富田林先生有關呢？」葵說道。

「他的手下——那個叫古谷的，從他的反應看來，我覺得應該和他們沒有關係。」因為古谷當時也不明白為何會有警車出現，慌張撤離了現場，「而且警方說好像是自殺。」

他們從警方口中得知的情報非常少，只聽說是一男一女關在車內吸入一氧化碳中毒身亡，已經死了大約一天了。

由紀夫抵達瓦斯槽的下午三點之前沒多久，一名老先生剛好散步到那一帶，發現了屍體而通報警察。

「等我下次再被叫出去，又沒辦法保證會出現屍體救我一命啊。」鱒二不知道有幾分認真，竟隨口說出這種不謹慎的發言。

「自殺啊……」悟兀自低喃。

「燒炭自殺的手法，在新聞上常看到呢。」

「那真的是自殺嗎？」鷹甚至說出這樣的臆測。

「什麼意思？」

「如果是富田林先生，把人殺掉再布置成自殺，根本就是小菜一碟嘿唷嘿（註）。」

「『小菜』？那是什麼菜？」由紀夫在意的點也很怪，「還『嘿唷嘿』咧。」

「小菜因為量少易消化，這句話被延伸為輕而易舉、不費力的意思。」悟依舊是周到地加以說明。

「這個世上就是有富田林那種傢伙大搖大擺地活著，孩子們的性格才會愈來愈扭曲啦。」勳突然忿忿不平地說道。

「嗯，可以這麼說。」悟也接口道。

「有什麼關係嘛。滿街的人裡頭，就算冒出一個像毒蟲子的傢伙又不會怎樣，不然不就和活在無菌狀態的主題樂園裡一樣了？」該說是不知為何，還是一如預期？鷹站出來幫富田林說話了，「你們應該也聽過，要是環境太乾淨，免疫力是會下降的。」

「噯，總之平安無事就好。我聽到由紀夫和鱒二在警局的時候，還以為出了什麼事，幸好你們沒有被懷疑是兇手。這麼說雖然對死者有些抱歉，你們沒事真是太好了。」葵輕輕地說道。

「這倒是。」另外三位父親幾乎同時應道。

由紀夫不是很想開口說話，於是默默望向車窗外的景色。他察覺自己的呼吸依舊紊亂，雙腳也在發抖。車子穿梭街道上，他無意識地望著飛逝而過的街景，右手壓著左臂被刀子劃破的制服裂口。側過臉一看，發現鱒二將頭倚著車窗，閉起雙眼。該不會睡著了吧？但仔細一瞧，他真的睡著了。由紀夫很訝異，鱒二捅出這麼大的樓子之後居然還睡得著。只聽見勳說：「鬧了一場下來，一定累壞了吧。」或許吧，由紀夫也有些睏了，他深深地閉上眼，隨著車行的搖晃，思考也愈來愈混沌，沉重的睡意開始使勁壓向他。

「我就說嘛，知代長期出差的時候，家裡一定會出事。」隱約傳來鷹的話語。

額頭感覺到車窗冰涼的觸感，意識一點一點地消失。當左後方葵的手機響起時，他已經入睡九成了，整個人正咕嘟咕嘟地陷入睡眠泥沼，泥水淹到了肩頭，只等頭也沉下去就整個人昏睡過去了。朦朧之間，他腦海掠過這樣的思緒——手機在響呢……葵接了電話呢……對方應該是女人吧……

「不會吧！」

葵很難得以這樣情緒化的、近似慘叫的語氣說話，話聲在幾乎睡著的由紀夫的腦中迴蕩。

「怎麼了？」駕駛座上的勳粗魯地問道。

「反正一定是被女人放鴿子了啦。」副駕駛座上的鷹說著風涼話。

葵則是對著手機追問：「為什麼？什麼時候的事？是真的嗎？」

身後葵那嚴肅的話聲，將由紀夫從睡眠泥沼中拉了上來。

註：原文作「お茶の子さいさい」，「お茶の子」即茶點，「さいさい」為日本傳統民謠間奏或歌詞末尾常出現的助興詞，沒有意義。

葵掛上手機後，由紀夫回頭望向他。雖然由於面朝行車相反方向，有些坐不穩，但由紀夫更擔心的是葵那前所未見的凝重神情。

「到底是什麼事啊？」鷹問道。

「誰打來的呢？」悟平靜地問道。

「一個女的朋友。」葵回答之後，望向由紀夫說：「由紀夫，就是那個女孩子呀，告訴我們下田梅子地址的那個。」

「嗯。」由紀夫點點頭。

「那個名字像老太婆的女的是誰啊？」鷹說。

「在賽狗場不是有一伙人掉包了那個公事包嗎？當時在場的那名女子，就是下田小姐。」由紀夫說明道：「就是貼在惡質律師男野野村身邊的那一位。」

「喔喔，那個女的啊。」鷹噗哧笑了出來，「一點也沒有梅子的感覺嘛。」

「剛才打給我的女孩子說，警察打電話找她問話。」葵的語氣沉重。

「警察？」悟蹙起眉頭。

「下田梅子好像死了。」葵緩緩地說：「是自殺。」

咦？——由紀夫驚呼一聲，登時動彈不得。

啥？——坐在副駕駛座的鷹也怔怔地應道。

啊？——動一邊開車一邊尖銳地出聲詢問。

「這樣啊。」全車只有悟依然保持冷靜。而當然，鱒二仍舊張著嘴睡得昏天暗地，同樣不見一絲驚慌，但那和冷不冷靜完全是兩回事。

「瓦斯槽旁邊那輛車子裡死亡的女性，似乎就是下田梅子。」或許是自己也很難相信，葵的語氣有些半信半疑。

由紀夫的腦中浮現從瓦斯槽後方抬出來的擔架，同時掠過腦海的，還有在賽狗場緊黏著野野村大助、嬌豔的下田梅子。那個有著柔軟肉感身影的她，短短幾天後，卻成了無機質冰冷擔架上的物體。太難相信了。

由紀夫，還好嗎？——傳來葵和悟的聲音，由紀夫想回說「我沒事」，但他只是倚上車窗，閉上了眼。腦中一片混亂，他什麼都不想思考了。

到家之後，馬上召開家庭會議。要是為了打麻將而聚頭又另當別論，在平時，由紀夫覺得和四位父親面對面討論事情不但麻煩，還很丟臉，因此總是能避就避。但這一天畢竟是發生了這麼大的事，由紀夫並沒有反對開會。光是發現屍體，就已經夠令人心情陰鬱了，加上死者是有過一面之緣的人，情緒更是暗澹。與其一個人獨處，顯然與父親們聊一聊比較能夠轉移注意力，或許還可理出整件事情的脈絡。他在盥洗室洗了手，接著檢查被小刀割傷的衣袖及其下的傷口，血已經差不多止住了。輕輕一摸呈線狀的傷處，傳來輕微的痛楚。他打開房間壁櫥，確認還有一套學生制服在。袖子被割破的衣服當然不能再穿出門了。

「不過，在賽狗場看到那個女的的時候，不覺得她快死了啊。」鷹邊說邊拉開罐裝啤酒的拉環。

「旁人眼中看起來再怎麼開朗，其實每個人內心都抱著各式各樣的煩惱啊。」勳淡淡地說道，口吻並沒有說教的意味。接著他也「噗咻」的一聲拉開罐裝啤酒拉環，仰頭一口氣喝乾了一罐。或許在勳的腦海，此刻正浮現了某個學生的面容吧。

「那名男性死者不曉得是誰喔？」由紀夫邊說邊將手伸向餐桌上的罐裝啤酒，勳一把抓住他的手腕，由紀夫喊痛縮回了手。

「會不會是……他啊？」葵將手貼在額上，望向由紀夫。

「你說蛋糕店老闆？」

「那是誰？」勳放下空空如也的啤酒罐，盤起了胳膊。

「之前和下田梅子小姐交往的人，是葵問出的線索，我們去拜訪過一次。那個人開了一家蛋糕店。」

「一般來說，會和前男友手牽手自殺嗎？」鷹說著也喝乾了啤酒。

「是強迫殉情嗎？」勳問葵：「男方希望與女方重修舊好，卻遭女方拒絕，男方一個想不開就使出下下策，之類的。會不會是這種模式？」

悟、鷹與由紀夫都同時望向葵。因為要買餅就去餅店；要看病就找醫生；要問女性相關問題，找葵就對了。

「不曉得耶……」葵偏起頭，「可是我覺得那位蛋糕店老闆不像是那種個性的人。」

由紀夫也試著回想蛋糕店老闆的模樣，感覺他的白制服下方就是由老好人和誠實堆砌起來的。像那樣子一心一意的人，一旦偏離了常軌，是不是會更加無法收拾呢？

「明天的報紙應該會登出來吧？」由紀夫試著說道。

「嗳，有沒有可能是那個傢伙呀？叫什麼來著的，他們在賽狗場的時候不是湊在一起卿卿我我的嗎？」鷹的嘴邊有著啤酒泡沫，「就是那個長得很像惡質律師的傢伙，殉情的是不是他呀？」

「他叫野野村大助。」悟說道。

「他們的關係應該沒有深刻到會一起殉情。」葵想了一下之後回道。

「可是那個叫野野村的，他的公事包不是被偷走了嗎？裡面還裝了赤羽的情報呀。」鷹噘起嘴，「搞不好他就是因此被罵到臭頭，精神壓力太大，決定一死了之。然後呢，因為一個人死太寂寞了，就拉了那個性感的年輕女人一起步上黃泉路。」

「說不定不是自殺哦。」悟低聲嘟囔，聽起來也像是在自言自語。

所有人同時看向悟。

「什麼意思？」由紀夫催促他說下去。

「搞不好只是被布置得像是自殺。」

「布置得像是自殺？這種事辦得到嗎？」勳眉頭深鎖，再度拿起一罐罐裝啤酒，拉開拉環，「噗咻」的聲響響起之後，又是一口氣喝乾。

「真要幹，也不是辦不到吧。」鷹旋即應道：「雖然那兩人是死在車裡，要是富田林先生出手，殺了人再布置成殉情的樣子，根本是小菜一碟嘿唷嘿。」

「又是小菜一碟？那個『嘿唷嘿』到底是什麼意思？」由紀夫怔怔地問道。

「那是民謠間奏的助興詞。」悟一臉認真地回答之後，繼續說：「我想，就算不是富田林先生，也是有辦法把現場布置得像是自殺的。譬如先讓他們昏睡過去，再在車內燒炭。」

「為什麼最近的自殺手法都是透過燒炭造成一氧化碳中毒呢？」勳不甚痛快地說：「連自殺都要趕流行在車裡放炭爐，每個人都選擇一個模子印出來的死法，我看搞不好過一陣子就會流行別種自殺手法了。」

「放心啦，你的學生不會那麼容易死的。」鷹伸出長長的食指指著勳。

勳明顯露出不悅，「我的學生一個也不會死。絕對不會比我早死。」

「在氧氣用盡的狀態下，炭依然能夠燃燒相當長的一段時間，容易造成一氧化碳中毒，可能是因為這樣，才會被拿來當作自殺手法。」悟對於這個話題，依舊是一板一眼地說明，「比起二氧化碳中毒時所感受到的呼吸困難，一氧化碳中毒的話，聽說是在不知不覺間陷入缺氧狀態，痛苦也相對地低吧。」

「要是有人斷章取義聽到你這段話，很可能會以為你在鼓勵燒炭自殺哦，悟。」勳語帶責難地說道。

「我並不鼓勵啊。採取一氧化碳中毒的手法，萬一沒死成，極可能留下嚴重的後遺症，而且受到傷害的是腦部，下場非常悽慘，風險實在太高了。所以我其實很訝異為什麼這麼多人有勇氣選擇燒炭自殺，明明是個這麼恐怖的賭注。」

「有勇氣自殺，卻沒有勇氣活下去啊。」勳苦笑道。

這時，由紀夫突然想起白天前往下田梅子公寓時見到的景象。上了鎖的房門，爆出信箱的報紙，以及那位運動服鄰居經過時說的話。他不禁「啊」了一聲。

「怎麼了？」悟與勳望向他。

由紀夫正想開口向葵確認，葵似乎也想起來了，「對耶，她是被強行帶走的。」

「怎麼回事？」悟的眼中閃過光芒。

由紀夫用力地點了點頭，告訴另外三位父親他與葵前往那處公寓大樓的經過，當時聽到了下田梅子被人帶走的消息。

「這下不妙哦，相當不妙。」鷹一臉嚴肅神情。

「搞不好真的不是自殺呢。」勳又盤起了胳膊。

「原因是那起掉包事件嗎？」悟思量著可能性。

「現在到底是怎麼回事嘛？」由紀夫搔著額頭。

由紀夫試著理清楚目前的狀況。眼前浮現下田梅子的面容，還有蛋糕店老闆那親切的笑容。他還想起和悟一起前往赤羽事務所時，看到野野村大助脹紅著臉講手機的模樣。當時看他的嘴形，他的確是說了：「給我找出來！」他想找出誰呢？如果是下田梅子，事情是說得通的。但是野野村想找出她做什麼？想也知道不太可能是找她出來再度擁抱吧。

「這麼說來，有可能是赤羽陣營的人殺了下田梅子嘍？」這個猜測透過嗓音低沉的勳嚴厲地說出口，原本就瀰漫著危險氣味的話題更加令人忐忑，「換句話說，她的死是被布置成自殺的。」

是這樣嗎？」

「因為公事包被奪走，情報遭竊，所以下手報復？」葵深深皺起眉頭。

「或許對赤羽而言，那些情報是不方便曝光的吧。」悟淡淡地說：「上次鷹說，赤羽的銀行帳戶資料也都洩露出去了，是吧？所以可能他並不希望詳細內幕浮上檯面，像是匯入匯出金額等等。」

由紀夫忍不住吐槽說，如果真是那麼重要的資料，為什麼會隨便裝進公事包裡帶到賽狗場那種地方去呢？那位野野村大助行事也太輕率了吧。

「不，」悟否定道：「正因為那些資料非常之重要，野野村才會帶來帶去、寸步不離身，不是嗎？所以連去到賽狗場都拎著，也因此想奪取資料的一方必須使出小手段才能得手。」

「這也就是梅子妹妹他們為什麼要想出那麼繁複的掉包手法嘍。」葵點著頭。

「赤羽陣營的人，會因為這種程度的恩怨而殺人嗎？」由紀夫比較在意這一點，因為若真是這樣，赤羽陣營就不是普通的恐怖了。

「不無可能哦。」鷹將手上把玩的拉環往餐桌桌面一扔，「赤羽的支持者大多是些粗鄙莽夫，要是被奪走的那個公事包裡頭有他們見不得人的情報，難保不會怒氣攻心幹出殺人放火之類的事。」

「怎麼可能？」由紀夫很難相信鷹這番話，「不至於要殺人放火吧？」

他心想，不過是個公事包被偷，怎麼可能就有人要為此事償命。

「我是不想說出這件事啦，」鷹先說了這句，才繼續說道：「可是由紀夫，任何事物都有可能成為殺人的契機哦。」

「我也無法理解教導兒子這件事的父親，到底是抱著什麼樣的心態。」由紀夫嘆了口氣。

「我是想讓你早一步明白世間險惡，提醒你千萬小心呀。」

「不過話說回來啊，」動的臉上寫著困惑，本來就有些下垂的眼角垂得更嚴重了，「那位叫下田梅子的女子，為什麼要奪走赤羽陣營的公事包呢？她有必要這麼做嗎？」

「有一個可能，」悟豎起食指，「最簡單的猜測就是威脅取財吧。」

「威脅取財？」

「下手奪走公事包的並非單獨一人，而是一群人集體行動，對吧？」悟望向由紀夫尋求確認。

悟說的沒錯。下田梅子引開野野村大助的注意力時，出現了將公事包掉包的男人，然後又轉手給了另一名男人，整起行動至少就有三名共犯。

「那群人之所以進行掉包，可能是想拿公事包的內容物回頭威脅赤羽陣營。」

「恐嚇赤羽說：『要是不想讓公事包裡的資料曝光，就拿多少多少錢出來。』嗯，的確有可能。」動點了點頭。

「還有另一個可能。」悟伸出中指，「有人想重挫赤羽。換句話說，整件事其實是赤羽對手的策略。」

「你是說白石陣營嗎？」由紀夫稍稍壓低聲音。

「對耶，為了白石而竊取情報。」

「何況現在正值選舉期間，這個推測的可能性又更高了。」動再度點了點頭。

「可是啊，很難想像下田梅子會對縣知事選舉這類的事情感興趣耶。」葵搔了搔太陽穴一帶。

「葵，你之前是不是說過，下田梅子給人感覺是個很有野心的女子？」

由紀夫想起葵曾說，她總是一臉驕傲地帶企業家或是職棒選手等等來頭響亮的男人前往葵的店。

「葵的確說過哦。」動頻頻點頭。

「所以會不會就是這股野心，促使她涉入掉包事件呢？攀上縣知事當然算是往上爬，因此她才會幫白石陣營辦事。是這樣嗎？」由紀夫說。

「原來如此，她確實有可能想與政界攀上關係。」

「又或許，只是單純受人委託。」悟豎起無名指。

「委託？」由紀夫反問。

「與政治或選舉都沒有關係，搞不好她只是接了個案子，有人出錢叫她去把那個公事包弄到手。」

「但下場卻是弄到自己連命都沒了？」葵似乎打從心底為下田梅子感到不值。望著葵的神情，由紀夫心想，葵這個人搞不好對於沒了呼吸的女性也會靠上前溫柔地問候對方吧。

「我們該怎麼做呢？」動以一手揉著另一手粗壯的上臂。

「可是，只有我們知道吧。」葵說。

「知道什麼？」由紀夫問道。

「只有我們知道奪走赤羽陣營公事包的，是下田梅子妹妹。」

「嗯，沒錯。換句話說，懷疑下田梅子不是死於自殺的，只有我們幾個了。」悟旋即同意葵說的，「警方那邊，恐怕也是打從一開始就認定是自殺事件。」

「還有，別漏了兇手。兇手也很清楚那並不是自殺哦。」鷹迅速地伸指一比，並沒有要指著誰，那模樣宛如刺向空中看不見的氣球。

但即使如此，對於這件事，我們也沒義務非採取什麼行動不可吧？——由紀夫說出心中想法，然而父親們的眼中卻不見一絲一毫開玩笑的意思，每個人都緊抿著嘴，一臉嚴肅神情。

「來分工吧。」開口的是悟，他望著另外三位父親說：「鷹，你負責調查富田林那邊，我想確定他是否與殺害下田梅子一案有關。」

「好。」面貌長得宛如猛禽類的鷹，眼神更銳利了。

「富田林先生不會裝傻到底嗎？」由紀夫問道。他不覺得對方會老老實實地坦白說「對啊，我把人殺了再布置成自殺」。

「哎喲，他橫豎都會裝傻吧，不過從裝傻的方式觀察，還是分辨得出是不是說謊。」

「勳，你去調查和那名女子殉情的男方是誰。可能明天報紙就會登出姓名了吧，不過還是得確定一下是不是剛才葵說的那位蛋糕店老闆；不是他的話，又是哪裡的誰。我希望你幫忙查出這一點。」悟淡淡地說道。

「可是我明天學校還有課呢。」

「這樣啊，所以動這邊直到週末都無法動到了。」悟很快便掌握了狀況，「葵，你能不能幫忙調查一下那名女子最近的生活及周邊的狀態？或許能夠得知她是為了什麼原因奪走公事包，而誰又是她的同伙。」

「我試試看。」

「我呢？」由紀夫微微舉了一下手，「我要負責什麼？」

「由紀夫啊……」

「你還有考試吧？」勳接口。

「是啊。」

「你考試沒問題嗎？」鷹很難得出聲關心。

「雖然去了一趟下田梅子小姐的公寓大樓，接著被鱒二找去瓦斯槽那邊，又被富田林先生的手下威脅，還被帶去警察局，我想應該沒問題吧。」由紀夫帶著自暴自棄的心情說道：「總有辦法的。」

「真的沒問題？」勳皺起了眉。

「你沒問題喔？」葵偏起了頭。

「不要勉強哦。」鷹悠哉地說。

「總有辦法的。」由紀夫又回了一次。

由紀夫也曉得，父親們所擔心的，並不是他的考試。比起考試考砸了，這個世上存在著太多太多恐怖的事，這一點，父親們都再清楚不過。

玄關門鈴響起。圍著餐桌的一干人面面相覷。由紀夫起身走到對講機前一看，螢幕映著某位男子，由紀夫登時睜圓了眼，對著對講機應道：「我馬上過去。」

一打開門，眼前站著的是古谷。

數小時前在瓦斯槽那兒初次見面、還對出拳的由紀夫揮了刀的古谷，此刻正站在玄關的燈光下，身後是庭園與漆黑的夜。

「請問……」由紀夫只開了個頭，就再也說不出話來。在瓦斯槽旁感受到的恐懼，從腳邊逐漸往上攀升。

「我是來請教你朋友的事的。」古谷依舊是面無表情。

古谷的身邊，站著一名體形大他兩倍的壯碩肌肉男，體格與勳不相上下或者更壯，露出短袖袖口的胳膊粗得像大腿，而這位壯漢正閉起一邊眼睛，由紀夫過了好一會兒才察覺，壯漢是想朝他眨單眼示意。壯漢身上的T恤印著可愛的鯉魚圖案。

「我朋友？」

「就是剛剛也在瓦斯槽那邊的那個小子。告訴我他住哪。」當然，古谷指的是鱒二。

「你怎麼知道這裡的？」

雖然毫無必要，古谷湊近身，貼上由紀夫的耳邊說道：「這是富田林先生的命令。」他囁嚅著：「你和富田林先生不是認識嗎？他當然知道你家在哪兒呀。」

在瓦斯槽旁被黑雲籠罩的感覺再度襲來，由紀夫禁不住全身顫抖，軟弱地心想：啊——，我又只能難堪地呆立當場了。這時，身後傳來一聲：「怎麼了？」由紀夫驀地回過神，轉頭一看，悟正站在他身後，「請問找我兒子有什麼事嗎？」

悟個頭並不高，眼神卻相當鋒利，態度舉止仍是平日那副泰然自若的模樣。

「你是他的父親嗎？我來是有點事想請教令公子。」古谷的神情絲毫不見訝異，迎面對著悟說道。

「感覺不太友善啊。」悟站到由紀夫身旁，交互望著古谷與他身邊的壯漢。

「呃，這位爸爸，聽說你是富田林先生的朋友啊？不必白費力氣了，這次的事情，富田林先生是不會睜一隻眼閉一隻眼的。」

「不，我不是富田林先生的朋友。」悟應道。

「什麼？小子，你說謊是吧！」古谷瞪向由紀夫。

「富田林先生的朋友是我。」鷹也出來了，站到由紀夫的左側，衝著古谷指著自己說：「我啦，我啦。」

「你是哪位？」

「我是這小子的老爸。」鷹大剌剌地說道。

古谷的眉毛微微動了一動，「老爸？」接著望向悟。

「我兒子怎麼啦？」語氣非常刻意的正是葵，他也從後方冒了出來，站到由紀夫的身後。

「我兒子怎麼了嗎？」最後現身的是勳，他站到那位壯碩的鯉魚男面前。鯉魚男見到勳的體格，驚訝地睜大了眼。這兩名壯漢瞪視著彼此，宛如格鬥技競賽開場前的景象。

「現在是怎樣？」或許古谷也不由得一頭霧水，只見他蹙起眉頭說：「小子，你是有幾百個老爸啊！」

古谷應該是從不覺得現實中有誰會有四個父親，訝異之餘，才會脫口而出這句諷刺或玩笑話，搞不好他甚至以為，眼前這四個人其實是某個只會重複同一句「我兒子怎麼了嗎？」的詭異集團吧。

「由紀夫，這兩個人是怎麼回事？」鷹問道。

「就是……今天見過面的……富田林先生那邊的人。」聽由紀夫這麼一說明，鷹頓時眉頭深鎖；葵將頭髮往上梳了梳；勳則是筆直地瞪著眼前的鯉魚男。

「來得剛好，我也有事想問問富田林先生。」鷹或許只是在逞強，語氣卻毫無怯意，「小傢伙，你早知道會有警車去瓦斯槽那邊吧？託你的福，我家的由紀夫被帶去警局了。你知道瓦斯槽那邊發生了什麼事嗎？」

這時，古谷身後的景色一個晃動，宛如空氣忽地扭曲。由紀夫還以為是院子裡的松柏迎風搖曳的影子，卻沒聽見枝葉顫動的窸窣聲響，緊接著便見到古谷身後冒出了富田林，面帶微笑說道：「那聽說是自殺啊，雖然我是聽警方說的就是了。」由紀夫大吃一驚。

「富田林先生！」古谷也嚇了一大跳回頭一看，立刻退了開來說道：「您在車裡等著就好了呀。」

由紀夫完全沒看到富田林什麼時候開了車門穿過院子而來。

個頭不高的富田林依舊是那副圓臉圓鼻頭老好人的模樣，由紀夫卻不由得全身神經緊繃，在瓦斯槽時透過手機與他交談的內容浮上腦海。四位父親也都是一臉僵硬的神情。

「你老半天搞不定，我才想說過來看看狀況。再說由紀夫君我也不是不認得，我也擔心你會不會對人家不客氣呀。」富田林語氣沉穩地說著，接著舉起手打了招呼：「喲，阿鷹啊。另外三位也好久不見了，大家都還好吧？」

「我們正和樂融融地吃著晚餐，卻有人突然上門來，很傷腦筋啊。」勳忿忿地瞪向富田林，臉上露骨的嫌惡彷彿訴說著：「我的寶貝學生之所以會胡作非為，問題根源就出在富田林你的身上！」

「哎呀，別擺出那麼可怕的表情嘛。」富田林一臉爽朗地伸出掌揮了揮，「我有事想請教由紀夫君，如此而已，不會給你們添麻煩的。他是叫鱒二吧？我希望你能告訴我他在哪裡。」

「我要是告訴你，鱒二不就有危險了。」由紀夫皺起眉頭。

「何必呢？富田林先生您想知道的情報，哪有查不到的道理。」鷹像是在自言自語似地吐了一句。鷹說的沒錯，富田林只要透過他的賭場人脈，要查出鱒二的住處，應該是不費吹灰之力。

「不不不，最近啊，這一類的情報很難入手的，大家對於個人資料什麼的，愈來愈神經質了。」富田林說完，哈哈哈地縱聲大笑。

「說到個人資料，我倒是想起一件事。」悟換了話題，「聽說縣知事候選人赤羽的陣營，有部分機密資料被偷走了，你曉得這件事嗎？」

「嗯，鬧得滿大的啊。」富田林臉上浮現嘲笑，彷彿正在觀賞一場無趣的棒球賽。從這個反應研判，富田林與赤羽情報被奪取一事不太可能有所關聯。

「我們在猜，今天的自殺案和那位赤羽不無關係。」動的口吻頗粗魯。

「有可能。」富田林倒是說得平心靜氣，甚至微微露出笑容，「不過啊，與其說是赤羽老弟主導，他手邊其實有些激進的支持者，會不會是那些人幹的呢？」

「富田林先生，你那邊的賭盤現在狀況如何？赤羽還是白石呼聲比較高呀？」葵的語氣比起動或鷹要清爽了許多，這讓站在玄關前與富田林三人互相瞪視的由紀夫一干人之間令人窒息的空氣，多少緩和了些。

「現在是白熱化狀態，難分高下呢。」富田林原本就溫和的面貌，更是露出了開心的笑容。由紀夫再次感受到，這個人真的是打從骨子裡熱愛賭博。「現任的白石老弟稍微領先了一點，但是赤羽老弟相當有潛力，雙方勢均力敵哦。」

「如果赤羽陣營的個人資料當真被偷走了，不是會影響賭盤嗎？」動問道。

「幾乎沒影響。」富田林盤起胳膊，用力地點了個頭，「那件事對一般人來說並沒有差別，而且赤羽老弟的形象也沒有因此出現任何改變。」

「赤羽讓人覺得帶有危險氣息，相對地白石卻給人廉潔清新的印象，即使如此，賭盤還是不相上下嗎？」悟似乎頗意外。

「雖然說形象清新，白石還是有負面的人格問題吧。不得不承認的是，白石老弟性好女色，即使在現在競選期間，還是三天兩頭往女人住處跑，唉，那已經是病態了啦。他這事要是曝了光，形象應該會一落千丈。比起原先就給人印象不太好的男人，平日感覺誠實認真的男人一旦幹了壞事，世間的人們更瞧不起的是後者。就這層意義來看，白石老弟的風險其實更大。赤羽老弟的形象又不可能比現在更糟了，很多人甚至覺得這種蠻橫的人辦起事來反而更可靠呢。」

由紀夫聽著富田林這番話，想起了前幾天和葵走在鬧區時遇到葵的女性友人，她們也是氣呼呼地罵說，白石在競選期間還繼續搞不倫，根本就是把選民當白痴。

「喂，總之快告訴我們那小子人在哪裡吧。」一旁的古谷插了嘴。

由紀夫說不出話來。

「請問，鱒二那件事，害你蒙受了多少損失呢？」身後傳來悟的問話，給了由紀夫強而有力的支持。

「你們這幾個傢伙，憑什麼這種態度！」古谷依舊是面無表情，卻明顯露出了焦慮。站在動面前的壯漢雖不發一語，鼻子卻忿忿地呼著氣。

「損失可大了。多虧了那位叫鱒二的小傢伙辦事不力，本來應該送到對方手上的東西卻沒能送到，害我沒了信用。失去信用是很嚴重的，你們應該不難想像吧？而且呢，我最討厭那種嫌事情麻煩就扔在一旁讓它爛的小孩子了，不讓他們吃點苦頭，是不會學乖的。」

「不過啊，如果對富田林先生來說是那麼重要的工作，一開始就不應該交代給鱒二那種小毛頭啊。」鷹咂了個嘴。

「那的確是我的疏忽，阿鷹。我沒想到我的手下居然把工作轉包出去，不曉得委託了哪裡的小混混幫忙送東西，而聽說那個小混混又轉包給那個叫鱒二的小傢伙。」

「可是啊，要是真的把東西送去反而不妙哦，富田林先生。」鷹這時提高了聲量。

「『不妙』是什麼意思？阿鷹。」

「到了這個節骨眼，我也只能實話實說了。本來鱒二是打算照指示將東西送過去的啦。呃……，你說送去那兒來著？」

「鄰縣。」由紀夫立刻補上。

「對，鄰縣。可是呢，是我勸鱒二最好別過去的。富田林先生，您曉得那個偶像歌手嗎？叫什麼麻呂的。」

「田村麻呂？」由紀夫說道。

「對！就是她！」鷹豎起了食指，也不曉得他是下意識還是刻意的，只見他讓指尖繞啊繞的，彷彿催眠師一邊呢喃「好嘍——，你愈來愈想睡嘍——」一邊搖晃著繫了線的硬幣似地，「我聽人家說那個歌手要去鄰縣，歌迷好像全跑去堵人了，車站前的警力戒備非常森嚴。要是在那種地方悠哉悠哉地交貨，想也知道有多危險吧？所以我才建議鱒二還是暫緩一下比較好。」

鷹胡扯完這一段話，露出了微笑。由紀夫深深佩服鷹竟然能夠如此自信滿滿地吹牛皮還不打草稿，一邊等著看富田林他們的反應。

只見富田林有些愣住，不曉得是訝異於鷹這番再明顯不過的胡扯，又或者是正在深思鷹的說詞有幾分可信度。過沒多久，富田林開口了：「所以說，這次算是阿鷹的錯嘍？」

「嗯，可以這麼說吧。總之呢，我是為了富田林先生您著想，才提出暫緩建議的。」

「你沒騙我吧？」富田林壓低嗓子問道，他身上柔和的氛圍登時消失無蹤，由紀夫感到不寒而慄。

「我怎麼可能騙你？」鷹說了謊。

「沒錯，鷹沒說謊。」悟說道。

「對啊，他說的是真的。」勳也點著頭；「不是謊話。」葵也出言保證。

「偶像歌手啊——？真的假的呢——」富田林彷彿哼著歌似地，語尾拖得老長，「阿鷹，我只要查一下就曉得你是不是說謊了哦。」

「我絕對不可能有膽子對富田林先生您說謊的吧。」

古谷毫不掩飾內心的嫌惡，對富田林低聲說道：「別相信他。」

富田林盤起胳膊望著鷹，接著望向由紀夫，「不過，我還是不想原諒那個叫鱒二的小傢伙，因為我最討厭辦事不力的男人了。」

「好，既然如此……」鷹彈了個響指。

悟、勳、葵與由紀夫四人一齊凝視著鷹的側臉。鷹每次靈光一閃提出什麼建議，只有兩種可能。要不就是能夠解決事情的好主意，要不就是讓狀況更加混亂、更加惡化的餿主意。方才他瞎掰說因為有田村麻呂出現而警備森嚴，算是一記好球，也就是歸到前者的範圍。至於這次會是前者還是後者呢？他們都很擔心。

「……既然如此，那這樣吧！富田林先生，聽說您遇上詐騙了吧？有人打電話騙您匯錢過去？」

聽到鷹這段話，富田林的臉上露出了前所未見的陰狠表情，面孔當場脹紅，橫眉豎眼地說：「我絕對不原諒那傢伙。膽敢冒用太郎的名義，太卑劣了。」

「您找到詐騙的歹徒了嗎？」

「阿鷹，你是不是有什麼線索？」富田林渾身散發的威嚇力，相較於方才，完全變了個模樣，此刻的他顯得相當激動。

「算是有吧。」鷹露齒微笑，「所以如果，我把歹徒揪了出來，這次鱒二的事情，您能不能放他一馬？」

由紀夫望著鷹的眼神幾乎是用瞪視的。

雙方立刻達成了協議，富田林擊了個掌，開心地說：「好！一言為定。」與鷹握起了手。依舊一肚子不滿的古谷，帶著那名顯然是保鑣的鯉魚男步出了由紀夫家的院子。臨離去之前，古谷回頭一瞪，眼中閃著憎恨的光芒。

由紀夫等人站在玄關外頭，目送富田林他們直到背影消失才走進家門，再三確認門是鎖好的之後，還站在玄關便紛紛開了口。

「喂，鷹，你為什麼要提出那種交易！」動動氣了。

「你手上是不是握有什麼線索或情報？」悟也問道。

「當然沒有啊。」

鷹理所當然似地回道：「大家一起商量吧！」

「那要怎麼辦嘛？」動說這話的語氣，已經不帶苛責了。

另外三位父親一副「我就知道」的氣氛，垂下肩嘆了口氣，但感覺他們並沒有太沮喪，一定是因為他們早就料到會是這樣，畢竟彼此認識不是一天兩天的事，而是已經相處十多年、幾乎天天見面的老朋友了，對於鷹的行為模式早已習慣。而由紀夫也早猜到是這麼回事，因為他打從出生就和鷹混在一起，當然清楚得很。其實由紀夫比較訝異的是，鷹那番瞎掰一通的交涉，居然能夠讓富田林點頭撤退，可見鷹果然擁有把死的說成活的的神奇能力。

身後傳來有人在套上鞋子的聲響，由紀夫等人回頭一看，發現原本睡在客廳沙發上的鱒二，正杵在脫鞋處揉著眼睛。從警局回家的車上，鱒二睡得不省人事，叫都叫不醒，勳只好把他抱到客廳裡，讓他躺著繼續睡。「咦？怎麼了？由紀夫，為什麼大家都聚在這裡？」

大家很有默契地沒讓鱒二知道富田林來過家門口一事。悟和勳本來就口風緊，而連平常多話好事的鷹也避而不談，至於由紀夫，他也覺得沒必要特地說出來嚇鱒二。

「今天很抱歉啊，由紀夫。那改天見嘍。」過了晚上八點，鱒二在由紀夫家飽餐一頓之後，才終於踏上歸途。臨出門時，由紀夫與他的四位父親全都來到大門口送客，鱒二覺得怪，問道：「你們到底怎麼了？何必特地來送我啊？」

「沒有啦，我們只是擔心你嘛。回家路上當心點兒哦。」鷹舉起手道別。

「你老爹一切都好吧？」勳開口問道。他會這麼問，應該是因為他很清楚鱒二那位前運動選手老爸的事。

鱒二倏地紅了臉，雙眉垂成八字回道：「老爸每天都很有精神地賣著今川燒呀。」說完聳了聳肩，轉過身蹣跚地走在街燈下，影子隨之搖搖擺擺地逐漸遠去。

隔天早上，由紀夫起床一來到客廳，發現父親四人早已圍著餐桌，報紙就攤在餐桌上。他慌忙問道：「啊，登出來了嗎？」

「嗯，小小一篇。」悟抬起臉回道。

「只寫說有人燒炭自殺。」動有些不平地說道。

「果然是她沒錯。」葵一副心事重重的語氣，邊說邊斂起下顎。

「男方呢？是那位蛋糕店老闆嗎？」由紀夫坐到椅子上，探頭看向那篇報導。

「不是。是個不認識的男的，上頭只寫說這個人目前沒工作。」鷹以指頭敲了敲報導。

「到底是何方神聖呢？」

「我們正在討論這一點，比較有可能是女方的同伙吧。」悟撫著手邊的咖啡杯。

「女方的同伙？」

「你不是目擊到了嗎？就是聯手偷公事包的那一伙人啊。」悟回道。

「喔喔。」在賽狗場看到的毛線帽男身影掠過由紀夫的腦海，那窄肩與微駝著的背。當時還有另一人接走了毛線帽男掉包來的公事包，是一名西裝男，但在由紀夫的記憶中，西裝男的面容更模糊了。自殺身亡的男方很可能就是這兩人當中的一人。「所以，真的是報復？」

「總之呢，我和葵先去調查一下。」鷹指著葵說道。

由紀夫的手伸向餐桌上的餐包，一邊塗上乳瑪琳一邊打呵欠。父親們雖然沒吭聲，但他們望向由紀夫的視線，彷彿凝視著令人放心不下的幼童般，眼神裡滿是擔心。

結果昨晚終究是沒能好好睡上一覺。由紀夫心想，反正睡不著，不如複習一下考試範圍吧，於是坐到了書桌前。但是富田林的事、進警局的事，尤其是被擔架運出來的下田梅子的事，緊緊黏附在腦袋裡，怎麼都無法集中精神念書。

「打電話詐騙富田林的那些傢伙，到底要從何找起嘛！」明明是自己提出的交易條件，鷹此時卻不負責任地怨嘆著。

「你還是先想好該怎麼跟富田林先生解釋加賠罪比較好吧。」葵也不負責任地回了一句。

「好啦，總而言之，你今天的考試加油哦。」勳語氣堅定地對由紀夫說。

「我說啊……」由紀夫忍不住想聽聽父親的回答，「這樣下去，我們可能會陷入史上最大危機耶。要是沒能搞定與富田林先生的約定，不曉得會有什麼下場，鱒二也一樣逃不過他們的手掌心，而且其實，我們全都逃不掉的。」

「嗯嗯，是啊。」悟說。

「那是當然的。」葵說。

「用不著你說。」鷹說。

「我們都知道。」勳說。

「可是，怎麼覺得你們全都一副老神在在的樣子。」由紀夫張開滿是奶油餐包的嘴說道。

「老神在在？」鷹皺起眉頭。「你說我們嗎？」勳苦笑道。「慌得不得了呀。」葵也不禁失笑。

「現在只能盡人事了。」悟則是清楚地斷言。

「盡人事？」

「就算到最後走投無路，別擔心，我們幾個一定會保護你和鱒二的。」聽勳的語氣，似乎打算把由紀夫連人帶口中的奶油餐包一併包覆起來似的。

「四個父親聯手，要是還保護不了兒子，簡直是遜到爆啊。」鷹抹著鼻子，「人家也會嘲笑我們說，不過是人數多罷了，不是嗎？」
「不過是人數多罷了，不是嗎？」由紀夫不小心把心裡想的話脫口而出。
上學途中，來到恐龍橋頭時，由紀夫察覺自己走路的速度比平常快。他心想，節奏果然亂掉了。自從昨天在瓦斯槽旁發生那起騷動，自己就不太對勁了。即使面對的是一如往常的自家、一如往常的街景，看在現在的他眼中，都有種彷彿初次接觸的錯覺。
過了橋繼續筆直前進，來到了紅綠燈前。由紀夫一邊走在斑馬線上，一邊回頭望向後方，因為他有些在意方才擦身而過、站在路口一隅的一名女子，總覺得似曾相識，於是他停下腳步仔細一瞧，發現那正是幾天前他與葵經過這個路口時所遇到的傳單女子。
由於女子整個人散發出的氛圍與先前相差太大，由紀夫一時沒認出眼前的女性就是記憶中的那名女子。女子的頭髮剪短，似乎也換了副眼鏡，而最大的差別是，她的神情非常開朗，之前毫無自信而游移不定的視線、飄散出疲累感的鬈髮都不復見，現在的她即使稱不上美女，卻是給人感覺非常活潑外向且可愛。只見她動作俐落地發著傳單，而當然，並不是每張傳單都能順利地讓行人接下，但女子絲毫不氣餒，就算被拒絕，依舊積極地靠近下一位行人遞上傳單。
由紀夫心想，真是大變身吶。而原因無他，正是葵那次上前對她搭話所產生的效果。葵當時先是稱讚女子的牛仔褲，還說「只要換一副眼鏡，剪個短髮，一定會變得更可愛」，雖然不曉得葵這番話有幾分真心，看來女子欣然接受了他的建議。只要看到她的改變便一目了然。
汽車駕駛對著由紀夫按喇叭，他才猛地回過神，驚覺燈號已經變紅了，連忙小跑步越過了斑馬線。

「昨天你上哪裡去了？」一進教室，多惠子立刻湊過來問道。她大剌剌地坐在小宮山的座位上，回頭望向由紀夫。

「昨天？」

「你不是和那位超帥父親一道離開嗎？」

「發生了很多事。」

「很多事是什麼事？說來聽聽嘛。」

「我差點被凶狠的傢伙帶走，更慘的是，我們剛好待在發現屍體的現場，於是被帶到警局去。」

「是是是。」多惠子敷衍地應道，完全沒當一回事，「講真的啦。」

由於嫌麻煩，由紀夫便隨口胡扯道：「昨晚我們全家去吃燒肉。」而不知是否因為這個說明對多惠子而言比較容易接受，她微笑著回道：「哦，這樣啊。你們去哪一家燒肉店？」

鷹曾說過：「人們只相信自己想相信的事物。」嚴格來講，這話其實是鷹從悟那兒聽來的，不過的確不無道理，流言蜚語幾乎都是透過這種心理流傳開來的。

「噯，你聽我說嘛。」多惠子又開口了。由紀夫試著回她一句「我不想聽」，但她只當沒聽見，繼續說：「昨天啊，熊本學長跑來我家耶，你不覺得很誇張嗎？」

由紀夫心想，要是語意模糊地回她一句「哎，很難講吧……」，多惠子一定會罵他「什麼跟什麼？你到底有沒有在聽人家講話嘛」，所以由紀夫決定只是應個聲：「是喔。」

「什麼跟什麼？你有沒有在聽人家講話啊？」結果還是被罵了。「現在可是期中考耶，他到底在想什麼嘛！真是的，一直吵著說『我們和好吧，我們和好吧』，又不是紙捻（註一），哪有可能和好如初啊。」

「有人對妳如此念念不忘，不是很好嗎？」

「你這話是認真的嗎？由紀夫。」多惠子連眨著眼，「要是你再這麼悠哉地講風涼話，我搞不好真的會和他復合耶。」

那你們就復合啊。——由紀夫差點脫口而出，還是忍了下來，一方面是因為他太訝異於這宛如田園詩般的氛圍。富田林的事也好，下田梅子的案子也罷，比起那些麻煩事，眼前這個問題簡直是太恬靜了。

「所以啊，我呢，就跟他說：『只要你能讓小宮山君來上學，我就考慮和你復合。』」

「這是哪門子的交換條件？要是他真的把小宮山帶來學校呢？」

「我們上門去都叫不動小宮山君，熊本學長絕對不可能叫得動的啦。可是人家昨天要是不這麼說，熊本學長顯然不肯離開我家。民間故事裡不是也有這種狀況嗎？對於前來求愛糾纏的男人們，拋個絕對解決不了的難題給他們，好讓對方知難而退。」

「是輝夜姬（註二）嗎？」

註一：以堅韌的紙條搓成的細紙繩，用以裝訂簿冊或當束髮繩，展開後仍可恢復爲原先的紙條模樣。

註二：《竹取物語》的女主角「かぐや姫」。此書爲日本最早的物語文學作品，創作於十世紀初，作者不詳。

「對對對！就是那種感覺。」

「多惠子，妳並不是輝夜姬好嗎？」

「由紀夫，你這個人真的很拘泥於小細節耶。不過啊，你覺得熊本學長有辦法把小宮山君拖來學校嗎？應該不太可能喔？」

「因為熊本學長是籃球社的前輩，和棒球社的小宮山毫無交集啊。」

「啊，對耶。」多惠子似乎現在才察覺這一點，睜圓了眼說：「他們兩個一點關係也沒有喔。」

「嗯，不過所謂當局者迷，搞不好旁觀者反而找得出解決方案吧。」由紀夫因為懶得繼續扯下去，敷衍地回了這句，沒想到多惠子一臉滿足地應了聲：「有可能喔。」

教室的前門「嘎啦」一聲被拉開，現身的是數學老師厭T，纖瘦窄肩的他，戴了副淺色鏡片的眼鏡，似乎是想讓自己看上去時髦一點，卻一點也不適合他。

「喂，開始考試嘍，回座位坐好。」聽到厭T冷冷的聲音，多惠子慌忙回自己的座位去了。

「噯，由紀夫君。」鄰座的殿下探過頭來，依舊是平日那副不知人間疾苦的大少爺神情。

「又來了嗎？惡作劇電話？」由於已經在發測驗卷了，由紀夫速速接了話，「那個考完試再講啦。」

「嗯，電話打是打來了……」

「還真的有啊。」

「哎，那不重要啦。由紀夫君，你昨天發生了什麼事嗎？」

由紀夫蹙起了眉。他很想對殿下說，昨天發生了好多事，我嘗到了極端的恐懼，好像連自己所站立的基臺都被大大地撼動。但他更訝異的是，殿下是怎麼察覺到他昨天出了事？

「你的神情不對哦，由紀夫君。」

「神情？」

「一副不知道在想什麼的樣子，你現在心根本不在考試上頭吧。」

「殿下，什麼都逃不過您的眼睛啊。」

這時厭T出聲警告：「喂，你們兩個閉嘴了。不要小看學校考試！」

以《土佐日記》為範圍出題的古文試題，由紀夫作答一切順利，但是考化學時，卻有幾題答不出來。由紀夫決定採取和前一天考日本史時一樣的方式，乾脆地交卷離開教室。當他從座位站起，拿著答案卷朝講臺走去，抬起臉來的多惠子拋出意味深長的視線。由紀夫只當沒看見。

他走在校園裡，一開始還在思考方才的試題，但沒多久，昨天發生的事情便占據了他的腦袋，包括下田梅子、擔架，還有昨晚來到家門口的富田林。

動對他只是說：「你就好好地去考期中考吧。」而由紀夫也知道，就算他插手也解決不了任何問題，但他也曉得，父親們說是說要揪出詐騙歹徒，其實根本毫無勝算。

所謂父親，是不是一逮到機會就想騙一下兒子？或者很愛先下手為強呢？由紀夫的四位父親，偶爾會對他撒謊。

譬如，由紀夫讀小學時，學校運動會前幾天，四人分別來通知他：「那天我有事，怎麼都走不開，所以沒辦法去參觀你的運動會了。」由紀夫心想，也好，這樣反而樂得輕鬆，但是到了運動會當天，由紀夫跑大隊接力的最後一棒，接近終點線時，只見四位父親抓著相機死命地找角度按快門，害他差點沒摔倒。後來問他們為什麼出現在學校，得到的回答是：「我們想嚇你一跳呀！你一定以為父親不會來看你了，這時候我們卻突然現身，你一定感動得不得了吧！」

又譬如，由紀夫中學畢業前夕，父親們得知他很想去聽某個搖滾樂團的告別演唱會，四人表面上都裝出一副毫不關心的模樣，淡淡地應道：「喔，這樣啊。」然而在入場券開賣的當天夜裡，四人卻各自弄到了票。鷹好像是透過在賭場認識的詭異男子幫忙弄到票的；葵則是使出老招數，想辦法接近賣票中心的小姐；悟努力計算出電話預約訂票最可能打通的時間點，同時使用好幾臺電話撥打；至於勳則是以體力決勝負，趕在開賣前一天便前往購票地點徹夜排隊。由紀夫不明白這四個人有什麼必要拚成這樣，而且最令他無言的是，每個父親都買了兩張票，跑來約他說：「和我一起去吧？」由紀夫覺得很煩，為什麼自己非得和父親一起去不可？最後他沒去聽那場演唱會，父親們則是個個哭喪著臉說：「真是冷漠的兒子。」

這幾個父親行事常會這樣，無論心裡有什麼盤算或計畫，老愛瞞著由紀夫，然後在暗地裡進行，打算最後給由紀夫一個驚喜，但是他們精心策畫的下場，通常都只是讓由紀夫哭笑不得。然而這次的事情，就由紀夫觀察到的，四位父親並沒有刻意裝傻瞞著他什麼，而是真的傷透了腦筋，苦無對策。

由紀夫就這麼獨自一人走了好一會兒之後，很唐突地驚覺到小宮山與此事的聯結。這靈光乍現發生在他來到恐龍橋頭時，先是不知怎的，腦中掠過多惠子的身影，由紀夫想起她說她對熊本學長提的條件是，「只要你能讓小宮山君來上學，我就考慮和你復合。」接著，他又想起在體育館被小宮山的學弟們包圍時聽到的消息：

「小宮山學長自己接了奇怪的打工，做黑的還在那邊炫耀。」當時圍住他的學弟當中一人曾這麼說，而另一人也接口道：「一定是那個啦，加入詐騙集團之類的……」

由紀夫的眼前閃耀著光芒，全身彷彿被看不見的電線纏繞，一道強烈的衝擊在他全身奔竄，宛如被施以電擊促人起死回生般，而事實上，原本站著的他確實忍不住倏地拱起身子。

「加入詐騙集團之類的……」

這段話語不斷在他腦中迴響。

說到詐騙，你會想到什麼呢？——在他的身體裡，另一個自己舉起了手回答：「老師！我知道！說到詐騙，富田林先生拚了命想揪出來的歹徒，不就是詐欺犯嗎？」

由紀夫曉得自己的心跳變快，腳步也逐漸加速。他走在恐龍橋上，一邊做了決定：「去找小宮山吧！」小宮山所接下的「做黑的」打工，應該和詐騙富田林的歹徒有關吧？而小宮山之所以不來上學，應該和那起詐騙案有關吧？一旦開始這麼揣測，愈想愈覺得事實就是這麼回事。

或許是小跑步無法平息內心的焦急，由紀夫回過神時，發現自己已經狂奔了起來。

傳來電影《E.T.》的主題曲。是母親的手機響了，由紀夫一直把它收在書包裡沒拿出來。由於上了按鍵鎖，由紀夫無法撥打出去，只能接聽來電，但是打來找母親的電話，他也沒道理接起來，就在他嫌麻煩，打算置之不理時，瞄到液晶螢幕上顯示的來電者名稱為「鷹・好賭之徒」，意識到時，自己已經按下了通話鍵。他一方面覺得好笑，不知道母親到底都是怎麼給手機通訊錄上的聯絡人命名的。

「由紀夫嗎？你還好吧？」鷹不等由紀夫出聲，劈頭便粗魯地問了話。

「我剛離開學校。有眉目了嗎？」

「沒有什麼大發現，不過，警方已經認定那是一起自殺事件了，還不確定他們判定是情侶殉情還是相約自殺，總之警方完全不考慮他殺的可能。」

「喔，你是說那件事啊。」

「什麼意思？什麼叫『那件事』？」

「我在想的是富田林先生遭到詐騙的事。」

「唉，那一邊也毫無線索啊。由紀夫，你現在人在哪裡？」

「我已經離開學校了，要去朋友家一趟，等一下就回去。」他沒有說謊。

「路上當心不要遇到富田林先生哦。」

「這種事當心就避得掉嗎？」

「也對。」鷹笑了，接著補了一句：「葵今天好像要做炸豬排哦。」

由紀夫發現自己緊繃的表情頓時緩和了下來，笑著回道：「好久沒吃了。」眼前同時浮現盛在盤中炸得非常漂亮的金黃色炸豬排。

「我們現在不是遇上瓶頸了嗎？所以要來吃炸豬排，戰勝困境（註）！」

「不要這麼悲觀地說什麼瓶頸啦。還有，別說冷笑話了。」
「總之你今天早點回來哦。」鷹說完，掛了電話。

不知是否由紀夫自己精神狀態不佳的關係，覺得小宮山家的公寓大樓，比昨天來看到時顯得更加堅不可摧。小宮山家是四樓，所以大概在那個高度吧？——由紀夫估計著大概位置，抬頭看去，腦中一邊響起內心戲碼的臺詞：「撐著點！我馬上就去接你了！」接著他想到一件事：對了，小宮山長什麼樣子啊？他不由得偏起頭回想，但腦海只浮現了模糊的印象。由紀夫一面斜眼瞥著旁邊的花圃，一面朝大樓邁進，來到了入口大門前，停下了腳步。

他毫不遲疑地……不，應該說他不讓自己有遲疑的機會，火速按下了小宮山家的房門號碼。好一會兒，只聽到待接訊號聲。唉，果然太輕率行動了。——他開始後悔，而於此同時，對講機忽地傳來女性的應聲：「喂？」是小宮山母親帶有試探意味的聲音，「請問是哪位？」

「呃，我有點事想找小宮山君。」
對講機彼端響起說不出是感嘆還是同情的嘆氣。
「嗯，你又來了呀。」
「我今天來是為了另一件事。我知道小宮山在煩惱什麼了。」
沒有回應。看來這個說詞還是讓她有些退卻，沉默了一會兒，才傳來她虛弱的聲音：「這麼

註：炸豬排日語為「豚カツ」，帶有「勝（かつ）」的發音，日本人常取其吉祥之意，於考試或出賽吃前吃炸豬排。

說來，昨天，你也說過你全都知道了，對吧？」

這個時候，一句從小聽葵教到大的話語在由紀夫的腦中甦醒。葵諄諄地教他：「當女生感到不安的時候，你一定要自然地面帶笑容，這麼對她說哦。」父親愈是執拗地交代：「千萬記在心上哦。」由紀夫愈是鬧彆扭地心想：「我死都不要照做。」但或許因為愈這麼叮嚀自己，腦子記得愈牢，由紀夫朝著對講機，將這句從小被葵灌輸的話語說了出口：

「有我在，儘管放心吧。不會有事的。」

由紀夫怎麼都不覺得這是一介高中生應該對著比自己年長的女性說的話，何況對方還是同班同學的母親，話一出口，他感到丟臉不已，不由得低下頭，慌忙想說點什麼向對方道歉，但在他開口之前，對講機彼端傳來了回應：「請稍等一下。」

下樓來到大門口的小宮山母親，看上去比上回見到時更加疲累，臉色也很差，黑眼圈非常明顯，整個人顯得很慌張。由紀夫不由得問道：「您是不是身子不舒服？」

小宮山母親望著由紀夫，由紀夫心想，她大概又會像上次一樣打發他說：「謝謝你的關心，不過，請別再管我們家的事了。」但出乎意料地，她並沒有趕由紀夫走，而是緊盯著他瞧，但當兩人四目相交，她又旋即移開視線，眼眶溼潤，臉頰微顫。

「伯母……」由紀夫才剛開口，便見她的喉頭一動，似乎是緊張地嚥了一口口水，接著她輕嘆了口氣，似乎下定決心似地緊緊閉了一下眼之後說：「能請你……能請你見見我兒子嗎？」

由紀夫傻在當場，怔怔地問道：「呃，可以嗎？」

「嗯，麻煩你了。」小宮山母親說著，臉頰止不住顫動。她低下頭，雙唇微啟，似乎躊躇著想說什麼，卻聽不見聲音，只見她支支吾吾囁嚅著。由紀夫等著她說出口，但她終究是什麼也沒說，轉身朝電梯走去。由紀夫一邊跟上她，一邊問道：「小宮山還好吧？」這時電梯門剛好打開，兩人走進電梯，小宮山母親按下樓層按鈕，語意模糊地回道：「嗯，謝謝你的關心。」

電梯到了四樓，門靜悄悄地開了。小宮山母親沉默地以眼神示意由紀夫先出電梯，於是他照做。眼前的大樓內部裝潢非常高級，與前一天造訪的下田梅子的公寓大樓有著天壤之別，走廊兩旁一塵不染，也不見家門信箱插著報紙的住戶。

小宮山母親不知何時走在由紀夫前方，來到一扇門前，撫了撫鑰匙說：「我們家是這間。」由紀夫一看，門旁名牌上寫著「小宮山」。

門打開來，由紀夫踏進門內，眼前的脫鞋處冷冷清清，既不見可能是小宮山的鞋子，連支傘也看不到。由紀夫心想，只要沿著這道狹長的走廊直直走去，就會通到客廳了吧。

小宮山母親頭也不回，甚至沒對由紀夫說聲「請進」，就這麼留下他在脫鞋處，兀自幽幽地走進走廊。

「打擾了。」由紀夫脫了鞋，走在走廊上，左右張望著問道：「請問小宮山的房間在哪裡呢？」但小宮山母親依舊不發一語地走在前頭，由紀夫不禁有些不愉快。人家客氣地問話卻理都不理，也太失禮了吧。

前方的客廳門是開著的，小宮山母親直接走了進去，由紀夫只能快步跟上。

一走進去，由紀夫馬上察覺不對勁。這是個很一般、橫向長方格局的客廳，右邊深處擺了張餐桌，可是，本來應該相對放置的沙發組卻被推至靠牆，鋪木地板上散放著浴巾與皮包等物，而且最奇怪的是蹲坐在靠牆沙發旁的小宮山，他那曬黑的膚色與一頭短髮都和平日一樣，卻顯得一臉憔悴，而且在自家裡無精打采地屈膝蜷縮的身影，更是詭異至極。由紀夫發現他的雙手似乎被什麼器具縛在身後，頓時心頭一驚。

兩人的視線對上。

小宮山，你怎麼了？——由紀夫想問他，卻發不出聲音。

由紀夫無法理解眼前的狀況，屏著呼吸，帶著詢問的視線移向小宮山母親。她正站在餐廳牆邊，一臉泫然欲泣的神情。有人從身後架住她，同時捂住她的嘴。

「這是怎麼回事？」

由紀夫好不容易發出聲音時，手臂突然被人從背後抓住。

兩臂都被抓住就完了，被壓制住就死定了。——由紀夫的腦中瞬間浮現這個念頭。這是小時候和動對練格鬥技時，動教導他的要點：絕對不能被抓住！趁還能動彈時，想盡辦法甩開對方！於是由紀夫死命甩動雙臂，一個轉身，手上的書包飛了出去落到地上，他心頭不禁掠過一絲擔心，想不起來書包裡有沒有裝了什麼不能撞的東西。

接著他用盡全身力量，毫不猶豫地試圖抽回雙臂，左手掙脫開來，身子順勢一側，他看見了身後的男人。對方頂著山本頭，腮幫子很大，由紀夫沒見過這個人。山本頭男的頭髮斑白，下巴留著雜亂的鬍碴，鼻子很大，鼻孔也很大，一身運動服，手腕一帶有著暗紅色斑點，兩道眉幾乎要連在一起，鬢角到下顎還長了短短的鬍鬚，而且口中散發著臭味，雖然不至於令人想掩鼻，那是齒垢的氣味。

由紀夫一邊暗忖這傢伙是誰啊？一邊甩開手，緊接著以肩頭衝撞對方，耳邊傳來動的聲音：不要停下來！絕對不能被抓住！山本頭男登時失去平衡，飛撞上由紀夫剛才穿過的那扇客廳門。關著的門發出巨大聲響，整間屋子為之震動。

「不准動。」出聲的是另一名男子，同時響起「咔唰」一聲。由紀夫留意著撞上門的山本頭男，一邊回頭望向聲音的方向。

一把像是槍的東西正指著他。

站在窗邊的男子同樣是素昧平生，握著的東西很像是槍。男子臉色蒼白，輪廓細長，頭髮稀薄，髮際線有些後退，面無表情地握著握柄，食指觸著像是扳機的東西。由紀夫過了好一會兒才察覺，那個像是扳機的東西不折不扣正是扳機，而像是槍的東西正是一把槍。那不是轉輪手槍，而是握柄內有彈匣的槍款。由紀夫想起小時候，鷹曾買了模型槍回來教他認識各式手槍。他這才發現，剛才聽到那聲「咔唰」，應該是拉動滑套讓子彈上膛的聲響。

「我會開槍哦。」蒼白男子冷冷地說道。

「由紀夫。」這時，小宮山出聲了。垂著頭貼近牆邊蹲坐的他，緊緊凝視著由紀夫，一臉無奈地搖了搖頭。

由紀夫再次移動視線，望向人在餐廳那一頭的小宮山母親，她也是面無血色，在她的神情裡，找不到一絲一毫可稱為活力的氣息。而在她身後架住她的是一名女人，束著頭髮，一臉素顏，年齡估計在四十歲上下。

總共三人。

除開小宮山與小宮山母親，屋裡共有三名陌生人，而且全是怪裡怪氣的傢伙。三人看上去毫無共通點：神情激動的中年男人，將毛躁蓬鬆的頭髮隨意束在腦後的四十歲左右的女人，還有面無表情的青年。

「你乖乖聽話的話，我就不開槍。」蒼白男仍架著槍。由紀夫看到男子身後窗旁的牆邊，豎著一支長槍，那是樣式簡約、顏色也很樸素的狙擊步槍，出現在這個屋內非常不搭調。

山本頭鬍碴中年男喘著粗氣，一邊抓住紀夫的手臂彎到身後，感覺得出男人內心的焦急，但他的動作卻相當確實。他以某樣東西一把扣住了由紀夫的手腕，發出「喀鏘」的聲響。由紀夫稍微動了動手腕，感覺到金屬的觸感，他知道自己應該是被上了手銬。接著腦杓後方傳來男人的聲音：「喂，坐下。」

對方沒有塞住他的嘴，也沒縛住他的雙腳，但是雙手失去了自由。他發現小宮山受到同樣的對待，小宮山母親也一樣銬著手銬。

男人上下搜著由紀夫全身，由紀夫覺得不甚痛快，這才發現對方是想確認他身上是否帶了手機，但母親的手機被他收在書包裡。

「這整件事，你到底知道多少內情？」山本頭鬍碴男雙眼充血，站到由紀夫身前問道。小宮山母親身旁的束髮女人也轉過身來面向由紀夫。

「什麼內情？」

「你不是上門來好幾次嗎！」女人一樣難掩激動情緒。

「趕都趕不走呢。」蒼白男熟練地把弄了一下手槍，然後放到一旁，應該是將手槍恢復到保險狀態了吧。

女人往玄關走去，沒多久便傳來一陣聲響，看來她把由紀夫的鞋子收進鞋櫃裡了。

「因為同班好友一直沒去上學，我才會屢次上門來探問。」由紀夫姑且這麼回道。

山本頭男語氣粗魯地對著小宮山喊道：「喂，小子。」三個陌生人當中，就數這個山本頭鬍碴男最毛躁，「你跟這傢伙交情真的那麼好嗎？」

小宮山面向由紀夫，目不轉睛地望著他。由紀夫暗地冒冷汗，心想，小宮山該不會老實地回說：「也沒那麼好啦。」幸好小宮山似乎也心下明白，點了點頭回道：「嗯，很好啊。」

「喂，你是不是知道了什麼？」蒼白男問道。他在窗邊沙發的扶手處坐下，聲音不帶任何情緒。

「我什麼都不知道啊。」由紀夫坦承道。這不是裝傻，而是事實。要是知道屋內是這種狀況，打死他都不會來找小宮山。

「可是你卻三番兩次上門來，還透過對講機說什麼『我全都知道哦』，對吧？」

「啊。」的確，昨天拜訪這棟公寓大樓時，由紀夫曾這麼說過。「那個不是啦。」

「不是？」蒼白男瞇細了眼。

「該說是隨口說說呢？還是胡扯瞎掰呢？總之我只是想激一激他而已。」

一瞬間，所有人靜默了下來。

不久，山本頭男睜大眼，咬牙切齒地問道：「真的是隨口亂講嗎？」他似乎相當悔恨。

「看吧。」蒼白男哼了一聲。在餐廳的女人也責怪山本頭鬍碴男：「所以我不是說了嘛。」

「可是，這傢伙三天兩頭就往這兒跑啊！」男人講得嘴角起了口沫，「任誰都會覺得奇怪吧？再說你這傢伙，真的只是個平凡高中生嗎？」

「嗯，我只是個平凡的高中生。」

「卻住在一棟大房子裡？」山本頭男的大鼻孔撐得更大了，而且眼神恍惚，頻頻眨眼，氣息帶著臭味。由紀夫縛在身後的雙手緊緊握拳，因為要是不這麼做，他會壓抑不住全身的顫抖，眼看就要被恐懼擊垮。

「抱歉，由紀夫。」小宮山對他說。

由紀夫於是抬起臉來，望著小宮山。

「真的很對不起。」小宮山母親說。

由紀夫輕輕搖頭，瞄向小宮山母親。

「這到底是怎麼一回事？」由紀夫以丹田使力問道。他想盡辦法讓自己的聲音維持沉穩，因為要是話聲透露了他內心的恐懼，總覺得會讓歹徒有機可乘。

三名歹徒面面相覷。

「這下別無選擇了……」山本頭男斂起下巴嘀咕道。女人聽了沒接話，持有槍的蒼白男也只說了句：「你決定就好。」

「小子，只好請你在這裡多待一陣子了。」山本頭男瞪著由紀夫說：「聽好了，你只要乖乖聽話就不會有事。想上廁所的時候就喊一聲，我們會放你去。雖然不可能讓你每天洗澡，在狀況許可時會讓你去洗。吃的喝的我們都會準備好。」

「什麼意思？」由紀夫聽不懂這話的意思，望向一旁的小宮山，但他只是露出同情的眼神回望由紀夫。

「真的很對不起你……」小宮山母親哽咽著向由紀夫道歉。

「我們也是無端被捲進來的。」小宮山嘆了口氣。

倚著沙發的蒼白男站了起身，拿起立在牆邊的狙擊步槍架到手上，眼睛湊上瞄準鏡，像要瞄準目標似地微調著。雖然還不到拆裝保養的程度，做出這般舉動的蒼白男宛如頻頻確認樂器觸感的吉他手，或是想清楚掌握相機狀態的攝影師，不難看出他對於這個工作伙伴的信賴、畏懼與疼愛。接著他將槍尾某個栓鎖狀的零件一扳，一抽，確認過彈匣的狀況之後，架起槍朝向窗外瞄準著什麼，眼睛也湊上裝在槍體上部的瞄準鏡看了好幾次。把玩了好一會兒，他又拿起掛在窗簾牆鉤上的望遠鏡，架在眼前望著外頭。

「這幾天之內就會結束了。只要乖乖聽話就不會有事，知道嗎？」山本頭男像是在說給自己聽似地嘟囔著，並沒有看向由紀夫。

接下來好一段時間，誰都沒開口。

由紀夫將背靠上牆，環視屋內。這整個餐廳與客廳相連的空間非常寬敞，天花板挑高，不太像一般平民百姓的住家。牆上掛著圓形時鐘，時間是下午三點。由紀夫想不起來自己是幾點抵達這棟公寓大樓的。小宮山躺臥在離他約兩公尺遠的地方，雖然不是不能爬行靠過去，垂著頭的小宮山似乎在睡覺，感覺先別吵他比較好。

女人側躺在長沙發上，蒼白男在窗旁盤腿坐著，小宮山母親則是倚著餐桌旁的牆，眼睛是睜著的，卻好像什麼也沒看進眼裡。

漫長的沉默中，小宮山曾睜開眼說了聲：「我要上廁所。」

鴉雀無聲的屋內響起「咚」的一聲，女人從沙發站起，面無表情地走向小宮山，接著伸手進自己牛仔褲的後口袋，拿出一把小鑰匙，插進小宮山身後手銬的鎖孔，將鑰匙一轉，取下了手銬。接著女人拉著小宮山的手讓他站起身，努了努下巴指向走廊。不知是否因為太久沒站直身子，只見小宮山顫顫巍巍、步伐生硬地穿過走廊而去。

女人隨後跟了上去。

看樣子，他們的監禁並沒有太嚴格，想上廁所時說一聲，就會乾脆地將手銬取下，當然也沒加腳鐐。由紀夫發現自己稍稍安心了點，他在想，這樣可能還有逃出的機會。

「別動歪腦筋哦。」

窗邊的蒼白男開口了，似乎看透了由紀夫的心思。他的聲音冷靜而銳利，宛如冰箭般射向由紀夫。「要是你敢亂來，我會開槍的。就算讓你僥倖逃出去，我也會開槍殺掉剩下那兩個人。」

由紀夫嚥了一口口水，點點頭。他曉得這不是威脅。小宮山母子之所以一直無法逃出去，就是因為這個原因吧。由紀夫回想起他和多惠子前來拜訪時，去到樓下大門口的小宮山母親的模樣。當時她一臉疲憊，冷冷地說：「這是我們的家務事。」試圖趕走由紀夫兩人，一定是顧慮到還留在屋內的小宮山的安危，沒辦法對兩人說出實情。

廁所才剛傳出沖水聲，小宮山與女人已經朝客廳走回來了。那個在棒球社學弟面前態度傲慢的小宮山已不復見，由紀夫甚至覺得他似乎瘦了一圈。小宮山虛弱地嘆了口氣，回到先前的位置坐了下來，既沒有反擊也沒有抵抗，乖乖地讓女人再度將他靠上手銬。或許是察覺到由紀夫的視線，小宮山抬起臉來，露出不知是皺眉還是微笑的表情，說道：「真是抱歉啊，由紀夫。」

「我還是一頭霧水，這到底是怎麼回事？」

「是啊，很莫名其妙吧。」

「這半個月來都是這種狀態嗎？」

蒼白男冰冷的視線射了過來，卻沒聽他說「不准聊天」。由紀夫暗忖，搞不好某種程度的自由是被允許的，但他也不禁感到疑惑，那究竟是為了什麼死守在這裡呢？話說回來，這算是死守嗎？

「半個月啊……，嗯，已經這麼久了呢。」小宮山難掩疲憊神情。

「今天是期中考哦。」

「是喔。學校還好嗎？我沒出現，大家都不擔心嗎？」

「很擔心啊，只不過，大家好像都以為你只是單純地不想上學罷了。」

「我想也是。」小宮山輕輕地笑了，「前一陣子，後藤田曾經打電話來我家哦。」

「他終於想起自己是個導師了啊。」

「我媽只好跟他說是因為我不想去上學，他好像相信了。」

「後藤田啊，幹什麼都是交差了事，直覺又很弱。」

「他應該做夢也想不到是發生了這種事吧。」

「想都想不到啊。」由紀夫感慨萬千地說道：「到底為什麼會變成這個狀況？」

「說真的，我也不知道。」

「是認識的人嗎？」由紀夫壓低聲音問，一邊瞄了蒼白男一眼。

「完全沒見過。」小宮山虛弱地搖了搖頭，「突然衝進我家，就待下來了。」

「什麼跟什麼？」

「別一直聊天！老實點！」蒼白男罵了過來。

山本頭男回來了，這時由紀夫才發現他方才出去了好一陣子。只見他一手拎著超市塑膠袋，應該是去了附近某間大型超市，由紀夫也偶爾會去那兒消費。山本頭男將整袋「咚」的一聲地放到餐桌上，不發一語地拿出裡頭的東西，那是以塑膠容器裝著的現成菜肴與白飯。

「肚子餓的話就講，會讓你們一個一個輪流吃飯。」山本頭男對由紀夫說道。由於山本頭男並沒對小宮山母子說明，可見這半個月來，恐怕每天都是這麼度過的。

由紀夫察覺自己內心不安的水位正快速上升，呼吸也不太順暢。眼下狀況不比學校的課堂，當然沒有清楚明定的下課放人時間，然而他還是不由自主地頻頻望向時鐘，只是每次看都覺得時間怎麼過得這麼慢，心中更是焦慮不已。他閉上眼，不斷告訴自己：總之，先冷靜下來。不知不覺間，後腦杓靠上身後的牆，就這麼嘴開開地睡著了。

醒來時，正是有人打開電視，喇叭傳出聲音的同時。一看時鐘，時間剛過晚間六點。坐在餐廳椅子上的山本頭男正聚精會神地盯著電視新聞播報。

「神經很大條嘛。」女人剛好晃過由紀夫面前，開口說道：「居然還睡得著，你都不害怕嗎？」

「很害怕。」由紀夫不覺得有必要逞強，「我還以為這一切都是夢。」

「是嗎。」女人垂下單邊眉望著他。她動作粗魯，且面無表情，由紀夫內心又開始發毛。

「我不能回家嗎？」

「放你回去的話，你會把這兒的事說出去吧。」開口的是在窗邊架著望遠鏡看向外頭的蒼白男。

「讓由紀夫……」小宮山插嘴道。可能是緊張的關係，他的聲音顫抖著，「讓由紀夫回去啦，他的家人會擔心吧，而且又不關他的事。」

「我一定會讓他回去的，也會放你們母子倆自由，只要等我們把該辦的事辦完，我們就會離開這裡。」山本頭男仍直盯著電視說道：「所以你們先老老實實地待著就對了，聽到沒？」

「你家裡的人會盯你回家的時間嗎？像是幾點前沒看到你就開始擔心之類的。」女人突然想起這件事，問了由紀夫。

「通常不……」由紀夫說到這，想起了炸豬排之約。由紀夫家大概都在七點半左右吃晚餐，剛才和鷹通電話時，由紀夫說了他很期待今晚的炸豬排，所以要是過了七點半還沒到家，至少鷹應該會覺得奇怪吧。

「在七點前到家比較保險。」

由紀夫無法判斷照實回答是不是上策，搞不好斬釘截鐵地宣稱「不回去也沒人會擔心」，先騙這三名歹徒安心，一方面讓鷹他們擔心而開始找人，反而能將對方一軍，但是由紀夫無法保證這招能夠如願奏效。

「七點啊。」蒼白男咕噥著，看了一眼時鐘，「還有一個小時。」

「看來還是先打電話報備一下。」女人立刻接口，「你撥個電話回家吧，母親在家吧。」

「母親剛好不在，不過，父親應該在家。」

「父親這麼早就在家？」女人的反應與其說是懷疑，更接近驚訝，「自己開公司嗎？」

「嗯，有些複雜。」由紀夫模糊地回道，差點接著說：因為我家有四個父親，狀況有些複雜。

山本頭男關掉電視，突然傳出一陣嘎吱嘎吱的劇烈聲響，仔細一看，原來是他猛搔著頭弄出的怪聲。他將遙控器放回餐桌上，邊走回客廳邊說：「地方新聞也沒在報導那個消息了。」

「應該被認定是自殺了吧。」女人晃到餐桌旁拿起一盒菜肴，坐到沙發上掀開盒蓋，拿起免洗筷。

「自殺？」由紀夫的思緒完全集中在這兩字上頭。說到自殺，他第一個想到的就是昨天在瓦斯槽後方被發現的下田梅子屍體，而他還不及細想，一句「是誰幹的呢？」已經脫口而出，屋內的空氣倏地凝結。「你在講哪件事？」蒼白男問道。

「臭小子！你果然知道內情！」本來正伸手要拿餐桌上菜肴的山本頭男，一把抓住牙籤罐朝由紀夫扔了過去，他的情緒似乎相當激動。由紀夫登時閉上雙眼，飛散的牙籤一枝枝撞上他的身體，幸好露出肌膚的部分都沒被刺中，灑遍制服上的牙籤看上去宛如恐怖的尖針，牙籤罐則是滾落地面，發出短促的鈍響。

「你到底知道多少！」山本頭男大踏步衝過來由紀夫面前，扯住他的學生制服將他拉起。雙手被銬在身後的由紀夫這下又被揪住衣襟，整個狀態讓他很難受，但更難熬的是制服立領及山本頭男的指節壓迫著頸部的物理性疼痛，而尤其恐怖的，是山本頭男的激動情緒。

「什麼東西知道多少？」

「關於那些死掉傢伙的事，你到底知道多少？」吃著菜肴的女人也停下筷子。

由紀夫覺得沒必要隱瞞，於是他說出了自己昨天也在那起自殺事件的屍體發現現場。一開始歹徒持懷疑態度，「你剛好出現在自殺事件的現場？哪有可能那麼巧！」但聽完由紀夫一番詳述之後，他們似乎都勉強相信了。

「可是，你剛才說了『是誰幹的』吧？那又是怎麼回事？」

「對呀，臭小子，你的意思是說那不是自殺嗎？」山本頭男講得口沫橫飛。

由紀夫緩緩晃動身子，沾在制服上的牙籤紛紛落到地上。

「我只是隱約覺得，那似乎不太像是自殺。」由紀夫謹慎地挑著用詞，曖昧地回道。說完又覺得這麼曖昧的解釋，對方顯然不會接受，於是又補了一段謊話：「因為我聽到警察說，死者似乎沒有自殺動機。」

「哼，警察。」山本頭男咬牙切齒地吐出這幾個字。

「警察懂個屁！」女人也是出口成髒。

「那不是自殺嗎？」由紀夫試探性地問道。

「那件事等一下再講，先讓這傢伙打個電話回家吧。」蒼白男冷靜地說道。

「也對。」山本頭男也贊成，「應該先把這事兒解決。話說回來，小子，你沒有手機啊？現在很少見這種高中生了。」

「我那支只能拿來接聽用。」由紀夫老實對他們說，他把手機收在書包裡，可是沒辦法撥打出去。

不出所料，山本頭男怒叱道：「少騙人了！」說著撿起由紀夫的書包，拿出手機按了幾下按鍵之後，才不甚甘願地說：「看來真的鎖住了。這手機有跟沒有一樣嘛。」

「真的是有跟沒有一樣的手機。」

「用這個打。」女人拿了一具電話過來，好像是小宮山家的家用電話，而且是無線話筒的款式。女人來到由紀夫身邊蹲下說：「幾號？我來按。」顯然不打算鬆開由紀夫的手銬。

「我該怎麼講？」

「就說你今天不回去了。」

「可是，不講什麼時候回家，我家人不是會更擔心嗎？」由紀夫指出問題點，「又不能說我去旅行了。」

「講個大概不就得了。」不知怎的，相較之下，蒼白男似乎是三人當中最不在意突然冒出來的由紀夫的，不，應該說他對於這整個事態都顯得興趣缺缺，這一點令由紀夫相當訝異。「『碰巧遇到朋友，說要留我玩過夜，所以我會多留一下再回去，放心吧。』高中生和爸媽的對話，差不多就是這樣吧。在小細節上編謊話，反而容易露出馬腳，你就大概交代一下，叫他們不必擔心就好了。」

「對喔。」山本頭男同意了，似乎頗興奮，「只要讓他固定聯絡家人，他們就不會跑去叫警察尋人了。」

由紀夫不曉得自己那四位父親會有什麼反應，他甚至覺得搞不好自己一、兩天不回家，父親們也不太在意吧。

他告訴女人自己家裡的電話號碼。女人不知是否視力不好，只見她瞇起眼，不太靈活地按下電話按鍵。

「你要是多嘴說了什麼不該說的，我會開槍哦。」蒼白男再度叮嚀。

「不准求救，也不准暗示任何關於這個地點的訊息。」山本頭男激動地說道，鼻孔張得大大的，連鼻孔裡頭都隱約看得到。

話筒貼上由紀夫的耳朵，待接訊號聲持續響著。「這邊的電話號碼已經設定為非顯示了，別動歪腦筋。」女人說道。

會是誰來接電話呢？由紀夫心想，要是比較敏感的悟或是勳，可能會察覺他不太對勁，但鷹的心思就沒有那麼纖細了。由紀夫一邊聽著待接訊號聲，內心一邊喃喃念著：拜託是悟或勳，悟或動。

「哈囉！」接電話的顯然是鷹。

聽到這聲音的瞬間，由紀夫並沒有沮喪地想埋怨：「搞什麼，為什麼偏偏是鷹嘛！」而是不自覺地想撒嬌般地大喊：「鷹——！救我！」胸口彷彿開了個洞，難以承受的寂寞倏地湧上心頭。由紀夫緊咬住臼齒，將情緒壓下之後，開口了：「嗯，是我啦。」他沒想到佯裝平靜竟是如此困難的一件事。

「喔，由紀夫啊，快點回來呀！你現在在哪裡？」

「我啊，剛剛遇到學校朋友，我們還要多聊一會兒，聯絡一下感情。」

「聯絡感情？女的嗎？那多惠子怎麼辦？」

「不是啦。」由紀夫一邊回話，察覺女人很快地將耳朵湊上話筒。若是一般父子間的對話，鷹的講話方式太過輕浮，所以要是被他們聽到對話內容，開始疑心由紀夫不是打電話回自家就麻煩了。但話雖如此，要是現在才強調這人真的是自己的父親又更怪，究竟該怎麼辦才好呢？由紀夫煩惱著。「我說的聯絡感情，不是指約會啦。」

「呿，是男的啊。好吧，那你幾點才要回來？」

「看狀況，可能要在他家住一晚吧。」

「啊？是喔。哎喲，有炸豬排耶！吃不到太可惜了。」

「下次吧。」由紀夫說著，閉上了眼，他也知道自己的眼角悄悄泛起了淚水，心裡一邊想著，不曉得還有沒有下次呢？

「好吧，那你就玩得盡興一點再回來吧。」

「我會的，雖然期中考還沒結束。」由紀夫沒想太多，很自然地說了出口，當然沒打算暗示鷹什麼，也不是想讓鷹察覺哪裡不對勁，他只是想盡可能地多和鷹講上幾句。身旁的女人戳了戳他，應該是在警告他不准多嘴吧。

「老是在意考試，會沒辦法長成頂天立地的大人哦。」鷹笑了。

「也對。考試什麼的就隨他去吧。」

「你果然是我的兒子啊。」

由紀夫身旁的女人點了點頭，似乎是確認了話筒的另一端確實是由紀夫的父親。

「那就先這樣，我會再和家裡聯絡。」由紀夫說完這句，女人正要將話筒轉個方向掛上，由紀夫卻直到最後的最後才突然想到，朝著話筒大聲說道：「抱歉啊，爸。」

電話掛上。

女人一臉滿足地拿著話機站了起身，兀自嘟囔著：「好，這樣一來，今晚就算過關了。」

由紀夫微微嘆了口氣，接著側過頭，以制服肩頭一帶拭去眼角的淚水。他也被自己嚇到，沒想到只是聽到父親的聲音，自己竟會感到如此強烈的安心。

他並不想睡，卻不知何時迷迷糊糊睡著了。銬著手銬倚牆坐著的姿勢當然不可能熟睡，但他很訝異自己在這樣的狀況下還能入睡，或許是和剛才一樣，內心某處仍暗自期待等一下睜開眼，就會從這場惡夢之中醒來吧。

屋內只聽見時鐘指針滴答響著，自己的呼吸也呼應著那聲響的節奏。小宮山和他母親都是一副筋疲力盡的模樣，而三名歹徒也沒什麼精神。由紀夫很想大聲問這三人：你們到底為什麼要待在這裡？持槍監禁小宮山母子很開心嗎？不，他們顯然一點也不開心，那既然不是因為開心而幹這種事，更沒有道理待在這裡了啊！

過了晚上八點。

由紀夫感到尿意，於是說了聲：「不好意思……」口腔彷彿黏住了似的，張開口只發得出沙啞的聲音。山本頭男正躺在沙發上，而待在餐桌旁的女人似乎也沒聽見由紀夫的聲音。

「不好意思，我想去小便。」

女人轉頭看向他，而於此同時，山本頭男也緩緩抬起臉來。

「不好意思。」由紀夫又說了一次，「小便。」

山本頭男既沒有顯露不耐煩也沒有抱怨，站了起身。女人拿出手銬的鑰匙，遞給山本頭男。他蹲到由紀夫背後，打開了手銬。由紀夫一抬起頭，發現窗邊的蒼白男正舉起手槍直直地指著他，看那樣子應該是為了預防由紀夫亂來，隨時都做好開槍的準備吧。

「走吧。」山本頭男將由紀夫推向走廊。

由紀夫乖乖地走出客廳。重獲自由的雙手並不覺得痛或沉重，動一動都沒什麼問題。他試著想像，要是就這麼轉頭撲倒身後的山本頭男，逃得出去嗎？他覺得不可行，因為山本頭男正繃緊神經監視著他，很難攻其不備，何況還有可能害到小宮山母子，再加上昨天在瓦斯槽那兒對古谷出手，卻被古谷悉數閃開之後還送上一劃刀傷，想到這，由紀夫更沒把握了。於是他走進廁所，四壁環繞的狹小空間裡，剩下他獨自一人。

本來是要來小便的，但一方面又覺得好累，由紀夫坐到了馬桶上，靜靜地反覆做著深呼吸。他曉得山本頭男正守在門外。他吸氣，吐氣，從鼻子吸吐大量的空氣，然後按下沖水手把，打開門，走了出去。

「闖進你家的人，是我。」山本頭男一副不甚痛快的語氣，對著正要從廁所走回客廳的由紀夫說道。

「咦？」

「我跟蹤你到你家，可是一進去卻發現你父親在家裡，連忙逃了出來。」

「咦？什麼？」聽到這突如其來的自白，由紀夫嚇了好大一跳，「跟蹤我？」

家裡客廳那支壞掉的窗簾桿浮現腦海。原來他就是那個闖空門的？那個入侵者？

「之前你們不是一直來這棟大樓拜訪嗎？總覺得你們這樣三天兩頭上門一定有鬼，會不會是察覺到了什麼。」

「我察覺到了什麼？」

「那時我在你家外頭，看你一回家又馬上跟個男的外出，想說那一定是你父親，所以家裡應該沒人在了，就進到屋裡去。」

「為什麼要闖進我家呢？」

「為了不讓你們壞了我們的好事。」

山本頭男的眼中閃爍的光芒，怎麼看都不太正常。雖然不是那種流著口水、神情恍惚、讓人一目了然的精神異常狀態，但是他那猙獰的眼神與激動的說話方式，總覺得有些偏離現實。
「哼，住得起那種豪宅，想必你父親也不是幹什麼正經工作的吧。」
「那並不是豪宅啊。」
「看上去很了不起的傢伙，個個都很奸詐。」他似乎銜著某個此刻不在現場的對象滿懷恨意，「不負責任，推諉逃避，出了事就想盡辦法把事情壓下去。」
「把事情壓下去？怎麼回事？」
「總之呢，絕對不能讓你們壞了我們的計畫。」
「計畫」這個詞聽在由紀夫耳裡，有種幼稚的感覺。而以嚴肅的態度說出幼稚的話語，其實相當可怕。
山本頭男一把扯住由紀夫的手臂，「好了，快走吧。」
狹窄的走廊似乎沒有盡頭，由紀夫穿著襪子的腳踩著地板，發出「啪咚啪咚」傻乎乎的聲響。
回到客廳，蒼白男依舊舉著槍瞄準由紀夫，直到由紀夫老老實實地坐下，被銬上手銬為止。手被銬著，背倚著牆，又恢復到先前的姿勢，由紀夫不禁輕輕嘆了口氣。
沉默再度籠罩四下。
窗簾不知何時被拉上，遮住了整面窗戶。室內開著日光燈，卻顯得一片陰暗，還有種令人喘不過氣的氣氛。
到了晚上九點，山本頭男又打開電視，轉到新聞節目，嘟囔著：「看樣子都沒在報導那個自殺事件了啊。」螢幕上映出縣知事候選人的畫面，山本頭男忿忿地說：「出現了。」

又過了大約三十分鐘，由紀夫吃到了這晚的晚餐。本來他已經做好心理準備，以為一定還是銬著手銬，得像狗一樣舔食餐盒裡的食物，沒想到歹徒幫他們鬆開手銬，讓他們可以好好地使用雙手吃頓飯，但相對地，一次只放一人吃飯，而且用餐的過程中，還有支手槍指著用餐者。

吃完飯後，由紀夫無事可做，只能定睛望著三名歹徒。

三人或是看看電視新聞，或是躺臥沙發上，但原則上他們的注意力都集中在窗戶外頭，尤其是蒼白男，幾乎不曾離開窗邊，見他不時摸一摸狙擊步槍，雙眼則始終留意著窗外的動靜，偶爾會拿起望遠鏡看外頭，然後往手邊的筆記記錄著什麼。

門鈴響起，旋律彷彿彈進了屋內。由紀夫驀地挺直背脊，小宮山母子也同時抬起頭來。

「誰啊？」山本頭男皺起眉頭瞪向由紀夫問道：「是誰來了？」他可能是在懷疑由紀夫動手腳通風報信了吧。坐在沙發上的女人起身，走到小宮山母親身邊拉她站起來，似乎很習慣這整個流程了。

「是鄰居佐藤小姐。」小宮山母親看了對講機螢幕之後，虛弱地說道。

「兩句話打發掉。」女人開始鬆開小宮山母親的手銬。或許訪客上門時，他們都是這麼處理的。

雙方透過對講機的對話，在客廳的由紀夫也聽到了。「老家寄了蔬菜過來，方便的話，我想拿一些給妳好嗎？」這位佐藤小姐的聲音聽起來很年輕開朗，由紀夫甚至覺得這個人未免太沒心機了。

「請稍等一下，我馬上過去。」小宮山母親回答後，掛上了對講機。

「戴上這個吧。」女人對小宮山母親說。由紀夫一看，那是個類似領帶夾的東西，應該是小蜜蜂麥克風吧。女人將那東西別上小宮山母親的領邊，而幾乎同時，餐桌上傳出了沙沙沙的摩擦聲響。仔細一瞧，桌上有個小小的擴音器，約為香菸盒大小。

女人像在搜身似地上下摸了摸小宮山母親的衣服。

「我去去就回。」小宮山母親有氣無力地說道，餐桌上的小機器於是傳出了同樣的聲音。由紀夫也看得出那正是無線麥克風與收訊器，應該是拿來監聽小宮山母親和外人接觸時，是否透露了什麼不該說的訊息吧。之前由紀夫與多惠子上門時，她搞不好也別了小蜜蜂在身上，所以才沒辦法對他們多說什麼。

麥克風的靈敏度似乎頗佳，小宮山母親穿過走廊、打開玄關門鎖，以及她的呼吸聲響，陸續從擴音器傳了出來。

「不好意思，突然來打擾。」接著是門外的年輕女子向小宮山母親打招呼的話語，兩人正在玄關脫鞋處交談著。

從對話內容聽來，她們似乎只是單純的鄰居關係，並沒有太深入的交情，彼此交換著可有可無的客套話。

在客廳聆聽著擴音器的山本頭男與女人，臉上也不見緊張的神色。

《E.T.》的旋律響起時，由紀夫還沒反應過來。音樂來自擺在餐桌上的手機，由紀夫過了一會兒才意識到那是他的東西。之前山本頭男將那支手機從書包拿出來之後，就一直放在餐桌上。

聽到那個來電鈴聲，頭髮隨意束在腦後的女人咂了個嘴，似乎不打算理會，手機依舊擺在原處。但實在是響太久了，女人拿起手機，走到由紀夫身邊。

「關機啦。」山本頭男也走了過來。

「可是現在才關機，對方搞不好會起疑。」女人起了戒心，「誰打來的？」她掀開手機摺蓋讓由紀夫看，液晶螢幕上顯示的來電者名稱為「葵・性好漁色」。

「啊。」由紀夫不禁輕呼出聲，「是我朋友。」他說了謊。

「接吧。講完馬上掛掉。」女人嚴厲地說道。而同時，窗邊的蒼白男也舉起手槍一拉滑套，將槍口對著由紀夫。

由紀夫點點頭，女人按下通話鍵。「喂？」

「喔喔，由紀夫啊。」葵輕快的聲音傳進耳裡。聽到這聲音，心頭的情緒也因此輕盈了許多。

「你現在在哪裡？」

「和朋友在一起。」

「喔，這樣啊。在哪裡呢？」

由紀夫一聽，迅速動腦筋思考著，該怎麼回答才是上上之策呢？他想讓葵聽出自己現在正遭人監禁，但當然不能大剌剌地說出口。雖然現在剛好鄰居女子來到玄關，歹徒不太可能當場開槍，可是要是惹惱了他們，他們肯定不會善罷甘休的。

不准多嘴。——蹲在他身旁拿著手機的女人瞪向他，眼神無聲地訴說著這句警告。迎面坐著的山本頭男也豎起了耳朵。

「在街上。」由紀夫別無選擇，隨便想了個回答，「我們在逛街。」

女人直勾勾地盯著由紀夫，輕輕點了點頭，似乎很滿意這個籠統的應對。

「是喔。對了，多惠子啊，說她會打電話給你哦。」葵一副想到什麼說什麼的語氣。

「為什麼又要找我？」

「不知道耶，好像有重要的事要告訴你。」

「什麼重要的事？」

「她說她發現了非常非常重大的事。」

女人的眼神變得嚴峻。

「啊，抱歉，這邊有點狀況。我再打給你。」

「喔，這樣啊，好吧。」葵說完，乾脆地掛了電話。通話結束得非常爽快，在此刻的由紀夫聽來甚至覺得葵好寡情，好想大叫：為什麼你對男性就這麼冷淡呢？

屋內一片靜默，而幾乎就在同時，餐桌上的擴音器傳出小宮山母親的聲音：「非常謝謝妳。」接著是關上玄關門的聲響。

「把這小子的手機關機吧。」山本頭男一臉不悅地抓起那支手機。

「要是手機不通，會不會有人擔心他而跑去報警什麼的？」女人說。

「可是讓他和外界聯絡太危險了。」蒼白男插口道：「手機也有可能沒電啊，讓打來的人以為是手機沒電不就好了。」

「放心吧，我不會說出不該說的事的。」由紀夫小心翼翼地說道，留意著不讓他們察覺他內心的急切。雖然不知道一支只能接不能打的手機派得上什麼用場，至少自己還有一個與外界聯繫的方式，心情上比較有依靠。「反正這支手機只能接聽，我又不可能打出去求救，所以能不能就先開著別管它呢？而且，我同學說有很重要的事要告訴我，我還滿想知道是什麼事。」要是勸說的語氣太明顯，歹徒說不定會起戒心。由紀夫說完這段話，擔心著三人的反應，但他們只是應道：「也對，對方要是聯絡不上反而容易起疑。」還點點頭補了一句：「而且，我們也想聽聽你同學發現了什麼大事。」

半夜，由紀夫完全睡不著。恐懼雖然減弱了一些，緊張感卻始終存在，加上雙手被銬在身後的姿勢很不舒服，他絲毫沒有睡意。熄了燈的室內，只有天花板亮著一盞小夜燈，四下一片昏暗。眼睛習慣這個亮度之後，由紀夫也看得清周圍的狀況了。他恍惚地望著牆上的時鐘，視線落在移動的指針上頭。

「你也真夠倒楣的。」

由紀夫一直以為所有人都睡著了，所以當身邊突然傳來話聲，嚇了好大一跳，轉頭往左邊一看，蒼白男不知何時來到了他附近，坐在約兩公尺前方的一張圓凳上，蹺著二郎腿，抱著狙擊步槍，看得出來他正在保養槍枝。蒼白男把聲音壓得很低。

「我會被怎麼對待呢？」由紀夫也壓低音量問道。環視屋內，小宮山和他母親顯然都睡著了，山本頭男仰躺在沙發上，女人則是趴在餐桌上，看樣子都在睡覺。時間是深夜兩點。

「天曉得。」蒼白男一副完全不感興趣的語氣很快地答道，看樣子他並不是故意端架子，也不是想整由紀夫，而是真的一點也不在意，「我不太知道那兩個傢伙在想什麼。」他的聲音裡不帶情緒，「我只是受僱於他們罷了。」

「受僱？做什麼？」由紀夫一問，蒼白男露出譏諷的神情撇著嘴，稍稍舉起自己抱著的狙擊步槍。「你這是在Live House裡問抱著吉他的傢伙說你是幹什麼的嗎？」

「啊。」由紀夫聽懂了，於是換了個問題：「僱你開槍打什麼呢？」

「打人啊。」男子輕輕笑了。

這一瞬間，由紀夫在賽狗場廁所聽到的一席對話忽地浮現腦海，當時廁所裡有兩名賭客邊小便邊聊起富田林的事。他們說，富田林為了解決某敵對社長，打算僱狙擊手，但找到的狙擊手卻突然跑不見了，害他相當傷腦筋。

莫非，那位突然不見的狙擊手，就是眼前這位蒼白男？雖然是很蠢的臆測，由紀夫不由得如此猜想。

他還想到，眼前這位狙擊手的形象，和漫畫裡的狙擊高手哥爾哥13還差真多。蒼白男的眉毛並不粗，身形纖瘦，看上去甚至給人個性脆弱的印象。男子當然不可能曉得由紀夫這一串思緒，卻開口問道：「你知道哥爾哥13所使用的槍枝嗎？」

「是M16吧？聽說是越戰時的槍款？」

男子既沒肯定也沒否定，兀自咕噥著：「M16採用小口徑子彈，輕便好攜帶，卻在越戰中頻頻故障，人們甚至說這款槍根本不適合用於狙擊，那為什麼像哥爾哥這種狙擊手中的狙擊手卻偏愛使用M16呢？這個疑問還曾被熱烈討論了好一陣子。不過呢，在兩百公尺左右的射程以內，命中率都還算精準，用起來頗順手，所以哥爾哥也是經過一番思考才挑了這款槍的。」

「喔，是喔。」由紀夫只能如此應道。

蒼白男繼續嘀咕，說手動槍機的步槍在拉開槍栓、將子彈推入膛室的那一瞬間，簡直像是做完了祈禱似的，內心會感到無比地平靜安詳，「每當我握住槍栓一扳、一抽，一切就緒的那一刻，感覺就像是我自己的身體也同時上好了膛。」

「喔，是喔。」

聽到這段自命不凡、嚴重自我陶醉的話語，由紀夫錯愕之餘，一方面也覺得，或許就是這種個性的人，才有辦法滿不在乎地扣下扳機殺人吧。

男子不知何時從圓凳站起，走到窗邊。白天看他一直待在那兒，或許那裡就是他的專屬位置了。他掀開窗簾，探看窗外，低喃道：「話說回來，八卦週刊的記者要搶獨家也很辛苦啊。」

「週刊？什麼意思？」

「這棟公寓大樓前面的路肩，停了一輛白色輕自動車，記者正埋伏在車內等著拍獨家照片。」

「啊，我想起來了。」

幾天前，由紀夫和多惠子來到這棟大樓時，看到有個拿相機的男子待在車內，當時多惠子還自作多情地說對方是打算拍下她這位美女高中生幽會的大獨家。這麼說來，那個男的真的是記者？「你說的是一輛輕自動車嗎？窩在這種地方是想拍到什麼獨家呢？」

「無聊的醜聞啊。」

「誰的醜聞？」

這時，男子嘴角忽地漾起笑意，「和我正在堵的傢伙是同一人。」

「同一個人？是湊巧嗎？」

「被槍口指著的同時，還被相機鏡頭指著。當知事還真辛苦啊。」

「知事？」

由紀夫這一驚非同小可，嘴張得開開的，話聲也是沙啞的。只不過他馬上就想到，自己喊了這麼大聲，該不會吵醒其他人了吧？連忙張望幽暗的屋內，但看樣子他們都還在夢鄉裡。「你說的知事，是誰？」

「知事就是知事啊。」

「白石嗎？」

「嗯，就是那傢伙。一臉認真踏實的不倫男，」男子應道：「像蜻蜓點水般不斷對女人出手的那位知事大人。」

白石性好女色，這個傳聞，由紀夫也從鷹還有葵的友人口中聽到過。

「知事住在這棟公寓大樓裡嗎？」

「不是。」男子板起臉，再度面朝窗簾，努了努下巴，「對面啦。對面還有一棟公寓大樓，就是正對這裡的那一戶。」

由紀夫筆直凝視著窗戶，外頭黑夜籠罩，加上窗簾是拉上的，不可能看得到正對面的公寓大樓，但是他記得馬路另一側確實有一棟高級公寓大樓，與這棟大樓宛如將棋的兩大棋子對峙。

「你說對面那棟？」

「距離不到一百公尺，小意思。」

由紀夫一時無法開口，怔怔地看向窗簾，看向男子，看向狙擊步槍，看向客廳天花板，從鼻子呼出氣息，吸氣。「白石就住在對面公寓大樓裡嗎？」

「是白石的『我可愛的小寶貝』住在那兒。白石固定會上門來。」蒼白男把白石的情婦稱做「我可愛的小寶貝」，兀自輕笑著。

「可是，他上門做什麼？」

「小子，你在學校裡都學了些什麼啊？」蒼白男的語氣裡滿是同情，「爸媽都怎麼教育你的？跑到『我可愛的小寶貝』家裡去，還能幹什麼事？」

由紀夫含混地把話頭帶過，「所以你這半個月來，一直待在這裡就是為了堵他？」

「本來是打算速速搞定的。」男子微微蹙起眉頭，「那位知事通常在星期三晚上出現在對面，所以我們在星期三傍晚來到這裡，威脅那對母子讓我們待在這兒，接下來只要再埋伏幾個小時，等那個好色知事一現身，我的狙擊步槍就會送他一顆子彈，然後預防萬一，再補一槍，工作就結束了。我啊，收了那兩個傢伙的錢，本來都計畫好要去峇里島玩個三天兩夜的。峇里島很讚哦。」

「可是，事情卻沒能依照計畫進行？」

「因為有個蠢蛋搞出了醜聞。」

「蠢蛋？」

「縣職員盜用公款，新聞鬧得很大啊，你沒聽說嗎？」

「喔，把錢都給了酒店小姐的那個。」由紀夫也曉得那則新聞，還聽人聊過那場向社會大眾謝罪的記者會對於白石的形象究竟是加分還是減分。

「然後呢，職員出事那一天，這位好色知事畢竟是不敢跑來找『我可愛的小寶貝』，因為所有媒體都追著他跑。」

「而那件事就好死不死發生在星期三。」

男子說，結果就是，他們三人別無選擇，決定繼續守在此處，等待白石知事再度上門找情婦。

「我們當然曉得知事競選活動已經開始了，只不過，等選戰一結束，不管是否當選，好色知事肯定會來找『我可愛的小寶貝』，而且不限定星期三哦。所以我們決定等到那一天。」

「無論當選或落選，他都會來嗎？」

「要是當選，他一定會跑來誇耀說：『妳看我很努力吧！』要是落選，他也會跑來尋求安慰說：『妳看我明明這麼努力啊！』」

「可是就算是這樣，你們一直死守在這裡堵人……」

「託他的福，我接下來的工作都取消了。不過這也是沒辦法的事。你覺得我們能夠對那對母子說：我們槍殺知事的計畫延期了，所以在事成之前，不可以告訴別人，也不能報警哦。說完就拍拍屁股暫時撤退，改天再來嗎？」

「可是……」

「已經上了船了。不管船會沉還是從此漂流，上了船就回不了頭了。所以即使與原先計畫有些出入，我們還是選擇繼續待在這棟公寓大樓裡等待機會。說老實話，我其實要撤要守都無所謂，下決定的是那兩個傢伙。」

「那兩個傢伙……嗎？」由紀夫望向山本頭男和女人。

「我也曉得他們兩個是抱著必死的決心幹這件事，只是這裡有點怪怪的。」男子伸出手指戳了戳自己的腦袋。

「所以你們在選戰結束之前，會一直待在這裡？」

「雖然白石也有可能等不到選戰結束就跑來會女人啦。」

「身為知事，會冒著身敗名裂的風險做出這種事嗎？」

雖然公職人員選罷法中，應該沒有規定競選期間候選人不得與「我可愛的小寶貝」有所接觸，但由紀夫也不難想像，這種事顯然是別幹得好。事實就是，八卦雜誌已經嗅到醜聞的氣味了。

「聽說白石之前當縣議員的時候，才不管是不是競選期間，照樣三天兩頭跑去『我可愛的小寶貝』的住處。有前科在先，這次再犯的可能性並不是零。」

「為什麼你們不惜做到這種地步也要殺掉白石呢？」

「這你應該去問那兩個人，我只是收錢辦事。只不過，他們應該會大發雷霆吧。這世上沒有比口袋有錢、怨念很重又火冒三丈的傢伙更難對付的了。」

由紀夫無言以對，只好沉默下來。而這一沉默，才發現屋內真的是一片靜謐。自己只是稍微動動身子，便弄出與地面摩擦的聲響。蒼白男將狙擊步槍豎立在一旁，打了個呵欠。

「赤羽呢？」由紀夫又拋出問題，因為覺得要是現在不問，恐怕再也沒有機會從這個人口中問出任何事了。「這件事和赤羽有關嗎？」

「赤羽……？就是另外那個候選人？」

「是的。這整件事是不是赤羽一手策畫的？因為要是白石消失了，最開心的就是赤羽了。所以殺掉白石一事，就是赤羽的指示吧？」

蒼白男臉上既沒露出訝異，也不見笑容，彷彿只是聽到一則無聊透頂的寓言故事。他面無表情地回道：「赤羽本人與這件事無關。」

「也就是說，這整起計畫無關知事選舉？」

「嗯，不過那兩個傢伙好像想讓這兩件事看起來有所關聯。」

「看起來？」

「我會槍殺白石的，對吧？那些傢伙在想的是，到時候就讓外界把懷疑的矛頭指向赤羽。」

「那些傢伙，就是那邊那兩位嗎？」由紀夫又望了一眼睡在一旁的山本頭男。

「他們兩個想讓別人以為是赤羽陣營槍殺了白石。」

「要怎麼做？」

「他們的策略好像是先激怒赤羽吧。」

「咦？」

「一開始，他們的計畫也很單純，槍殺知事，如此而已。沒想到後來計畫演變成不得不死守在這裡，他們也開始想些有的沒的鬼主意，是因為不安與恐懼使然吧。然後呢，因為縣知事選舉在即，他們就想到，不如嫁禍給赤羽吧，於是連忙著手部署。俗話說『臨陣磨槍』，那幾個傢伙感覺就像小偷臨上工前才慌慌張張地搓製攀降繩，在我看來，這種像是壓縮時間趕工趕出來的計畫，當然不可能成功。嗯，不過沒我插嘴的份就是了。」

「部署？什麼意思？」

「有錢能使鬼推磨啊，像是僱人去奪走某人的東西，這種簡單差事，可是一堆人搶著要做呢。」

由紀夫聽不懂他的意思，正想追問，山本頭男突然起身，由紀夫當場閉嘴。只見山本頭男睡眼惺忪地朝走廊走去，似乎沒發現由紀夫是醒著的。

由紀夫屏住呼吸，聽到廁所傳出了沖水聲，然後伴隨著腳步聲，山本頭男回來客廳，從從容容地又躺回了沙發。

之後由紀夫就找不到機會開口詢問了。頸部到背部一帶傳來陣陣痛楚，可能是因為身體長時間處於不自然的姿勢。他看了看時鐘，嘆了口氣。明天……，明天究竟會怎麼樣呢？一想到這，好幾件事同時浮上腦海。期中考的日子他卻缺席，同學們會有什麼反應呢？而最要緊的是，父親們究竟有多擔心他呢？

班導後藤田會察覺不對勁嗎？

不，那個人應該不會在意這種事。

由紀夫持續著自問自答。

殿下或多惠子會擔心我嗎？

感覺殿下是不會拘泥這種細枝末節的人，但多惠子就有可能以她的直覺察覺到什麼。

放心不下的多惠子會採取什麼行動呢？

說不定會跑去由紀夫家裡找人吧。她很可能真的會這麼做。

由紀夫任由想像繼續馳騁。

父親們和多惠子一聊之下，會不會得出結論，認定由紀夫出事了呢？

可能會。

由紀夫這麼期待著。

只不過，父親們猜得到由紀夫現在人是在小宮山家的公寓大樓裡嗎？一想到這，由紀夫不禁憂鬱了起來，因為猜到的可能性太低了。

就算他們懷疑由紀夫可能去了小宮山家，應該很難猜到他是被關在裡頭吧。即使他們真的問遍由紀夫的所有同學和友人，地毯式搜索他的下落，最後只剩下這棟公寓大樓是唯一的可能，他們也無從確認人是不是在裡頭。而要是沒有確鑿的證據證明由紀夫遭人監禁在內，就無法報警處理，當然也就不可能進屋來救他了。

歹徒的長相被他看到了。

想到這一點，由紀夫腦中忽地充滿了恐懼。這三人沒有蒙面，不正代表了他們有絕對的自信，非常篤定由紀夫與小宮山母子不可能洩露他們的長相嗎？

山本頭男之前說，只要乖乖聽話，等他們辦完事就會放他回去，但誰也無法保證山本頭男說的是真的。擅自闖進別人家裡待下來、架起狙擊步槍瞄準縣知事的這幾名歹徒的思考邏輯，顯然不能以常理來解讀。

不可能平安回去的。

由紀夫一察覺這個事實，突然陷入恐慌，慌張地動著手臂，也拚命扭動被手銬銬住的手腕試圖掙脫；他一邊留心著不要弄出聲響、小心翼翼地別讓歹徒察覺他的舉動，一邊掙扎著。當他察覺自己紊亂的呼吸聲迴蕩在幽暗、死寂、僅亮著一盞小夜燈的客廳裡，連忙放輕了呼吸。焦躁與恐懼在胸中翻攪，身子不禁顫抖。

他盤算著，有沒有可能趁這些歹徒睡著的現在逃脫呢？雙腳並沒有被縛住，站起身拔腿就跑不是辦不到，但是一邁出步子，子彈肯定就射過來了。手腕磨破了皮，痛楚增加了，卻絲毫不見可望掙脫的跡象，唯有雙手手銬撞擊發出喀鏘喀鏘的聲響，由紀夫連呼出的氣息都在顫抖。

聽到有人拉開窗簾，由紀夫醒了過來。山本頭男與女人正分別拉開兩側窗簾，固定在窗簾牆鉤上。

往左一看，小宮山也睜開了眼，雖然一臉疲憊，感覺他似乎已經習慣這樣的作息了。

「抱歉啊，由紀夫。」小宮山對他說。

「又不是你的錯。」若蒼白男所言屬實，小宮山母子之所以遇襲，只是因為他們家這個地點最適合狙擊對面大樓某戶。換句話說，他們根本是無辜被牽連進來的。

「你家人應該很擔心你吧？」

「我也不知道，只是一天沒回家，他們可能覺得還好吧。」由紀夫逐一回想四位父親的面容。擔心是一定會擔心的，只不過，由紀夫不覺得他們會立即採取行動。如果有什麼危險的徵兆或預警又另當別論，但是他昨天打電話回家交代了去處，他們應該沒想到由紀夫現在正身陷危險之中。

「對了，小宮山，你在打什麼工啊？」這時，由紀夫無意間想起自己一開始前來小宮山家的目的。

「打工？」

「你接了奇怪的打工，在做黑的吧？和詐騙集團有關嗎？我是聽你棒球社的學弟說的。」

「不要一直聊天。」女人警告性地喊了過來。她一手手肘拄著餐桌，百無聊賴地以另一手按著電視遙控器。但從她的語氣聽來，並沒有嚴格禁止他們對話。

「喔，你說那個打工啊。」小宮山輕輕一笑，那是許久沒在他臉上看見的笑容，「我跑去當麵包店的走路工啦。」

「麵包店？」

「站前不是新開了一家麵包店嗎？我負責裝成是剛進去消費的顧客，然後在店門口拿出麵包來，一邊啃一邊大聲讚歎『好吃！真好吃！』幫店家做宣傳。」

「那是什麼啊？」

「就是麵包店的走路工啊。」

由紀夫無言以對，失落地垂下了肩，「這是哪門子做黑的嘛。」

「別這麼說，睜眼說瞎話可是很令人心驚肉跳的哦。」

「是瞎話嗎？」

「嗯，沒那麼好吃啊。」

棒球社的小宮山雖然頂著一頭要短不短的邋遢頭髮，還是有著棒球社社員的嚴謹踏實氣質，加上他的說話態度無比認真，由紀夫也沒辦法責怪他去打這種工，唯一能確定的是，小宮山與詐騙富田林的歹徒毫無關聯。

「搞什麼……」由紀夫只覺得全身無力，「原來是這樣……」

「噯，由紀夫，我們這關過得去嗎？」

「什麼東西？」

「那些人，最後真的會釋放我們嗎？」

「嗯。」由紀夫肯定地回道：「嗯，會啊。」他說了謊。怎麼可能平安被釋放。

透過掛著蕾絲窗簾的窗戶，看得見馬路對面的公寓大樓，迎面一戶戶的陽臺整齊排列。雖然蒼白男說他們的目標是正對小宮山家的那一戶，但這麼看過去，也看不出來究竟是哪一間，總之白石會上門的就是這當中的某一戶吧，只不過肉眼看不到室內的狀況。

要是透過狙擊步槍的瞄準鏡，這個距離應該很輕易就能看得一清二楚。

蒼白男似乎是想讓空氣流通一下，默默地開了窗，和煦的風吹進室內，窗簾微微搖曳。傳來女子的高聲談笑，蒼白男看了外頭一眼，似乎是隔壁住戶也剛好出來陽臺上，感覺人就近在不遠處。那人正是昨晚上門的佐藤小姐，從聲音聽來，她似乎非常開心，雖然聽不清楚說話內容，只知道她是在和丈夫或愛人談話。由紀夫覺得有些錯愕，同一棟樓的相鄰兩個住戶，狀況竟是如此天差地遠。

沒多久，蒼白男關上窗，窗簾頓時宛如枯萎般靜止了下來，鄰居女子的話聲也聽不見了。

「啊，出現了。」女人盯著電視說道。由紀夫一看螢幕，電視正在播知事選舉相關報導，畫面映出白石走在拱頂商店街與行人握手致意的畫面，爽朗的笑容，不時閃現的整齊牙齒，更加深了他主打的年輕印象。坐在沙發上的山本頭男低聲罵了什麼。

突然一個甜麵包遞到由紀夫面前。

「要吃嗎？」女人問道。由紀夫點點頭，女人便打開包裝袋，將裡頭的果醬麵包撕下一小口，送到由紀夫嘴邊。

《E．T．》的旋律在快十二點時傳來，換句話說，由紀夫的手機響了。由於一直維持著同樣的姿勢，全身多處痠痛，就在折磨漫長得讓他連痛楚都不太意識得到的時候，餐桌上的手機響起，屋內的六人同時望向手機。

「抱歉。」由紀夫為此道了歉。

「我看還是關機啦。」山本頭男氣呼呼地一把抓起手機一看，「喂，這是未儲存號碼啊。」

說著來到由紀夫身邊，將手機的液晶螢幕亮在他眼前。

「是你的傑作嗎？你向誰求救了嗎！」山本頭男的雙眼布滿血絲。

「要接也可以，不接也可以。我無所謂。」由紀夫回道。這不是逞強，也不是想以退為進，他是真的不知道該怎麼辦而老實回答罷了。

見由紀夫如此反應，山本頭男情緒依舊激動，「給我接！」他忿忿地將手機往由紀夫一推，「不准多嘴。要是爸媽打來的，想辦法讓他們安心！」

接著彷彿約好了似的，窗邊響起「咔唰」一聲，蒼白男拉動手槍滑套，子彈上膛，槍口直指由紀夫。蒼白男此刻的面容與夜裡所見的有著天壤之別，他緊抿著嘴，似乎已打定主意不再開口了。由紀夫不禁懷疑，自己在昨夜見到蒼白男那副饒舌的模樣只是夢境的一部分。

山本頭男按下手機通話鍵，將機子貼上由紀夫的左耳，臉也跟著湊了上來。宛如混雜了油脂與汗水的腥臭，從他的口中傳出。

「啊，由紀夫？」

一聽就曉得對方是多惠子，但是為了不讓山本頭男起疑，由紀夫裝傻問道：「請問哪位？」

「我啦！多惠子啊。由紀夫你在搞什麼啊？為什麼沒來學校？」

聽到多惠子的聲音，由紀夫覺得好生懷念，一時間差點說不出話來。

「我陪鱒二出了趟遠門，趕不回去。」

「還在期中考耶，你居然沒來？」

「事出突然啊。」

「你傻了不成？」

期中考第三天只考一科就結束了，所以多惠子現在應該是在放學回家的路上吧。

「反正只缺考一科，應該可以補考吧。」

「我說由紀夫，你這個人最大的問題啊，就是做什麼事都太隨興了。」

「妳很囉嗦耶。」由紀夫回道。不是因為擔心多惠子這樣講個不停會對她不利，而是真的覺得她很囉嗦。

「怎麼這樣講！虧人家還打電話來關心你，想說你一定是生病還是怎麼樣了耶！」

「喔，對了，葵說妳有重要的事要跟我說？」由紀夫很自然地在這個時間點問了出口，一邊暗自生悶氣，在心中對多惠子喊道：拜託妳機伶一點好嗎？是察覺不到我出事了嗎！

「啊，對對對，今天啊，殿下會上電視哦。」

「殿下上電視？」

由紀夫發現湊在他耳邊的山本頭男蹙起了眉頭。

「他要上益智問答節目。」多惠子說出一個在全國播出的節目名稱，「他剛剛一下課，就說要趕去參加節目的預賽。」

多惠子說的就是由紀夫上星期才和父親們一起看的高額獎金益智問答節目。他想起來了，特別節目播出的日子正是今天，製作單位募集一般民眾參加預賽，勝出者得以進棚挑戰決賽，爭奪一千萬圓的獎金，益智問答過程將全程現場轉播。

「真的假的？殿下要參賽？」

「殿下說，他很想上一次電視看看。」
「可是這樣得大老遠跑一趟東京耶？」
「他一考完試，馬上就去搭車了啊。」
「殿下不好在益智問答節目露臉吧。」
「哎喲，反正，你一定一定要看哦！」
電話掛上後，山本頭男將手機放回餐桌，接著向女人和蒼白男簡短交代了通話內容，由紀夫也告訴他們，打電話來的是班上同學。
「殿下是誰？」山本頭男瞪向由紀夫。
「那是綽號。殿下是我們班上一個非常普通、個性悠然自得的同學。」並不是正牌的殿下。特意解釋得這麼清楚，由紀夫也覺得滿丟臉的。
「殿下啊，真懷念呢。」小宮山的語氣與其說是懷念，由紀夫聽出的是更多的疲累，胸口不禁一緊。
「聽說他要上益智問答節目哦。」由紀夫不知道這算不算是令人開心的消息，畢竟他們目前所處的狀態與參加益智問答節目兩相對照，壓根是天差地遠的兩回事，腦中實在湧不出現實感。
「益智問答？」小宮山似乎不曉得這種節目的型態，經由紀夫說明之後，他才虛弱地笑了笑說：「是喔，殿下想挑戰益智問答節目呀。」然後悄聲囁嚅著：「真想看啊……」
原來多惠子說的重要事情就是這個嗎？由紀夫相當錯愕，同時察覺到自己的最後一線希望也沒了，恐懼與不安讓他開始全身發冷。

下午一點過後，這天的午餐是便利商店的三角飯糰。雙手依然被銬著，一口一口咬下別人餵的食物，由紀夫突然覺得自己好像淪為等著別人賞賜飼料的小動物，內心更是悽苦。

入夜之前，他因為想小便，去了三次廁所；因為渴了，喝了兩次礦泉水。即使時鐘的秒針不斷移動，時間卻彷彿停滯不前。歹徒們開過幾次電視，但似乎都是有一看沒一看的。由紀夫本來以為自己應該遲早會想上大號吧，但或許是太緊張了，至今都沒有便意。射進蕾絲窗簾的太陽光線逐漸減弱，歹徒拉上遮光窗簾，進入了夜晚。

屋內六人幾乎沒有對話，但由紀夫有一次起身去上廁所，穿過走廊時，押在身後的山本頭男突然開口了：「這一切都要怪那個爛知事！」

「你們之間有什麼過節嗎？」由紀夫一問，山本頭男突地激動了起來，說道：「那個混帳東西是殺人兇手！」

「不過那兩個知事比起來啊，感覺赤羽更像壞蛋喔？」由紀夫小心翼翼地問道，山本頭男一聽，一臉不痛快地說出驚人之語：「沒錯，那傢伙也是個大混帳。他也是殺人兇手。」

由紀夫一聽，不知該說什麼。兩名縣知事候選人都是殺人兇手，這到底是怎麼樣的一個縣呢？

晚上七點，女人一邊開電視一邊問：「益智問答，要看嗎？」

「我要看！」小宮山旋即回答：「我想看殿下有沒有上電視。」

「不過是個高中生，哪有可能通過預賽。」山本頭男口氣火爆地說。

女人按著遙控器轉頻道，轉到益智問答。節目似乎剛開始沒多久，只見方臉的大嗓門主持人對著鏡頭伸出食指說：「今晚是現場轉播哦！Challenge!」接著咧嘴一笑，那說話方式簡直像是在告發電視機前的觀眾似的。或許是主持人自己也很不安，不曉得開放一般民眾參與的現場轉播能否一切順利吧，他的表情中有著前所未見的緊張神色。

攝影棚內的布置並不算豪華，簡單俐落的配置反而有著奇妙的安定感。主持人站在中央一座宛如講臺的高臺上，而面朝主持人圍坐成扇形的是十名答題者，他們都坐在略高的吧檯椅上，眼前是儉樸的小桌，桌上立著麥克風，而觀眾席就設在眾答題者的後方，觀眾與答題者的親友團各自占好位置等待決賽開始。由紀夫才在想，不曉得有哪些人會去為殿下加油呢？就發現這十名答題者當中，不見殿下的身影。

「果然還是被刷掉了啊。」小宮山似乎頗遺憾，還補了一句：「可是話說回來，也不曉得他是不是真的參加了預賽喔。」

「哼。」山本頭男露出一臉不屑。

「不過也不意外啦，殿下本來腦筋就不太靈光嘛。」小宮山有氣無力地笑了笑，原本探向前方的上半身又靠回了牆壁，「你說是吧？由紀夫。」

「喔，嗯。」

「怎麼了？殿下沒出現，你那麼沮喪喔？」小宮山問道。

「什麼？」

「我說你怎麼在發呆？」

女人按了遙控器，轉到棒球轉播的頻道。

「啊，我……」由紀夫回過神時，自己已經喊出聲了，「我想看益智問答。」

女人轉過頭來，瞇著眼看向他，「你同學不是沒上電視嗎？」

「因為是特別節目，我想看一下。」

女人瞄了山本頭男一眼。山本頭男或許是覺得不管看哪一臺都不可能影響現狀吧，他只是微微露出不滿的神情，說了句：「隨他便吧。」

女人於是按了遙控器。

電視畫面再度映出益智問答節目，主持人正以恫嚇般的尖銳語調開始介紹答題者，首先是最左方的答題者面向鏡頭。

由紀夫望著這名答題者沉著地與主持人應對，內心一邊問道：為什麼……？

——為什麼你會出現在那裡？悟。

那千真萬確，正是悟。穿著休閒外套的他坐在麥克風前，嘴邊的皺紋讓他看上去威嚴十足，眼神也很敏銳，微笑時眼角便浮現魚尾紋。螢幕上打出了他的全名。

「請問您從事的工作是？」主持人問。「我在大學教書。」悟回答。

主持人接著補充說明，悟以驚人的高分通過預賽，「說老實話，我們現在最怕的就是一千萬圓會被您拿走呢！」此話一出，棚內起了一陣小小的騷動。

由紀夫拚了命地佯裝平靜，他直覺判斷，絕對不能讓其他人察覺出現在電視上的這個人就是他的父親。

攝影機稍微拉近，主持人繼續說：「聽說今天您有三位友人前來為您加油，是吧？」

不會吧？——由紀夫才暗自嘟囔，螢幕上大大地映出觀眾席上的三個人。

你們在幹嘛啦！——由紀夫極力讓自己面無表情，裝出一副若無其事的模樣望著電視畫面。

那三人正是鷹與勳，還有葵。

介紹完所有答題者之後，益智問答正式開始了。遊戲規則如下：首先是由十名答題者共同參與的搶答時間，知道答案的人就按鈴搶答，答錯一題便當場刷掉，最後只留一名答題者，將繼續挑戰超高難度問題。

主持人以高亢的嗓音讀出問題，略顯驕傲的語氣，彷彿那些問題都是他自己設計出來的。

最右方的男子按了鈴，說出回答，蜂鳴器頓時響起，看樣子是答錯了。悟緊接著按鈴，冷靜地說完答案後，響起了答對的鈴聲。

無論是問題的內容，或是悟的回答，由紀夫都沒聽進耳裡，他只是不斷地問自己：為什麼？為什麼父親們會出現在電視節目裡？

是偶然嗎？父親們湊巧在這個節骨眼跑去參加益智問答節目？特地放下手邊工作跑去東京的電視臺？這麼突然？不，絕對不可能是偶然。

「那個人太強了，全都答對耶。」小宮山湊上由紀夫的耳邊說道。由紀夫嚇了一跳，耳朵又聽得到聲音了。他看向螢幕，主持人正在說：「您真的太厲害了，已經連續答對四題了呢！」悟微微笑道：「只是運氣好啦。」

《E. T.》的旋律再度響起。山本頭男咂了個嘴，抓起餐桌上的手機，粗聲粗氣地說：「是剛才那個號碼。」也就是說，是多惠子打來的。由紀夫接口道：「喔，她可能要跟我講益智問答節目的事。」

山本頭男一臉嫌麻煩的表情走了過來，將手機貼上由紀夫的耳邊，而老規矩，蒼白男立刻拉動手槍滑套，槍口指向由紀夫，說了句：「不准多嘴。」

「啊，由紀夫嗎？」多惠子依舊是那副無憂無慮的語氣，「如何如何？你開電視了嗎？」

「殿下根本沒出現嘛。」

「他說他在預賽就被刷掉了，亂沒趣的，說等一下逛完東京就要回來了。」

「喔。是喔。」由紀夫一邊應聲，心裡一邊喊著：現在沒時間跟妳扯殿下的事，悟上電視了啦！妳怎麼沒看到！

但由紀夫同時在意著湊上他耳邊的山本頭男，不由得屏住了呼吸。山本頭男的口臭依舊驚人，但由紀夫更介意的是他粗重的鼻息，那副睜圓充血的雙眼、豎耳聆聽由紀夫與多惠子對話的模樣，怎麼看都覺得這個人的精神狀態絕對不同於常人。

「不過啊，聽說殿下在節目最後還有可能上場哦。」多惠子說。

「節目最後？」

「要是都沒人看，殿下就太可憐了，至少你也幫他捧個場吧。」

由紀夫應聲之後，掛了電話。

山本頭男或許是覺得通話內容沒什麼問題，電話一掛上就直接一手拿著手機走了開來，而蒼白男也將手槍的滑套歸位。

「她說怎樣？」小宮山想知道通話內容，於是由紀夫以歹徒都能聽到的音量，轉述了多惠子的話。

小宮山聽了之後，沉吟了一聲，接著悄聲問道：「由紀夫，多惠子和你是不是在交往？」

「不是啦！」

「哎呀，幹嘛害羞。」小宮山鬧了他兩句，又一臉寂寥地說：「你就老實和我說嘛……」由紀夫覺得小宮山好像要緊接著說出「反正我們不可能平安地被釋放了」，連忙轉移話題說：「不知道殿下能不能敗部復活喔？」

由紀夫刻意擺出不感興趣的神情，繼續看著電視，一旁的小宮山似乎也是有一看沒一看的。節目當中穿插播出稍早預賽時的精采片段。中午過後，聚集在電視臺前的許許多多參賽民眾被引導至戶外報名攤位前，首先進行筆試，接著再移至一處宛如面試室的會場，進行益智問答測試。那些益智問題比想像中的要來得冷硬、不花俏，甚至有些禁慾傾向。攝影機拍到悟好幾次，他除了偶或在答對題目時露出淺淺微笑，幾乎都是一副雲淡風輕的表情，理所當然似地通過了預賽。

節目回到棚內現場。

悟依舊順利地過關斬將，答題者已經刷掉一半了，接下來的搶答形式改為由答題者兩兩捉對廝殺。

悟當然是一一答對，持續晉級。不過話說回來，由紀夫所認識的悟根本不會想參加這種益智問答節目，然而，現在，他卻出現在電視上，回答著益智問題。原因只有一個。

是為了我。——由紀夫終於想通了這一點。悟曉得由紀夫正遭到監禁，於是決定利用在全國播出的電視節目，讓由紀夫看到父親的身影。由紀夫不知道父親們是怎麼得知他身處的狀況的，但悟的目的肯定就是這一點。

現場的答題者只剩下悟一人了。

悟正面迎向主持人，兩人一對一對峙的模樣宛如正在進行足球ＰＫ戰（註），但身為出題方的主持人由於沒什麼得失風險，感覺不出他的緊張情緒，至於悟則是本來就不見絲毫緊張。

「其實呢，由於這次的特別節目是全程現場轉播，我們製作單位也相當戒慎恐懼。」接著主持人一臉嚴肅地說明：「因為所有的答題者都是一般民眾，我們要直到進棚當天，才曉得進入最後決賽的是哪些觀眾朋友，所以我們不但事前準備了非常高難度的益智問題，也做好了心理準備，搞不好屆時全場沒人答得出來，節目可能會當場冷場。而由於不確定要出到多難的題目才是最適當的，我們一直很戰戰兢兢呢。」說到這，主持人終於露出了笑容，「因此，今天出現了像您這般實力堅強的益智王，真的是太好了。」

由紀夫才在想，什麼「益智王」嘛！主持人便緊接著說道：「所以呢，如果最後攸關一千萬圓的益智問題您能夠答錯，我們會非常感激您的。」由紀夫聽到這段製作單位的真心話，不禁失笑。

「請問您曾經挑戰過類似的益智問答節目嗎？」主持人問悟。

「這是第一次。我自己也很意外。」悟平靜地回道。

「真的是第一次嗎？真是難以置信……」主持人嘟囔著，然後說：「好的！接下來就是最後的挑戰了，一千萬圓就在眼前了哦！」望著主持人誇張的興奮表情，由紀夫突然在心中「啊」了一聲。因為他同時浮現了兩個心思，而發出了代表兩種意思的驚呼。

第一個「啊」是出自一個不祥的臆測：「啊。這可能是我最後一次見到父親們了。」沒人能保證歹徒在完成計畫之後，真的會釋放他們。由紀夫的預測算是悲觀的，而要是事情真的一如最壞的打算，那麼此時電視上映出父親們的身影，就是他所能見到的最後一面了。

第二個心思是：「啊。父親們的目標是那筆獎金。」父親們察覺了由紀夫身陷危險，雖然還不確定是不是會被要求贖金的綁票，但要救由紀夫，一定需要錢，所以他們決定盡可能多準備一點，於是參加了益智問答節目。只要悟上場，即使是高難度的益智問題，想必也難不倒他。是這麼回事吧？

手好痛。由紀夫仍銬著手銬的雙手緊緊地握起了拳頭。

電視臺的攝影棚內響起如雷的歡聲。答題者與主持人一對一的挑戰，第一題過關了。觀眾們議論紛紛，為什麼這位挑戰者連如此困難的題目都答得出來呢？

由紀夫瞄了蒼白男一眼，只見他倚著窗邊，後腦杓也靠著窗框，正在閉目養神，雖然無法熟

註：即互射十二碼（Penalty Shootout），爲足球比賽爲決定勝方的一種競技方式。如果在一般的淘汰賽中未能在常規時間或三十分鐘加時賽內分出勝負，常會以雙方互射十二碼的方式來決定勝方，前五輪進球較多的一方爲勝。

睡，他可能想說至少小憩一下吧。他的手上依然握著槍。

接下來的一段時間，由紀夫什麼也沒思考，一逕盯著電視看。無論是益智問題的內容、主持人的串場話語、悟的回答，都沒進到他的腦子裡，他只是望著悟說話的模樣。

「終於來到最後一題了！」主持人說道。

電視畫面倏地轉成喧鬧的廣告，愉悅的音樂旋律與靜靜滲透人心的廣告文案流洩，爽朗的男女演員接力般地出現在畫面上，然後，又回到了益智問答節目，這時棚內已換上了另一幅景象。

從上一段節目就坐著的悟依舊是同樣的姿勢，但他的身旁站著勳、鷹和葵，看樣子是從觀眾席被請過來鏡頭前的。站著的主持人拿著麥克風開口了：「今天這個難得的機會，在我們提出最後一個問題之前，先來和您的朋友們聊兩句吧。」

體形高大、肩膀寬闊、胸膛厚實的勳氣宇軒昂地站著，直視著攝影機。鷹穿了一件印有某歐洲足球俱樂部標誌的運動夾克，手插褲子口袋，一副嘔著氣似的表情望向別處，完全就是個在人前覺得渾身不自在的不良少年模樣。站在正中央的葵則是身穿素面淺灰色棉T，搭一件黑長褲，簡單樸素的打扮，卻絲毫不減他的迷人風采，映在畫面上依然是最搶眼的一位，而且節目製作單位的工作人員似乎在這方面的直覺尤其敏銳，明明沒必要，卻好幾次將鏡頭拉到葵跟前拍攝他的特寫。

「請問四位是什麼樣的關係呢？」主持人問。

「呃……」葵低聲沉吟著。

「呃……」鷹抹了抹鼻頭。

「我們就像一家人。」勳回道。這個回答雖然模糊，主持人似乎很滿意，而另外三位父親也是一臉滿足地頻頻點頭，似乎在說「嗯嗯，沒錯，我們是一家人」。

「即將進入最後一題了，請問您現在的心情如何呢？」主持人問悟。

「嗯……，最後一題了呢……」悟掩著嘴，一副像是在整理思緒的模樣。由紀夫心想，真難得看到悟支吾以對，因為悟的腦袋永遠都是整理得條理清晰，問他任何事情時，他腦中總是已經有了回答。

突然間，勳的手臂動了起來。

他將兩肘貼著側腹，前臂忽地舉起，又忽地放下，那動作宛如鳥兒忙碌地拍翅，不斷揮動著前臂，看起來既像是在玩小孩子的遊戲，也像是縮起手臂在做收音機體操。體形壯碩的勳突如其來地做出這種滑稽舉動，攝影棚內先是一陣靜默，接著傳出了笑聲。

「您怎麼了？這是怎麼回事？」主持人將麥克風伸向勳。

「這是某種祈福魔法，類似應援團的加油動作。」勳一臉認真地說：「他們兩人也會一起做哦。」說著看向鷹與葵。

於是乎，鷹與葵在稍微拉開距離之後，雖然不至於筆直地伸長手臂，兩人的雙臂忽而斜舉、忽而平舉，忙碌地動了起來。

「那是什麼啊？」小宮山悄聲笑了，「好怪的舞蹈。」

由紀夫唯有此刻，灌注了全副精神在畫面上。

那是旗語。

他一看就知道了。

即使只是以前臂比出小幅度的動作，那的確是不折不扣的旗語。動在最開始將手臂重複上舉再打橫，正是宣告開始發旗的旗式。接下來由鷹與葵負責發旗，由紀夫連忙在腦中一一解讀。雖然是幼時記下的知識，由於由紀夫拚了命地試圖解讀，各個旗式的對應文字也以飛快的速度從腦袋的記憶庫中湧出，快到幾乎是反射性地得出答案。由紀夫每看完一組旗式，相應的片假名便浮現腦海。

「這幾個歐吉桑好怪哦。」小宮山說。

由紀夫沒吭聲地點了點頭，注意力依舊鎖定在電視上，目不轉睛地盯著畫面。

「喂，由紀夫？怎麼了？」

「沒事。」他簡短地應了聲。

山本頭男不屑地哼了一聲，一副似乎很想說「這是什麼無聊東西嘛」的神情，就在這時，三位父親的發旗告一段落。

由紀夫牢牢記下父親們打出的每個旗式，在腦中依序排列。他知道自己絕對不能有任何疏漏，因為要是他能沒抓緊這唯一的救命繩，鬆開手的下一秒，繩子就會被吞進沼澤裡消失無蹤。於是他孤注一擲地、迅速地將旗語翻譯成片假名之後，排列了出來。

——ブキノウムテキノカズ（ㄧㄡˇ ㄨˊ ㄨˇ ㄑㄧˋ ㄌㄧˊ ㄖㄣˊ ㄖㄣˊ ㄕㄨˋ）。

這是父親們分工依序打出的旗式，由紀夫不懂是什麼意思，於是試著在腦中斷句，一邊死命忍住不讓呼吸變得紊亂。

——有無武器。敵人人數。

「那麼，在最後的題目之前，請您說說您的感想。」主持人一方面訝異於動一行人詭異的舉動，還是將麥克風湊到悟的面前。

這次悟毫不猶豫地開口了。

「我想，我兒子應該正在收看這個節目。」悟語氣平穩地說道。

由紀夫知道自己的心臟噗通地顫了一下。

「哦？是這樣啊，哎呀呀……」主持人誇張地頻頻頷首，動、鷹與葵則是用力點了個頭。

聽到「兒子」這個詞，由紀夫心頭一緊，喉頭顫動著，他多麼想放聲對父親們傾訴內心的恐懼與無助，但是他只能咬緊牙關，留意著千萬不能讓身邊的人察覺異狀。

「那麼您有什麼話想對您兒子說嗎？」

「有的。」悟點點頭，面向攝影機，露齒一笑說道：「明天，會照預定計畫，在上午十點半去接你，記得打開窗戶等著哦。」

由紀夫不由得輕輕呻吟了一聲。

「怎麼了？」身旁的小宮山擔心地看向他，由紀夫連忙含混帶過說：「沒事，眼睛好像進了東西。」接著歪過頭將眼角貼上肩頭，以衣服拭去淚水。

節目再度進廣告。

方才悟的一番話，深深烙印在由紀夫的腦子裡，揮之不去。

明天，上午十點半去接你。

無庸置疑，悟這段話是對著由紀夫說的。也就表示，他們知道由紀夫現在人在哪裡了。這究竟是怎麼回事？

而且這麼一來，那段旗語的內容：「有無武器」、「敵人人數」恐怕正是父親的救人計畫中所需的情報。他們打算來救由紀夫，所以必須事先掌握敵方有多少人、有沒有武器在身上。但是，由紀夫就算弄懂了這一點，要怎樣才能把情報告訴父親們呢？難道要他對著電視機大聲喊出來嗎？就在這時，彷彿算好時機似的，手機又響了。《E. T.》的旋律混在電視廣告的嘈雜聲中，感覺不像之前聽起來那麼煩人，但山本頭男還是臭著一張臉站了起來，由紀夫連忙說：「大概是剛才那個同學打來的，她可能是想確認我有沒有收看這個節目。」

「這女的怎麼這麼麻煩啊。」山本頭男嘀咕著，拿了手機走過來。

「是啊，真的很麻煩。」

女人不知是貼心，還是不想讓電話另一頭聽到什麼而掌握到線索，她將電視音量轉小。

「啊，由紀夫，你在看電視嗎？」電話彼端傳來多惠子的聲音。山本頭男依舊迅速將臉湊近由紀夫的耳朵與手機之間。多惠子的嗓音頗大，不必貼著機子也能聽得一清二楚。

「在看啊。殿下還是沒出現嘛。」

「對呀，很怪耶，怎麼還沒上場呢？」不知是否錯覺，由紀夫覺得多惠子的語氣帶有些許緊張氣味，「喔，對了對了，有一件事啊……」

「怎樣？」

「你爸爸問我啊……」多惠子講到「爸爸」時，沒有用複數形。

聽到多惠子提起由紀夫的父親，身邊的山本頭男呼吸又更粗重了，呼──，呼──，他顯然正豎起耳朵，等待著多惠子即將說出的內容。由紀夫很想拜託電話另一端的多惠子，可千萬別講出什麼不該講的話啊！

「你別管我的發問內容，照順序回答就是了。」

「什麼？」由紀夫不知道多惠子這話是什麼意思，不禁皺起了眉頭，還不經意和山本頭男對上了眼，只見他也是一頭霧水的表情。

「就跟殿下回答英文單字的方式是一樣的嘛。」多惠子乾脆地說道。由紀夫又問一次：「妳在說什麼？」多惠子只當沒聽到，自顧自發問了：「第一個問題是，由紀夫有沒有打算收到生日禮物？」這到底是哪門子的問題？由紀夫此刻的心情已經超越了錯愕，甚至湧現一絲絕望。

「第二個問題是，你的慶生會想叫幾個人來？是你爸問我的哦。」

「什麼？」

由紀夫心想，手機要是握在他自己手上，很可能當場就掛電話了。現在這個當口還在問那什麼問題嘛！然而，就在他鬱悶到想嘆息的一瞬間，腦中突然一個念頭閃過，他想起了方才解讀出來的旗語──「有無武器。敵人人數。」莫非多惠子是來詢問答案的？而「殿下的英文單字」一事，指的就是殿下不管提問者的問題為何，直接照自己背誦的順序回答，換句話說，多惠子的提問內容僅供參考，只是應付此刻狀況的權宜之計。是這個意思嗎？這麼一想，雖然扯到生日什麼的，乍聽似乎不按牌理出牌，原來並不是毫無道理。

「我是有收生日禮物的打算啊。」由紀夫特別強調「有」字，接著突然靈光一閃，補了一句：「我想要兩個，一大一小，幫我擺在窗邊吧。」話聲是顫抖的。他暗自祈求父親們能聽出言外之意，希望他們猜得出歹徒持有狙擊步槍與手槍兩樣武器。

「是喔。」多惠子不知是否故意的，一副不感興趣的冷淡語氣應了聲，「還有呢？你想找幾個人來慶生？你會找我吧？」

「三個人。」由紀夫說完，又想到更詳細的說法：「交情好的朋友三個，交情不好的三個。」

「交情不好的也要叫來嗎？」多惠子尖聲問道。

「看能不能讓彼此交情好一點啊。」

「嗯……，是喔。這樣啊……」多惠子嘟囔了一會兒，接著說：「好吧，反正我先跟你爸爸說去。」說完便掛了電話。

歹徒應該沒有起疑吧？——由紀夫將力氣集中在丹田，身子一動不動，悄悄轉動著眼珠子張望左右。只見山本頭男嘀咕道：「這麼囉哩囉嗦的女的打來的電話，勸你還是別接得好。」說著便拿著手機往餐桌走去。

「在講什麼啊？」女人大聲問道。

「我也搞不太懂。」由紀夫露出困惑的表情，「問我生日禮物要怎麼辦什麼的。」

「什麼東西啊？這小子說的是真的嗎？」女人問山本頭男。

雙眼依然布滿血絲的山本頭男抓了抓頭髮說：「我也搞不懂高中女生在想些什麼。」

由紀夫瞄了蒼白男一眼。他仍舉著手槍瞄準由紀夫，目不轉睛地瞪過來。看他那副神情，也有幾分像是對方才的通話內容起了疑心。

「多惠子有點莫名其妙喔。」小宮山皺起眉。

由紀夫的視線回到電視畫面上頭，廣告已經結束了，主持人神情嚴肅地說：「好！終於到了這一刻了！」接著念出了最後的益智問題，那表情之深刻，彷彿提供一千萬圓獎金的人就是他似的。

攝影機拍著悟的側臉。由紀夫心想，這種題目對悟而言一定是小意思。而就在這時，電視「嗤」的一聲沒了電源，不，應該說整個室內都陷入一片漆黑。由紀夫一頭霧水，禁不住「咦？」了一聲，不知道究竟發生了什麼事。

「咦？」女人說道。「現在是怎樣？」山本頭男高聲喊道。「停電嗎？」小宮山兀自咕噥。而即使在這樣的瞬間，唯有蒼白男依舊冷靜，黑暗中，傳來他拉動手槍滑套的「咔嚓」聲。聽到那上膛的聲響，由紀夫反射性地暗自想像，警察會不會利用這個停電的機會，衝進來突襲呢？

原來是這樣啊。——由紀夫不由得竊喜。原來這正是警方的突襲作戰手法，為了攻堅而中斷屋內電力。換句話說，得救了。一這麼想，安心感頓時在全身擴散。而蒼白男或許也有了相同的推測，開口道：「小心。可能有人在搞鬼。」

「啊，對……對喔。」山本頭男似乎這才警覺到。

電來了。室內恢復明亮，電視發出一聲「噗嗚」的震動聲響之後，映出了影像。

「怎麼回事啊？」小宮山偏起頭。

由紀夫也不知道這是什麼狀況，看樣子只是一時的電力中斷，如此而已。女人一聲不吭地關掉了電視，或許是因為方才的停電，讓她也沒心情看電視了。由紀夫很想看悟奪下一千萬圓的那個瞬間，卻不敢開口請她再打開電視。

這一晚，不同於昨夜，由紀夫睡得非常安穩。雖然整整兩天被銬著手銬窩在牆邊，身體多處筋骨痠痛，但他並不在意。夜裡曾經醒來一次，一看時鐘，是凌晨兩點半。

再撐八個小時就好。——他在心中低喃。再撐八個小時，就到約好的十點半了，到時候父親們就會來接我了。一想到這，他整個安心了下來。

他做了夢。

夢境矇矇朧朧，宛如罩上一層霧靄，四個父親正迎面站在由紀夫跟前，而還是中學生的由紀夫一手抓著鐵管，他們一群人所在的地點是瓦斯槽後方。他會來這裡，是因為得知有個學生被同學恐嚇取財叫來這兒，而他跑來打算助前者一臂之力。戴著冰上曲棍球護具白面罩的父親四人，突然從緊握著鐵管的由紀夫身後現身。這正是不久前做過的夢，而且夢境大部分的梗概都是他念中學時的真實經歷。

又是這個夢啊。——由紀夫想到這，冷靜地發現了兩點差異。

其一是，當年的實際情況，勳並沒有出現在瓦斯槽旁。記得當時的考量是，勳身為中學教師，不便出現在痛扁中學生的現場。

這次四個父親可是全員到齊呢。——由紀夫感歎之餘，察覺另一個差異。

「喲！」掀開白面罩衝著他笑的父親們，面容比起當年要老了許多，比較接近他們現在的模樣。悟的白髮變多了，鷹也一樣，而動嘴邊的皺紋加深，葵的眼角魚尾紋變得比較醒目；即使四人都挺直背脊站得筆直，他們的呼吸相較於幾年前，確實紊亂了些。

對呢，父親們正逐漸變老。想想也對，我都長這麼大了。——由紀夫在夢中暗自點頭，這時又驚覺另一件理所當然的事——對，父親們總有一天會死的。但即使明白了這一點，內心卻感受不到絲毫真實感。

天亮了，窗簾拉了開來，陽光照進客廳。這一天的一早宛如昨天早晨的翻版，揭開了序幕。小宮山與小宮山母親，甚至包括三名歹徒，都是一臉疲憊，似乎相當厭煩於這一成不變的程序，歹徒與人質雙方都已經瀕臨極限狀態。

餐桌上排放著麵包，女人與山本頭男分工餵由紀夫與小宮山母子吃東西。小宮山似乎很睏，打了個呵欠，去上了一次廁所。由紀夫隨後也去了趟廁所，大約是時針指向八點半的時候，由於出乎意料地有了便意，他去上了大號。這段時間，山本頭男一直待在廁所門外等著。由紀夫想到這，總覺得有些滑稽。

走出廁所，穿過走廊朝客廳走去的由紀夫，試著再次詢問山本頭男：「你們和白石知事是不是有什麼過節？」

山本頭男一聽，登時睜圓了眼，激動得像要當場衝著由紀夫咆哮似的。即使他什麼都沒說，看他這個反應，由紀夫知道歹徒顯然對白石恨之入骨。

兩小時後，門鈴響起，歹徒與小宮山母子似乎都不甚在意，只是一副「喔，又來了」的態度。由紀夫想起前一天鄰人佐藤小姐來按鈴時的情況，顯然他們對於有人來訪時的處理，已經有了一定的應對程序。

女人讓小宮山母親站起來，帶她到對講機前。小宮山母親一看，很快便開口了：「是佐藤小姐。」正是隔壁那位年輕小姐。

小宮山母親對著對講機說：「妳好，謝謝妳昨天送的蔬菜。」和對方交談了幾句後，小宮山母親像是自言自語似地報告道：「她說想借醬油。」

「連醬油都要跟鄰居借啊。」山本頭男一副厭煩不已的語氣嘀咕著。由紀夫也覺得，醬油沒了應該要自己去買吧。

女人對小宮山母親說：「借醬油給她，打發掉之後馬上進屋來。」邊說邊鬆開小宮山母親的手銬，往她的領邊別上形似領帶夾的無線麥克風，餐桌上仍擺著收訊用的小型擴音器。雖然手續繁雜，但或許對歹徒而言，至少要做好這種程度的防護才能安心吧。

「那我去去就回。」小宮山母親說。

「那我去去就回。」透過麥克風，餐桌上的擴音器也傳出同樣的話語。小宮山母親拿著醬油壺說：「因為只剩一點點，我想全部給她好了。」

「也好，不然她還要拿來還，煩都煩死了。」山本頭男同意了。

由紀夫端正跪坐著，腳尖卻抵著地面。其實並沒有特別為了什麼，只是覺得與其讓腳背平貼著地面，這個姿勢會比較好。他挺直了背脊，然後在意識到之前，話已經說出口了：「不好意思……」
「幹嘛？」山本頭男問道。
「我覺得有點悶，能不能開一下窗戶呢？」由紀夫露出虛弱的神情拜託歹徒，一邊亮出銬著手銬的雙手，像在說：反正我這樣是逃不了的，放心吧。
蒼白男望向山本頭男，默默地點了個頭之後，稍微掀開蕾絲窗簾，拉開窗鎖，打開了窗戶。風穿過紗窗吹進來，窗簾彷彿將風擁住般溫柔地鼓脹了起來，那模樣就像是輕柔地包覆住一大顆蛋。
「真的可以全部給我嗎？」餐桌上的小擴音器傳出鄰居女子的聲音，在玄關的她應該正從小宮山母親手中接下醬油壺吧。
「嗯嗯，妳就拿去吧。」小宮山母親應道。
然後是玄關門關上的聲響。由紀夫反射性地望向時鐘，只見長針陡地一動，時間是上午十點三十分整。

客廳門打開來。
是小宮山母親回來了吧。屋內的每個人一定都這麼以為。
然而，站到他們眼前的卻是一個面無表情的陰森陌生人，仔細一瞧，那張沒表情的面孔，其實是冰上曲棍球的護具白面罩，這名男人簡直像是從恐怖片裡走出來的嗜血殺人魔。
客廳裡的所有人都僵在當場，表情凝結，身子也一動不動，完全無法理解現在是什麼狀況。

由紀夫也是一臉恍惚。白面罩男低頭望向他，伸手稍稍掀開面罩，這時，由紀夫看見了鷹的面容，卻依舊搞不清楚發生了什麼事，只是茫然地心想：「小宮山的媽媽，從這個角度看，還滿像鷹的嘛。」

鷹戴好面罩望向由紀夫身旁的小宮山，一走過去便拉他站起身，一邊嘟囔著：「你怎麼這麼重啊。」仍銬著手銬的小宮山訝異不已，卻順從地站了起來。

「喂！你幹什麼！」窗邊的蒼白男出聲了，一邊拉動手槍的滑套讓子彈上膛。

會被打中！——由紀夫心想。

戴著白面罩的鷹背起小宮山便朝陽臺衝去，蕾絲窗簾被他用力一扯，一大片脫離了窗簾桿，露出整扇窗戶。鷹打開紗窗，跳出去外頭的陽臺。蒼白男緊握手槍身子一扭，倏地傳出沉重的硬物在空中炸裂的聲響。他開槍了。子彈射到窗簾桿上方的白牆，粉碎的牆面碎片紛紛落至地面發出聲響。蒼白男也因為槍擊的反作用力，身子往側邊微微一偏。

鷹與小宮山從陽臺逃走了。

由紀夫仍留在原地，而眼前的客廳門再度打了開來，出現的又是一名戴著冰上曲棍球護具白面罩的男人，看到他那寬闊肩膀與厚實胸膛，由紀夫立刻曉得這人是勳，而且他的雙手戴著像是清廁所用的橡膠手套。

山本頭男驚訝不已，慌忙大喊：「你們幾個……想幹什麼！」

戴著白面罩的勳伸手到由紀夫腋下架住他，拉他站起來之後說了聲：「走嘍。」

「走……？」

是要走去哪？

勳把由紀夫拉往陽臺方向。窗邊地上散落著方才被子彈打得粉碎的牆面碎片，僅剩些許連在窗簾桿上的破窗簾宛如脫臼的手臂無力晃動著。

勳的動作非常迅速俐落，只見他碩大的身軀一偏，左腳站穩，厲聲說道：「由紀夫！彎下身子！」由紀夫反射性地縮起脖子蹲下，就在下一秒，勳的右腿從他的頭頂上方掠過，咻地在空中畫了個半圓，也就是說，勳避開由紀夫的腦袋踹了蒼白男一腳，蒼白男登時往後倒下。

由紀夫一個重心不穩，眼看就要摔倒，勳一把抱住了他。

緊接著，由紀夫發現勳的手迅速環過來他的腹部，將一條長布纏了上去。啊，是魔鬼氈大力帶！——由紀夫馬上就曉得了，而迅雷不及掩耳地，胸部也被大力帶纏上，這下他與勳緊緊綁在一塊兒了，但由於一切來得太過突然，由紀夫整個人傻住，「這到底是怎麼回事……」話聲剛落，勳已經大踏步朝陽臺走去，由紀夫宛如被勳從身後架住，兩人來到了外頭，但穿過窗戶時，由紀夫的肩膀撞到了窗框，他不禁低呼一聲：「好痛。」

但勳只當沒聽見，衝上陽臺之後，移動速度依舊沒有減緩。

咦？由紀夫還沒喊出聲，身子已懸在空中。勳仍抱著由紀夫便往空中一躍，陽臺扶手成了跳臺，兩人往外頭飛出去。

但不是朝正前方飛躍，是朝右斜前方橫躍而出。

父子倆從四樓陽臺一躍而下。

由紀夫知道自己背上的寒毛都豎了起來。下方空空蕩蕩的，不見地面。

內臟似乎全都浮了起來，墜落感宛如重力的聲響朝他襲來，他只來得及「噫！」了一聲，便無法呼吸了。由於雙手都被縛在大力帶裡頭，他只能像是被教練抱著的跳傘初學者般聽天由命了。

「ＯＫ嗎？」勳問道。由紀夫好不容易才聽見這道聲音。

要是就這麼墜落地面……。由紀夫恐懼得緊緊閉上眼，而就在這時，身子猛地彈了起來。

他戰戰兢兢地睜開眼。

映入眼簾的是勳的手臂，只見他那粗壯的雙臂筆直伸向上方，戴著橡膠手套的雙手緊抓著一條鞭子般的東西，而那條鞭子向上延伸，掛在輸電線上。換句話說，方才一躍而下的時候，勳同時將那條鞭子的一端甩過輸電線，讓它掛到上頭去了。

輸電線成了吊索的替代品。

這是三條高壓輸電線當中的一條，鞭子就掛在上頭。與公寓大樓平行的馬路上，聳立著一根根電線杆，而這些高壓輸電線連接其中。

小宮山家公寓大樓的右前方是一道下坡路，輸電線順著坡道往下方延伸。以大力帶綁住自己與由紀夫的勳，便是將鞭子掛上了這條輸電線。

「Runaway Prisoner!」由紀夫喊出了小時候看過的影集名稱。

那部影集前段的逃獄場景，男主角就是利用位於高處的輸電線充當吊索順利逃出。就是那個！

一開始，躍下陽臺的衝力使得勳與由紀夫的身子傾向馬路那頭，但很快便以輸電線為軸心慢慢邊回垂直地面的方向，扭絞的鞭子也鬆開拉直之後，兩人便面朝著前方，沿著坡道朝右下方直直前進。輪電線雖然承受了由紀夫與勳的體重而變得低垂，卻成功地替代了吊索，兩人順利地往斜下方滑去。

由紀夫的呼吸紊亂。眼角餘光看到的光景，讓他雞皮疙瘩都起來了，胯下涼颼颼的。會掉下去吧？——才這麼想，前方不遠處便出現了電線杆。腦中掠過一抹不安，只怕要撞上去了，但或許是體重拉垂了輪電線，滑行速度逐漸減緩。

他又看到了勳緊握住鞭子的雙手，上臂肌肉高高隆起。一方面承擔著由紀夫的體重，一方面得垂掛在輪電線上，想必相當費力吧。

由紀夫閉上眼。

一邊感受著被抱住滑行的滋味，一陣錯覺襲來。他覺得身上的學生制服飛走，白襯衫脫掉，然後是皮帶、長褲一一褪去，最後皮膚也宛如蛇脫皮般滑溜地剝去，一眨眼的工夫，他彷彿回到了小學生時代的自己，正待在客廳裡與父親四人開心地看著電視影集。

「還好吧？」勳的聲音從頭上傳來。

「嗯，沒問題。」如此回答的由紀夫，是個對父親百依百順的小學生。

由紀夫很想說，以輪電線充當吊索逃脫？別鬧了。他不由得苦笑，幹嘛學影集呢？但是心中的另一個自己也同時紅著臉說：「我的父親們，就是會幹這種蠢事啊。」

「說的也是。」由紀夫點點頭。

「就是說啊。」另一個由紀夫也應道。

遙遠的後方，剛才他們飛躍逃出的那棟公寓大樓傳來了喊聲，不知是山本頭男還是蒼白男，應該是三名歹徒當中的誰正氣得大吼吧。

「喂，由紀夫。」腦中響起陌生的聲音。

是誰的聲音呢？由紀夫思考了一下，馬上就明白了，那正是四位父親的四道聲線緊緊重疊而成的聲音：「喂，由紀夫，我們來救你了哦！」

家庭餐廳的某張大桌旁，坐著由紀夫一干人。這是靠窗的六人座席，但四個大男人加上一名高中男生一坐下，還是有些擁擠。時間是下午四點多，雖然不是用餐時間，店內依舊人聲鼎沸。以輸電線充當吊索逃出到現在，已經過了數小時。方才在醫院接受了簡單的檢查，並且回答了前來醫院的西裝刑警的詢問。小宮山與母親由於遭到監禁的時間較長，需要住院觀察一段時間。

「由紀夫，在想什麼呢？」悟問道。

「沒什麼啊，發一下呆。」

「你沒受傷真是太好了。」葵說道。

「倒是勳，手臂還好吧？」

「平常可不是練假的哦。」勳笑道。

「話說到底是怎麼回事？」

「我們四個，超強的吧？」鷹笑道。

「是啊，的確是滿強的。」

「不過呀，幹警察的怎麼都是問題一堆問不完啊。」鷹一臉不悅地突出下脣，誇張地嘆了口氣。

「那是人家的職責所在嘛。」由紀夫說道。

餐廳入口的感應門鈴響起，接著傳來喧鬧的人聲，五名中學生年紀的小伙子走了進來，面容難掩青澀，卻擺出相當惡劣的態度。女服務生將他們帶至由紀夫一群人的對桌。由紀夫心裡嘀咕：這幾個人品性還真差。接著便將注意力移回原先的話題上。

「我也有一大堆問題想問大家。」由紀夫說道，然後喝乾玻璃杯中的冰咖啡。

他仍是一身學生制服打扮。本來也想趕快回家，換上乾淨內衣和便服，但是想一解心中疑惑的欲望更是強烈，所以在離開醫院的回家途中，他請求父親們：「告訴我究竟是怎麼回事好嗎？」於是在順便解決晚餐的提議下，一行人便來到了家庭餐廳。

「首先，大家是怎麼得知我出事了？」

「很簡單啊。」鷹一副搔一搔耳朵順便回答的語氣回道：「我們通電話的時候，你喊了我一聲『爸』吧？」

「嗯嗯。」果然是那一點讓父親起了疑心。

「那不叫出事了叫什麼？」

「沒錯。」勳點著頭。他的右臂包著繃帶，雖說平常都持續在鍛鍊身體，垂掛在輸電線下畢竟得使上超過體能負荷的力氣，引起了手臂肌肉痠痛，所以勳也在帶由紀夫前往的醫院那兒接受了簡單的治療。

「你是絕對不可能喊我『爸』的，要說是開玩笑，也一點都不好笑，這麼一來，稍微一想就知道那肯定是某種暗號了呀。」鷹得意洋洋地說：「所以我馬上就找了三人來討論。」

「然後呢？」

「在你出事前，我和你通的最後一通電話裡，你說『要去朋友家一趟』，對吧？所以我就打電話給多惠子，問她你有可能會去的朋友家是誰家。」鷹說。

「問多惠子？」

「她一聽就說，應該是去找小宮山君了吧。」悟盤起胳膊，沉穩地說道。

由紀夫登時皺起眉頭，「為什麼多惠子會知道？」

「多惠子是這麼說的——」葵笑嘻嘻地說：「『我的前男友因為想和我重修舊好，搞不好會跑去小宮山君他家找人，所以由紀夫很可能為了不讓我前男友搶先一步，而去找小宮山君哦。』」

「怎麼可能！」由紀夫手上的玻璃杯差點掉下去。

「可是，事實上你的確去了小宮山君的公寓大樓啊。我感動得都快哭了，你為了不讓多惠子被奪走，真的是拚了命啊。」鷹自己演得很開心。

「我不是為了她而去找小宮山的。不過，你們是怎麼確認我人在屋裡的？」由紀夫問道：「總不可能憑著瞎猜就衝進去救人吧。」

「接下來就由我登場嘍。」葵微笑道。

葵由於前一天才和由紀夫一道前往小宮山家，曉得那棟公寓大樓在哪裡，於是他旋即跑到大樓所在，「然後呢，我在大門前見到了上次巧遇的那名女子。」
「上次巧遇的女子？」現在是在講哪件事？由紀夫不禁懷疑自己的耳朵。
「你忘了嗎？就是和男友透過手機講說她不想分手的那個女孩子呀。」
「啊啊。」由紀夫想起來了，是那名身材高眺、眉頭緊蹙的女子，對著手機以極為悲愴的語氣低訴著「我沒有你是活不下去的」、「我是絕對不會放手的」。
「因為碰巧擦身而過，我就叫住她了。」
「啊？為什麼要叫住她？」
「咦？為什麼不叫住她？」
由紀夫嘆了口氣，很想對葵說，至少在擔心兒子安危的節骨眼，暫時別理會女性好嗎？
「然後呢，我和她很合得來，聊著聊著，得知了一個驚人的消息。」
由紀夫聽在耳裡，覺得最不可思議的一點是，女子沒幾天前才在和男友說不肯分手，情緒性地喊著「我沒有你是活不下去的」，和這樣的女性，到底要怎樣才能夠在短時間內和她「很合得來」呢？由紀夫雖然疑惑，又覺得深入追究太麻煩，因為問葵這個問題其實毫無意義，就像是問釣鯽魚高手：「為什麼您這麼會釣魚呢？很怪耶？」似地毫無意義，由紀夫決定不問了。
「那名女子，就住在小宮山家隔壁。」動微微聳起肩。
「咦？真的假的？」由紀夫不禁問道。
「真的呀。」葵點點頭。
「所以，她就是，前天還是今天都跑來小宮山家拜訪的，那個，佐藤小姐？」

「沒錯，就是她呀。」葵說：「是我拜託她的，請她去探一下小宮山君他們家的狀況。」

「你叫人家去探狀況？是交代她做什麼嗎？」

「什麼都不用做，只是請她睜大眼睛看、張大耳朵聽。」悟回道。這部分似乎是由他策畫的。

「看是要看什麼？聽是要聽什麼？」

「她看到的狀況是，玄關處幾乎不見鞋子，換句話說，沒看到你的鞋子。」

「可是，我人確實在那裡。」當時正被監禁在裡頭。

「是啊，所以呢，同時間就由我打電話給你。」葵說。

「咦？」

「我不是打了手機給你嗎？」

由紀夫腦中浮現山本頭男臭著一張臉抓著他的手機的模樣。這麼一說，他也想起來了，的確在佐藤小姐上門的同一個時間點，葵撥了電話來。

「不過那通電話不是沒講什麼嗎？」

「那是當然的，因為我們的目的已經達成了，重點只在於打手機這個動作。我一撥知代的手機，就會響起那個呀。」

「《E．T．》!?」由紀夫忍不住大喊。

「沒錯。」悟微微一笑。

「沒錯沒錯。」葵說道。

「那位小姐在玄關聽到了屋內客廳傳出《E.T.》的旋律哦。」鷹說。

「玄關不見鞋子，但屋裡卻傳出《E.T.》的音樂，再加上你接了我的電話說你在街上，全都自相矛盾，對吧？」葵說著看向悟，「我把這些訊息轉告悟，悟馬上就得出結論了——由紀夫就在那棟公寓大樓的那一戶裡，而且極可能正遭人監禁。」

店內迴蕩著高聲談笑，循聲一看，正是方才進來的那群中學生在喧鬧，當中還有幾個人一邊抽著菸。身為中學教師的勳由於剛好座位背對他們而沒有察覺，要是讓他看見，以他的立場絕對不可能置之不理的。由紀夫不由得心想，勳要是就一直這麼沒察覺也好啦。

「本來一確認你在裡面，我們當下就想衝進去救你的。」悟搔了搔太陽穴一帶，「可是正由於狀況不明，不安也相對地龐大。」

「狀況不明？」

「敵人在裡面嗎？有幾個人呢？對方有沒有武器？再者，除了由紀夫，是不是還有其他人質？」

「所以就跑去上益智問答節目？」由紀夫邊說，邊感到自己的嘴角抽搐，露出宛如苦笑的笑容。

「這主意很不賴吧？是我想出來的哦！」鷹探出上半身，以食指用力地指著自己，然後喋喋不休地說：「我啦我啦！是我提的！很不賴吧？對吧？」

「很不賴嗎……，也不是不好啦……」由紀夫有點不知道怎麼回應，只好說：「嚇了我一大跳。」

父親們接下來的說明，與由紀夫的猜測相去不遠。他們為了與由紀夫取得聯繫，決定跑去參加現場轉播的益智問答節目，因為只要悟出場，他們有絕對的把握通過預賽，說不定一千萬圓入手也不是夢想。

至於以打旗語的方式傳話是誰的主意，由紀夫沒有得到答案，因為四位父親都各自堅稱：

「是我先提出來的！」

「多惠子也曉得整個計畫嗎？」

「真是個好女孩。」葵頻頻點頭。

「理解力很強哦。」悟一臉佩服。

「又很有膽識啊。」鷹微微一笑。

「她相當拚命哦。」勳一個頷首。

「可是話說回來，又沒辦法保證我一定能夠打開電視看那個節目啊？」

「因為我們知道你看得到的可能性非常高。」悟靜靜地開口了，「一般家庭一定有電視吧。歹徒如果算是比較友善的，不過是個益智問答節目，很可能會讓你開電視看；而如果相反地，歹徒是謹慎且嚴肅的個性，一聽到外部的人叫你『要打開電視看益智問答節目哦！』肯定會懷疑這個訊息不單純，這種情況下，歹徒也會主動打開電視看。我們是這麼推測的。」

「你們覺得我看得出那是旗語嗎？」

「應該沒問題吧。」勳說：「連我們四個都記得怎麼比的話。」

旗語內容一如由紀夫所推想，父親們想知道的是「有無武器」與「敵人人數」。

「我們要衝進去救你，首要條件就是得掌握敵人的人數呀。」鷹說道。
「我把人質的人數也告訴你們了，聽出來了嗎？」由紀夫在多惠子打來詢問旗語回覆的那通電話裡，也絞盡腦汁透過自己的方式試圖告訴父親們：「敵人共三人，人質也有三人。」
「嗯嗯，那段話果然有弦外之意吧，幸好我們想的是一樣的。」悟說：「再加上多惠子說，小宮山家是母子單親家庭，所以我們就決定兵分三路，讓母親從玄關逃離，兒子交給鷹帶走，而由紀夫你就由勳負責了。」
當時，前來借醬油的鄰居女子身後站著鷹和勳，一看到小宮山母親走出玄關，便豎起食指貼上嘴脣，示意她別出聲，接著由鄰居小姐拉著小宮山母親逃回自己家裡，雖然倉促中灑了些醬油在走廊上，那也是沒辦法的事。父親們原本考慮到由紀夫可能被鎖鏈之類的東西綁縛在屋內家具上頭的狀況，還準備了專門業者在使用的破壞剪，但聽了小宮山母親的說明，得知他們在屋裡並沒有遭到那麼嚴厲的限制自由，才決定不帶破壞剪闖入。首先由鷹衝進屋內，將小宮山帶往陽臺逃走，接著略晚一點，勳再衝進去，救出由紀夫。
「可是也太意外了吧，我壓根沒想到要從陽臺跳出去，怎麼不先告訴我一聲，讓我有個底呢？」
「告訴你了啊？」悟的眼神中帶著訝異。
「咦？」
「在益智問答節目的最後，主持人不是又過來訪問什麼的嗎？那時候鷹他們又打了一次旗語哦。」

「喔，原來。」由紀夫點點頭，「歹徒他們後來把電視關掉了，我沒能看到節目最後。」

「這樣啊，真是幸好後來計畫一切順利。」動蹙起眉頭。

「前一天我們跑去小宮山鄰居家的陽臺，目測從陽臺到輸電線的距離，模擬了一下整個逃出計畫。」悟繼續說：「本來我們在想，通常電線杆和建築物之間會空出一大段距離，搞不好不得不放棄計畫，沒想到一勘查之下，發現在小宮山家旁邊有一段高度剛好符合需求的高壓輸電線，就沿著公寓大樓側邊往右下方延伸過去，我們當場便決定執行這個計畫了。」

「我想問一件事啊。」由紀夫一邊玩弄著玻璃杯內的吸管一邊說道。

「盡量問吧。」鷹豪氣地說：「雖然你從剛剛就問個不停啦。」

「為什麼，非得利用輸電線逃脫不可呢？」

在救出由紀夫之前，早一步救走小宮山的鷹，並沒有利用輸電線這招。由於一般公寓大樓的陽臺為了緊急疏散的考量，與隔壁住戶的陽臺之間只會以簡易的隔板隔起來，所以鷹是以身子撞開隔板，再將小宮山拖到隔壁去，逃離了歹徒魔掌。

「救我的時候，也比照小宮山的方式不就好了嗎？」由紀夫指出問題點。

「哎喲——」鷹面帶苦笑嘖了一聲，一副就是很想說「你這小子真是不明白我們的苦心」的表情。

「嗯，確實，從隔壁住戶的陽臺逃走也不是不可能啦。」悟說到這，難得地有些支吾。

「還是因為小宮山已經先從那條路逃了出去，你們擔心他會擋到我逃生？」由紀夫試著推測。

「不是啦……」悟似乎很難開口，而另外三人也都是一臉極力掩飾害臊的模樣。終於，勳說話了：

「你啊，之前不是說過嗎？你說你在發現透過輸電線逃脫是不可能的那一瞬間，就察覺不能輕信父親們所說的話。」

「啊。」原來那就是關鍵。

「所以啊，橫豎要救你，我們就決定證明給你看，透過輸電線是辦得到的。」鷹笑道。

「而且這麼做，日後一定會成為美好的回憶呀。」葵一副理所當然的態度說道。

「何況又那麼剛好有一條再適合不過的高壓輸電線，不用太可惜了。」連悟都說出這種話。

由紀夫深深地嘆了一口氣。雖然父親們救了他，他還這麼講有點說不過去，由紀夫仍然說了出口：「你們的考量有點怪耶。」

「你現在是不是重拾對父親的信賴了？」勳露齒微笑。

「我不知道要說什麼了。」

「太感動了嗎？」

「隨便啦，你們這麼想就好。」

接著由紀夫問到關於輸電線的事。就算他退讓個一百步，同意父親們是為了讓他留下美好回憶而選擇以輸電線充當吊索逃脫，但是垂掛在輸電線下方滑行其實具有相當的危險性，而且實際上，這趟吊索滑行最終並沒有抵達電線杆，而是在中途便因為負荷不了兩人的重量而停下來，當時所在的高度是不可能直接跳下地面的，但彷彿有人早已料到這一點，就在動和由紀夫停止滑行位置的正下方，停著一輛卡車，載貨臺上堆滿了緩衝墊，動抱著由紀夫落在上頭，兩人才得以毫髮無傷地著地。「那輛卡車也是你們事先準備好的嗎？」

「是啊。嗯，動還戴了隔離高壓電的絕緣橡膠手套，掛在輸電線上頭的那條鞭子也是同樣材質製成的。」

「你們去哪裡弄到那種東西？」

「跟富田林先生調的啊。」鷹爽快地回道：「幫我們在電線杆旁備好一輛卡車的，也是富田林先生。」

由紀夫的腦子愈來愈混亂，「什麼？富田林先生會這麼幫忙？」

富田林不是因為鱒二的事情，對由紀夫父子們氣得牙癢癢的嗎？

「那就要歸功於鱒二了。」

「鱒二？」

愈聽愈是一頭霧水。

「這部分，你直接去問鱒二吧。」動說。

幹嘛裝神祕啊？由紀夫雖感到焦躁，卻不想窮追不捨地問下去。

「差不多該回家了吧。」鷹看了一眼手表，「我明天還得早起呢。」

「反正一定是早起去賭博吧。」動說。

「你真了解我耶。」鷹苦笑道。

「賭場那麼早就開門營業了嗎？」由紀夫無意間想到這一點。鷹一聽，便一臉得意地回道：「所謂賭盤呢，自己開就成啦！靠自己啦。」說著露齒嘻嘻一笑。

「自己開賭盤？你是說像富田林先生那樣？」

「嗯，也可以這麼說。我現在開的賭盤啊，是利用每天早上出現在車站前的人們，把他們當成賽馬來賭哦。」

「車站前的賽馬？什麼意思？」

「每天早上，為了趕上班或上學而經過車站前的，都是那幾個熟面孔，對吧？因為每天的上班上學時間都是固定的。然後呢，我們一群同好就把那些個每天早上會出現在車站的傢伙當成是馬匹，下注的方式就和賽馬一樣嘍。」

「真虧你想得出這麼無聊的賭盤。」勳半佩服半傻眼地說道。

「你是說，把上班上學的人們視為賽馬馬匹？」

「沒錯，只要猜中最早出現的那個人就贏啦。我想那些上班上學的人們應該做夢也想不到自己被當成了下注的對象吧。」

「可是，如果是這樣的賭盤，」悟幽幽地說道：「就有人為操作的可能吧？」

「人為操作？」由紀夫望向悟的側臉。

「譬如說可以打電話或是透過什麼方式，讓自己押注的對象盡早出門上班上學，不是嗎？」

「原來如此。」由紀夫話聲剛落，突然驚覺一件事，「鷹，難不成你們的下注對象，也包括了高中生？」

「嗯，當然包括啊。」鷹大剌剌地回道：「一早會出現在車站前的，不是高中生就是上班族呀，我們還幫他們每個人取了名字咧，像是『高校制服眼鏡跑者』，或是『空手道王』（註），之類的。」

由紀夫想起了同班同學殿下。殿下最近老在抱怨，說他連續接到謎樣的電話，對方總是對他說：「早點來學校吧，我們校門口見。」聽信電話內容的殿下因此早早出門，卻每次都被對方放鴿子。

莫非，殿下成了鷹所開的「上班上學賽馬」賭盤的下注對象之一？而由於悟口中的「人為操作」介入，殿下才會頻頻接到神祕電話。即使不是鷹幹的好事，他那些賭友極有可能暗中做出這些小動作。

「還好嗎？由紀夫。」悟見由紀夫一副心事重重的模樣，似乎有些擔心。

「嗯，沒事，我只是在亂想一些無關緊要的事。」

雖然覺得好像還有很多想釐清的疑點，許多混亂有待解開，由紀夫開始覺得累了，於是他們決定離開家庭餐廳。就在一行人朝收銀檯走去時，有人「啊」了一聲。

往聲音方向一看，走在隊伍最前方的動，正瞪視著旁邊那桌的中學生們。

「是你啊！怎麼在抽菸！」動說著從一名少年手中一把搶走菸，那是頂著一頭醒目髮形的中學男生。

「搞什麼！又不是在學校裡，少在那邊大呼小叫！」少年站了起來，將臉湊近動說道。他雖然個子比勳矮，氣燄卻很囂張。勳後方的鷹、悟、葵與由紀夫面面相覷，點了點頭，看來這名少年就是那位處處和動作對的學生了。

少年接下來的行徑，又讓他們更加確定了內心的猜測，只見他冷笑著說：「怎樣？有種你就揍學生啊！」由紀夫一聽便確信，沒錯了，會說這種話的，百分之百就是那位同學。而其他三位父親也紛紛露出輕笑。這就像是影集《Runaway Prisoner》的主角在每集都會逞強說出的那句經典臺詞：「哼哼，小case。」要是親耳聽見有人當面這麼說，一定很想拍手大叫：「啊！我知道我知道那句話！你就是那位很有名的……」有點那種感覺。

只不過，相較於由紀夫內心的驚喜，勳的身邊卻是瀰漫著緊張氣氛，連坐在位子上的其他中學生也紛紛站了起來，一副就是隨時可衝上前的姿態。

「小子，你們很有精神嘛。」鷹以清晰可聞的聲音奚落道。

幾個人朝鷹瞪了過來。

「煩不煩吶，你們這些小傢伙，光會撒野是吧。」鷹絲毫不以為意，繼續出言譏刺。

「勳，真是辛苦你了。」葵對著勳說道。

「不准抽菸。」勳簡短地斥責少年。

「為什麼不行？抽個菸又不會怎樣。」

「小子，你為什麼抽菸？」粗聲粗氣地插嘴的是鷹，他雖然沒出手，那眼神卻彷彿緊緊揪住

註：原文做「カラテオー」，動畫《神奇寶貝》（ポケモン）當中的角色。

少年的衣襟，「理由講來聽聽啊。」

少年一瞬間沉默了下來，或許是從未思考過抽菸的理由吧，過了一會兒，他囁嚅著說：「只是想抽啊。」

「笨——蛋。」鷹哼笑了一聲，「其實是因為其他那幾個傢伙都在抽，對吧？」他早看穿了這些學生的想法，「因為你們深信不良少年就該抽菸，對吧？」

「要你管啊。」

「光會模仿人家，算什麼不良少年！」鷹甚至伸出舌頭迅速舔了舔唇，一副極度輕蔑對方的模樣，「抽菸呢，說穿了就是在安全範圍內玩的小把戲罷了，真要抽就去給我抽雪茄！那樣才是真的有個性！」

「還有啊，在餐廳裡面請降低音量，不然會干擾到其他客人。」悟也開口了。

「囉嗦什麼啊！」少年可能是再也無法忍受被大人責罵的恥辱，突地伸出左手抓住勳側胸處的衣服，掄起右臂一拳揮來。若是平常的勳，這種程度的拳頭應該輕輕鬆鬆就能擋下，但現在他的手臂因為肌肉痠痛而包著繃帶，無法出手，而且可能是剛好被打中傷處，只見勳難得露出了痛苦的神情，中學生們頓時歡聲雷動。

「自己站不住腳，就找老師出氣，好掩飾自己的出醜嗎？」鷹笑道。

「勳，你還真是辛苦啊。」悟也是一臉苦笑。

「總之，不准再抽菸了，乖乖來學校上課。」勳說完，便朝收銀檯走去。

「要是沒有乖乖去學校認真上課，就會變成像他這樣的大人哦。」葵說著指向鷹。

「你在講什麼啊！」鷹罵道。

由紀夫正要追上父親們的腳步，突然在中學生桌旁停了下來，道歉道：「不好意思喔，我的父親們老是這麼莫名其妙。」

中學生們顯得又氣又窘，默默地坐回座位。由紀夫一邊走向收銀檯一邊留心著身後的動靜，怕他們會衝上來揍人，但事情似乎告了一段落。

結完帳後，走出店門的勳低聲說道：「『家庭餐廳』，這名稱很不錯呢。」

「的確，叫這名稱很好哦。」鷹也同意。

「因為有『家庭』兩字嘛。」悟點點頭。

「這名稱，真的那麼讚嗎？」由紀夫說。

「很讚啊，真是個好名稱。」葵很肯定。

至於占據小宮山家的三名歹徒，在由紀夫等人順利逃出之後，旋即遭到逮捕，據說是聽到槍聲的附近鄰居報警抓人的。

由紀夫只問了父親們一次，為什麼不一開始就報警，交由警方全權處理呢？父親們一聽便板起臉說：「要是把這種事交代給注重程序和陳年規矩的警方，你現在還被監禁在裡頭哦。挾持人質死守不出的事件可是長期戰吶。」由紀夫心想，或許是吧。不過，他心中同時浮現一個單純的疑問——你們難道都不擔心在你們從容地跑去參加益智問答節目的時候，有什麼無可挽回的事發生在我身上？由紀夫問了父親們：你們不覺得應該盡快衝進去救我嗎？這麼一問，四位父親異口同聲地回道：「我們當然是擔心得不得了啊。」

「只不過呢，要是慌慌張張地衝進去，很可能只是把事情搞砸吧。」鷹說道。

「那倒是。」

「既然如此，雖然得多花一點時間，我們寧可在展開突襲行動之前，讓你好好看一下我們的面容呀。」葵回道。

「聽不懂。這跟那有什麼關係？」

「我們希望在你死之前，至少能夠透過電視畫面，讓你看到我們的面容，看到我們對你揮手的樣子啊。」說這話的鷹不曉得有幾分認真。

「我們希望在你死之前，能夠對你說上一句話也好。」勳也說出類似的話。

「拜託你們不要一直講什麼死之前死之前好嗎？」由紀夫忍不住嘆了一大口氣，這根本是本末倒置吧？「到底是什麼樣的父親會滿腦子這種事啊。」

「不過，我們是真的很擔心你哦，一直一直在心中祈禱你能平安無事。」悟沉靜而深刻地說道。

「話說回來，那些歹徒的動機究竟是什麼呢？」從家庭餐廳回家的車上，鷹一邊開車一邊問道。

由紀夫告訴父親們，三名歹徒當中，一名是受僱的專業狙擊手，另外兩人似乎很恨白石，

「總覺得他們看到白石出現在電視新聞上頭的時候，那神情簡直像是看見了殺親仇人似的。」

「之前在賽狗場，不是有賽犬遭槍擊的事件嗎？」葵像是忽然想起似地說：「那個啊，會不會其實是暗殺失手呢？」

「失手？」

「賽狗比賽開始的時候，在起跑線旁邊有個負責起跑鳴槍的狗狗布偶吧？就是那個啊，裡面！裡面！」葵笑咪咪地說道。

「對耶，有謠言說穿布偶裝的就是縣知事。」由紀夫也想起來了。

「所以呀，槍擊賽犬的兇手會不會原本是打算在賽狗場暗殺知事呢？」

「但是卻失手了。」悟也點著頭。

「這麼說來，」由紀夫任想像延伸，「也有可能是因為那次失了手，兇手於是決定僱用專業的狙擊手。」

「對了，富田林先生後來說啊，」開著車的鷹接口道：「上次不是有兩個人死在車裡嗎？一男一女的那件案子。」

「嗯嗯，你是說下田梅子小姐那件事吧？」由紀夫憶起瓦斯槽旁那股陰鬱的空氣，感覺像是好久好久以前的事了。

「他說那好像是赤羽的支持團體幹的哦，因為害怕赤羽的情報被洩露出去，他們搶回了公事包，然後殺了那兩人再偽裝成自殺。」

「只是為了一只公事包？」

「那些自命不凡的壞傢伙，行事都很亂來的。」鷹說。

「不過我記得合力奪走公事包的，至少還有一名共犯呀。」由紀夫回想著在賽狗場見到的情景，當時除了下田梅子，還有兩名男人在場接應。

「那個共犯現在不可能還是活著的吧。」鷹的語氣中不知怎的帶有一絲豁達。

「『不，是死。』」悟幽幽地吐出這句話。

「好恐怖哦。」葵誇張地打著顫。

「可是我不懂，下田梅子小姐那伙人為什麼要奪走赤羽的公事包呢？」

「真相我們無從得知，不過，應該是有人付錢委託他們辦事吧。」悟說道。

「有人付錢？誰？」鷹問。

這時由紀夫想起在小宮山家度過的第一晚，夜裡與蒼白男聊到的事，「我想應該就是監禁我和小宮山母子的歹徒幹的好事。他們守在小宮山家等待狙擊白石的機會，等著等著，想了很多主意，結果靈光一閃，他們發現可以利用縣知事選舉的紅白對立，殺掉白石再嫁禍給赤羽。」

「什麼意思？」

「歹徒應該是想激怒赤羽吧，這就是他們的策略，因為這麼一來，一旦白石遇害，人們很容易懷疑到赤羽陣營頭上。」

「所以是為了激怒赤羽而奪走他的公事包？」葵發問了。

「歹徒砸錢僱人幹這種差事，僱到的就是下田梅子他們。我想歹徒的盤算應該是，只要偷走赤羽的公事包，赤羽一氣之下就會將懷疑的矛頭指向白石。只不過，歹徒他們可能沒想到赤羽的支持者竟然會殺了下田梅子他們吧。」因為看得出來守在小宮山家的歹徒對於那起自殺事件的報導有著異常的關心。

「話說回來，」坐在副駕駛座的動嘆了口氣，「知事選舉的兩名候選人都是這副德行，真是諷刺。就是因為大人沒做好榜樣，孩子們的品行才會日漸惡化啦。」

「這部分就要仰賴身為教師的動繼續努力，讓孩子們恢復對大人的信賴嘍。」葵笑著溫和地說道。

「我一個人再努力也改變不了什麼，現在可是連教師都動不動想自殺的年代啊。」

「不過啊，我們這裡不就有四個人嗎？」鷹起鬨似地說道：「這輛狹小的車內，此刻就擠著四名帥氣的男人哦，這世界還是充滿希望的！對吧？由紀夫。」

「這輛車內的確非常狹小，但是你說的那種男人，我怎麼沒看到在哪裡？」

由紀夫將額頭貼上車窗，想說睡一下吧，卻不經意想起一件事——不曉得那個益智問答節目，悟有沒有解出最後那道攸關一千萬圓的題目呢？不過，看父親們的樣子，並沒有一千萬入手的興奮神色，於是由紀夫暗自做了解讀：嗯，畢竟是超高難度的挑戰，最後還是鎩羽而歸啊。沒想到，走進家門一打開客廳的燈，就看到餐桌上散了一桌子的商品簡介傳單，包括車子、旅遊、家電製品等等，由紀夫嚇了好大一跳。

「遇到那麼恐怖的事，真是苦了你啊，由紀夫君。」鱒二父親說著將今川燒遞給由紀夫，兩道眉毛垂成了八字形。

「也算是難得的經驗吧。」由紀夫接了下來，從紙袋中拿出今川燒，「不過真的很恐怖就是了。」

「由紀夫也會害怕？」多惠子似乎很訝異。

「妳當我是什麼天不怕地不怕的傢伙啊？」

「因為由紀夫你給人感覺總是很冷靜嘛。」鱒二也應和。

「你當我是什麼了？」由紀夫又說了一遍。「啊，伯父，多了一個。」

「那是請你的啦，吃吧吃吧！因為我們由紀夫君可是奮戰了一趟回來的啊。」

「老爸，賣這個是薄利多銷耶，你這麼海派會吃虧的啦，該收的錢就要收。」鱒二一邊舔著沾在指頭上的紅豆餡一邊說道。

「好好吃哦！」一旁的多惠子出聲讚歎，嘴裡還含著今川燒。

「對吧！」由紀夫一副得意的語氣，像在說他推薦的絕對沒錯似的。

逃離小宮山家公寓大樓至今已經過了三天，雖然以必須處理警方偵訊和需要休養恢復體力為由，向學校請了假，由紀夫總覺得休息太久怪怪的，後來只休了一天便回學校上課去了，而現在正是劫後首度返校的放學回家路上。對於親暱地湊過來的多惠子，由紀夫畢竟不好意思對她太過冷淡。

不但乖乖聽從多惠子的要求，念了十遍「多惠子同學是我的救命恩人」，還非常樂意地請她吃今川燒以表達內心的感謝。

「聽到由紀夫出了那種事，真的嚇了我好大一跳呢。」鱒二的語氣宛如吟詠著田園詩。

「真要追究起來，我可是為了你才跑去小宮山家的耶。因為你惹了富田林先生不開心，我才絞盡腦汁想說看看有什麼方法可以救你啊。」

「怎麼？現在是怪我啊？」

「重點是富田林先生的那件事，後來怎麼了？」由紀夫想起了這個關鍵的問題。之前惹得富田林先生氣成那樣，為什麼現在卻相安無事？富田林先生甚至出手幫助了父親們的救人計畫，由紀夫完全無法理解。

「喔，那件事啊……」鱒二很難得地支吾其詞，紅著臉看向父親。

「富田林先生？就是上次來的那個人嗎？」站在攤子另一側的鱒二父親問道。

「他來過了？」

「他說要找我談一下鱒二的事，就跑來攤子這兒了。我也不曉得他是怎麼找來的，後頭跟了好幾名保鑣，很有角頭老大的架勢呢。」

由紀夫差點沒脫口而出：那個人正是角頭老大啊。

「哎呀呀，我又來了。」身後傳來招呼聲，由紀夫心頭一驚回頭看，眼前站著的正是傳說中的富田林，古谷也隨侍在側。

「富田林先生……」由紀夫心想，原來所謂「說曹操曹操到」是真的，心跳不由得開始加速。鱒二臉頰微微抽動，而至於一旁的多惠子，雖然不確定她曉得多少內情，只見她也是站得挺直僵在原地。

「您好，歡迎歡迎。」唯有鱒二父親爽朗地露出潔白的牙齒微微一笑。

「上次一下子來太多人，給你添麻煩了，今天只有我和古谷過來啦。」富田林的語氣裡有著小學生期待遠足般的興奮，「麻煩給我今川燒。」

古谷默默地打開錢包。

接著富田林發現了由紀夫也在場，「喔喔，由紀夫君啊，都還好嗎？你平安回來真是太好了。不過阿鷹啊，還有勳也是，你的父親們真是轟轟烈烈地大幹了一場呢。」

「聽說富田林先生您也幫了忙，」由紀夫說著低頭行了一禮，「真的非常謝謝您。」

「小事、小事，不用這麼客氣啦，不過是借個手套和小卡車罷了，能幫上忙我也很開心呀。何況鱒二君都開口拜託了，我怎麼拒絕得了呢？」富田林笑著看向古谷，「你說是吧。」

「呃，是。」古谷應道。

「是鱒二開口的？」由紀夫看向鱒二。

「是你的老爸們要我去拜託富田林先生的啦。」鱒二像是在辯解什麼。

「不過話說回來啊，那個縣知事真的太糟糕了。」富田林的語氣帶有明顯的不屑。

占據小宮山家公寓大樓的歹徒對警方坦承了動機，說他們深深憎恨著白石知事。

原來山本頭男與束髮女人是一對夫婦，他們的獨生女在三年前懷了白石知事的孩子，卻被強迫墮胎，女兒因此自殺身亡。夫妻倆悲痛欲絕，沉浸在哀傷中度日，精神狀態逐漸變得不太正常，後來，他們便計畫謀殺縣知事。

「由紀夫君，我也是聽來的啦，不過呢，」富田林以沉穩的口氣說出相當恐怖的事：「聽說那些歹徒本來打算在解決掉白石之後，開槍把你們所有人質全部擊斃哦。」

由紀夫登時眼前一片迷濛，富田林在警方內部想必布有眼線，換句話說，此言不假。「喔，是喔。」

「嗯，是啊。」富田林邊說邊點頭。不知怎的，總覺得他心情很好。接著他語氣一變說道：「不過說真的，我完全沒想到能夠在這裡和你重逢呢。」

由紀夫聽得莫名其妙，怔怔地問道：「您說和誰重逢？」

「什麼誰！人家可是名留職棒史的明星投手呢！」富田林瞇細眼笑了開來，「我壓根沒想到你會跑來這種地方擺攤賣今川燒，真的是遠在天邊近在眼前吶！」

「咦？」由紀夫回頭望向站在攤子後方的鱒二父親，只見他微微蹙著眉，撇起了嘴角。

「不是什麼明星投手啦。」

「當然是啊！當年你明明還能夠繼續叱吒球場，是球團單方面惡意解僱你的。之後我就從沒見過像你一樣投得出那麼閃耀的球的投手了，一個也沒有。你的球會在逼近本壘時突然來個大轉彎，那種球絕對沒人打得到的啦！」富田林講得口沫橫飛，興奮異常。

由紀夫驚愕之餘，想起了之前聽說的軼事。富田林有一段時期非常狂熱地支持某職棒投手，但正由於是超級死忠球迷，在那位投手退休之後，富田林性情大變，變得非常討厭職業棒球。而且聽說那名投手遭到解僱後，在準備其他球團的甄試時，富田林還跑去球場找他，握著他的手說：「請讓我再度看到你精采的投球！」

「伯父是……？」

「因為太丟人了，我一直沒和兒子提起這件事。」鱒二父親苦笑著說。

由紀夫看向鱒二。鱒二也是眉頭緊蹙，一副坐立難安的模樣。

「伯父，您好厲害哦！」多惠子開朗地說道。

「現在只是個賣今川燒的啦。」

「會製作今川燒是很了不起的！你是最棒的投手，這個耀眼的才能是永遠不會改變的！」富田林簡直像是當場就要拿出拉拉棒，扯開嗓子來上一段熱烈加油歌，「你的兒子鱒二君只要一句話，我什麼都願意幫他實現！你說對吧？古谷。」

被指名的古谷不知該作何回應，只見他拿起手上的今川燒咬了一口、兩口之後，悄聲說道：「這個真的很好吃。」

過了恐龍橋，鱒二便往另一個方向回家去了。他似乎真的不曉得父親從前是職棒投手。這麼重要的事，怎麼可能一直瞞著兒子呢？由紀夫很想說少騙人了，但這種事似乎真的就發生在鱒二父子身上，由紀夫也無話可說。

「由紀夫，你沒考到的那一科後來怎麼辦？」多惠子問道。

「因為情有可原，老師說可以讓我補考。」

「嗯，也對啦。不過由紀夫，你這次真的是遇上了千載難逢的體驗耶！」

「不要用那種很羨慕的語氣好嗎？」

走了一會兒，多惠子開始叨絮著對於父親的不信任與怒意，「我爸啊，昨天又擅自跑進我房間翻東西了，你不覺得很誇張嗎？」

由紀夫心想，要是語意模糊地回她一句「哎，很難講吧……」，多惠子一定會罵他「什麼跟什麼？你到底有沒有在聽人家講話嘛」，所以由紀夫決定默默地聆聽就好。

「嗳，你聽我說嘛。」

「並不想聽。」

「我爸啊……」

多惠子的抱怨只是右耳進左耳出，由紀夫兀自思考著父親們的事，他的那四位父親大人，在逃脫戲碼落幕後的隔天，全都若無其事地回到平日的生活，簡直就像是「啊，去了趟孩子的運動會，流了好多汗，真是暢快！」的感覺。

「嗳，你在聽人家講話嗎？」多惠子問道。

由紀夫正想老實回答「沒在聽」，腦海突然閃過一道光，緊接著一幅從未見過的景象在眼前展開。

他與父親們一同站在一棟陰暗的建築物前方，由於腦子混混沌沌的，他不知道那是什麼建築物，也不清楚並列身旁的父親們臉上的表情為何。

只不過，父親只有三人。

少了一個。——由紀夫才這麼想，頓時明白了身處這個想像場景中的自己，此刻正被巨大的悲傷籠罩。父親們與他都穿著一身黑。啊，這是喪服，所以我們是出席某人的喪禮了。——由紀夫並不覺得不吉利或是觸霉頭，只是有股強烈的不安襲來，彷彿腳下突然出現一個大洞，自己就這麼沉入無垠的深淵。

他知道他失去了其中一位父親，而他現在正與其他父親們站成一列，強大的失落感讓他腦中一片空白。

「你在恍神什麼啊？人家在跟你講話耶，真沒禮貌。」多惠子嘔著氣說道。

「啊。」回過神來的由紀夫搖了搖頭，幽暗的景象消失了。

「在想什麼啊？」

他在小宮山家做的那個夢，當時在夢中察覺到的事又在腦海甦醒。他想到父親與自己理所當然地都在逐漸變老，還想到了未來的日子。「我在想，那幾個人也變老了啊。」

「那幾個人？你是說你爸他們嗎？當然會變老啊。」

「是啊。」由紀夫邊說邊吁了口氣，「一想到將來勢必得面臨他們一個個不在的事實，不知怎的，感覺怪怪的。」

「『不在』是什麼意思？」

「沒什麼啦。」一家人本來就是這樣。總有一天，家人會一個一個逝去。

「啊？」

「所以寂寞也是別人家的四倍啊。」

「你不要講一些莫名其妙的話好不好？」

「嗯，也對。」由紀夫點點頭，「的確滿莫名其妙的。啊，我說啊，妳家不在這邊吧？」

「哎喲，幹嘛那麼見外，讓我去你家玩嘛，我可是你的救命恩人耶。」

「我想盡早恢復社團活動，所以等一下回家放下書包之後，要出門去跑跑步，動動身子。」

「你請自便，盡量跑沒關係，我待在你家和你爸聊天。」
「哪個爸爸？」
「都可以啊。」
由紀夫露骨地嘆了好長一口氣，一邊跨過夕照下交通號誌映出的長長影子，就在這時，
「啊，由紀夫。」身後有人喊了他。
聽到這熟悉的聲音，由紀夫停下腳步，回頭一看。
「啊。」
「我剛回來呢。」纖瘦的她抱著一個大包包，滿面的笑容帶了幾分稚氣。
「妳這次出差，還真久啊。」
「嗯，沒辦法嘛。你都還好吧？」她形式上地問候完之後，苦笑著說自己忘了帶手機出門有多不方便，接著望向多惠子說：「哎呀，妳是由紀夫的同學？」
多惠子帶著前所未見的狼狽神情，支吾著向她鞠了個躬。
「我不在的這段期間，家裡都還好嗎？沒出什麼事吧？」她問由紀夫。
由紀夫一時語塞，在想要怎麼回答，然後在望向多惠子大概兩次之後，他偏起頭，幽幽地說：「嗯，沒怎樣啊。」心想，妳是都不看電視新聞的喔？
「你這孩子真是的，問什麼都只會回答『沒怎樣啊』。」她開心地繼續說：「不過，嗯，沒怎樣就是最好的了。」
「是啊。」由紀夫應道，接著三人並肩往家的方向走去。

「我的丈夫們都還好嗎？」沒多久，她開口了。她的行李不知何時被由紀夫接了過去，由紀夫拿著沉甸甸的包包，步伐有些搖晃。

她又問了一次：「都沒事吧？我親愛的丈夫們？」

我哪知啊。──由紀夫答道。

──完──

後記

這部小說是我首次的報紙連載，二〇〇六年以仙台本地《河北新報》為始，先後刊登於數個地方報紙。連載結束後，由於遲遲沒有推出單行本（註），不時有人問我：「那個什麼時候要出成書呢？」雖然不是想端什麼架子，每次我都只是模糊地回道：「我不清楚會在什麼時候。」關於這件事，我想稍微記上一筆。

當時，我原本也不排斥出單行本，但是連載寫完之際，又覺得「是不是還少了點什麼呢？」雖然我自認是原創的故事設定，然而在寫作過程中，編輯告訴我，昆奈爾（A. J. Quinnell）的作品《伊蘿娜的四個父親》（"The Shadow", 1992）有著類似的設定；而仔細想想，電影《三個奶爸一個娃》（"Three Men and a Baby", 1987）也是同樣的背景。此外，由於這部小說用上的幾乎都是自己最擅長的寫作要素與模式，總覺得似乎缺乏挑戰性。

再者，那陣子剛好我自己內心出現了一個強烈的想法，覺得「得寫出別種型態的故事才

註：單行本是書籍出版的一種形態，有別於以叢書或全集的方式單獨出版，內容爲集合同一作者或者是同一類型、已發表在其他媒體或從未發表的作品。

行」，也決定要著手創作稍微不同於以往的作品。雖然我不是很喜歡這種表現法，但簡言之，這部小說之後的《GOLDEN SLUMBERS》，或可稱做是我創作第二期的開始。

那麼究竟第二期的作品有了什麼樣的改變，我不太會解釋（或許在旁觀者眼中看來，會覺得根本什麼都沒改變也說不定），只不過，第二期開始之後，透過數本作品的自我挑戰與試誤學習，我終於想將這部（可說是第一期的最終作）《OH! FATHER》出版成單行本了。

再次重讀這部作品，不知是否因為與完稿隔了相當長一段時間的關係，自己也能夠客觀地享受這個故事的樂趣，甚至有一點點後悔，當初怎麼沒有早點出成書呢。

在本作中出現關於電線杆與輸電線的部分，乃是透過友人佐藤光先生的介紹，得到了飯田準志先生的許多建言，獲益匪淺，很謝謝您的撥冗協助。

這部作品在報紙連載時，承蒙遠藤拓人先生為本作繪製插圖，畫作中出現的登場人物們兼具寫實與漫畫的特色，與這部小說的內容相互呼應，每回看著插圖都能夠深深樂在其中，非常謝謝您。

此外，這次的單行本，承蒙三谷龍二先生提供書封裝幀的主視覺，沒想到三谷龍二先生還特地為本書量身打造了新作品，真的非常感動，由衷感謝。

另，這部作品在連載期間，透過《信濃每日新聞》的轉交，我收到了一封短箋。從字裡行間的氛圍看來，這名讀者似乎年紀相當輕，信上寫著：「我總是和弟弟一起開心地讀著連載」、

「要是連載結束就這麼沒了，會覺得好寂寞，所以請出版單行本吧」。後來這封寄件人不明的短信，一直惦記在我腦中的某個角落，直到今日，這部作品終於得以整理成書出版，我也能夠鬆一口氣了。

參考文獻

《擁有科學腦之費米推論能力養成訓練》（*Guesstimation: Solving the World's Problems on the Back of a Cocktail Napkin*）Lawrence Weinstein, John A. Adam著　山下優子、生田Rieko譯　日經ＢＰ社

《這些大學必考的數學試題特輯——東京大學／東京工業大學　名校入學寶典　最重要試題96題》藤田宏、長岡亮介、長岡恭史著　研文書院

此外，寫作本書時，個人曾參考了網路上關於槍械的資料以及外國賽狗的經驗談等等。

首刊於

本書為二〇〇六年三月至二〇〇七年十二月，依序刊登於左列各報的連載，於發行單行本時加筆修正：

《河北新報》、《佐賀新聞》、《北羽新報》、《長崎新聞》、《上毛新聞》、《有明新報》、《信濃每日新聞》、《名古屋Times》、《中國新聞》、《莊內日報》、《陸奧新報》、《福島民友新聞》、《新潟日報》。

解說

有時看來，可能可愛——關於《OH! FATHER》

臥斧

※本文涉及《OH! FATHER》一書情節，請自行斟酌是否閱讀。

我以前常說我是在史提夫的酒吧裡面找到我需要的父親的，而且是好多個父親。……一堂課，一個動作，一則故事，一樣哲理，一種態度——我從史提夫酒吧裡的每一個男人身上一概要得到東西。

——《溫柔酒吧》（*The Tender Bar: A Memoir*）

初讀《OH! FATHER》時，想到作者伊坂幸太郎的另一部作品。

這部作品是二〇〇三年在日本出版的《天才搶匪盜轉地球》，屬於伊坂較早期的創作，以相同角色發展的續作《天才搶匪面面俱盜》，初次出版的時間則是二〇〇六，雖然距離伊坂在二〇〇〇年發表出道作《奧杜邦的祈禱》已經六年，但以伊坂自己提及的作品分野，仍然要算是他的「第一期」作品。《OH! FATHER》最早在報紙上刊載，從二〇〇六年的三月連載到二〇〇七年的十二月，卻遲至二〇一〇年的三月才集結成單行本正式出版。彼時，《GOLDEN SLUMBERS—宅配男與披頭四搖籃曲》及《MODERN TIMES—摩登時代》都已經出版了，在《OH! FATHER》的後記中，伊坂本人認為《GOLDEN SLUMBERS》可以視為他作品「第二期」的開端，也就是說，在這之前完成的《OH! FATHER》，該算是「第一期」的最後一部作品。

會聯想到《天才搶匪盜轉地球》，主因的確是《OH! FATHER》充滿同一期的閱讀感受。

高中生由紀夫放學時莫名其妙被同班同學多惠子纏上，多惠子數落著父親擅自闖進房裡以及與男友分手之事，接著沒頭沒腦地說想去拜訪由紀夫的家——因為多惠子聽說，由紀夫從來不讓同學到家裡來。事實上，由紀夫的確不想讓同學們知道自己家裡的情形，原因在於成績好、體育強，異性緣也不錯的由紀夫，有個很難解釋的家庭狀況：生性嗜賭、認為自己賭運極佳的鷹；開居酒屋、俊美得令所有女性發暈的葵；在大學任教、知識淵博思慮理性的悟；以及對體育與格鬥技很有興趣，在高中當體育老師的勳——這四名男子，曾經同時與由紀夫的母親知代交往，因而全都認為自己是由紀夫的生父，也全都認為由紀夫的某些特性與自己相同。四個父親、一個母親，這樣怪異的家庭組合，難怪由紀夫不想對同學提起。

《OH! FATHER》，故事開始。

不若「第二期」作品那樣對國家組織提出各種質疑，《OH! FATHER》與其他「第一期」的作品一樣，充滿輕鬆溫暖的閱讀樂趣：伊坂擅長描寫的特色人物及如珠妙語隨處可見，行進的步調輕快愉悅，看法正面但不會流於教條。於是，這部後來出版的前期作品，可能會讓讀慣伊坂近作主題的讀者覺得略嫌輕淺，卻也可能會讓喜愛伊坂式角色及對白的讀者，感受到一種熟悉的過癮。

但讀罷之後，另一部與伊坂無關的作品，卻無預警地撞進腦中。

這部作品，是普利茲獎（Pulitzer Prize）得主J．R．莫林格（J. R. Moehringer）在二〇〇五年出版的回憶錄《溫柔酒吧》。《天才搶匪盜轉地球》及《溫柔酒吧》的內容南轅北轍，一則虛構一則真實，卻有兩個共同的特色——充滿較年長男性的場所（在《天才搶匪盜轉地球》中，是角色之一的響野經營的咖啡館；在《溫柔酒吧》裡，則是一家街角酒吧），以及受到這些男性重大影響的男孩（在《天才搶匪盜轉地球》中，是另一個角色雪子的國中獨子慎一；在《溫柔酒吧》裡，則是作者莫林格自己）。

仔細想想，不難發現《OH! FATHER》也具備類似特點。

暫且不將引發事件的歹角們計入，《OH! FATHER》裡一共出現了七位父親，再把沒有正式登場、似乎也最平凡的多惠子父親先放到一邊，故事中的六個父親，正好能夠粗略分成黑白兩邊各三人：鷹、葵以及賭場頭子富田林，較接近社會黑暗面，悟、勳以及由紀夫之友鱒二的父親，則偏向光明面。這六個父親彼此間因事件而有不同的交會（其中四個還住在同一個屋簷下），六個人截然不同性格所造成的影響，幾乎全數集中在由紀夫的身上顯現。

如此看來，由紀夫或許比較接近《溫柔酒吧》裡的莫林格。

莫林格的父親在他僅七個月大時拋妻棄子失去音訊，莫林格在成長的過程中，從酒吧的男人堆裡學習一切：世局的看法、人生的態度、生命的高峰與低潮，以及藉此形塑出自己想要成為的男性典型。由紀夫幾乎也經驗了相同的歷程，不同的是，除了將場域從酒吧改變成家庭、製造出一種古怪但充滿趣味的背景設計之外，伊坂並不是以循序記錄的方式來呈現這個過程，而是利用幾樁莫名介入由紀夫生活的事件，向讀者揭露這些父親對由紀夫的影響。

《OH! FATHER》最大的特色，就隱在這樣的設計當中。

個性各異、專長不同的四個男人，因為愛上同一個女人，所以不但相安無事地共同居處，遇上問題的時候，還能四人合作、各自發揮所長齊力解決；四個男人不斷地在兒子身上尋找自己的特點，但其實不敢真的去做個檢驗搞清楚究竟誰是唯一的生父；叱吒風雲、運籌帷幄的地下帝王，在接到兒子出事了、需要匯錢和解的電話時，雖然旁人一聽就知道那是明顯的詐騙說詞，卻仍會不由自主地慌了手腳；曾經風光耀眼的運動明星，退役後也為了擔起單親爸爸的責任，成為一個認真製作今川燒的平凡小販……

是的。《OH! FATHER》裡，伊坂寫下的，其實是男人的浪漫。

這樣的浪漫或許美好得太不切實際（四夫一妻的設定已經脫離現實，何況故事的背景還是男性一向較為強勢的日本社會），角色比重也明顯有所偏頗（除了戲分較重的多惠子之外，這個故事裡的女性角色都單薄得難以捉摸），但在這樣的設定之下，現實當中那些邋遢、隨便、愚笨、好色、粗魯莽撞、裝模作樣、自以為是及畏畏縮縮等隨處可見的男性特質底下，被層層掩蓋的一點點小小優點，會稍微有些露臉的機會。

其實，這一類生物，還是會有某些片刻，看起來是可愛的吧。

作者介紹

臥斧，除了閉嘴，臥斧沒有更妥適的方式可以自我介紹。

OH! FATHER
by ISAKA Kotaro
Copyright © 2010 ISAKA Kotaro
All rights reserved.
Originally published in Japan by SHINCHOSHA Publishing Co., Ltd., Tokyo.
Chinese (in complex character only) translation rights arranged with
SHINCHOSHA Publishing Co., Ltd., Japan
through THE SAKAI AGENCY.

伊坂幸太郎作品集15

OH! FATHER

オー！ファーザー

作者　伊坂幸太郎
翻譯　阿夜
原出版社　新潮社
責任編輯　詹靜欣
編輯總監　劉麗眞
總經理　陳逸瑛
榮譽社長　詹宏志
發行人　凃玉雲
出版　獨步文化
城邦文化事業股份有限公司
104台北市中山區民生東路二段141號5樓
電話：(02) 2500-7696　傳眞：(02) 2500-1967
發行　英屬蓋曼群島商家庭傳媒股份有限公司城邦分公司
104台北市中山區民生東路二段141號2樓
讀者服務專線：(02)2500-7718；2500-7719
24小時傳眞服務：(02)2500-1990；2500-1991
服務時間：週一至週五　上午09:00～12:00　下午13:00～17:00
讀者服務信箱E-mail：service@readingclub.com.tw
劃撥帳號：19863813　戶名：書虫股份有限公司
總經銷　大和書報圖書股份有限公司
電話：(02)8990-2588；8990-2568　傳眞：(02)2290-1658；2290-1628
香港發行所　城邦（香港）出版集團有限公司
新址：香港灣仔駱克道193號東超商業中心1樓
電話：(852) 25086231　傳眞：(852) 25789337
E-mail：hkcite@biznetvigator.com
馬新發行所　城邦（馬新）出版集團
Cite(M)Sdn.Bhd.(458372U)
11, Jalan 30D/146, Desa Tasik, Sungai Besi,57000 Kuala Lumpur, Malaysia
電話：(603) 90563833　傳眞：(603) 90562833

城邦讀書花園
www.cite.com.tw

美術設計　戴翊庭
排版　浩瀚電腦排版股份有限公司
印刷　中原造像股份有限公司

初版　2011年（民100）5月初版
初版十刷　2012年（民101）2月29日
定價　380元
ISBN 978-986-6562-90-7
著作權所有・翻印必究　Printed in Taiwan

國家圖書館出版品預行編目資料

OH! FATHER / 伊坂幸太郎著, 阿夜譯. 初版. -- 台北市：
獨步文化：家庭傳媒城邦分公司發行, 民100.05
面；　　公分. --（伊坂幸太郎作品集：15）
譯自：オー！ファーザー
ISBN 978-986-6562-90-7（平裝）
861.57　　100004151

獨步文化
APEX PRESS

廣告回函
北區郵政管理登記證
台北廣字第000791號
郵資已付，免貼郵票

104台北市民生東路二段 141 號 2 樓
英屬蓋曼群島商家庭傳媒股份有限公司
城邦分公司

請沿虛線對摺，謝謝！

獨步文化
APEX PRESS

書號：1UF013	書名：OH! FATHER	編碼：

請於此處用膠水黏貼

獨步文化 APEX PRESS

讀者回函卡

謝謝您購買我們出版的書籍！
請費心填寫此回函卡，我們將不定期寄上城邦集團最新的出版訊息。

姓名：________________ 性別：□男 □女

生日：西元________年________月________日

地址：________________

聯絡電話：________________ 傳真：________________

E-mail：________________

學歷：□1.小學 □2.國中 □3.高中 □4.大專 □5.研究所以上

職業：□1.學生 □2.軍公教 □3.服務 □4.金融 □5.製造 □6.資訊
□7.傳播 □8.自由業 □9.農漁牧 □10.家管 □11.退休
□12.其他________________

您從何種方式得知本書消息？
□1.書店 □2.網路 □3.報紙 □4.雜誌 □5.廣播 □6.電視
□7.親友推薦 □8.其他________________

您通常以何種方式購書？
□1.書店 □2.網路 □3.傳真訂購 □4.郵局劃撥 □5.其他

您喜歡閱讀哪些類別的書籍？
□1.財經商業 □2.自然科學 □3.歷史 □4.法律 □5.文學
□6.休閒旅遊 □7.小說 □8.人物傳記 □9.生活、勵志 □10.其他

對我們的建議：________________

請於此處用膠水黏貼